리나

리나

강영숙 장편소설

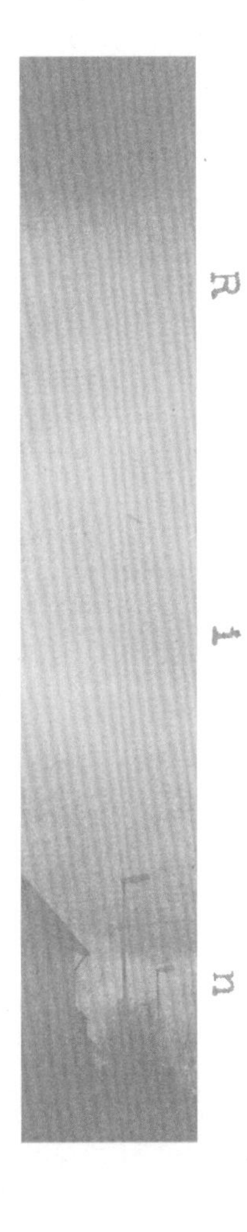

Rina

문학동네

리나는 두 개의 달을 갖고 있습니다.
한 개의 달은 비록 피를 흘리지만
또다른 한 개의 달은 워낙 스펙트럼이 다양해
도무지 속을 알 수가 없습니다.
_작가의 말

차례

국경

군인들이 스물두 명의 탈출자들을 향해 총구를 겨눈 채 천천히 걸어왔다. 침도 돌지 않는 혀로 입술을 빨아대던 여자애가 그 자리에서 벌떡 일어나 무슨 말인가를 하려고 입을 벌렸다. "움직이지 말라고 했잖아." 군인들이 소리쳤다. 여자애는 그 자리에 다시 무릎을 꿇고 앉아 가까이 다가온 군인들의 얼굴을 봤다. 총을 갖고 있긴 했지만 그들도 배가 고파 죽겠다는 얼굴이었다.

키가 작고 갸름한 얼굴에, 이마에 노란 여드름이 난 여자애의 이름은 리나(俐娜)다. 리나는 열여섯 살이었고 탄광지역 노동자인 부모 밑에서 큰딸로 태어났다. 리나는 학교가 끝나면 유소년 직업훈련센터에 나가 밤늦게까지 단순한 기계 부품을 조립했다. 잠이 오고 지겨워지면 나사를 코밑에 들이대고 "죽어, 죽어"라고 말하며 발밑으로 한 개씩 집어던졌다.

군인 한 사람이 걸어와 몇 명씩 모여 무릎을 꿇고 앉아 있는 일행들 앞에 섰다. 군인이 신고 있는 신발 앞창의 고무가 떨어져 발끝을 들 때마다 화가 잔뜩 난 두꺼비 입처럼 보였다. 군인은 상체를 낮추고 리나 옆에서 훌쩍이며 울고 있는 남자애의 머리를 손가락으로 툭툭 쳤다. 남자애는 바들바들 떨고 있었고 그 떨림이 리나의 팔뚝으로 고스란히 전해져왔다.

"노래 좀 해봐. 아는 노래 없어? 학교에서 배운 노래 아무거나 좀 해봐라. 심심해서 미치겠다."

남자애는 "나 학교 안 다녀요" 하고는 더 큰 소리로 엉엉 울었다. 몇 발짝 떨어진 곳에 앉아 있는 남자애의 아버지가, 오만상을 찌푸리며 아들을 달래보려고 애썼지만 소용없었다. 남자애의 겁에 질린 울음소리가 동굴 속처럼 검은 국경을 맴돌았다. 탈출하다 잡힌 어린 남자애들은 다른 나라로 팔려가 꼬박 서른여섯 시간씩 낮밤 없이 일하고, 여자애들은 여러 나라의 매춘지역들을 뱅글뱅글 돌다가 몸에 병이 들어 죽을 때가 되어야 풀어준다는 얘기가 떠돌았다. 리나는 그 얘기를 들을 때마다 혼란에 빠졌다. 회색 빨래가 걸려 있는 탄광촌의 비좁은 집에서 평생 사는 것과 창녀가 되더라도 외국물은 먹어보고 사는 것 중에서 어떤 것이 더 나쁜지 판단하기가 어려웠다.

"노래는 내가 잘해요."

리나가 군인들을 향해 말하는 순간 돌 된 아기와 세 살짜리 꼬맹이가 소리내어 울어대기 시작했다. 아기들은 배가 고파 질질 끌리는 소리로 자꾸 울었고, 안타까워 어쩔 줄 모르는 엄마들은 우유머신처럼 어떤 상황이 와도 젖만 꺼내 물렸다.

그곳으로부터 이 킬로미터 정도 떨어진 곳에 국경이 있다고 했다. 아버지로부터 이 나라를 탈출하기로 했다는 얘기를 들었을 때 리나는 밤마다 국경을 꿈꿨다. 밤이 되면 국경에서는 바람 소리와 총소리가 끊이지 않았고 여기저기서 불기둥이 치솟아 올랐다. 탈출하다 잡힌 사람들은 옷을 벗은 채 일렬로 서서 총살당한 후 몸통이 까맣게 되도록 불에 탔고, 심통난 눈을 한 올빼미가 그 모든 광경을 지켜봤다.

그래도 리나는 의심하지 않았다. 저만치 앞 허공에 푸른 둑처럼 펼쳐져 있는 국경은 어느 순간 활짝 열릴 거라고 믿었다. 그 푸른 둑이 이쪽을 향해 파도처럼 몰려와 하늘이 열리듯 저절로 열릴 거라고 믿었다. 그리고 보이지 않는 손이 나타나 탈출자들을 고스란히 빨아들인 후 안전한 투망 안에 넣어, 마술처럼 국경 너머로 데리고 갈 거라고 믿었다.

스물두 명의 탈출자들은 세 가족과 봉제공장에 다니는 젊은 노동자들이 한 팀으로, 국경 근처에서 태어나 줄곧 그곳에서 산 사람들이다. "같이 탈출할 사람들을 만났어. 우리도 이 나라를 뜨자." 아버지가 조용한 어조로 중대 발언을 했을 때 리나는 거짓말인 줄 알았다. 국경을 넘어 다른 세상으로 갈 생각 따위는 할 수도 없는 사람이 아버지였다. 리나는 기근이 심하던 몇 년 전 굶어 죽은 동네의 먼 친척 할머니가 했던 말을 기억했다. "아무리 멍청한 바보도 살아 있는 동안 세 번은 자기 인생을 걸고 도전이라는 걸 하게 된단다. 그 세 번의 도전이 끝날 무렵이면 수명이 다해 죽는 거지." 다 빠진 이빨 사이에서 흘러나온 할머니의 말은 웅웅거려 도무지 무슨 소린지 알아들을 수 없었으나 정리해보니 그런 말이었다.

군인들은 여전히 총을 멘 채 담배를 입에 물고, 겁에 질려 떨고 있는 사람들 사이를 어슬렁거리며 오갔다. 리나는 순간 저만치에서부터 달려오는 희고 둥그런 불빛을 보았다. 불빛은 처음엔 작았다가 점점 더 커지면서 하늘로 높이 타올라 눈부신 푸른색으로 변했다.

"불빛이다!"

리나는 자기도 모르게 소리를 질렀다. 멀리서부터 달려오고 있는 건 발 달린 불이 아니라 국경초소에 밥을 실어나르는 소형 트럭이었다. 여자들은 이제 끝장났다는 얼굴로 울먹이며 옆사람 손을 부여잡았다. 트럭 앞자리에 탄 남자가 먼저 내리고 잠시 후에 운전사가 내려 바로 초소로 들어갔다. "저 자식이 그 자식 아냐?" 아버지들이 초조한 얼굴로 소곤거렸다.

불이 켜진 초소의 창문으로 담배를 피우고 있는 그들이 보였다. 몇 분쯤 지나 트럭 앞자리에 탔던 남자가 밖으로 나와 가족의 대표인 아버지들을 불러모았다. 아버지들은 저린 발 때문에 엉거주춤하게 서서 인사를 했고, 잠시 후 각자 흩어져서 등을 돌린 채 보퉁이며 몸속에 숨긴 돈을 꺼냈다. 남자는 아버지들에게서 받은 돈을 모아 침을 발라가며 센 뒤 한 뭉치로 만들어 쥐고 초소로 들어갔다. 그리고 다시 밖으로 나와 탈출자들이 미리 준비해온 식량 보퉁이를 들고 초소 안으로 들어갔다. "저 개새끼들." 봉제공장 노동자들이 금세라도 초소로 뛰어들어갈 것처럼 부르르 떨었지만 금세 다시 꿇어앉았다. 초소 안에서 그들이 탁자 위에 음식을 내놓고 질펀하게 먹고 마시는 동안, 탈출자들은 꼴깍거리며 침 넘어가는 소리를 연달아 들어야 했다.

한참 만에야 남자가 초소 밖으로 나왔다. 몸에 꼭 맞는 바지와 점퍼를 입고 모자로 얼굴 윤곽을 가려 눈코입만 내놓은 옷차림이었다. 남자가 스물두 명의 탈출자들을 제3국까지 데려다줄 첫번째 인솔자였다. 최종적으로 가야 하는 P국까지는 직선 경로로는 갈 수 없었고 몇 개의 제3국을 우회해야 했다. 그들의 운명은 인솔자 한 사람에게 달려 있었다. 리나는 얼굴색이 검고 윤곽이 뚜렷한 인솔자의 얼굴을 보자마자 운명적으로 사랑할 남자를 만나게 됐다고 기뻐했다.

드디어 스물두 명은 총소리 한번 듣지 않고 국경을 넘었다. 국경은 푸른 띠처럼 펼쳐진 드넓은 둑 위에 있지도 않았고, 불 켜진 은빛 교각이 빛을 발하는 강물 위에 있지도 않았다. 국경은 그저 퇴로가 없이 사방이 막힌, 비탈지고 조용한 산길의 일부일 뿐이었다. 국경을 넘는 순간 리나는 목에 걸려 있던 사탕이 뱃속으로 쏙 미끄러져 들어가며 숨통이 확 열리는 기분이었다.

국경 너머로 경사가 약한 내리막길이 이어졌다. 엄마 등에 업힌 아기 두 명을 포함한 스물두 명이 불에 덴 사람들처럼 엉덩이를 실룩거리며 빠르게 걷기 시작했다. 길의 실루엣조차도 희미했고 희끗희끗한 옷가지나 보퉁이만 보였다. 인솔자는 맨 앞에 서서 빠르고 조용하게 사람들을 이끌어나갔다. 나이든 사람들은 숨이 차 기침을 하기 시작하고 아기들은 간간이 울었다. 리나는 발가락이 땅속으로 처박힐 듯 쏠리고 발목이 저려와 가끔씩 제자리에 멈춰 섰다. 산길을 오를 때보다 내려갈 때 발이 더 아팠다.

리나는 아버지가 집을 떠나기로 한 정확한 시간을 일부러 알려주지 않았다고 생각했다. 아버지가 남동생을 버리고 갈 리는 없었고, 다시 결혼하기는 어려울 게 뻔하기 때문에 마누라를 버리지는 않을 테고, 총살을 당하거나 오지로 끌려가도 아깝지 않을 자식은 아무리 생각해봐도 자기일 거라고 확신했다. 하지만 떠날 시간을 미리 알려줬다고 해도 달리 신을 괜찮은 신발이 있었던 건 아니었다. 달랑 두 켤레인 신발은 이미 오래전에 더이상 신을 수 없는 지경이 되었지만, 지금 이 순간 친구들이 신고 있던 신발이 차례로 눈앞으로 지나갔다. '미리 말해줬다면 바닥이 두툼하고 가벼워 보이는 그 흰색 운동화를 훔쳤을 텐데.' 리나는 무릎을 치며 아쉬워했다.

얼마나 많은 나라를 거쳐야 할지 알 수 없었지만 스물두 명은 첫번째 제3국으로 들어가는 관문인 강 어귀에 도착했다. 인솔자가 먼저 신발을 벗고 바짓가랑이를 무릎 위로 걷어올린 후 강을 건너는 시범을 보였다. 모두 인솔자를 따라 차례차례 강으로 들어갔다. 비가 오지 않아 바짝 마른 강은 리나의 허리에도 안 찰 만큼 물이 얕았다. 사람들은 강물에 발을 담그는 순간 뒤로 돌아서서, 건너온 국경 쪽에다 대고 두 손을 맞대고 비비며 머리를 숙였다. 리나는 키가 매우 작아 봉제공장 노동자의 등에 업혔다. 너무 긴장이 돼 엉덩이에 저절로 힘이 바짝 들어갔다.

강 상류 쪽과 하류 쪽 모두 탈출을 시도하는 사람들의 행렬로 넘쳐났다. 어떤 경로를 밟아 국경을 넘었는지, 왜 국경을 넘어 다른 나라로 가려고 하는지, 강에서 만난 사람들은 서로에 관해서 아무것도 묻지 않았다. 두 다리로 분주히 가르는 강물 소리와 그림자만 점점 커졌다.

탈출자들의 행렬이 강둑 위로 길게 펼쳐졌다. 강둑 아래는 야트막한 논밭길이었는데 거기까지 가서야 긴 행렬들이 분산되었고, 한참을 걷고 나서야 주변엔 다시 스물두 명만 남았다. 두 명의 아기를 동반한 스무 명의 어른들이 좁다란 논두렁길을 줄지어 서서 걸었다. 인솔자가 맨 앞에 서고 맨 뒤에 리나의 아버지가 있고 그 앞에 리나가 서 있었다. 리나는 여러 차례 허공에 손을 휘둘러 앞사람이 손에 닿아야 안심을 했다.

"좀 쉬어갑시다."

인솔자의 목소리가 들리자마자 스물두 명이 까치들처럼 논두렁에 일렬로 주저앉았다. 나이든 사람들이 또 밭은기침을 했다.

아기들이 칭얼거리자 죄 없는 아기 엄마들만 자리에서 일어나 머리를 조아리고는 또 젖을 꺼내 물렸다. 리나는 행렬의 뒤쪽에 서 있는 게 싫어 앞으로 걸어가다가 도랑에 풍덩 빠졌다. 도랑은 생각보다 물이 깊어서 인솔자가 손을 잡아 끌어올려줘야 했다. 때마침 앞쪽에서 남동생을 끌어안고 있던 엄마가 욕을 해댔다.

"극성맞긴. 그렇게 행동하면 남의 나라에다 확 버리고 갈 줄 알아!"

"극성맞은 걸로 말하자면 누가 엄마를 따라가겠어? 사람들이 나 대신 엄마를 버리고 갈지도 모르잖아."

사람들이 낄낄거리며 웃자 리나의 엄마가 눈을 부릅뜨고 째려봤다. 리나의 엄마는 열아홉 살 때 리나를 낳았다. 리나가 뭘 잘못하면 항상 "난 열아홉 살에 널 낳았어"라고 말했다. 그때마다 리나는 엄마에게 대들었고, 엄마는 "너도 삼사 년 후면 나처럼 애를 낳을 거란 말이지, 이년아"라며 웃었다. 리나는 그 말이 축복인지 저주인지 알 수 없었다. 언제나 어딜 가나 아들을 품 안에 꼭 안고 있는 엄마가 미웠고 남동생이 미웠고, 지금은 그런 미움이라도 있어야 배고픔을 참을 수 있을 것 같았다. 아기들의 울음소리가 점점 커졌다. 그때 인솔자가 점퍼 주머니에서 사탕을 꺼내 아기 엄마들에게만 한 개씩 주면서, 가능한 한 아기들을 빨리 달래라고 했다.

길이 점점 높아지더니 작은 벌거숭이산에 닿았다. 어린애들까지 나서서 나무를 베어다 난방을 하는 형편은 국경 안쪽이나 바깔쪽이나 같은 모양이었다. 게다가 봄이 되면 가끔씩 저절로 산불이 나서 모든 걸 다 태워버리고 나서야 꺼지기도 했다.

산을 넘어 평지로 거의 다 내려갔을 때 갑자기 어두운 저쪽에서 폭발음 같은 소리가 들려왔다. 그곳이 밀림이라고 해도 능히 밀고 들어올 최신형 탱크 소리처럼 요란했지만 겨우 오토바이 한 대가 내는 소리였다. 인솔자의 지시고 뭐고 모두들 화들짝 놀라 산속으로 달아나거나 그 자리에서 몸을 숙였다. 리나는 순간적으로 식구들이 어디에 있는지 궁금했지만, 등뒤에 꽂히는 흰 불빛 때문에 납작 엎드린 채 몸을 일으키지 못했다. 리나는 누군가 방망이로 머리통을 내리치고 목덜미를 잡아끌고 갈 것만 같아 죽은 듯이 엎드려 있었다. 코끝에 묻는 축축한 흙냄새가 두려움을 진정시켰다.

오토바이는 길 여기저기에 마음대로 빛을 난사하고는 흔적도 없이 사라졌다. 사람들은 동요하기 시작했다. 아기들은 자지러지게 울고 모두들 죽을 고비를 넘긴 넋 나간 사람들 표정으로 한숨만 내쉬었다. 시간이 얼마나 갔는지 알 수 없었고, 아무도 다가올 일들 다가올 시간 따위는 가르쳐주지 않았다. 눈꺼풀은 자꾸 무거워지고 낡은 운동화는 힘없이 툭툭 꺾여 발목이 접질리기 십상이었다.

힘이 빠진 리나는 걸으면서 졸았다. 눈앞에서 주홍색 불빛이 활활 타올랐다. 주홍색 불빛 속에 포근한 이불이 있고 이불솜들이 쌔근쌔근 숨을 쉬었다. 흰 밀가루 풍선은 처음엔 작았다가 점점 커져서 온몸이 푹신하게 감길 만큼 커다래지더니 따뜻한 빵덩어리로 부풀어올라 온몸을 감쌌다. 어디로든 혀만 내밀면 달콤한 빵이 입 안 가득 들어찼다. 그러나 그것도 잠깐, 리나는 고무줄바지를 입고 외줄타기를 하고 있었다. 현기증을 느끼고 균형을 잃어 넘어졌을 때처럼 머릿속이 띵하고 발걸음이 떨어지지 않았다. 해가 빨리 떠서 눈앞에 있는 것들이 다 보이고 어딘가에 등을 대고 자고 싶다는 생각뿐이었다.

평지를 걷고 또 걸어 새벽이 되었을 때에야 반짝거리는 불빛이 보였다. 인솔자는 스물두 명을 평지 끝에 외따로 떨어져 있는 낡은 집으로 데리고 갔다. 나무대문을 열자 곧바로 흙바닥이고 한쪽에 침대 두 개, 가운데 탁자 하나, 그 위에 국수 가락이 달라붙은 밥그릇이 놓여 있었다. 머리카락이 채 한 줌도 안 남은 할머니는 침대 위에 그림처럼 누워 있었고, 할머니의 며느리인지 딸인지 알 수 없는 여자는 탁자 옆에 앉아 바느질을 하고 있었다. 인솔자는 제집처럼 마음대로 수납장을 열고 뭔가를 꺼내기도 하고 집어넣기도 했다. 말을 해도 서로 못 알아들었을 테지만, 침대 위에 누운 할머니와 식탁 앞에 앉은 여자는 탈출자 스물두 명과 얼마나 더 가난한가 내기라도 하듯 서로를 빤히 쳐다봤다.

스물두 명은 흙바닥 위에 동그랗게 모여 앉아 뭔가 먹을 것을 주기를 기다리며 천장과 대문만 멀뚱히 쳐다봤다. 그러다가 앞에 앉은 사람과 눈이 마주치면 눈에 힘을 주고 불만 가득한 표정을 지었다. 아무리 기다려도 먹을 것을 주지 않자, 지친 사람들은 까딱까딱 졸기 시작했다. 리나는 운동화를 벗어 밑바닥에 낀 흙을 털어냈다. 발바닥이 닿는 깔창에 붙은 얇은 면은 닳아서 나달나달해졌고 도랑에 빠졌을 때 묻은 진흙이 말라붙어 있었다.

인솔자가 아기 엄마들의 손바닥에 흰 약봉지에 든 수면제를 한 포씩 놓아주었다.

"이제부터는 더 많이 걸어야 하니까 애들이 울지 않고 자게 수면제를 먹이세요. 빨리 먹이고 일어납시다."

리나는 사탕도 나오고 수면제도 나오는 불룩한 인솔자의 점퍼주머니 속에 또 뭐가 들어 있을까 무척 궁금해졌다. 아기 엄마들은 그 집 여자가 양은 밥그릇에 떠준 물에 설탕을 녹이고 수면제를 타서 거의 기진한 아기들의 입속에 조금씩 떠넣어주었다. 아기들은 죄 없는 손가락만 빨다가 입속으로 들어오는 단물을 맛보고는 쪽쪽거리며 빨아먹었다. 사람들 모두 아기들 입속으로 들어가는 수면제 탄 설탕물만 노려보았다. 그러다 드디어 한 남자가 폭발하고야 말았다.

"이런 빌어먹을, 우리한테는 먹을 것 좀 안 줍니까?"

"목적지까지 무사히 가시려면 성질을 죽이셔야 합니다. 지금은 시작에 불과해요. 여러분은 겨우 몇 시간 전에 국경을 넘었다구요."

리나는 단호한 인솔자의 표정이 멋져서 박수라도 치고 싶었지만 참았다. 인솔자는 스물두 명의 안전을 책임진 사람이었으므로 그에게는 누구도 더이상의 대꾸를 못 했다. 어깨에 닿는 새벽공기가 차가웠다. 논밭 저만치, 길 저 뒤에 몇 채씩 모여 있는 농가들은 짙은 안개가 움직일 때마다 지붕 한 귀퉁이 혹은 문짝 한 개씩만 보여주었다. 컹컹 개 짖는 소리가 들려오더니 점차 그 소리도 작아졌다. 운동화가, 온몸이 새벽안개에 촉촉하게 젖어들어 리나는 어깨를 감싸안았다.

나무껍질이 하얀 자작나무들이 두셋씩 모여 서 있는 구불구불한 길을 따라 한참을 걸었다. 안개도 옅어지고 하늘이 점점 파랗게 되다가 최고조로 파랗게 되었다고 느껴지는 한순간, 놀랍게도 사람들의 눈앞에 서 있는 알록달록한 버스 한 대가 보였다. 인솔자는 허리에 열쇠며 안경집을 주렁주렁 매단 운전사와 알아들을 수 없는 말들을 아주 오래 주고받았다. 스물두 명은 길옆 도로에 모여 앉아 인솔자가 말할 때는 인솔자를, 운전사가 말할 때는 운전사를 쳐다봤다.

인솔자가 아버지들을 불러모았다. 아버지들은 또 보통이 혹은 몸속 깊은 곳에서 돈을 꺼내 인솔자의 손바닥 위에 올려놓았다. 인솔자는 돈을 센 다음, 일부는 버스 운전사에게 주고 나머지는 자기 주머니 속에 넣었다. 그때 갑자기 아버지들 중 한 사람이 인솔자에게 달려들어 목덜미를 움켜쥐었다.

"이 자식아, 넌 이미 국경초소에서 돈을 받았잖아. 왜 또 돈을 받는 거야."

인솔자는 잡힌 목덜미를 단숨에 풀고 잇새로 침을 내뱉었다.

"그때 돈은 국경을 넘게 해준 대가, 이건 여기까지 와서 버스를 태워준 대가. 이걸로 내 일은 다 끝났고 나는 갑니다. 잡히면 당신들이 먼저 죽겠지만 나도 죽습니다."

"말도 통하지 않는 나라에 우리만 이렇게 버리고 가면 어떡해, 이 빌어먹을 놈의 새끼야. 안전한 데까지 데려다줘야 할 거 아냐."

"당신들한테 안전한 데가 어딘데?"

인솔자의 말에 다들 조용해졌다. 리나는 안개가 낀 길을 걸어 버스 반대쪽으로 빠르게 걸어가고 있는 인솔자의 뒷모습을 쳐다보고 있었다. 그리고 뭔가 중요한 고백이라도 할 것처럼 그를 따라 뛰어갔다. 그러나 막상 인솔자가 돌아서자 리나는 할 말을 잃었다. 리나는 고개를 숙인 채 한참을 머뭇거렸다. 인솔자는 리나의 얼굴을 빤히 쳐다보더니 손을 내밀어 리나의 이마에 붙은 머리카락을 살짝 쓰다듬었다. 그때 리나는 겨우 입을 열었다.

"아저씨, 잠자는 약 좀 남았으면 주고 가세요."

인솔자는 불룩한 점퍼 주머니에 손을 넣어 흰 약봉지 몇 개를 꺼내주며 말했다.

"많이 먹으면 죽는다."

리나는 언제까지나 국경을 넘나들며 살아갈 운명인 것만 같은 인솔자의 뒤통수를 쳐다봤다. 그러나 인솔자의 모습은 금세 안개 속으로 숨어버려 보이지 않았다. 분이 안 풀린 아버지들은 홍분해서 말도 통하지 않는 외국인 운전사를 붙들고 다른 인솔자를 구해달라고 통사정을 했다. 운전사는 그러거나 말거나 차에 시동을 걸었고, 모두들 소변을 보고 오라고 자신의 바지 앞 지퍼를 먼저 가리키고는 다시 논 쪽을 가리키며 사람들과 일일이 눈을 맞췄다. "아, 먹은 게 있어야 나올 것도 있지." 그러면서도 사람들은 여자 남자 할 것 없이 논으로 가서 볼일을 봤다. 리나도 비탈진 논둑 아래로 내려갔다. 봉제공장 언니가 엉덩이를 내리고 소변을 보고 있었다. 먹지 못한 두 사람의 엉덩이는 볼품없기로는 서로 뒤지지 않을 정도였지만 창피함 따위는 없었다. 리나가 먼저 여자의 엉덩이를 꼬집었다. 여자도 리나의 엉덩이를 꼬집었고 둘은 킥킥거렸다. 소변을 다 보고 엉덩이를 터느라 위아래로 몸을 흔드는 순간, 리나는 질구에 풀잎이 살짝 스치는 느낌이 들어 어깨를 떨었다. 얼굴 위로 가는 빗줄기가 떨어질 때의 간질거림 같았고 순간적으로 온몸이 떨렸다.

알록달록한 페인트칠이 버짐처럼 벗겨진 소형 버스 안에 겹치고 또 겹쳐서 스물두 명이 겨우 자리를 잡고 앉았다. 운전사는 남자들에게 담배를 한 개비씩 돌려주며 연신 큰 목소리로 떠들어댔다.

버스는 구불구불한 길을 달리고 또 달렸다. 빈속에 독한 외제 담배를 피운 남자들도 그 담배연기를 맡은 여자들도 수면제를 먹은 아기들도 세상모르고 자는 사이 버스는 계속해서 달렸다.

차창을 통해 쏟아져들어오는 햇빛에 눈이 부셔 리나가 잠에서 깨어났을 때 버스는 작은 시장 앞에 도착해 있었다. 운전석은 비어 있었고, 버스 안으로 매캐한 연기와 함께 고기 냄새 같은 것이 올라왔다. 사람들은 눈을 뜨고 어깨를 흔들며 창밖을 내다봤다. 시장 입구의 사람들은 삼삼오오 모여 앉아 내기에 몰두해 있거나, 희끄무레한 셔츠를 입고 하늘로 솟구친 감지 않은 머리가 한옆으로 죄다 눌린 채로 국수를 먹고 있었다. 이 나라의 아기들은 두 다리를 일자 모양으로 뻗은 채, 벌을 서고 있는 것처럼 엄마 등에 업혀 있었다.

"난 더 가기 싫어졌어. P국에서 우릴 받아주기나 할까." 옆에 앉은 봉제공장 언니가 리나의 어깨 위로 머리를 기댔다. "언니 툴툴거리기 대장이구나." 리나가 언니의 겨드랑이를 간질이기 시작했다. 겨드랑이가 촉촉하게 땀에 젖은 언니는 아무리 간질여도 웃지를 않았다. 잠시 후에 운전사가 버스 위로 올라왔다. 혼자서 뭘 먹었는지 콧등이며 이마에 반질반질 기름이 흘렀고 어느새 반팔 옷으로 갈아입은 채였다. 누군가 일어나 운전사에게 말했다.

"우리한테는 먹을 것 좀 안 줍니까."

운전사는 당연히 무슨 소리인지 알아듣지 못했다. 그래서 이번엔 수저로 음식을 떠먹는 흉내를 해 보였다. 그러자 운전사는 버스 문을 가리키며 누군가 들어와 멱살을 잡고 발로 차고, 두 손목을 엑스자로 겹쳐놓고는 그 위에 수갑을 채워 끌고 가는 시늉을 했다. 웬만한 배우 못지않은 연기에 사람들은 창밖으로 시선을 돌린 채 아무 말도 못했다.

버스가 달리기 시작했다. 좁고 높은 산길을 달리는 버스는 심하게 덜컹거려서 엉덩이가 줄창 허공에 떠 있었다. 산길 아래는 떨어졌다 하면 흔적도 찾지 못할 만큼 낭떠러지가 깊었다. 사람이라고는 찾아볼 길이 없고, 가끔씩 도로를 막는 것은 목에 소리나는 방울을 달고 저희들끼리 돌아다니는 몸통이 검은 소떼나 늙은 양떼뿐이었다.

산을 끼고 도는 내리막길을 가다가 버스가 갑자기 급정거했다. 운전사가 밖으로 나갔고 무슨 일인가 궁금해진 사람들은 모두들 버스 앞쪽으로 몰렸다. 산에서 굴러떨어진 흙과 커다란 돌덩이들이 길 한가운데를 막고 있었다. 운전사는 버스 위로 올라와 남자들 몇 명의 소매를 끌고 내려갔다. 남자들이 땀을 흘리며 흙더미와 돌덩이들을 치우는 사이 운전사는 편안히 앉아 담배만 피웠다. 길이 트이자 버스는 다시 출발했다. 안 그래도 기력이 없는데 갑자기 노역까지 한 남자들은 기진해 또다시 잠에 빠져들었다.

저만치 높고 깊은 산 사이로 작은 삼각형 모양의 황토색 강물이 보이기 시작했다. 버스가 달리면 달릴수록 강물의 크기는 점점 더 커졌고, 삼각형 모양이 깨지면서 강 위쪽으로 거대한 시멘트 댐이 보였다. 강폭은 넓지 않았지만 누런 황톳물이 높은 산을 휘감고 구렁이처럼 미동도 않고 흘렀다. “이 나라도 사람 살 데는 못 되는 거야.” 누군가 정적을 깨고 말했다. 강으로 갈

수록 토사 유입이 많아져서 물은 점점 더 탁해질 거라고 했다. 리나는 창문에 얼굴을 대고 생각했다. '스물두 명이 모두 강물에 빠져 죽는다고 해도 황톳물은 표정 하나 바뀌지 않을걸. 강은 원래 흔적도 없이 다 삼켜버리잖아. 우리가 여기 있는 줄 아무도 모르겠지. 우린 공중에 떠 있는 거나 마찬가지야.'

침대기차

버스는 해 질 무렵이 지나서야 차량의 행렬이 눈에 띄게 많은 도로로 진입했다. 이렇게 저렇게 겹치고 포개어 앉은 스물두 명은 하반신이 감각을 잃을 정도로 오랜 시간을 견뎌냈다. 버스는 자동차와 자전거와 매연이 한 덩어리가 되어 굴러가고 있는 거대한 도시 한복판으로 진입했고, 스물두 명의 눈동자는 화려한 조명을 매단 도시의 밤으로 일제히 쏠렸다. 도시는 회색의 공기 위에 둥둥 떠 있는 것만 같았다. 먼지와 피로에 오랜 시간 찌든 흙투성이의 이방인들은 대도시 한복판에 동그랗게 모여 서서 주변을 둘러봤다.

두번째 인솔자는 키가 크고 길쭉한 얼굴에 나이가 들어 보이는 여자였다. 버스 운전사는 인솔자에게 짧게 몇 마디를 한 뒤, 남자들에게 또 기분좋게 담배 한 개비씩을 나눠주고는 부드러운 운전 솜씨로 복잡한 골목을 빠져나갔다. 스물두 명은 너무나 배가 고픈 나머지, 일제히 햄버거집 통유리창 앞에 서서 사람들 턱밑에 놓인 음식만 계속 쳐다봤다. 인솔자는 어느 나라 사람인지 알 수 없었지만 이 나라 말도 우리말도 다 할 줄 알았다.

"여기서 오래 있을 시간이 없어요. 여러분은 밤기차를 타야 해요."

"너무 배가 고파서 뭘 먹지 않으면 갈 수가 없어요. 그냥 갔다간 기차라도 뜯어 먹을걸요."

아버지들이 인솔자 옆으로 모여들며 눈을 빛냈다. 리나는 끝도 없이 펼쳐진 불빛과 높은 빌딩들, 자동차 소음과 사람들의 움직임으로 가득 찬 거대한 도시를 쳐다봤다. 사람들이 양손에 가방을 몇 개씩 들고 환한 얼굴로 상가에서 나왔다. 리나의 발걸음은 저절로 상가 앞에 있는 노점으로 향했다. 노점에서는 머리띠와 인형, 신발을 팔았다. 리나는 신발노점상 앞으로 다가가 굽이 높고 흰 털이 달린 부츠를 만져봤다. 흰 털의 감촉이 부드러워 저절로 탄성이 나왔다. 흰 털을 만지고 있는 손톱에는 누런 흙이 박혀 있고 손등은 나무껍질처럼 거칠었다. '내가 가서 살게 될 P국은 이 나라보다 더 잘산다고 했어. 나도 저 여자들처럼 청바지를 입고 구두를 신겠지. 정말 대학에도 갈 수 있을까. 배가 터지게 먹기는 할 거야.' 리나는 갑자기 들떠서 혼자 웃었다.

"누나, 여기서 뭐해. 엄마가 찾아."

리나는 남동생에게 부츠의 흰 털을 만져보라고 했다. 남동생이 부츠를 만지려고 하자 노점 주인이 팔을 내저으며 남동생의 머리를 찰싹 때렸다. 리나는 화가 나서 리어카를 발로 차고는 남동생이 부르거나 말거나 골목길로 도망쳤다. 골목 안에는 작은 가게들이 일렬로 늘어서 있었다. 한 가게 안에서 푸른색의 긴 치마를 입은 여자가 엎드린 남자의 발바닥을 주물럭거리고 있었다. 여자의 얼굴은 희고 갸름했으나 남자의 발바닥을 누르는 손은 남자 손처럼 마디가 크고 굵었다. 붉은색의 치마를 입은 여자가 리나를 보고는 활처럼 휜 눈썹을 찡그렸다. 그래도 유리창에서 떨어지지 않자 창으로 다가와 마귀할멈 같은 표정으로 가라고 손짓했다. 리나는 재빨리 골목을 빠져나왔다.

해가 진 도시는 잿빛으로 어두웠고 안개인지 매연인지 모를 회색의 공기가 바로 머리 위까지 내려와 있어서 숨쉬기도 어려웠다. 거리에 사람들이 워낙 많아 앞을 보고 제대로 따라가지 않으면 길을 잃기 십상이었다. 조금만 한눈을 팔면 인솔자는 보이지 않고 엉뚱한 사람들 뒤를 따라가고 있었다.

어두운 기차역 광장은 인파로 북적거렸다. 경찰들이 곳곳에 서 있지만 신분증을 보여달라거나 어디서 왔느냐고 묻는 일은 일어나지 않았다. 아무도 그들에게 관심을 보이지 않았다. 이층의 대합실로 올라갔다. 인솔자가 아버지들에게 기차표를 나눠줬다. 일렬로 놓인 의자가 끝없이 펼쳐져 있는 대합실은 의자마다 빈 곳이 없었다. 실내 공기는 갑갑했고 대합실 바닥엔 휴지며 담배꽁초 천지였다. 기차가 출발하려면 두 시간이나 남았는데

이 나라 사람들은 출발 몇 시간 전부터 역에 나와 기차를 기다린다고 했다. 기차뿐만 아니라 버스도 그렇고 배도 그렇고, 심지어 비행기도 예정대로 출발하는 법이 없다는 말에 모두들 고개를 끄덕거렸다. 인솔자가 아까부터 들고 있던 가방을 풀어 흰 만두를 넣은 비닐봉지 한 개씩을 가족별로 나눠줬다.

"한 사람 앞에 두 개씩만 먹어야 해." 어른들이 말했다. 너무나 배가 고파 앞에 앉은 사람 얼굴도 제대로 안 보였다. 간장도 물도 없이 입속에 만두를 넣었다. 건너편 의자에 앉은 여자들이 뚫어져라 만두를 쳐다봤다. "이렇게 맛있는 만두는 처음이야." 누군가 감탄해서 말했다. 다들 금세 만두를 먹어치우고는 두 손을 모은 채 이번엔 또 뭘 줄 건가, 인솔자의 얼굴만 빤히 쳐다봤다. 인솔자가 가방에서 이름을 알 수 없는 열대과일을 꺼내 두 사람 앞에 한 개씩 나눠줬다. 껍질째 두 쪽으로 나누자 말간 자주색 알갱이가 터져나왔다.

원색의 옷을 입은 서양 사람들이 대합실 풍경을 카메라에 담았다. 리나는 뭘 저렇게 찍을까 궁금하기도 했지만 그들에게서 나는 이상한 냄새에 더 끌렸다. 그때 갑자기 개찰구 쪽에서 요란한 벨소리가 들렸다. 기차가 오려면 아직 한 시간이나 남아 있었는데 사람들이 개찰구 앞으로 몰려가 줄을 섰다. 줄은 대합실을 지나 일층으로 내려가는 복도까지 이어졌다. 사람들은 또 한 시간 동안 그냥 서서 기다렸다. 개찰구가 열리자 황토색 강물이 흘러가듯 수많은 사람들이 계단을 내려가고 또 올라갔다.

스물두 명은 인솔자 한 명을 에워싼 채 그 옆에서 조금도 밀려나지 않으려고 종종걸음을 쳤다.

기차는 넓은 습지를 훑고 지나온 것처럼 온통 짙은 초록색이었다. 제복을 입은 차장 몇 사람이 나타나 기차로 몰려드는 사람들을 나무막대기 하나로 정리하려고 했다. 그러나 몰려드는 사람들 기세에 눌려 이내 정리를 포기하고 사라졌다.

침대가 놓인 객실 한 칸에 리나네 가족이 다 모였다. 아버지와 엄마는 아래칸에, 남동생과 리나는 위칸으로 올라갔다. 기차 스피커를 통해 간드러진 목소리의 여가수가 부르는 경쾌한 노래가 계속해서 흘러나왔다. 인솔자가 방마다 돌며 제대로 다 탔는지를 확인했고, 겁이 난 사람들은 객실 안에 꼼짝도 안 하고 갇힌 채 객실 밖으로는 나갈 생각도 안 했다.

"표 검사 하러 오면 아무 말도 하지 말고 표만 보여주세요. 절대로 말을 하지 마세요. 씻고 싶으시겠지만 좀 참으세요. 괜히 기차시설을 이용하다가 여기 사람들과 시비라도 붙으면 골치 아파요."

인솔자가 나가고 문을 닫아걸었다. 문을 닫아도 시끄럽기는 마찬가지였다. 끊임없이 객실 문을 여닫는 소리, 복도에 나와 떠드는 소리, 스피커에서 들리는 노랫소리로 기차 안은 몹시 소란스러웠다. 리나의 엄마는 앉아서 졸다가 기차가 흔들리는 통에 침대에 저절로 쓰러져 잤다. 아버지는 어느새 이 나라 사람들과 똑같이 기름기에 절어 떡이 된 머리 스타일을 한 채로 몸속에 숨긴 돈을 꺼내 세어보고 있는 중이었다. 리나는 거울을 꺼내 햇볕에 그을린 얼굴을 들여다봤다.

리나는 아래칸으로 내려가서 빠끔히 문을 열었다. 사람들이 복도의 창틀에 걸터앉아서 담배를 피웠다. 객실 안에 있는 사람들은 열대과일 껍질을 계속해서 객실 밖 통로로 던지면서, 누런 봉투 속에 손을 넣어 해바라기 씨를 꺼내 먹었다. 입으로는 퉤퉤, 해바라기 씨 껍질을 뱉어내며 내기판에 끼어들어 참견을 했다. 아이들은 침대에 엎드려 자고 있었고 어른들은 아이들이 자든 말든 관심도 없었다.

차창 밖 풍경이 전혀 보이지 않을 만큼 어둠이 깊어져서야 기차는 길게 기적을 울리고 출발했다. 리나는 침대에 엎드린 채 커튼 틈으로 내다보이는 한 뼘도 안 되는 바깥 풍경만 눈이 빠져라 내다봤다. 리나가 지금껏 본 가장 큰 도시가 점점 멀어지고 있었다. 가끔씩 잠이 들기도 했지만 별것 아닌 소리에도 화들짝 놀라 눈을 떴다. 겨우 잠이 들면 꿈속에서 벗어나지 못했다. 리나는 몸에 잘 맞지 않는 누더기 옷을 겹겹이 걸치고 알 수 없는 곳을 걸어갔다. 흰 두루마기에 무명끈으로 허리를 질끈 묶은 제관들이 흰 마스크를 쓰고 다가왔다. 하얀 설탕통에 빠져서 달고 고운 설탕을 먹다가 결국은 설탕에 목이 막히고 발이 빠져 설탕 속에 파묻혀 죽었다. 또 길을 걷다가 신발이 다 해져서 맨발에 돌이 박혀 걷지도 못하고 물구나무를 한 채 제자리를 맴맴 돌았다.

꿈에 기차가 움직이지 않고 레일 위에 그냥 서 있었다. 리나는 여전히 꿈속이겠거니 했는데 꿈속이 아니었다. 창을 가린 커튼을 열었다. 창밖은 아직 깊고 검은 밤이었다. 건물도 불빛도 보이지 않고 기차는 산속 한가운데 서 있었다. 갑자기 복도 쪽이 환해지면서 사람들 말소리가 들려왔다. 다른 객실의 문들이 벌컥벌컥 열리는 소리가 들렸다. 리나는 아래칸으로 내려가 아버지의 팔뚝을 꼬집었다. 아버지는 눈 깜짝할 사이에 옷을 주워 입고는, 긴장된 표정으로 꼿꼿이 앉아 있었다.

스물두 명 중 리나네 식구 네 명과 할아버지 할머니 가족, 그리고 갓난쟁이 아기가 있는 가족 네 명이 기차에서 끌어내려졌다. 표도 없이 기차를 탄 횡설수설하는 이 나라 남자들 몇 명도 같이 끌어내려졌다. 이제는 습관이 돼서 누가 시키지 않아도 잡히면 자동적으로 무릎을 꿇고 양손을 머리 위로 올렸다. 바닥이 평평하지 않아서 자꾸 몸이 한쪽으로 기울었다. 총을 든 경찰 두 명이 보퉁이를 쿡쿡 찔러봤다. 인솔자는 총을 들지 않은 경찰과 얘기 중이었다. 사람들은 갓난쟁이가 끙끙거릴 때나 할아버지가 기침을 할 때마다, 경찰이 화가 나서 기차를 출발시키면 어쩌나 조마조마한 얼굴이 되었다. 밖은 생각보다 추워서 기차 표면에 서리가 낄 정도였다. 인솔자가 다가와 아버지들에게 말했다.

"어디나 그렇지만 저 사람들도 돈을 원해요."

아버지들은 코를 풀어 허공에 뿌리며 난감한 얼굴을 했다.

"아니, 저런 도둑놈들을 봤나. 우리가 돈이 어딨어. 그리고 돈만 받고 우리는 내버려둔 채 기차가 그냥 가면 어쩌라구."

"그럴 리 없어요. 기차는 전기가 모자라서 못 가는 거지, 당신들 때문에 못 가는 게 아니에요. 저 사람들은 눈치가 빨라요. 우리가 운이 나빴어요."

아버지들은 또 몸속 깊숙한 곳에 숨긴 돈을 꺼내느라 일부러 오래 꿈지럭거렸다. 돈을 모아 주자 경찰들이 아버지들에게 유쾌한 얼굴로 담배를 한 개비씩 건네고 불을 붙여줬다. 열 명은 다시 침대기차에 올라탔고 화가 난 아버지들은 복도에서 담배를 피우고 난 후 신경질적으로 담배꽁초를 창문 너머로 내던졌다.

스물두 명은 그 기차에서 오십 시간을 넘게 버텼다. 인솔자가 가끔 갖다주는 만두며 과자 외에 음식이라고 할 만한 건 없었고 양도 적었다. 지독하게 넓은 땅덩어리는 서남쪽으로 가도 가도 끝이 없었다. 모두들 지루한 나머지 객실을 바꿔가며 이 집 저 집 놀러 다녔고, 화장실이며 세면실을 제집 드나들듯 하고 이 나라 사람들과 말까지 섞었다.

목적지인 서남쪽 끝 도시에 도착한 날 새벽, 기온은 높은 가운데 부슬비가 내렸다. 이 나라 사람들은 그렇게 먹고도 또 먹을 게 남았는지 큼지막한 보퉁이들을 머리에 잔뜩 얹고 또 양손에 든 채로 역 광장으로 나섰다. 광장에는 택시와 택시보다 조금 큰 간이버스, 말이 끄는 수레와 자전거에 오토바이까지 온갖 종류의 탈것들이 모두 집합해 있었다.

코끝에 닿는 기운이 지금까지와는 달랐다. 아침해도 금세 뜨고 추위도 느껴지지 않았다. 리나는 운동화 때문에라도 날씨가 따뜻한 게 다행이라고 크게 숨을 쉬었다. 스물두 명은 빨갛고 파란 천으로 몸을 감싼 미끈한 말이 모는 마차 두 대에 나눠 탔다. 이제 점점 더 서남쪽 끝으로 갈 것이고 거기서 또 제3국 국경을 넘게 된다는 것 말고는 아는 게 없었다. 리나는 실룩거리는 말 엉덩이만 계속해서 쳐다봤고, 오십 시간을 좁은 기차 안에서 보낸 사람들은 반쯤 혼이 나가 낯선 풍경만 바라봤다.

길 양편으로 넓게 펼쳐진 양파밭이 보였다. 밭일을 하는 사람들이 어깨를 웅크린 채 모여 앉아 커다란 깡통 속에 담긴 밥을 퍼먹었다. 날씨가 좋아 길가의 집들은 속을 훤히 드러내놓고 있었다. 여자들은 그릇에 먹을 것을 담아들고는 아랫도리를 벗고 놀고 있는 아이들을 따라다니며 밥을 떠먹였다. 노인들은 집 앞에 나와 앉아 초점도 없이 먼 곳을 쳐다봤다. 석재 가공 공장에서는 시간 가는 줄 모르고 돌을 갈아 꽃을 만들었다. 한 남자가 검은 고기를 길게 잘라 빨랫줄에 걸어 말렸다. 검은 소들은 느릿느릿 집 주변을 배회했고 소가 서 있는 풍경 뒤로는 광활한 논과 밭이 펼쳐져 있었다.

얼마나 달렸을까. 엉덩이가 남의 살처럼 둔해질 만큼 달려서야 말발굽 소리가 느려지고 말은 달리기를 멈췄다. 옛 성터의 성문을 통과하자 문을 중심으로 좌우에 넓게 펼쳐진 상점들이 눈길을 끌었다. 상점들 앞에는 가지가 싱싱한 미루나무들이 늘어져 있었다. 노인들은 커다란 물담배통에 입술을 담고 눈동자가 새빨개지도록 힘을 준 채 스물두 명을 쳐다봤다.

인솔자는 골목 사이에 있는 허름한 국숫집으로 사람들을 데려갔다. 음식을 만드는 부엌이라는 것도 따로 없고, 길에다 선반 하나를 내놓고 양념통이며 재료 들을 즐비하게 놓고 그 앞에 간이의자와 테이블을 놓은 게 다였다. 스물두 명이 모두 앉기에는 자리가 좁아서 옆에 있는 국숫집까지 차지했다. 텅 비어 있던 국숫집 앞이 꾀죄죄한 몰골의 사람들로 가득 차자 사람들이 구경하러 모여들었다.

국수 맛은 기름기가 강했으나 할아버지 할머니는 말할 것도 없고 갓난쟁이들까지 너무나 배가 고파 정신없이 후루룩거리며 먹었다.

"국수 안에 들어 있는 고동색 열매가 이 지방에서 아주 흔한 마약인데, 여기서는 국수에도 이걸 넣어 먹어요."

들어 있는 게 마약보다 더한 것이라고 해도 배가 고파 아무 상관이 없었다. 후루룩거리며 국수 먹는 소리만 골목을 가득 채우고, 사람들 얼굴에 깊게 박혔던 주름이 조금씩 펴졌다. 국숫집 남자 주인이 남자들에게 또 담배를 권했다. 국수를 다 먹은 남자들은 허공 위로 담배연기를 뿜어내고 여자들은 오랜만에 한가롭게 수다를 떨었다.

국수를 먹고 나서 스물두 명이 간 곳은 이 나라가 아주 번성했던 때, 이 지역에서 아주 힘이 강했던 소수민족의 지배층들이 모여 살았다는 주택단지였다. 지금은 돈 없고 집 없는 사람들에게 국가에서 공짜로 나눠준 집에 불과하지만, 옛날에는 최상부 권력층이었던 사람들이 살았던 주택단지라고 했다. 집들은 대다수가 비어 있고 거미줄투성이인데다 허물어지기 직전이었다.

스물두 명은 정확히 미음자인 이층집 마당으로 안내되어 들어갔다. 리나는 먼지가 뽀얗게 앉은 이층 계단으로 타닥타닥 올라갔다. 이층은 몇 개의 방으로 나뉘어 있고 방마다 고풍스런 침대며 의자며 시계 들이 백 년 전쯤 모습 그대로 놓여 있었다. 사람들은 따뜻한 날씨를 핑계삼아 마당에 그냥 있겠다고 했고, 누군가 마당 한켠에 세워진 돗자리 같은 것을 펴서 쭉 깔았다. 그러자 엄마 등에서 놓여난 어린것들이 제일 먼저 좋아라 바닥을 기어다니기 시작했다. 여자들은 짐을 풀어 정리하기 시작했고 남자들은 집 입구에 모여 서서 창문틀에 그려진 장식이며 벽에 걸린 그림들을 구경했다.

"여기서 쉬다가 밤이 되면 버스를 탑니다. 버스에서 내리면 또 계속 걸어야 합니다. 힘들 걸 생각해서 이럴 때 좀 쉬어두세요."

인솔자의 말이 채 끝나기도 전에 봉제공장 노동자 중 한 남자가 후다닥 일어나 화장실로 갔다. 그리고 잠시 후 다른 사람들도 다급하게 뛰어 밖으로 나가기 시작했다. 설사병이었다. 갓난쟁이들은 기저귀가 모자라 안달이 난 엄마의 심정을 아는지 모르는지 기저귀에 설사를 하고는 손가락으로 설사똥을 찍어 먹었다. 나중엔 화장실 차례를 기다리고 있을 수가 없어서 모두 다

집 바깥이기만 하면 엉덩이를 내리고 앉아 설사를 하는 진풍경이 벌어졌다. 리나는 사람들의 눈을 피해 주택단지 안에 있는 작은 사당 같은 곳으로 올라갔다. 아무 데서나 설사를 하면 안 된다는 건 알지만 참을 수가 없었다. 아랫배에서 북소리가 나고 아무리 항문에 힘을 주어 오므려도 절제가 안 됐다. 설사를 안 하는 사람은 인솔자 한 명뿐이었다.

"도대체 이게 무슨 일입니까. 똥구멍이 다 헐 지경입니다. 먹은 걸 다 쏟아냈으니 이걸 어쩝니까."

"며칠을 굶은 사람들한테 그런 국물에 끓인 국수를 먹였으니. 내가 가서 약을 사올게요."

인솔자가 나가고 사람들은 따뜻하게 내리쬐는 햇볕 아래서 기진한 채로 몸을 굽히고 있다가 신호가 올 때마다 화장실로 집 밖으로 뛰어갔다. 인솔자가 지사제를 구해올 때까지 아무도 입도 뻥긋 안 하고 문짝이며 기둥에 기대 앉아 있었다. 리나도 등을 기대고 앉아 있다가 문짝이 쓰러질 듯 빠지직거리는 소리가 나면 뒤를 돌아보았다. 몇백 년 전 빛나는 시대를 살았던 소수민족들이 반은 인간, 반은 짐승의 모양으로 나무문틀 속에 갇혀 깊은 잠에 빠져 있었다.

밤이 되자 스물두 명은 침대버스를 탔다. 신발들을 벗고 누워 있어 발냄새가 끔찍했다. 모두들 얼굴이 핼쑥했고 아무런 의욕이 없어 보였다. 지사제를 쓰고도 아직 설사가 멈추지 않은 사람들은 돈을 내고 이용해야 하는 화장실 대신 정류장 뒤편의 발으로 갔다. 모두들 배가 고파서 버스에 올라타고 나서도 아랫배를 움켜잡고 침대에 가만히 누워 있었다. 버스는 출발할 시간이 지나도 떠날 생각을 안 했다.

리나는 인솔자의 등뒤에 서서 사람들이 뭘 하는지 봤다. 작은 나무의자를 놓고 앉아 구슬로 돈 따먹기 내기를 했다. 버스에 탄 이 나라 사람들은 버스가 출발하지 않는 것에 대해 항의도 하지 않았고 침대에 누워 잘도 잤다. 침대버스 앞을 가로막고 있는 버스가 한 대 있었다. 운전사는 차를 대놓고는 어딘가로 사라져 연락이 안 된다고 했다. 국경을 넘어 목숨을 내놓고 돌아다니고 있는 스물두 명에게는 참으로 어처구니없는 이유였지만 또 별수 없었다.

침대버스는 출발 예정시간보다 두 시간이 지나 출발했다. 불빛마저 사라진 도시는 잿빛 유리상자 속에 든 고대 도시의 모형 같았다. 아래칸 뒤쪽에 탄 아기 엄마들이 아기에게 젖을 물리느라 가끔씩 깨곤 했다. 버스는 기름을 넣기 위해 주유소에 한 번 정차한 것 말고는 아무 일 없이 계속 달렸다.

새벽 여섯시에 도착한다던 침대버스는 두 시간이 지난 여덟시가 되어서야 이 나라의 남쪽 끝 도시에 도착했다. 버스에 탄 이 나라 사람들은 목적지에 다 왔는데도 내릴 생각도 안 하고 여전히 잠만 잤다. 인솔자는 작은 목소리로 사람들을 깨우기 시작했고, 도시는 이미 아침을 맞아 거대한 자전거의 행렬을 품은 채 느리게 해를 띄우고 있었다. 스물두 명은 버스정류장 앞 길바닥에 모여 앉아 군고구마를 아침으로 먹었다.

인솔자는 사람들을 일반 버스에 올라타게 했다. 버스에 스물두 명이 올라타자 금세 자리가 찼다. 잠시 후, 색이 검은 머리를 삼각형의 검은 모자 속에 꼭꼭 집어넣고, 검은 유도복처럼 소매가 긴 옷을 입은 소수민족 여자들이 어마어마하게 큰 짐을 머리에 이고 버스에 올라탔다. 온통 검은색에 장식이라고는 소매에 그려진 세 줄의 푸른색이 다였다. 여자들은 몹시 수줍어해서 버스에 탄 사람들과 눈도 마주치지 않았다. 여자들은 자리가 없어 버스 중앙의 바닥에 줄을 맞춰 앉았고, 버스는 높은 산길을 따라 달리기 시작했다.

햇살은 따갑고 창밖은 아주 더웠다. 열린 창문을 통해 들어와 팔이며 목에 와 닿는 바람이 싫지 않았다. 리나는 멀리 펼쳐진 높은 산들과 산속으로 난 좁은 길들을 쳐다봤다. 기온은 점점 높아져서 아기들도 입고 있던 두꺼운 겉옷을 벗은 홑내복 차림으로 바싹 마른 손목을 내놓고 까르륵거렸다. 리나도 그동안 한 번도 벗지 않았던 웃옷을 벗었다. 움츠렸던 등줄기가 저절로 펴지는 기분이 들었다. "이게 잘한 일인지 모르겠어, 무사히 들어갈 수 있을까?" 남자들의 말에 아무도 반응을 안 했다. 차 안이 조용해지자 검은색 기미가 얼굴 가득한 소수민족 여자들이 아주 살며시 고개를 돌려 사람들을 훔쳐봤다.

버스는 전형적인 농촌마을에 스물두 명을 내려놓았다. 스물두 명이 내리자 그때야 소수민족 여자들이 어깨를 돌려 사람들을 쳐다봤다. 리나가 손을 흔들었지만 여자들은 고개를 돌려버렸다. 인솔자는 사람들을 데리고 한 농가로 갔다. 그곳은 일종의 집단촌으로 동네 한가운데 우물도 있고 놀이터도 있었다. 스물두 명은 우물 옆 공터에 앉아 한가롭게 쉬었다.

"여러분이 지금 있는 곳에서 여덟 시간을 걸으면 이 나라의 남쪽 국경에 도착해요. 하지만 어린 애기들도 있고 배도 고프고, 국경을 넘어서 또다른 나라로 들어가 P국의 선교사들이 운영하는 교회까지 가려면 여덟 시간이 뭡니까, 길을 잘못 들면 며칠이 걸릴 수도 있어요. 하지만 그곳에 도착만 하면 따뜻한 밥을 먹을 수 있어요. 탈출자들을 돕기 위해 파견 나와 있는 선교사들이 만들어주는 여권을 가지고 이제 안전하게 P국으로 입국할 수 있어요. 물론 비행기로 들어가는 겁니다."

비행기라는 말에 사람들은 입을 벌리고 헤벌쭉 웃었다. 우물물을 받아 얼굴도 씻고 발도 씻었다. 리나는 마음대로 벗고 씻을 수도 없는 건 여자들뿐이라고 투덜거리며 두 발 위에 물만 뿌렸다. 사람들은 짐을 가볍게 하느라 불필요한 옷가지들이며 당장 필요치 않은 짐들을 우물가에 다 내놓았고, 리나는 우물가 주변을 돌며 질긴 풀을 뜯어 양쪽 운동화 한가운데를 꽁꽁 묶었다. 그리고 손거울을 꺼내 얼굴에 묻은 얼룩을 닦고 찬찬히 거울 속을 들여다봤다.

숲속

신작로를 따라 남쪽 국경을 향해 걷기 시작했을 때 산등성이 너머로 막 해가 떨어지고 있었다. 산 아래 농가는 금세 어둠에 휩싸였다. 신작로는 차츰차츰 높아졌다. 고도가 높아지자 기압도 낮아지고 숨쉬기도 어려웠다. 앞을 향해 걷고 있는데도 발걸음이 자꾸 뒤로 처졌다. 얼마쯤 가다가 인솔자가 먼저 신작로를 건넜고 모두 따라 건넜다. 신작로 아래쪽으로는 생전 처음 보는 풍경이 펼쳐져 있었다.

"이 근처 사는 소수민족들이 천 년인가 이천 년인가에 걸쳐 만든 계단식 논밭이 바로 여기예요. 먼 나라에서 이걸 보기 위해 오는 외국인 관광객들도 많대요."

논밭은 산의 경사를 따라 아이들이 장난스레 그려놓은 그림처럼 어지러우면서도 자연스러운 형태를 이루고 있었고, 논밭을 둘러싸고 있는 산 중턱에 박힌 농가들은 손톱처럼 작게 보였다. 스물두 명은 너무나 잘살아서 심심해 죽겠는 나라에서 온 관광객들처럼 신작로 위에 일렬로 서서 천 년의 시간을 내려다봤다. 서서히 사그라지던 해는 흰빛만 남기고 순식간에 사라져버렸다. 그때 어디선가 피리 소리가 들려왔다. 신작로 한옆에 거적을 얹은 작은 움막집이 있었다. 움막 안에서 아래위 흰옷에 분홍색 조끼를 덧입은 소수민족 여자 둘이 앉아 피리를 불고 있었다. 빗어올린 검은 머리와 사람들을 똑바로 쳐다보지 않는 내리깐 눈매가 예뻤다. 사람들이 그 앞에 서서 피리 소리를 감상하자 나이가 어려 보이는 여자가 나와 당당하게 손을 내밀었다. 아무도 돈을 주지 않자 여자들은 더이상 피리를 불지 않았다.

신작로에서 산길로 접어드는 우측 언덕길이 나타났다. 인솔자와 남자들이 앞서 걸었고 여자들이 그 뒤를 따라 걸었다. 흙바닥이라 사람들 발소리도 잘 들리지 않았고 멀리서 들려오던 개 짖는 소리도 이내 나뭇잎 흔들리는 소리에 지워졌다. 산이 수직으로 높아지면서 쭉쭉 뻗은 울창한 나무숲에 닿았다. 앞에서 남자들이 끌어주지 않으면 걸을 수 없을 정도였다. 앞에 아버지가 보였다. 리나는 서른아홉 살인 아버지의 뒷모습을 쳐다봤다. 탄광에서 태어나 탄광에서 죽은 할아버지처럼 살 운명이었던 아버지가 왜 탈출하려고 했는지 리나는 궁금했다. 그러나 그런 얘기를 물어볼 만큼 아버지와 친하지 않았다. 리나는 그것 말고도 아버지에게 물어보고 싶은 게 또 있었다. '리나'라는 이름을 누가 지어주었는지……

산은 올라갈수록 높아서 도통 앞이 보이지 않았다. 이제 막 나뭇잎들이 바삭거리며 말라가는 중이어서 몸에 스칠 때마다 소리가 났다. 나뭇가지 위의 새들이 화들짝 놀라 동서로 날아갔고, 저만치로 달아나는 작은 산짐승들의 뒷모습이 보였다. 아기들이 소리내어 울기 시작했고 여자들이 제자리에 주저앉아 투덜거렸다.

"여기서 잡히면 어떻게 되는지 아세요? 아까 그 징글맞게 큰 계단식 논 보셨죠. 거기서 죽을 때까지 농사나 지으실래요? 여기는 애들도 어른도 사람은 다 노동력이에요. 이 나라는 도시는 한 명, 농촌은 두 명을 낳을 수 있지만 법을 어기고 몇 명씩 더 낳아요, 일을 해야 하니까. 낳고 나서 호적에도 안 올려요. 떠도는 사람이 있으면 얼씨구나 할 텐데. 생긴 것도 자기네 나라 사람들이랑 똑같고, 게다가 관공서는 또 얼마나 먼지……"

어린애들은 모두 부모의 등에 업혔다. 아기 엄마들은 칭얼대는 아기를 달래느라 중얼중얼 노래를 부르며 걸었다. 세 살짜리는 곧잘 칭얼대는 반면에 갓난쟁이는 왜 그런지 끽소리도 안 냈다. 금세 숲속의 수풀이 습기에 젖었다. 리나의 발도 금세 젖어 올라왔다. 손으로, 발로 앞을 헤치고 나가지 않으면 안 되었다. 곳곳에서 발이 걸려 넘어지고 쓰러지는 소리가 났다. 일행 중에 그래도 제일 젊은 봉제공장 남자 노동자들이 사람들의 짐을 몇 개씩 나눠 들었다. 모두들 잔뜩 겁을 먹고 있는데, 갑자기 돌쟁이 아기 엄마가 소리를 질러대기 시작했다.

"어쩌면 좋아. 여기 좀 봐."

사람들이 소리가 난 아기 엄마 주변으로 뛰어가다가 발을 헛디뎌 넘어졌다. 인솔자가 먼저 다가와 아기의 얼굴에 손전등을 비추는 순간, 작은 아기 얼굴이 엄마의 가슴패기에서 떨어져 축 늘어졌다. 아기의 아빠가 아기 눈꺼풀을 벌려 눈 속을 들여다봤다. 눈 속에 황색의 이물질이 잔뜩 끼어 있었다. "아가야, 배 아파 낳은 지 얼마 되지도 않았는데 죽으면 안 돼." 아기 엄마가 울기 시작했다. 리나는 그래봐야 이십대 초반 정도인 아기 엄마 얼굴을 빤히 쳐다봤다. "사람 목숨 쉽게 안 끊어져, 입 닥아." 아기 아빠가 아기 엄마를 나무랐지만 누구도 아무런 응급조치를 할 수 없었다. 그래서 스물두 명은 또 그냥 앞으로 걸어가기로 했다.

밤새 쉽게 산을 넘을 수 있을 것 같지는 않았다. 지친 사람들 사이의 앞뒤 간격이 자꾸 벌어졌다. 리나는 운동화 때문에 도저히 빨리 걸을 수가 없어서 나이든 할아버지보다도 훨씬 뒤처져서 따라갔다. 검은 숲속 위에서 파랗게 물들고 있는 하늘을 거대한 나무들 틈새로 올려다봤다. 달빛 아래 숲속은 울창한 나무들이 가려 한 톤 더 짙은 색깔로 변해 있었다.

얼마쯤 가다가 리나의 엄마가 어지럼증 때문에 그 자리에 쓰러졌다. 아버지는 짐을 지고 있어서 할 수 없이 리나가 남동생을 업어야 했다. "누나야, 나, 난, 자꾸만, 또, 똥이 마렵거든." 열한 살이나 먹은 남동생이 갑자기 말을 더듬었다. 동생의 몸이 새털처럼 가벼웠다. 평소에 먹을 거란 먹을 건 다 동생을 먹인다고 하더니 결국은 엄마가 다 먹은 거라고 리나는 투덜거렸다. 리나는 걸으면서 졸았다. 등에 업혀 자는 동생을 놓칠세라 졸면서도 깍지 낀 두 손은 꽉 잡고 있었다. 눈을 뜰 때마다 울창한 나무덤불 속에 빠져 있었고 모든 것이 막막했다.

숲에서 이상한 냄새가 났다. 그때 앞쪽에서부터 동생 이름을 다급하게 부르며 뛰어오고 있는 아버지를 봤다. 리나는 반가운 마음에 "아버지" 하고 불렀지만 아버지는 다가오자마자 동생부터 받아 안았다. 사람들은 불을 피워 잡은 들꿩을 구워 먹고 있었다. 깊은 산중이어서 위험하지는 않다고 생각한 모양이었다. 풀숲 주변으로 핏자국이 보이고 뽑힌 털이 날아다녔다. 사람들은 꿩 살을 발기발기 찢어서 나뭇가지에 꿰어 달궈진 돌멩이 위에 올려놓았다. 익는 순서대로 나이든 사람부터 한 개씩 집어먹었다. 아픈 아기를 안은 여자가 꿩고기를 먹고 있는 사람들과 등을 돌린 채, 손가락으로 젖꼭지를 꾹꾹 눌러 아기의 입에 물렸다. 리나는 나오지 않는 젖을 자꾸만 누르며 아프다 소리 한 번 내지 못하는 여자를 어깨 너머로 쳐다봤다.

"물이라도 있으면 좋을 텐데, 오줌이라도 먹일까."

여자가 리나의 얼굴을 올려다보며 말했다. 여자의 눈빛은 제 가슴에 안긴 아기에게 중대한 일이 생겼다는 걸 알고 있었다. 리나는 흔들리는 불빛 앞에 모여 있는 사람들 쪽으로 갔다.

"누구 혹시 물 좀 없어요?"

"이 산중에 물이 어딨어. 야, 가서 오줌 누고 그거 받아다 저 애한테 줘라."

한 남자가 옆에 앉은 남자애 얼굴을 쳐다보며 퉁명스럽게 말하고는 뒤도 돌아보지 않았다.

"그런데 내 고기는 어디 있어요?"

리나가 사람들에게 물었지만 모두들 대답을 안 했다. 리나는 불씨가 깜박거리고 있는 불 속을 닥치는 대로 휘저어 손에 잡히는 걸 입속으로 집어넣었다. 고기인 줄 알았는데 입에 넣어보니 불에 달궈진 나무껍질이거나 흙덩어리였다. 사람들은 불씨가 꺼지기 전에 나무를 더 얹어 불을 피웠고 무릎을 끌어안은 채 몸을 옹송그리고 졸았다. 리나도 사람들 틈을 비집고 불가로 가 앉아 어깨를 끌어안았다.

기온이 점점 내려갔다. 리나는 자다가 울음소리를 듣고 깨어났다. 사람들은 어깨와 어깨를 맞대고 잠들어 있었다. 숲속을 돌아봤다. 겁에 질려 소리도 크게 내지 못하는 울음소리가 숲 주변을 맴돌고 있었다. 세 살짜리 꼬맹이가 저만치 숲속에 혼자 서 있는 게 보였다. 리나는 달려가 꼬맹이의 머리와 어깨를 안았다. 꼬맹이는 겁에 잔뜩 질린 얼굴로 뒤로 돌아서서 두 손을 올리고 눈을 꼭꼭 가렸다.

새벽이 되자마자 스물두 명은 서둘러 걷기 시작했다. 사람들의 입술이며 손끝에 다들 똑같이 새까만 재가 묻어 있었고 어떤 사람의 얼굴에선 핏자국도 보였다. 스물두 명의 운명과 관계없이 숲속은 밤새 품고 있던 깊은 명암을 한 꺼풀씩 벗으며 새로운 숲으로 거듭나고 있었다. 물기 어린 나뭇잎들은 싱싱해 보였고 초록색 이끼도, 축축한 땅도, 꽉 찬 생명의 기운을 담고 있었다.

그렇지만 사람들은 아침부터 좀 이상했다. 기운이 없어 말은 못 하면서도 눈빛에는 잔뜩 힘이 들어가 있었다. 누가 말을 걸면 금세 잡아먹을 것처럼 과민반응을 보이고 신경질을 냈다. 남자들은 손에 굵은 나뭇가지들을 하나씩 꺾어들고는 앞길을 방해하는 건 모조리 때려가며 숲을 헤쳐나갔다. 봉제공장 노동자들이 먼저 나무껍질을 벗겨 먹기 시작했다. 어떤 사람은 나뭇가지 위에 앉아 있는 새를 잡으려고 돌멩이를 던졌다. 세 살짜리 꼬맹이는 죽어라 제 엄지손가락만 빨았고 모두들 배가 고파 숲속 여기저기로 흩어져 먹을 걸 찾았다. 그때였다. 갓난쟁이 아기 엄마가 길고 날카로운 비명을 질렀다. 아기의 피부가 온통 개구리처럼 검고 파랗게 죽어 있었다. 아기의 눈매는 완강하게 닫혀 있어서 억지로는 열리지도 않았다. 아기 엄마가 꼭꼭 싸맨 가슴을 헤치고 아기의 손과 발을 만져봤다. 모두 파랗게 죽어 있었다. 아기 엄마는 포대기를 앞으로 맨 채 그 자리에서 실신해버렸다. "미안해요. 감기약이라도 먹여보는 건데." 인솔자의 말에 아기 아빠는 고개를 숙인 채 한참을 말을 못 했다. 잠시 후 아기 아빠가 벌떡 일어나 쓰러진 아기 엄마의 포대기를 거칠게 풀었다. 리나는 아기의 이마에 찍힌 엄마 스웨터의 동그란 단추 자국을 봤다. 사람들이 가끔 우주선이 내려앉은 곳이라고 주장하는 논밭 위의 추상적인 그림처럼 아주 선명한 동그라미였다. 아기 아빠는 아기를 포대기에 싼 채 재빨리 숲속으로 걸어들어갔고, 순간 사람들이 수런거리기 시작했다.

"애 엄마를 어쩌면 좋아. 이러다 줄초상 나지."

"모르겠어. 난 너무 배가 고파서 아무것도 모르겠어. 저애가 개나 노루였담 얼마나 좋을까. 산속에 잡아먹을 게 이렇게도 없다니."

잠시 후에 돌아온 아기 아빠는 손에 쥐고 있던 흰 면수건에 불을 붙여 나뭇가지 위로 날려보냈다. 이로써 탈출자들은 스물두 명에서 스물한 명으로 줄었다.

사람들은 남편의 무릎을 베고 누운 아기 엄마가 깨어나길 기다렸다. 아기 엄마는 자면서도 배 위에서 손을 내려놓지 않았다. 그러다 갑자기 눈을 뜨고는 옆에서 엄마가 깨어나기만을 기다리며 멍청하게 앉아 있던 아들을 마구 때리기 시작했다. 그러더니 또 어디서 그런 힘이 나는지 이번에는 옆에 앉은 작은 체구의 남편을 때리고 또 때렸다.

리나는 사람들 눈을 피해 아기 아빠가 온 길로 달려갔다. 한참을 가도 아기의 시신은 보이지 않았다. 가다보니 남동생이 따라왔다. 리나는 숲 한가운데를 감싸고 있는 파란 하늘을 올려다봤다. 천지사방을 둘러봐도 아기의 흔적은 찾을 수 없었고 현기증이 일었다. 리나는 몸을 돌려 달려가다가 바위 위에 떨어져 있는 아기 양말 한 짝을 발견했다. "누, 누, 누나, 호랑이가 물어갔나봐." 남동생이 말했다. 사방을 둘러봤으나 어디를 봐도 아기의 흔적은 보이지 않았다. 리나는 양말을 주머니에 넣으며 말했다. "호랑이가 어딨어 바보야, 말 좀 더듬지 마."

오후가 되자 노인들은 머리카락을 뒤져 이를 잡아먹었고 남자들은 땅속을 파거나 바위를 들쳐 누에처럼 생긴 벌레를 잡아 구워 먹었다. 그것도 더 없어서 못 먹을 지경이었다. 용감한 여자들은 구운 벌레를 얻어먹기도 했지만 비위가 상해 금세 토했고, 들뜬 속을 달래기 위해 소나무 열매를 따서 빨아먹고는 또 토했다. 인솔자가 이 나라 사람들은 책상 다리만 빼고 다리 달린 건 모두 다 잡아먹고 산다는 말을 하자마자, 누군가 낮게 날아다니는 잠자리를 낚아채 잡았다. 리나도 잠자리 두 마리와 전갈처럼 생긴 벌레 한 마리를 먹었다. 더 먹고 싶었지만 없어서 못 먹었다. 그 이후로 가슴속에서 잠자리들이 접힌 날개를 펴고 날아오르려 했고, 내장 가득 전갈들이 들어차서 숨쉬기도 어려웠다.

밤이 되자 희미한 달빛이 생겼다. 사람들은 불 앞에 모여 앉아서 자기 팔을 입으로 물고 있거나, 겨드랑이를 긁어서 나온 것들을 입속에 넣거나 발새에 낀 때를 빼먹었다. 머리가 긴 신혼의 여자는 자기 머리카락을 입에 물고 질겅질겅 씹었다. 사람들의 체온이 오르듯 밤 기온도 점차 높아지고 있었다.

불꽃이 다 꺼진 후 인솔자는 사람들을 다그쳤고 다시 걷기 시작했다. 그리고 다들 죽기 직전의 상태가 되어서야 숲의 끝 지점에 도착했다. 사람들은 너무 지쳐서 별로 흥분하지도 않았다.

뒤로는 사람들이 헤쳐나온 울창한 숲이 보였고 앞으로는 지형이 완만하게 높아졌다가 다시 낮아지는 고원이 펼쳐져 있었다. 무슨 꽃인지 모르지만 민들레처럼 생긴 키 작은 꽃이 고원 전체에 흩뿌려지듯 피어 있었다. 사람들은 기운을 내 빠르게 걷기 시작했고 어느 지점까지 올라가자 아래로 뚝 떨어져 펼쳐진 내리막길이 보였다. 숲속에 아기를 남겨둔 아기 엄마와 아빠가 아직 볼일이 남은 짐승들처럼 숲 근처를 배회했다.

저만치 앞에서 언덕길을 먼저 내려가던 인솔자가 갑자기 그 자리에 앉아 몸을 숨기라는 수신호를 보냈다. 사람들은 앞에서부터 차례로 그 자리에 주저앉았다. 정체를 알 수 없는 소리가 들렸다. 숲을 지나 고원을 향해 불어오는 강한 바람 소리 같았다. 리나는 호기심을 못 이기고 몸을 반쯤 일으켜 앞쪽을 내려다봤다. 검고 깊은 고원이 끝없이 펼쳐져 있었다. 앞쪽에는 인솔자와 봉제공장 남자들을 비롯한 비교적 젊은 남자들과 여자들이 모여 있었고, 중턱쯤에 아버지와 엄마 그리고 남동생이 있었다. 리나가 몸을 숙여 그 자리에 앉으려고 하는 순간, 인솔자를 포함하여 앞쪽에 있던 사람들이 벌떡 일어나 길 오른쪽으로 뛰기 시작했다. 상황을 빨리 알아챈 사람들은 오른쪽으로 따라 뛰었고, 인솔자의 지시를 받기에는 위치가 너무 멀어 무슨 일인지 몰라 허둥대던 사람들만 그 자리에 앉아 있었다. 리나는 너무 늦었다는 걸 알았다. 곡괭이와 삽을 든 허름한 옷차림의 남자들이 고원의 허리를 관통해 미처 도망치지 못한 사람들을 향해 다

람쥐들처럼 뛰어왔다. 그래도 제법 이 나라 말을 알아들을 줄 아는 관리직 출신의 여자가 곡괭이와 삽을 든 남자들에게 다가가 무슨 말을 하자, 한 남자가 여자의 어깨를 곡괭이로 내리쳤다. 순식간에 일어난 일이라 공포는 더욱 강렬했고 잡힌 사람들은 겁을 먹고 부들부들 떨었다.

신혼인 여자와 관리직 출신의 여자 그리고 리나와 할아버지가 검은 고원의 끝으로 끌려내려갔다. 남자들이 곡괭이를 어깨에 둘러멘 채 뒤에서 따라오고 있어서 도망친다는 건 불가능했다. 고원의 끝에, 고원보다 더 어두운 색깔의 거대한 건물 한 채가 서 있었다. 국그릇을 엎어놓은 듯한 모양에 돌출된 외벽도, 창도 없이 커다란 원통 모양의 굴뚝 두 개를 매달고 있었다. 곡괭이를 든 남자들이 한 명씩 목덜미를 쥐고 네 사람 모두를 건물 안으로 밀어넣었다.

화공약품공장

독하고 역겨운 냄새가 진동하는 화공약품 제조공장이었다. 높다란 천장은 부식이 심한 굵은 회색 파이프들로 빈틈이 없었다. 무섭게 큰 원통 수평형의 탱크 여러 개가 공장 내부의 정중앙에 라인을 이루어 설치되어 있었다. 원통형의 몸 한가운데 날카로운 스크루와 회전 날개를 품고 있는 탱크 상단에서는 심장처럼 붙어 있는 붉은 계측기들이 일정한 간격으로 반짝거렸다. 염료인지 농약인지 종류는 알 수 없지만 화공약품을 담는 크고 작은 용기들이 공장 바닥과 좌우 벽면에 가득했다.

"난 결혼한 지 얼마 안 된 여자예요, 제발 살려주세요."

"이 늙은이를 살려주시오, 젊은이들. 나 없이는 못 사는 가엾은 할망구가 있거든."

"우린 P국으로 가야 해요."

"아버지와 엄마를 만나게 해주세요."

네 사람이 그렇게 번갈아가며 호소했지만 곡괭이를 든 남자들은 저희들끼리 알 수 없는 눈빛만 주고받았다. 공장 오른편 벽면에 밖으로 통하는 문이 열리자 문 앞에서 기다리고 있던 남자들이 네 사람을 뒷산 언덕배기로 끌고 올라갔다.

통나무로 지은 습한 건물 안으로 들어서자마자 모두 코를 틀어막았다. 오십 명 정도 되는 공장 노동자들이 작은 온돌방에 켜켜이 겹쳐 앉아 자고 있었다. 그들은 커다란 벌레 같기도 했고 부려놓은 짐짝 같기도 했다. 사람들의 얼굴이며 몸에서는 땟국이 흘렀다. 때와 오줌에 전 이불은 몇 채 되지도 않아 몇 사람의 무릎 위만 가리는 정도였다. 천장이며 벽은 죄다 쥐오줌투성이에 곰팡이 천지였고 방 바로 옆에 있는 화장실은 때에 전 휘장만 하나 내건 채 악취를 풍겼다. "멀리 오긴 했는데 우리나라나 여기나 다를 게 별로 없군." 긴장한 가운데서도 모두들 이구동성으로 그렇게 말했다.

한 남자가 소리를 지르며 문간에 앉아 있는 사람을 흔들어 깨우자, 그 방 안에 있던 사람들이 도미노 패처럼 모두 다 잠에서 깨어났다. 금세 오십 명 사이에 틈이 만들어졌고 노동자들이 겁에 질린 네 사람을 방 한가운데로 몰아넣었다. 고개를 돌려 뒤를 볼 수도 없고, 얼굴을 들어 앞을 볼 수도 없어서 방바닥만 내려다봤다. 신고 있는 흙투성이 양말들은 다 터져서 발가락 다섯 개가 삐져나와 있었고 발목이 잘려 한쪽 발이 보이지 않는 사람도 있었다. "이 사람들, 다 정신질환자들 아냐?" 여자들은 그 말을 자기들이 하고도 무서워서 울었다. 그나마 나이가 제일 많은 할아버지가 나서서 상황을 수습해보려고 했지만 곡괭이며 삽자루가 날아와 나이든 할아버지를 사정없이 때렸다. 덩치가 제법 큰 할아버지는 두 다리를 버둥거리면서 쓰러져 울었다. 비로소 이 모든 상황이 실감이 났다.

다량의 수증기를 발생시키는 보일러가 괴상한 소리와 함께 돌아가면서 아침이 시작되었다. 분쇄기가 뭔가를 맹렬히 부수는 소리가 너무나 가까이서 들려왔다. 여자들은 귀를 틀어막은 채 모두 조죽을 끓이는 데 동원되었다. 빛깔이 누르지도 않고 푸른빛도 돌지 않는 메조가 재료였다. 창고에는 사료로 쓰이는 옥수수가루가 가득했고 조도 가득했으나 쌀은 보이지 않았다. 조는 돌 반, 조 반이어서 대나무 조리로 한참을 걸러냈다. 리나는 돌을 하나씩 잡아 "죽어, 죽어"라고 하며 발밑으로 집어던졌다. 할아버지는 죽을 끓이는 일 대신 공장 앞마당을 쓸고 공장에서 나오는 각종 쓰레기들을 모아 산더미처럼 쌓아올렸다. 하루 이틀 사이에 얼굴 가득 저승꽃이 만발한 할아버지는 공장 앞 처마 밑에 앉아 먼 산을 쳐다봤다.

조알이 익고 퍼져 죽이 되었지만 찰기도 없고 특유의 냄새만 났다. 나무주걱을 들고 죽을 쑤고 있던 리나는 커다란 죽솥 안에다 충동적으로 가래침을 뱉었다. 한 남자가 부엌 안을 들여다보다가 리나가 침 뱉는 걸 봤다. 그는 공장 관리자였고 네모반듯한 얼굴에 눈이 커다랗고 겁이 많아 보였다.

커다란 드럼통에 담긴 화공약품들이 더 커다란 드럼통 안으로 들어가 휘저어지고 난 후, 묵이 되기 직전의 상태처럼 걸쭉하게 굳었다. 굳은 약품들은 수십 가지의 첨가물과 뒤섞인 후 여러 종류의 장치로 옮겨다니며 뜨거운 김도 쐬고 차가운 바람도 맞은 후에 통 속으로 들어가, 공장 앞마당에 차곡차곡 쌓였다가 트럭에 실려갔다.

공장 뒤쪽으로는 계곡이었다. 공장 폐수가 아무런 여과장치도 없이 계곡물로 섞여 흘러내려가서 원래 물 색깔은 없고 불투명한 흰색 물이 흘렀다. 계곡물 옆으로는 산이며 밭이며 식물이라고는 싹도 없이 모두 말라버리고 그 흔한 새 한 마리, 날파리 한 마리조차 날아다니지 않았다.

아침에 끓인 죽은 노동자들에게 하루 두 번 먹게 했다. 노동자들은 공장 한켠에 길게 짜놓은 회색 탁자 앞에 일렬로 앉아서 왕소금을 반찬으로 죽을 먹었다. 누가 지난밤 고원에서 곡괭이를 들고 있었는지 얼굴을 봐도 도무지 식별할 수가 없었다. 리나와 여자들은 죽을 퍼 날랐는데, 얼굴이 어려 보이는 남자애 하나가 고개는 숙인 채 눈만 치켜뜨고 리나를 쳐다봤다. 눈 아래에는 짙은 어둠이 배어 있었고 얼굴은 흰 버짐투성이였다. 뼈대는 작지 않았지만 빼빼 말랐고 양말도 신고 있지 않은 두 발은 갈퀴 같았다. 리나가 혓바닥을 내미는 순간 남자애와 눈이 마주쳤다. 순간 남자애가 얼른 고개를 숙였다.

네모반듯한 남자가 갑자기 회색 탁자 중간쯤 앉아 있던 노동자의 목덜미를 쥐고 공장 안으로 끌고 들어갔다. 네모반듯한 남자는 노동자를 세워놓고 손짓을 했고, 노동자는 네모반듯한 남자가 시키는 대로 윗옷을 벗고 두 팔을 올린 채 부들부들 떨었다. 네모반듯한 남자는 옆에 놓인 양동이에서 화공약품이 희석된 뿌연 물을 남자의 몸에 몇 차례 끼얹더니, 손에 들고 있는 채찍으로 찰싹찰싹 소리가 나게 두들겨팼다.

네모반듯한 남자는 오십 명의 공장 노동자들을 그렇게 채찍 하나로 다스렸다. 여자들은 노동자들이 맞을 때마다 두 눈을 가리고 울었다. "도대체 여기가 어딘지 누가 우리말로 얘기 좀 해주세요, 제발!" 남자는 툭하면 빼빼 마른 노동자를 한 명씩 공장 구석으로 끌고 가서 흠씬 때렸고, 맞은 사람들은 고무공처럼 튀어 드럼통에 붙은 사다리로 원숭이처럼 재빠르게 올라가 언제 그랬느냐는 듯이 일을 계속했다. 조금이라도 반항의 기미를 보이면 고무통에 모아둔 인분을 강제로 먹였다. 그런 날은 하루 종일 인분과 화공약품이 뒤섞인 화학 변화로 인해 생긴 냄새 때문에 깨질 듯이 머리가 아팠다. 그러나 시간이 갈수록 그런 광경은 매우 흔한 일이어서 노동자들은 말할 것도 없고 리나도 여자들도 아무도 울지 않았다.

밤이 오기 전에 검은색 지프를 타고 집으로 돌아가던 네모반듯한 남자는 이제 집으로 돌아가지 않았다. 남자는 여자들이 서로 손을 꼭 잡고 옹기종기 모여 앉아 있는 공장 건물 안쪽의 쪽

방으로 들어와 유부녀 두 명을 차례로 데려갔다. 여자들은 다녀올 때마다 과자를 한 봉지씩 들고 와서는 오들오들 떨며 먹었고, 먹고 나서는 깊은 잠에 곯아떨어졌다. 매일 밤 그런 일이 벌어지자 유부녀들은 고민에 빠졌다. 갓 결혼한 여자가 훨씬 괴로워했다.

"우리가 여기서 이런 일을 당한 줄 알게 되면 P국에 가서 만날 남편들이 우리를 용서하지 않을 거야. 그러니까 우리끼리는 절대 비밀을 지켜야 해."

리나는 고개를 갸웃거리다가 생각났다는 듯이 말했다.

"나는 비밀 지킬 수 있어요. 그런데 할아버지가 엊그제 마당에 앉아서 몹쓸 년들이라고 욕을 했어요. 아줌마들한테 한 거 아니겠어요? 여긴 여자가 우리밖에 없잖아요."

"정말이야? 밤에 저놈 방에서 일어나는 일을 그 노인네가 다 알고 있단 말야? 안 돼 안 돼, 정말 안 돼. 어떡하면 좋지?"

"그런데 우리가 힘을 합하면 저 네모반듯한 뚱땡이 하나를 어떻게 못 할까?"

아무도 대답하지 않았다. 다음날 아침에도 여자들은 옥수수죽을 쑤었고 할아버지는 앞마당에서 비질을 했다. 멀쩡한 대낮에 노동자들 몇 사람이 아무 잘못도 없이 호되게 맞았고 네모반듯한 남자는 공들여 손을 씻었다. 남자는 의자에 한쪽 다리를 걸치고 앉아 졸다가, 의자가 부서지는 소리를 내며 넘어지는 순간에야 잠에서 깨어나 생각났다는 듯 노동자들을 때렸다.

밤이 되면 여자들은 무릎을 세우고 앉아 자기의 발등만 내려다봤다. 리나는 기도라는 게 뭔지 몰랐지만 두 손을 모으고 기도했다. 마치 기도에 응답하기라도 하듯 쪽방 문이 활짝 열리고 네모반듯한 남자의 얼굴이 보였다. 네모반듯한 남자는 유부녀들이 아닌 리나의 손목을 잡았다. 유부녀들은 강하게 항의했다. "애는 아직 어려요. 우린 얼마든지 괜찮지만……" 그래도 남자는 리나의 손목을 놓지 않았고 리나는 안 하던 기도를 한 걸 후회했다.

기관실 옆에 있는 남자의 방 창문은 두꺼운 커튼으로 가려져 있었다. 네모반듯한 남자가 침대에 걸터앉아 윗옷을 벗고 짧고 두꺼운 담배에 불을 붙여 입에 물었다. 남자의 목 주변이 새빨갛게 달아올라 있었고 배 주변은 살이 뒤룩뒤룩했다. 게다가 겨드랑이 털이 검은 칼날처럼 가슴 쪽으로 죄다 삐져나와 있어서 산적 같아 보였다. 남자가 검지손가락을 까닥거리며 리나에게 다가오라고 했고 리나는 게걸음 치듯 걸어갔다. 남자가 벌어진 두 다리 틈으로 리나의 몸을 당겨 끌어안았다. 남자가 뭐라고 중얼거리며 리나의 머리카락과 목덜미와 어깨를 만졌다. 리나는 침대 옆 벽에 장식처럼 붙여놓은 소뿔 두 개만 쳐다볼 뿐 찍소리도 못 했다.

남자가 리나의 귀에다 대고 두 음절의 짧은 단어를 반복해서 중얼거렸다. 침대는 습기 천지였고 천장으로부터 줄이 길게 내려와 매달린 백열등은 잘못하면 머리에 닿아 깨질 지경이었다.

남자가 연신 두 음절의 짧은 단어를 반복해서 중얼거리며 리나의 옷을 벗겼다. 남자가 벨트를 풀고 바지를 벗었다. 리나는 침대에 누워 천장만 보며 눈자위를 굴렸다. 남자가 마지막으로 손목시계를 푸는 순간, 리나는 온몸이 뻣뻣하게 굳은 채 발가락에 잔뜩 힘을 줬다.

국경을 넘은 뒤로 한 번도 씻지 않은 몸에선 오묘한 냄새가 나서 리나조차도 자신의 몸이 생소하게 느껴졌다. 항문 주위에 붙어 있는 설사 딱지에도 아랑곳하지 않고 남자는 입술로 리나의 음순 주변을 오래도록 문질렀다. 그리고 네모반듯한 입술로 연신 두 음절의 짧은 단어를 반복해서 중얼거리며 리나의 몸을 짓눌렀다. 리나는 화들짝 놀라 일어나는 동시에 벽에 걸린 소뿔을 빼서 남자에게 던졌다. 무당처럼 침대 위에서 겅중겅중 뛰다가 남자의 손에 잡혔다. 발버둥도 치고 베개도 던지고 가슴도 꼬집었다. 남자의 힘이 얼마나 센지 코끼리 밑에 고양이 꼴이었지만 리나는 저항했다. 남자는 연신 두 음절의 짧은 단어를 반복해서 중얼거리며 거의 결박하다시피 리나의 몸을 위에서 내리눌렀다. 그러고는 충혈된 눈이 터질 듯 힘이 들어간 순간, 리나의 배 위에 액체를 잔뜩 쏟아놓고는 침대 위에 벌렁 누웠다. 침대의 삐걱거림과 남자의 숨소리가 잦아들기까지는 한참이 흘렀다. 리나는 주변이 조용해진 후 배 위의 액체를 손가락으로 찍어 불빛에 비춰보았다. 내장이 뒤집힐 것처럼 독한 냄새가 나는 흰 화공약품이었다. 커튼을 열고 창유리에 손을 댄 순간 리나는 놀라 뒤로 물러서고 말았다. 창 전체가 잿빛 나방들의 영토였다.

리나는 사흘에 한 번씩 약품을 싣기 위해 어디선가 달려오는 트럭만 기다렸다. 트럭이 올 때마다 그 트럭에 올라타고 P국을 향해 도망치는 상상을 했다. 아니, 함께 도망치다 헤어진 사람들이 공장으로 찾아와 다시 함께 길을 떠나는 상상을 했다. 화공약품공장은 유배지였고 반복되는 노동 이외에는 아무 일도 할 수 없었다.

화공약품은 여전히 만들어졌고 화공약품공장에서는 계절을 알 수 없었다. 검은 바닥에 뿌리를 내린 키 작은 꽃들은 계절에 관계없이 늘 피어 있었고, 고원 위쪽에서부터 가끔 소금가루 같은 모래알갱이들이 날아오기도 했다. 고원의 꽃들은 여전히 노란색이었고 더이상 키가 자라지도, 잎이 떨어지지도 않았다.

여자들은 여전히 죽을 끓이고 노동자들의 작업복을 세탁하고 공장에서 쓰는 그릇들을 닦았다. 여자들의 노동 덕분에 공장은 점점 깨끗해졌고 노동자들도 조금씩 깨끗해졌다. 할아버지는 여전히 마당을 쓸었고 '몹쓸 년들'이란 욕 대신 '못된 어린 년'이라고 중얼거렸다. 길고 검은 머리카락을 가졌던 신혼의 여자는 식당에서 쓰는 녹슨 가위를 들고 나와 단 세 번의 가위질로 길고 곱던 머리카락을 잘라버렸다. 고위직에 있었다는 여자는 떠나온 나라에서 외운 정치강령들을 하루 종일 중얼거렸다.

리나와 여자들은 가끔 네모반듯한 남자의 차를 타고 동네로 가 하루 종일 땡볕에서 밭일을 했다. 동네 사람들은 공장 노동자들과 똑같은 작업복을 입은 여자들을 말 못하는 사람들로 알았다. 일이 끝나면 그 대가로 불면 날아갈 것 같은 쌀밥 한 그릇에 뒷맛이 씁쓸한 차 한 잔을 얻어먹는 게 다였다. 가끔 선물로 입다 버리는 헌 옷이나 신발 들을 주기도 했고 마약을 한 움큼씩 주기도 했다.

흔한 일은 아니었지만 화공약품공장 노동자들은 네모반듯한 남자가 외출하고 없는 시간이면 공장 앞마당에 나와 앉아 놀았다. 저희들끼리 돌아가며 노래를 시켰고 박수를 치며 좋아했다. 그들 중 한 명이 일어나 네모반듯한 남자 역할을 했다. 서로 때리고 맞는 흉내를 내다가 엉덩이를 까고 웃었다. 할아버지는 그 광경을 볼 때마다 참혹한 얼굴로 "한심한 놈들"이라며 혀를 찼고 리나와 여자들은 이제 한식구처럼 노동자들과 같이 웃기까지 했다.

축일(祝日)

날씨가 맑은 날 오전, 네모반듯한 남자가 리나의 손목을 잡고 검은색 지프에 태웠다. "어디로 데려가는 거냐? 우리도 데려가든가, 저애를 놓고 가든가 해라 이놈아." 남아 있는 여자들과 할아버지가 지프에 매달렸지만 남자는 대꾸도 안 하고 시동을 걸었다. 차가 출발하고 난 후 남자는 새까만 색안경을 꺼내 썼고 음악을 커다랗게 틀었다. 리나는 바람이 시원해서 창 쪽에 코를 대고 말없이 풍경만 바라봤다. 단순하고 빠른 리듬이 깊은 산속에 울려퍼졌다. 네모반듯한 남자는 제 인생의 가장 즐거운 한때라도 추억하듯, 리나를 한 번씩 쳐다보며 무슨 얘기인가를 쉬지도 않고 혼자서 열심히 했다.

똑같은 음악이 계속해서 돌아갔다. 햇살은 더 따가워졌다. 리나는 눈꺼풀을 가늘게 떨며 의자 깊숙이 몸을 기댔다. 네모반듯한 남자가 차 앞쪽에서 뭔가를 꺼내 손바닥 위에 올려놓아주었다. 납작하고 단단한 그것은 초콜릿이었다. 초콜릿 한 조각을 입에 넣자 설명하기 힘든 잡다한 기분이 되면서 입속에 달콤함이 퍼졌다. 리나는 산속에서 헤매던 시간이 그리워졌다. 나머지 열일곱 명은 무사히 P국으로 들어갔는지, 봉제공장 언니는, 아버지는 엄마는, 모든 것들이 참을 수 없이 그리워졌다. 리나는 신고 있는 운동화를 오래도록 내려다봤다. 차로 얼마 달리지 않아서 시멘트공장이 보였고 폭이 좁은 도로를 한참을 달리자, 야트막한 산 아래 동그랗게 모여 사는 작은 동네가 보였다.

차에서 내려 동네 입구로 들어서는데 남자들이 모여 서서 들어가는 사람들을 붙잡고 술을 마시게 했다. 술을 마시지 않는 사람은 못 들어온다며 소리를 질러댔다. 남자는 큰 그릇에 담긴 술을 벌컥벌컥 마신 후 리나도 마시게 했다. 술을 마신 사람들은 평상 위에 줄 맞춰 놓인 둥그렇고 붉은 떡을 한 개씩 들고 동네 안으로 들어갔다. 남자가 리나에게 동네 여자들을 도와 일을 하라고 시켰다. 리나는 여자들이 떡을 자르고 과일을 나르는 곳으로 갔다. 여자들이 일을 하며 노래를 부르기도 했고 웃기도 했다. 그 틈에 섞인 리나는 국외자 같지도 않았고 열여섯 살 같지도 않았다.

동네 사람들은 여자 남자 할 것 없이 원색의 긴 치마를 입고, 그 위에 흰색 천을 두르고 머리에는 화려한 장식을 했다. 아이들은 연신 물통에 물을 퍼담아 날랐고 남자들은 말과 소의 귀며 항문까지 솔을 이용해 박박 문질러 씻겼다. 물이 마른 땅바닥 위로 떨어지는 소리, 기분좋아진 말들이 또각거리며 사람들 사이를 오가는 소리, 아이들이 떡을 손에 든 채 숨넘어가도록 웃는 소리…… 리나는 오랜만에 평화로운 소리를 들으며 서 있었다.

오후가 되자 사람들이 공터로 모여들었다. 여자들은 흰옷에 스카프 같은 푸른색 천을 휘감고 붉은색 꽃을 달았다. 남자들도 흰옷을 입고 목에는 꽃목걸이를 걸었다. 꼼꼼하게 씻긴 말과 소도 머리에 꽃을 단 채 사람들 사이를 즐겁게 오갔고, 술에 취한 사람들은 말과 소 사이를 어린아이처럼 뛰어다녔다. 네모반듯한 남자가 리나를 끌고 한 여자에게 데리고 갔고 거기서 리나도 약간의 얼굴치장을 받았다. 여자들이 구석에 서서 거울을 보며 웃었다. 리나도 여자들이 놓고 간 거울을 들고 얼굴을 봤다. 침대기차에서, 우물가에서 봤던 얼굴이 어땠었는지 전혀 기억나지 않았다. 지금은 죽은 친척 할머니 얼굴을 닮은 것 같기도 했고 모르는 남자의 얼굴을 닮은 것 같기도 했다.

누군가 북을 쳤고, 어느 집 뒤에서 길고 검은 머리카락을 흔들며 다섯 명의 남자가 앞쪽으로 걸어나왔다. 빠르고 일정한 리듬의 북소리는 상체는 벗고 아랫도리만 입은 남자들을 흥분시켰다. 흥분이 고조되면서 남자들이 칼을 들고 뱅글뱅글 돌다가, 갑자기 서 있는 말과 소의 머리통을 단칼에 날려버렸다. 목이 잘린 말과 소의 몸통이 풀 위에서 버둥거렸고, 남자들은 소와 돼지의 목에서 흘러나오는 피를 자신들이 입은 흰색 옷 위에 마구 칠했다. 그때 꽃단장을 하고 목과 팔과 다리에 놋쇠고리를 몇 줄씩 겹쳐 감은 여자들이 나타나 상체를 둥그렇게 돌리며 노래를 하기 시작했고, 남자들은 이제 구경꾼들의 몸에도 피를 바르기 시작했다. 거기 서 있는 사람들 모두 흰옷에 피투성이가 되어야 하는 날이었다.

공터 한가운데에는 원색의 칠을 한 탈들과 촛불제단이 보였다. 갑자기 붉은 옷에 귀가 커다랗고 입술이 붉은 탈을 쓴 사제가 나타나 피투성이가 된 말과 소를 가슴에 안았다. 그리고 예쁘게 수를 놓고 꽃을 단 커다란 흰 자루 속에 그것들을 집어넣고는 어깨에 둘러멨다. 사람들은 동네를 떠나는 죽은 말과 소에게 연신 허리를 굽혀 자신들의 조상이기라도 한 듯 절을 했다.

사람들은 밤을 낮처럼 아무도 자지 않고 떠들고 마셨다. 이상한 건 목에 놋쇠고리를 건 여자들이었다. 그녀들은 그 상태 그대로 밥을 먹고 잠을 잤다. 그녀들은 생의 고비를 넘길 때마다 자기 몸의 놋쇠고리 수를 하나씩 늘리며, 평생 그 모양으로 사는 이상한 운명의 주인공들이었다. 밤이 깊어지자 사람들은 몇몇 집에 모여 구슬을 굴리거나 카드를 뽑는 내기를 했고 네모반듯한 남자도 내기판에 끼여 있었다. 도망치기 좋은 순간이라고 느끼면서도 리나는 힐끔힐끔 돌아보는 네모반듯한 남자의 시선을 떨치지 못했다.

밤이 또 찾아왔다. 네모반듯한 남자는 여전히 그 알아들을 수 없는 두 음절의 단어를 중얼거리며 리나의 옷을 벗겼다. 리나가 남자에게 물었다. "그게 도대체 무슨 소리니? 이 나쁜 놈아." 남자는 알아듣고 대답이라도 하듯 다시 그 두 음절의 단어를 중얼거리며 눈을 동그랗게 떴다. 남자가 벨트를 풀고 바지를 벗은 뒤 맨 마지막에 손목시계를 풀기까지 리나는 늘 겁에 질려 있었다. 그런데 리나는 이제 별로 겁이 나지 않았다. 리나는 남자의 지시대로 다리를 들라면 들고, 내리라면 내렸다. 엎드리라면 엎드리고, 엉덩이를 세우라면 세웠다. 어쩌면 지금쯤이 자신의 열여섯번째 생일 무렵인지도 모르겠다고 생각했다.

어느 집 앞에 사람들이 모여 서 있었다. 집 안에는 환하게 불이 켜져 있고 사람들이 집 안을 들여다보고 있었다. 여자의 얼굴은 검고 작았으나 배는 만삭이었다. 여자는 직접 불을 피워 물을 데운 뒤 바닥에 놓아둔 흰 도자기 대야에 물을 부었다. 뒤뚱뒤뚱 걷다가 진통이 오면 멈춰 서고 진통이 끝나면 또 뒤뚱뒤뚱 걸었다. 여자는 옷을 모두 벗고 배에만 흰 천을 두른 뒤 바닥에 누웠다. 나이가 많고 머리가 하얀 할머니가 집 안으로 들어가서 여자의 질구에 머리를 박고는 두 손을 흔들며 주술을 외웠다. 만삭인 여자는 진통 간격이 짧아지자 알 수 없는 열매를 입속에 넣고는 우물우물 씹어먹었다. 리나는 자기도 모르게 그 집 입구에 바싹 붙어 서 있었다. 할머니가 만삭인 여자 옆에 앉아 아기가 나오길 기다리고 있는 동안 여자의 남편과 그의 친구들은 문밖에서 마약을 했다.

시간이 가도 아기가 나오지 않자 할머니가 졸기 시작했다. 만삭인 여자의 몸은 땀투성이였고 실신한 것처럼 보였다. 그러자 그녀의 아이들 다섯 명이 자다 깬 얼굴로 차례로 들어가 여자의 얼굴과 들썩이는 배에 입을 맞추고 나갔다. 그래서였을까. 여자가 갑자기 비명을 질렀고 할머니가 화들짝 놀라 흰 침을 튀기며 여자의 가랑이 사이로 아주 센 억양의 주술을 읊어넣었다. 리나는 자기도 모르게 여자를 따라 거친 숨을 내쉬고 있었다. 순간, 여자의 음모 밑이 까맣게 벌어지며 아기 머리가 보였다. 아기는 나올까 말까 망설이는지 한동안 가만히 있는 것 같았다. 그러나 잠시 후 어떤 힘에 의해 까만 아기 머리가 점점 밖으로 밀려나왔다. 할머니가 두 손으로 아기 머리를 잡고 옆으로 살살 돌리자 머리가 쏙 빠지고 어깨가 빠졌다. 출산이 끝났고, 리나도 덩달아 한숨을 내쉬었다. 채 아기 울음소리도 들리지 않았다. 밖에서 있던 아기 아버지와 친구들이 들어와 이등신인 아기를 흰 천에 통째로 쌌다. 그리고 그 자리에서 바로 아기의 목을 졸랐다. 축일에 낳은 아이는 부정한 의미이므로 살려둘 수 없다는 것이었다. 죽은 아기는 남자들이 어딘가로 가지고 갔고, 할머니가 여자의 배 위에 올라앉아 배를 깔아뭉개자 태반이 쏟아져나왔다. 그 광경을 지켜보던 사람들, 심지어 만삭이던 산모조차도 울지 않았지만 리나는 아랫배가 몹시 아팠다.

리나는 술을 마시지 않으면 들어올 수 없다던 동네 입구로 가져 아래쪽 언덕길을 내려다보며 울었다. 엄마를 부르고 싶었지만 부르지 않았다. 리나는 네모반듯한 남자의 얼굴을 평생 보고,

평생 알아들을 수 없는 두 음절의 단어만 들으며 살다가, 축일에 아이를 낳고 자기가 낳은 아기를 자기 손으로 죽이는 게 삶이라면 그냥 여기서 살 수도 있겠다고 생각했다. 새벽이 오고 있는 먼 산골짜기를 쳐다봤다. 머리와 얼굴 위로 새하얀 눈 같은 것이 떨어져내려 손끝으로 잡아보았다. 버석거리는 모래알갱이였다.

돌아오는 길에 네모반듯한 남자는 술에 취한 탓인지 지그재그로 차를 몰았다. 두 사람은 새벽이 되어서야 공장에 도착했다.

탈출

흐린 날이 며칠 동안 계속됐다. 하루 종일 하늘이 어두웠고 습도도 높은 가운데 고원 위의 꽃들만 노랗게 피어났다. 다 먹은 죽 그릇을 치우는 일을 도와주던 얼굴 갸름한 남자애가 리나를 쳐다보고는 씽긋 웃었다. 리나가 혓바닥을 내밀며 남자애와 장난치는 광경을 네모반듯한 남자가 봤다. 화가 난 남자가 남자애를 공장 안으로 끌고 들어갔다. 윗옷을 벗기고 찬물을 뿌리고는 사정없이 때렸다. 리나가 공장 안으로 뛰어들어가 소리를 질렀다. "상대도 안 되는 어린애를 때려, 치사한 새끼, 넌 착취의 대왕이고 미친놈이고 살찐 너구리 같은 새끼야." 그러자 남자가 리나의 얼굴을 한 대 때렸고, 리나는 공장 바닥에 패대기쳐졌다. 죽도록 맞은 남자애의 이름은 '삐'였다.

네모반듯한 남자는 미친 사람처럼 오십 명 가까운 노동자들을 한 명도 빼놓지 않고 다 때렸다. 날씨 탓이라고밖에는 할 수 없었다. 찰싹찰싹 때리는 소리가 소름끼쳤다. 할아버지는 늘 갖고 다니는 고동색 수첩을 끌어안고는 중대한 순간에 직면한 철학자 같은 표정으로 앉아 있었다. 신혼의 여자는 노동자들이 맞거나 말거나 가위를 들고 손톱만 자르고 있었고 고위직에 있었다는 여자는 더 큰 소리로 정치강령을 외워댔다. 다들 미쳐가고 있는 중이었다. 리나는 여기까지가 모두 다 꿈이었으면 좋겠다고 생각했다. 그리고 바닥에서 일어나 앉아 넋 나간 사람처럼 쿡쿡 웃었다.

오후에 먹는 죽은 아침에 끓인 죽을 데우기만 하면 되었다. 여자들이 죽을 데워 오십 개의 그릇에 나눠 담았다. 리나가 그 중 제일 먼저 갖다줄 네모반듯한 남자의 죽 속에 인솔자가 준 수면제를 세 포 털어넣었다. 그다음 공장 노동자들에게 줄 죽을 다 뜨고 나서, 맨 마지막에 네 명이 먹을 죽 그릇들 중 이가 빠진 그릇을 골라 그 안에 수면제 두 포를 넣고 충분히 잘 저었다. 리나는 먼저 네모반듯한 남자에게 죽을 갖다주었다. 잠에서 깬 남자가 죽 그릇을 들고 벌컥벌컥 마셨다. 이가 빠진 그릇에 담긴 죽을 먹는 할아버지의 얼굴이 왜 그런지 슬퍼 보였다.

그날 밤 고원 위로 거센 바람이 불었다. 네모반듯한 남자는 축축한 침대에 얼굴을 대고 엎드려 깊은 잠에 빠져 있었다. 리나는 옷을 입고 남자의 볼때기 살을 잡아 왼쪽으로도 돌리고 오른쪽으로도 돌려봤다. 백열등 줄을 잡고 좌우로 흔들어도 봤다.

팔다리를 꼬집어봐도 반응이 없는 걸로 봐서 곯아떨어진 게 틀림없었다. 리나가 방문을 열고 밖에서 기다리고 있던 여자들을 불러들였다. 여자들끼리 네모반듯한 남자를 들어 운반하는 건 몹시 힘든 일이었다.

리나가 통나무집으로 달려가서 남자애를 찾았다. 남자애는 한 남자의 등 밑에 깔린 채 자고 있어서 얼굴이 보이지 않았지만 "삐야, 삐야" 부르자 금세 일어났다. 리나는 남자애의 손을 잡고 남자가 누워 있는 방으로 갔다. 남자애까지 가세했지만 역부족이었다. 남자애가 다시 통나무집으로 가서 들것을 들고 왔다. 네 사람이 힘을 합쳐 네모반듯한 남자를 살짝 굴려 들것 위에 얹었다.

그리고 높다란 드럼통 앞으로 갔다. 네 사람이 팔을 쭉 뻗어 들것 모서리를 드럼통 모서리에 붙였다. 묵처럼 걸쭉한 흰색 화공약품이 들어 있는 통 속으로 들것의 아래쪽 위치를 높여 네모반듯한 남자를 성공적으로 밀어넣었다. 그리고 모두들 겁에 질려 그 자리에 주저앉았다. 화공약품 속에 들어간 남자는 반듯이 누운 채 천천히 빙글빙글 돌며 자고 있었다.

다음은 할아버지 차례였다. 할아버지는 노동자들 틈에서 그들과 똑같은 포즈로 잠들어 있었다. 들것이 없어도 가벼운 할아버지를 옮기는 건 아주 쉬웠다. 여자들은 화공약품 안에 할아버지를 넣을까 말까 잠깐 의견이 분분했다.

"이 어르신이 무슨 죄가 있어. 다 우리 때문이잖아. 그리고 혼자 남은 할머니는 또 얼마나 불쌍해."

"무슨 소리, 이 노인네가 입을 열었다간 우린 끝이야."

"아냐, 더 좋을 수도 있어. 남편들이 우릴 버리면 P국 남자들과 새로 결혼하면 되잖아. 그럼 얼마나 좋아. P국 남자들은 반말을 하지도 않을 거고."

의견이 분분했지만 여자들은 정조를 지킨 순결한 몸으로 남아 있고 싶어했다. 그래서 할아버지도 결국 화공약품 드럼통 안으로 들어갔다. 그리고 잠시 후 어둡던 공장 내부가 환해졌다. 드디어 분리기를 작동시켰다. 통 속에 달린 스크루가 천천히 돌기 시작했다. 두 남자를 넣은 드럼통이 서서히 한 방향으로 돌더니 고속회전을 시작했다. 어느 정도 지나자 분리가 대충 끝나 용광로 끓듯 보글보글 끓어오르기 시작했다. 여자들은 드럼통 밑에 서서 "어르신 죄송해요"라고 말하며 연신 두 손을 비볐다. 또 네모반듯한 남자에 대해서도 한마디씩 했다. "저 남자 정말 크구 정말 오래 해, 나도 힘들었는데 너 많이 아팠겠다." 여자들이 리나를 불쌍하다는 듯 쳐다봤다.

잠시 후 리나는 여자들과 공장 뒤의 계곡으로 가서 공장 건물에서 쏟아져나오는 폐수를 뚫어져라 쳐다봤다. 곧 네모반듯한 남자의 벨트 버클, 검은색 바지 조각, 검은색 지갑 조각, 그리고 할아버지의 줄무늬 옷조각, 고동색 수첩 커버가 둥둥 떠내려왔다. 그러나 놀랍게도 빨강색 피는 보이지 않았다. 리나는 당장이라도 두 사람이 살아나올 것만 같아 겁을 먹고 입술을 빨아댔다. 여자들은 대단한 업적이라도 이룬 사람들처럼 단숨에 통나무집으로 뛰어올라가 자고 있는 노동자들에게 말했다.

"여러분, 여러분은 이제 자유의 몸이 되었어요. 얼른 도망가세요."

큰 목소리로 말했지만 아무도 잠에서 깰 생각을 안 했고 점점 더 몸을 웅크렸다. 리나는 남자애의 손을 잡고 여자들과 함께 뛰어 달아나기 시작했다. 얼마 못 가 오른쪽 운동화가 툭 하고 절단이 났다. 리나는 신발 끈을 풀어 간댕거리며 붙어 있는 운동화의 정중앙을 묶은 뒤 어깨에 둘러멨다.

네 사람은 검은 고원을 지나 남쪽이라고 생각되는 쪽을 향해 걸었다. 공장에서 도망친 기분에 들떠 좋아한 것도 아주 잠깐, 공장에서 멀어질수록 제자리에서 뱅글뱅글 돌고 있는 것 같았다. 조금 전에 넘어온 게 분명한 흰 씀바귀꽃 만발한 언덕 아래에 다시 서 있거나 지나쳐온 듯한 커다란 나무 한 쌍 밑을 또 지나갔다. 그래도 네 사람은 다시 오고 싶지 않은 전쟁터를 떠나는 병사들처럼 아무 말 하지 않고 앞만 쳐다보며 걸었고 화공약품공장 얘기는 누구도 절대 꺼내지 않았다.

이곳의 주인은 땅과 하늘을 달구는 태양. 한낮의 대기는 노랗게 들끓고 햇볕에 그을린 땅은 강수량의 절대 부족으로 실금 천지다. 지나가는 사람도 없고 공중에는 배회하는 새 한 마리 없다. 식물이든 동물이든 살아 있는 것들은 햇볕에 말라 오그라들어 까맣게 타버릴 것만 같다. 한참을 걷자 까마득히 높은 산들은 시야에서 사라지고 허리 높이의 잡풀들이 자란 평야가 끝도 없이 이어졌다. 광활한 평야 한가운데서 나무 한 그루를 만났다. 나무는 온몸이 숯처럼 까맣게 그을린 채 양팔을 벌리고 겨우 서 있었다.

길은 비 온 뒤의 물컹한 땅을 소떼가 제멋대로 밟고 지나간 흔적처럼 불규칙하게 패어 있었다. 도대체 이 길에서 무슨 일이 있었던 걸까. 리나는 몸을 숙여 흙을 만져보았다. 굵은 소금을 닮은 모래들은 햇빛에 익어 갈색이었다. 눈을 어디로 돌려도, 어느 쪽으로 방향을 잡아도 누런 풀이 우거진 평야 아래 단호하게 직선으로 뻗어 있는 이 길을 피할 수는 없었다. 리나는 이 길을 소금밭이라고 불렀다. 수분 없이 말라 돌출된 땅바닥은 잔뜩 날이 선 칼날처럼 딱딱했다. 몇 발짝 걷지 않아 나머지 운동화 한 짝의 밑창이 다 터져버려 결국 맨발이 되었다. 터진 운동화를 끈으로 연결해 어깨에 메고 깨금발로 걸어갔다. 발을 내디딜 때마다 꼭 체중만큼의 통증이 발바닥을 통해 심장까지 찌르고 올라왔다. 처음엔 비명을 질렀지만 나중엔 비명도 안 나오고 정신이 몽롱해지면서 오히려 머리끝이 시원해졌다. 스물두 명이 시작한 기나긴 탈출과정은 모두 잊혀지고, 지금 발아래에 있는 소금밭의 통증만이 고스란히 남았다. 소금밭의 통증은 날것인 채로 살아 그후로도 오랫동안 리나의 혈관 속에서 아무 때나 톡톡 튀어올랐다.

존재하지 않았던 것처럼 소금밭은 어느 순간 발끝에서 사라지고 어지러운 무늬가 연이어 그려진 모래사막이 밟혔다. 바람이 줄기차게 불어와, 입에서도 귀에서도 모래가 버석거렸다. 얼굴에 끊임없이 달라붙는 모래알갱이들의 방향을 예측할 수 없었다. 모두들 반사적으로 벗었던 옷들을 펴서 머리에 뒤집어쓰고 걸었다. 밤이 오고 있었고 기온이 떨어져 살갗이 차가워졌다. 고위직에 있었던 여자가 양손을 허리에 얹고는 결단을 내렸다. "여기서 자고 가자." 여자들 둘이 먼저 움푹 파인 모래웅덩이 안으로 들어가 끌어안고 누웠다. 태양열이 남아 있어 누군가 누웠다 간 침대 속처럼 따끈했다. 리나도 삐와 함께 모래웅덩이 안에 들어가 몸을 밀착하고는 모로 누웠다. 의지할 데라곤 같이 도망친 사람들의 열에 들뜨고 배고픈 육체뿐이었다. 집에 두고 온 개 이름부터 국가를 위해 충성하던 시절 만났던 사람들의 이름까지, 심한 잠꼬대가 계속 이어졌다. 무슨 소리가 들리는 것 같아 고개를 들어보면 사막 끝에 치솟아오른 주홍색 불기둥이 보였다.

리나는 사막을 보는 게 무서웠다. 그래서 가능하면 삐의 몸을 끌어안고 누워 그의 얼굴만 눈 안에 가득 들어차도록 시선을 고정했다. 모래가 묻은 삐의 얼굴을 자꾸만 쓰다듬어내렸다. 모래가 삽시간에 귓구멍 가득 들어찼다. 국경을 넘을 때 들은 총소리, 죽은 아기를 안은 아기 엄마의 울음소리, 커다란 나뭇가지가 가려버린 먼 하늘의 새소리, 소리, 소리들이 모래와 함께 귓구멍 가득 들어차 빠져나오지 못했다. 삐도 리나의 어깨를 꽉 잡고 저도 모르게 헛소리를 하며 자고 있었고, 어느덧 새벽이 되었다. 새벽 하늘은 짙은 푸른색이었고 어디선가 무슨 소리가 들리는 것도 같았다. 리나는 그때 파란 하늘을 머리에 이고 이쪽을 향해 다가오는 거인을 보았다. 거인의 머리카락은 길고 검었으며 몸 전체의 실루엣이 하늘과 일체를 이루어 움직이고 있었다. 리나는 서둘러 사람들을 깨웠다. 그리고 거인의 부드러운 발걸음과 둔중한 몸의 움직임을 따라 앞으로 앞으로 걸어나갔다. 신기하게도 발바닥에 두꺼운 막이 생긴 것처럼 통증이 사라지고 몸이 가벼워졌다. 사막은 사라지고 노란 꽃들이 핀 평원이 다시 나타난 순간, 리나는 점처럼 작아진 채 사막으로 돌아가고 있는 거인의 뒷모습을 보았다.

정오가 지나면서부터 점차 사막에서 벗어났다. 잡풀들의 높이가 조금씩 낮아지면서 땅바닥이 물렁물렁해졌다. 그리고 강이 보였다. 끝이 노랗게 타버린 수풀들이 강기슭을 따라 끝없이 펼쳐져 있었다. 네 사람은 물을 보자마자 옷을 벗고 강물 속으로 텀벙 뛰어들어갔다. 그동안 물속에 들어가 제대로 몸을 닦아본 적이 없는 사람들은 서툰 몸짓으로 개헤엄을 쳤다. 물은 뜨뜻미지근했고 비린내가 났다. 리나가 지금까지 알고 있던 맑게 흐르는 물의 촉감과는 다르게 무겁고 탁했다. 물이 몸에 닿자 사지에 힘이 풀렸다. 리나는 수영이라면 자신 있었지만 제대로 팔젓기 한 번 못 할 정도였다. 머리를 물 밖으로 내놓는 것만으로도 힘에 부쳤다. 머리를 물속에 담그고 몸이 물과 비스듬히 수

평을 이루자 몸무게가 덜 느껴졌다. 탁한 부유물에 휩싸인 강물은 그 깊이를 알 수가 없었다. 남쪽으로 뻗은 강은 아래로 내려갈수록 강폭이 완만하게 넓어지고 있는 것처럼 보였다.

리나는 강기슭에 누워 발가벗은 채로 젖은 몸을 말렸다. 잠깐 사이에 물기가 다 말라버리고 머리카락만 축축한 채로 몸은 금세 다시 따끈따끈해졌다. 희고 불투명한 막이 동공을 감싸고 있는 것 같아 눈을 뜰 수가 없었다. 눈을 뜨고 몸을 일으켜 앉으면 다시 어지러워져서 몸을 활처럼 굽혔다가는 다시 폈다. 물속에서는 비리비리하던 물고기도 물 밖으로 나오면 요동을 치듯이 리나는 온몸을 비비 꼬아대며 팔딱거렸다. 그러다가 발을 내려다봤다. 잡혔던 물집이 터지고 또다시 물집이 잡힌 채로 물에 퉁퉁 불은 두 발이 보였다. 두 발을 유심히 내려다봐도 예전의 발 모양이 어땠는지 전혀 기억나지 않았다. 이제는 어떻게 해도 예전의 흉터 없던 발로 돌아갈 수는 없을 것 같았다.

강을 따라 걸었다. 어느 순간 강폭이 눈에 띄게 좁아졌고 유속이 거의 없는 것처럼 보였다. 강 주변의 길은 걸어서는 갈 수 없을 만큼 뾰족한 돌들이 많았다. 황당해하는 사람들 앞에 대나무로 엮어 만든 커다란 바구니 배 한 척이 나타났다. 리나는 대나무 바구니 배가 어릴 때 책에서 본 열기구를 닮았고, 이제 과학자가 되어 열기구를 타고 우주로 떠나게 되었다며 좋아했다. 얼기설기 엮인 작은 배에 네 명이 다 타는 것도 쉽지 않았다. 계속해서 이쪽저쪽으로 기우뚱거리는 바구니 배의 균형을 잡느라 네 사람 모두 긴장한 채 앉아 있었다. 강으로 쓰러진 나뭇가지에 배가 걸려 노를 저어도 꼼짝을 안 하자 다들 쌍욕을 하기 시작했고, 차라리 공장에서 편안하게 죽이나 얻어먹고 있을 걸 괜히 도망쳤다고 투덜거렸다. 강의 폭이 점점 좁아지며 넓은 습지가 거의 끝나고 육지와 연결되는 지점에 이르렀을 때, 이제는 모두 기진맥진해서 아무도 노를 젓지 않으려고 했다. 그때 우습게도 대나무 바구니 배가 푸직, 하고 터져버렸다. 기운이 다 빠져버렸는데도 네 사람은 배를 잡고 웃었다. 그리고 왠지 알 수 없는 기운이 솟구쳐올라 강을 헤엄쳐나올 수 있었다. 젖은 몸은 강에서 나오자마자 금세 말랐다. 머리카락과 등허리에 찰싹 달라붙은 물풀들이 몸에 닿았던 미지근하고 무겁던 물의 촉감을 떠올리게 했다. 온몸에서 힘이 빠졌다.

네 사람의 걸음은 점점 느려졌다. 리나는 눈을 감았다 뜨면 거짓말처럼 도시 한가운데에 있었으면 좋겠다고 생각했다. 아무리 눈을 감았다 떠도 당연히 그런 일은 일어나지 않았다. 강을 따라 걷기만 했다. 순식간에 해가 지고 밤이 시작된 후에도 터벅거리는 사람들의 발소리는 끊이질 않았다. 리나는 생각했다. 강이나 사막, 태양이나 나무 같은 것들은 절대로 마음대로 할 수 있는 게 아냐! 그때 넓고 어두운 곳의 한 지점으로부터 단순하고 빠른 비트의 음악이 단속적으로 들려오기 시작했다. 도시의 소음을 이끌고 온 자동차들이 거의 물이 마른 강을 가로지르는 다리 위를 천천히 달려가고 있는 광경이 눈에 들어왔다.

풍요야, 안녕?

리나는 삐의 손을 잡은 채 여자들과 함께 대륙의 남서쪽 끄트머리에 위치한 마약과 관광의 도시 한복판에 떨어뜨려졌다. 도시로 나오기까지 모두 여섯 번 차를 얻어 탔다. 트럭 짐칸에 실려, 어깨 뒤로 던져주는 바나나나 열대과일을 받아 먹었다. 순순히 트럭을 태워준 양복 차림의 운전사는 기름을 넣을 것도 아니면서 주유소만 보이면 차를 세웠다. 그때마다 남자는 어딘가로 전화를 걸었다. 네 사람은 금세 상황을 파악하고는 인적이 뜸한 주유소에서 남자가 자리를 비운 사이 손가락 사십 개를 총동원해 삽시간에 트럭 안을 뒤졌다. 약간의 담배와 사탕 그리고 먹다 남긴 과자봉지 말고는 별로 훔쳐갈 게 없었다.

아침이면 거리의 인파에 휩쓸려 동서남북으로 떠밀려다녔다. 이 도시는 그곳에서 멀지 않은 국경지대에서 마약을 유통시켜

먹고사는 일종의 마약 삼각지대라고 했다. 도시 건물의 외벽은 회색도 베이지색도 아닌 흰색뿐이었다. 빗물 얼룩이 밴 벽돌건물이나 햇볕에 말라 단단해진 목조건물들은 볼 수가 없었다. 시간의 풍화에 의해 닳고닳은 빛깔은 이곳에서 찾아볼 수 없었다. 건물마다 앞마당에는 총천연색의 작은 꽃들이 가득했다. 꽃길을 따라 골목 안으로 들어서면 고급 상점들이 촘촘히 늘어서 있고, 그 안에서 눈이 파랗고 비현실적으로 키가 크거나 몸이 큰 관광객들이 유유히 걸어나왔다.

리나는 길거리 벤치나 건물 담벼락에 기대앉아 넋을 놓은 채 오가는 사람들을 올려다봤다. 리나가 만났던 사람들, 지나쳐온 곳들과 이 도시는 사뭇 달랐다. 사람들의 얼굴에 시름으로 인해 생긴 깊은 주름이나 상처 따위는 전혀 없었다. 처음엔 그렇지 않았지만 관광객들이 카메라를 들이대면 자동적으로 손을 내밀어 동전을 받았다. 어떤 관광객은 거지들의 무릎 앞에 자기가 먹던 접시에 담긴 과일을 과감하게 내려놓아주기도 했다. 마치 강아지 밥 주듯이. 그래도 그들이 먹다 버린 열대과일 껍질은 쪽쪽 빨아먹기엔 괜찮았다. 노천카페의 탁자 위에 덜 마시고 남아 있는 음료수는 종업원이 나오기 전에 독수리처럼 낚아채 달아났다. 한번은 반쯤 남은 술병을 집었는데, 술인 줄 모르고 마셨다가 리나는 온몸이 팽창해서 길바닥을 데굴데굴 굴렀다. 그러나 그렇게라도 수분 보충을 하지 않으면 안 되었다.

밤이 되면 도시는 얼굴이 달라졌다. 관광객들을 태우고 다니는 미니버스들이 골목을 가득 채운 채 서 있었고, 지나치게 커다란 간판들이 위태롭게 허공에 매달려 번쩍거렸다. 승용차에서 내린 사람들은 해가 지면 삼삼오오 고급 식당으로 몰려가 음식을 잔뜩 시켰고 음식의 대부분을 남겼다. 어떤 여자는 피곤에 찌들어 실수를 한 종업원의 뺨을 갈기고는 건망증 환자처럼 옆에 앉은 사람과 킥킥거리며 수다를 떨었다. 뺨을 맞은 종업원은 식당 뒷문으로 나와, 거대한 음식쓰레기 더미들 옆에 쭈그리고 앉아 울다가 어딘가로 전화를 걸었다. 종업원이 들어가길 기다리던 네 사람은 음식쓰레기를 담아놓은 드럼통에 코를 박았다. 상한 채로 쪼그라든 소시지나 곰팡이가 피어 곤죽이 된 케이크가 나왔다. 이제는 아무리 상한 걸 먹어도 설사 같은 건 하지 않았다.

사람들이 도시 외곽의 깔끔한 집들로 돌아가고 나면 어디에 숨어 있었는지 모를 수많은 거지들이 도시 한복판으로 몰려들었다. 그들은 자동차가 쌩쌩 달리는 도로 한켠의 사각지대나 공중전화 부스 옆, 길거리의 어디에서든 잠이 들었다. 결코 도시를 상대로 소란을 피우는 일은 없었다. 리나는 나무 밑이나 대형 관공서 건물 앞뒤, 좀 위험하긴 하지만 트럭 보관소에 보관중인 트럭의 바퀴 밑에 송판을 깔고 잤다.

간혹 도시의 질서를 깨고 교통을 마비시키는 총성이 들려오기도 했다. 먼 외국까지 와서 동반 자살하는 연인들도 있었고, 마약 중독으로 중앙선에서 비틀거리다 불빛을 향해 뛰어드는 사람도 있었다. 리나가 최근에 보수공사를 마친 사원의 처마 밑에서 자던 날, 갑자기 시작된 총성이 몇 분간 계속됐다. 곧 경찰차가 움직이고 요란한 구급차 소리가 들렸다. 도로 한가운데에 흰 셔츠를 입은 남자들이 피를 낭자하게 흘린 채 뻗어 있었다. 자동차 두 대가 상점으로 돌진해 처박혀 있었고 몇 대는 도로 턱에 걸려 있었다. 다음날 아침, 도시는 다시 말짱해졌지만 무방비인 채로 거리에서 잠자던 거지들의 우그러진 시체가 적지 않게 나와 시체공시소로 옮겨졌다.

리나도 시체공시소에 가본 적이 있다. 한번은 어느 건물 앞에서 잠을 잤는데, 일어나보니 딱딱한 침대에 팔다리가 묶여 있었다. 건물 안은 커다랗게 웅성거리는 사람들 소리로 소란했다. 죽은 사람인 줄 알고 끌려가던 중에 깨어난 것이었다. 리나는 깜짝 놀라 엄마를 불러댔다. 리나는 아무도 모르게 살짝 지하로 들어가 이 방 저 방을 둘러봤다. 시체를 넣어 보관하는 박스들이 한쪽 벽을 따라 일렬로 세워져 있었고, 한 남자가 서류철을 입에 문 채 서랍 문을 하나씩 열 때마다 시체들의 얼굴이 튀어나왔다가 다시 박스 안으로 사라졌다.

한밤의 싸움이나 소요 뒤에는 형식적으로나마 단속이라는 게 뒤따랐고, 도시는 언제 그랬냐는 듯이 침묵으로 가장했다. 한밤중에도 불야성이던 식당은 손님이 줄어들어 음식쓰레기가 많지 않았다. 이럴 때 제일 좋은 건 구호단체 같은 데서 주는 공식적인 배급품들이었다. 그러나 언제나 그렇듯이 그런 곳들은 사람이 너무 많았다.

여자들 둘이 구호단체로 먹을 걸 얻으러 간 날 저녁, 리나와 삐는 강 주변의 수상가옥 처마 밑에서 텅 빈 배를 움켜쥐고 눈앞에 펼쳐진 도시를 쳐다봤다. 말뚝에 맨 수상가옥들이 강의 물살에 따라 조금씩 흔들렸다. 밤공기는 몹시 끈적거렸고 모기가 계속 달려들어 도통 잠이 오지 않았다. 리나는 여자들을 따라 구호단체로 가지 않은 것을 후회했지만 다시 시내로 걸어들어갈 힘이 없었다. 화려한 도심의 밤 풍경이 어두운 하늘 아래서 번쩍거렸다. 지상에서 화포를 쏘아올리듯 도시의 상공을 향해 뻗어올라간 불빛은 눈이 부셨다. 주춤거리며 일어나 좁디좁은 난간에 서서 소변을 보던 삐가 몸을 비틀어 수상가옥의 창문 안을 들여다봤다. 옷을 추스른 삐가 다급하게 리나에게 손짓을 해 보였다. 수상가옥 안에 세 남자가 있었다. 침대 위 종이상자 안에는 지폐들이 잔뜩 들어 있었고, 남자들은 그 지폐를 한 장씩 꺼내 푸른 줄이 지나가는 기계 위에 비추어 보았다. 문득 방 안에 있던 한 남자가 창 쪽을 돌아보더니 주머니 속에 있던 칼을 꺼내 들었고, 이어 나머지 두 사람이 창 쪽으로 시선을 돌렸다. 리나와 삐는 걸음아 날 살려라, 도시까지 한달음에 도망쳐왔다.

도시로 들어온 지 삼 주쯤 됐을 무렵, 네 사람은 공중화장실의 거울 앞에 나란히 서서 자신들의 몰골을 감상했다. 유부녀 두 명의 몸과 얼굴은 처녀처럼 날렵해져 있었다. 여자들은 삐가 공장에 있을 때보다 훨씬 키가 커졌다며 뒤로 돌아서서 등을 대고 키재기를 했다. 리나는 돌덩이처럼 단단해진 자기의 허벅지를 두드려보고 꼬집어봤다. 네 사람 다 검은 얼굴을 맞대고 카메라도 없이 찰칵 기념사진을 찍었다.

늘 머릿속을 꽉 채우고 있던 P국에 대한 환상이 조금씩 빠져나가고 있었다. 리나는 고열에 시달리며 몹시 앓았다. 햇볕 아래 앉아 있으면 온몸이 물컹하게 허물어지는 기분이 들었다. 리나는 죽지 않겠다고 쓰레기통을 뒤지는 대신 드러누운 채 허공을 휘젓기 시작했다.

"너가 대장인데, 대장이 이러면 어쩌니. 계속 이러면 정신병원에 처넣든가 공장에 도로 갖다줘버리고 갈 거야."

화공약품공장에서는 정신이 오락가락했던 신혼의 여자가 그렇게 말해, 삐를 제외한 세 여자는 그만 깔깔거리고 웃고 말았다. 그러거나 말거나 여전히 리나는 아무 곳에서나 어깨만 닿으면 잠이 들었다. 흔들어 깨워도 일어나지 않았다.

"정말 반갑습니다. 저희는 P국에서 여러분을 돕기 위해 파견된 선교사들입니다. 얼마나 고생이 많으셨어요. 저희가 P국까지 안전하게 모셔다드리겠습니다. 하느님께서는 여러분을 사랑하십니다."

도시 관할 관광청 앞에 앉아 과자봉지 안에 생긴 벌레를 골라내고 있을 때 성격 좋게 생긴 남자 두 명이 네 사람 앞에 다가왔다. 한 남자가 양쪽 입술 끝이 귓가에까지 가 닿도록 웃음을 띤 채 말했다. 리나는 처음 만난 P국 남자들이 텔레비전에서 봤던 것보다 훨씬 덩치가 크고 말씨도 부드럽다고 생각했다. "저 남자들 너무 멋지다." 여자들이 소곤거렸다. 그러면서도 이 상황이 실제로 일어난 일이라고는 믿기 어렵다는 눈빛이었다.

선교사들이 몰고 다니는 차 안에는 물과 쌀과자 그리고 비상약통이 있었다. 한 남자가 리나의 머리에 손을 얹더니 해열제를 꺼내 입속에 밀어넣어주었다. 해열제를 씹어먹은 리나는 모포를 덮고 운동화 두 짝을 끌어안은 채 뒷좌석 등받이 쪽으로 얼굴을 대고 누워 잠이 들었다.

흰색의 교회 건물 안으로 들어서자 자잘한 꽃들과 꽃나무가 빼곡했다. 선교사들은 외벽을 하얗게 칠한 커다란 건물 뒤편으로 세 사람을 데리고 갔다. 악몽 끝에 다다른 낙원의 모습이 비현실적으로 아름다운 것처럼, 넓은 뒤뜰에는 꽃나무들이 가득했고 꽃향기로 충만했다. 그곳에 P국으로 가기 위해 탈출한 사람들이 한가득 모여 있었다. 공중수도 앞에 모여 세탁하는 사람, 푸른 나일론 천을 뒤집어쓰고 머리칼을 자르는 사람, 옷 꿰매는 사람, 귀 후비며 떠드는 사람, 피리 불며 노래하는 사람까지, 사람들이 셀 수 없이 많았다. 사람들은 그 순간만큼은 평화로워 보였다. 하지만 몸속에 겹겹이 쌓여 있는 탈출의 노정들은 그들의 표정을 가끔씩 알 수 없는 어둠으로 이끌고 가는 듯했다.

여자들을 데리고 뒤뜰을 지나 작은 건물 안으로 들어온 선교사들이 박스 안에서 옷 세 벌을 꺼냈다. 리나는 아래위 같은 색의 운동복을 입었고 여자들은 꽃무늬가 그려진 원피스를 입고는 거울 앞에 서서 수줍게 웃었다. 옷도 옷이지만 사실은 교회로 들어설 때부터 뭉근하게 나는 음식 냄새가 공복상태인 그들의 위를 몹시 자극했다. 식당으로 들어가 식판에 국과 밥을 받은 뒤 식탁에 앉았다. 선교사는 굶다가 갑자기 많이 먹어 죽은 사람을 여러 번 본 적이 있다고 말했다. 또 탈출부터 지금까지의 여정을 축약 정리하고 미래를 위한 염원까지 포함된 장황한 식사기도를 덧붙였다. 국과 흰쌀밥을 내려다보며 세 사람은 웃지도 울지도 않는 이상한 얼굴이 되어 감격에 빠졌다. 아주 조용히 시작된 수저질은 점점 더 속도가 빨라졌다.

어둡게 그늘진 교육관 건물 식당 안에서 열린 문을 통해 뒤뜰이 내다보였다. 흰 꽃잎들이 흩날렸고 한가롭게 오가는 탈출자들이 보였다. 사람들의 머리 위로 희고 자잘한 꽃잎들이 떨어져 내렸다. 그때 리나는 보았다. 커다란 교회 건물 기둥을 뒤로하고 흰 벽에 기대 앉아 햇볕을 쬐고 있는 세 사람, 아버지와 엄마와 남동생이었다. 리나는 아주 잠깐 혀가 뻣뻣하게 굳어 입 밖으로 말을 내뱉지 못하다가 들릴락 말락하게 중얼거렸다. "여전히 사이들이 좋으시군." 그리고 두 손을 깍지 낀 채 눈을 내리깔고 한참을 움직이지 않았다. 리나는 가족들에게 돌아가고 싶었다. 그러나 그러기에는 사회에 대한 불만이 너무 많았다. 그리고 성질도 고약해 고분고분하게 부모의 품으로 돌아가고 싶지는 않았다. 리나는 그들의 머리 위로 떨어지는 흰 꽃잎들로 시선을 옮겨버렸다.

남자 두 명이 소란스럽게 식당으로 뛰어들어왔다. 밥을 먹던 여자들은 아직 P국으로 들어가지 않은 남편들 얼굴을 보자 벌떡 일어나 달려가 부둥켜안았다. 리나는 그녀들을 향해 브이자를 그렸고, 여자들은 드디어 안도의 한숨을 내쉬며 남편 품에 안겨 실컷 울었다. 잠시 후 화공약품공장에서 비극적인 최후를 맞이한 할아버지의 아내가 맨발로 뛰어들어왔다. "아니, 우리 영감은 어디 있어? 같이 갔었잖아?" 할아버지를 그렇게 만든 사람들은 다들 건조한 얼굴로 시선을 피했고, 실망한 할머니가 연달아 상체를 부르르 떨며 바닥으로 쓰러졌다. 화공약품공장으로 끌려간 네 명을 제외한 나머지 열일곱 명은 세 팀으로 나눠서 움직였다고 했다. 리나는 봉제공장 언니의 안부가 궁금했지만 몇명이 이곳에 와 있는지 물어보지 않았다. 그리고 수저를 내려놓고 조용히 먼저 일어났다. 남자들이 여자들에게 말했다. "저 애가 우리랑 같이 나온 그애 아냐? 저애 부모가 저기 있는데." 남자들의 목소리가 아주 크게 들렸지만 리나는 못 들은 척 천천히 그곳을 빠져나왔다.

리나는 삐의 손을 잡고 노점이 늘어선 거리로 나왔다. 길거리에서는 싱싱한 열대과일을 높이 쌓아놓고 팔았고 관광객들은 건물 앞에 놓인 파라솔 밑에 앉아 여유롭게 책을 읽고 있었다. 신발 전체에 분홍색 구슬과 반짝이가 박히고 앞코가 뾰족해 발이 날렵해 보이는 좌판 위의 예쁜 슬리퍼가 눈에 들어왔다. 리나는 뜨거운 햇볕 아래서 얄팍한 면으로 만든 치마를 입고 분홍색 슬리퍼를 끌고 어딘가로 걸어가는 장면을 상상했다. 리나는 지금껏 단 한 번도 운동화가 아닌 다른 종류의 신발을 신어본 적이 없었다. 리나가 P국에 가서 제일 먼저, 그리고 마음껏 사보고 싶은 게 있다면 바로 신발이었다. 리나는 늘 옆에 그림자처럼 붙어 서 있는 삐를 찾았다.

"삐, 삐, 이것 좀 봐. 이 신발 좀 봐."

대답이 들리지 않았지만 리나는 슬리퍼를 구경하는 일에만 열중했다.

"삐, 삐야! 이 신발 좀 보라니까."

다시 불러도 삐는 나타나지 않았다. 리나는 노점 주인이 다른 손님들과 떠드는 사이 슬리퍼를 훔쳐 달아날까 말까 망설였다. 그러면서도 왜 삐가 보이지 않나 자꾸 뒤를 돌아봤다. 리나는 결국 슬리퍼를 훔치지 못했고, 슬리퍼는 해가 질 때쯤 팔렸다. 키가 큰 금발 여자가 나타나 연달아 뷰티풀을 외치며 품 안에 안고 내려놓지를 않았다. 리나는 좌판 위 슬리퍼가 있던 빈자리를 물끄러미 쳐다봤다. 그리고 갑자기 발 디딜 틈도 없이 많은 관광객이 몰려 있는 골목을 향해 달리기 시작했다. 해가 진 뒤였고, 삐는 사라지고 없었다.

리나는 며칠 동안 삐를 찾아헤맸다. 도시 전체가 몇 달을 두고 준비한 길고긴 축제기간이 시작된 첫날 아침, 건물 꼭대기며 나뭇가지 끝에 매달린 알록달록한 무지개색 천이 바람에 흔들렸다. 삐를 찾아헤매던 리나는 흰 무명천으로 성기 주변만 가리고 액막이의 의미로 얼굴 가득 흰 가루를 뒤집어쓴 남자들의 행렬을 따라 걸었다. 시장에서부터 시작해 강까지 연결된 하수도관은 보도보다 약간 높은 위치에 돌출되어 있었다. 삐는 하수관 끝이 거의 강과 맞물려, 채 걸러지지 않은 오물이 마구 강물 속으로 흘러들어가고 있는 순간에도 하수관 시멘트 덮개 위에 누워 지친 개처럼 잠들어 있었다. 강으로 오물이 투척되면서 강가에 박은 말뚝 하나에 의지한 채 물에 떠 있는 수상가옥들이 오물 더미에 밀려 조금씩 강 안쪽으로 떠내려갔다가 다시 제자리로 돌아오길 반복했다.

천막의 여가수

남자들은 차오른 달 아래 서서, 막 부화하려는 달걀 같은 노란 등불에 휩싸인 여가수의 흰 천막을 에워싼 채 손가락 두 개만 이용해 유연하게 잎담배를 말아 피웠다. 밤이 깊어갈수록 아기들은 여자들의 가슴에 바짝 달라붙었고 여자들은 아기들의 정수리에 턱을 갖다댄 채 까만 하늘을 올려다봤다. 리나와 삐는 열흘간이나 지속된 축제기간 내내 얼굴에 흰 가루를 뒤집어쓴 남자들의 행렬을 무작정 따라다녔다. 얼굴에 흰 가루를 칠한 남자들은 거의 한 달을 씻지도 않고 지냈고 지역을 옮겨갈 때마다 춤판을 벌였다. 리나와 삐가 남자들을 따라 이곳까지 오게 된 것은 마땅히 갈 곳이 없어서였다. 지대가 높은 편편한 땅 위에 난민캠프 같은 흰 천막들이 몇 채씩 무리지어 서 있었다. 지금은 몹시 깜깜하지만 낮에는 천막 뒤의 지평선이 보였다.

꽃잎 장식의 둥근 테가 달린 커다란 거울 앞에 앉아, 사선으로 금이 간 거울을 들여다보고 있는 사람을 모두들 '영원불멸의 가수'라고 불렀다. 여가수는 인조속눈썹이 달린 무거운 눈꺼풀을 치켜올리고 충혈된 눈자위를 뚫어져라 들여다봤다. 붉게 물든 눈언저리 위에서 검고 짙은 눈썹이 파르르 떨렸다. 금이 간 거울을 통하지 않고서는 자신이 누구인지 절대 알 수 없다는 듯이 여가수의 눈동자에 핏발이 굵어졌다. 한 소년이 천막 안으로 들어가 여가수의 발목을 꽉꽉 감싼 비단 신발 끈을 느슨하게 풀었다. 여가수의 발가락이 꼼지락거리는 걸 확인한 소년은 이제 됐다는 듯 씽긋 웃어 보였다. 여가수는 한 손으로는 소년이 건네준 냉수잔을 받아들고, 나머지 한 손으로 머리 위를 무겁게 내리누르는 검은 가발을 벗겨 거울 앞에 내려놓았다. 커다란 가발이 벗겨지자 비로소 왜소한 어깨와 쇄골이 고스란히 드러났다. 불빛 주위로 달려드는 모기를 쫓던 여가수의 오른손이 목덜미를 찰싹 때렸다. 피가 터져 죽은 모기가 손바닥에 엉겨붙어 있었다.

그때 공연 시작을 알리는 북소리가 들렸던가. 상거지 꼴로 삐와 함께 서 있던 리나는 높이 치켜올린 검은 머리를 꼿꼿이 세운 채 밖으로 걸어나오던 여가수와 딱 마주쳤다. 푸른 비단옷을 입고 두툼한 비단 허리띠를 허리에 꽉 조인 여가수의 얼굴은 윤을 낸 납처럼 차가웠다. 여가수가 서성거리는 리나를 쳐다보며 목에 생선 가시가 걸린 사람처럼 캑캑거린 끝에 뭐라고 한마디

했다. 리나는 목에 걸려 있는 해진 운동화 두 짝을 손에 든 채 습관적으로 머리를 숙여 인사했다. 그 순간 리나가 아주 가까운 미래에 그녀와 똑같은 옷을 입고 이 일대에서 가장 유명한 가수가 되어 있을 거라고는 상상도 못한 것은 당연한 일이었다.

공연 천막 안. 무대에는 여가수의 공연을 뒷받침할 그럴듯한 악기 하나 없었다. 객석은 어린애들이나 앉을 만한 작은 의자들로 채워져 있었는데, 와글와글 떠들던 어른들 몇 명이 갑자기 뒤로 나자빠져 사람들을 웃게 만들었다. 여가수는 느린 걸음으로 무대에 올라 의자에 앉았고, 유일한 악기인 작은 나무북을 발등에 끼웠다. 여가수가 발등을 까딱거리자 나무판때기끼리 부딪치는 소리가 났고 그것으로 공연은 시작되었다.

이우, 응응응응, 아아아, 이—히히히히.

여가수는 통나무 자르는 소리처럼 짧게 끊어치는 느낌으로 첫 목소리를 냈다. 목소리는 중간 템포의 저음 일색이었다. 가끔 천막의 한쪽 면을 때리며 거센 바람이 끼어들었다. 흥이 난 사람들이 하나둘 일어나기 시작했다. 누군가는 향을 피워 가수 앞에 갖다놓았고 누군가는 집에서 가져온 두 줄짜리 악기를 불규칙적으로 연주했다. 또 누군가는 자리에서 일어나 팔을 위로 흔들며 객석을 돌았다. 객석의 반응에 따라 여가수의 목소리에 점점 더 힘이 생겼다. 여가수의 목소리는 들판을 떠도는 바람 소리처럼 불규칙했고 목구멍에서는 피라도 쏟아져나올 것 같았다. 소리의 파동이 커지면서 여가수의 얼굴을 뒤덮은 흰 화장이 땀으로 범벽이 되어 얼룩졌다. 천막 공연장 안의 분위기는 저절로 무르익었다. 머리를 짧게 깎은 남자가 앞으로 나와 여가수의 무릎을 끌어안고 울기 시작하자 다른 사람들도 억울한 일이 많다는 듯 덩달아 중얼거렸다. 여가수의 목소리가 한껏 커진 순간, 사람들은 방향도 없이 상체를 흔들거나 옆사람의 소매 끝을 붙들고 늘어졌다. 가슴속에 묻어둔 사랑을 잊었다고 생각했는데, 마치 어제의 일처럼 지금 이 순간에도 되살아난다. 사랑은 계속된다. 나중에 알게 된 노래의 내용은 그랬다. 그러거나 말거나 엄마의 등판에 업힌 아기들은 저희들끼리 발버둥을 치고 까르륵거리며 웃어댔다. 사람들은 영원불멸한 존재인 여가수의 발끝에 매달려 알 수 없는 소리들을 지껄이며 눈자위를 까뒤집었다. 리나는 그 순간에 이르러서야 자신이 아주 이상한 나라에 와 있을지도 모른다고 생각했다.

공연 중간의 휴식시간은 딱 오 분이었다. 리나는 발목을 감고 있던 끈을 느슨하게 하고는 비단천 속에 꼭 싸여 있는 발가락을 차례차례 움죽거렸다. 삐가 들어와 리나의 입속에 시큼한 과일즙을 떠넣어주고 어깨를 두드려주었다. 그럴 때마다 리나는 팔을 뒤로 뻗어 가느다란 삐의 손목을 잡았고, 그래야 비로소 안도했다. 그러는 사이 어느새 휴식시간의 반이 흘렀고 리나는 하루에 잘 잠을 이 짧은 순간에 다 잤다. 그사이 천막 바깥에서는 말들이 벌판 위를 느리게 뛰어다녔다. 기형으로 태어나 다리 한

쪽이 짧은 말도 끼여 있었는데 지평선 가까이까지 달려갔다가 다시 돌아오길 반복했다.

리나가 가수로 나서는 공연이란 참으로 우스웠다. 아파 누워 있는 전직 가수의 노래는 수백 년 전, 먼 서양의 해양국가들이 빈번하게 드나들던 시절부터 이곳 사람들의 피부 속에 침전된 멜로디였다. 그래서 가르칠 수 있는 것도, 배울 수 있는 것도 아니었다. 리나는 여자가 입던 커다란 옷을 손바느질로 몸에 맞게 줄여 입고 앉아 지껄이고 싶은 대로 지껄였다. 처음엔 그냥 지껄이기가 뭣해서 학교에서 친구들에게 은밀하게 배운 랩을 조금 흉내내거나, 줄넘기나 고무줄놀이를 할 때 아이들과 부르는 노래를 길게 늘인 정도를 노래라고 불렀다.

"노래를 잘해야만 가수가 될 수 있는 건 아니잖아. 무슨 얘기라도 노래처럼만 하면 돼. 어차피 아무도 못 알아듣잖아. 우린 먹고살아야 하고."

그렇게 말하며 삐 앞에서 시범을 보였을 때 삐는 잘 모르겠다는 듯 고개를 갸웃거렸다.

리나가 나타나자 사람들이 웅성대기 시작했다. 아파 누워 있는 전직 가수를 신의 경지에 올려놓은 나이든 관객들은 그사이 어디론가 사라지고 한창 일할 나이의 남자들이나 청소년들이 훨씬 많아졌다. 지평선을 품고 사는 이곳 사람들은 리나를 하늘에서 뚝 떨어진 요정이라고 생각할 정도로 신기하게 여겼다. 엄격한 산아제한으로 인해 리나 또래의 여자애들이 매우 희귀했기 때문이다. 그래서 그 또래의 여자애들이 하는 일은 그게 설령 사기를 치는 일이라고 해도 통했다. 그 사실을 가장 잘 아는 사람이 바로 지금 공연장 맨 뒤에 서서 팔짱을 끼고 귀를 후비고 있는 남자, 자칭 이 지역의 유일한 가수 매니저 '프로듀서 김'이었다. 리나는 눈을 감은 채 얼굴에 잔뜩 힘을 주고 떠들어대기 시작했다.

오늘의 이야기. 열여덟 살에 국경을 넘어 당신들의 나라에 들어와 스물네 살이 된 여자 이야기.

커다란 지구의 아래쪽엔 가난한 여자들 천지. 가난한 여자들은 어디에나 있다구요? 말하고 싶어도 조금만 참으세요. 지금은 내가 먼저 말할 시간.

매일 사기치고 매일 사기당하고 열여덟 살이지만 모르는 게 없어. 남자는 어딜 만져야 좋아하고 여자는 어딜 만져줄 때 좋아하는지 모르는 게 없어. 하는 일도 없는 아버지 갑자기 병들어 세상 떠나고 언제나 나만 쳐다보던 탈출 브로커 아저씨, 아버지 죽은 다음날 찾아왔어. 아저씨가 흰 크림빵만 사오지 않았어도 난 그냥 집에 있었을지도 몰라. 크림빵 조각이 하나씩 사라질 때마다 난 집에서 그만큼 멀어졌어.

국경을 넘자마자 브로커가 날 팔았어. 다 찌그러진 자동차 껍데기조차 살 수 없는 돈에 팔아넘겼지. 날 산 남자는 도망가면 곤란하다며 매일매일 데리고 잤어. 난 한밤중에 팬티만 입고 도망쳤지. 그리고 수더분하게 생긴 여자를 만났어. 이 여자가 날 또 팔았지. 얼마나 받았을까. 난 자동차로 열 시간을 달려 도시로 팔려갔어. 도시에서 뭘 했는지는 기억도 안 나. 너희 같은 것들 열 명을 모아서 팔아봤자 제대로 된 여자 하나 사기도 어려워. 우리를 늘 감시하던 남자가 말하곤 했지. 비리비리해진 나는 또 팔려갔어.

온통 논과 밭뿐인 깡시골에 내렸어. 얼굴이 작고 마른 남자가 보라색 도라지꽃을 주며 날 맞았지. 농사일을 도울 여자가 필요했대. 남자는 때리지도 않았고 밥을 굶기지도 않았어. 낮에는 농사를 짓느라, 밤에는 남자에게 시달리느라 길을 걸으면서도 졸았어. 그리고 애를 낳았지. 애는 세 살 때부터 지껄이고 다녔어.

우이씨, 우리 엄마는 외국 여자야. 니네 엄마 외국 여자야? 우리 엄마는 오빠의 학비를 벌기 위해 국경을 넘었고 우리 아빠를 만났어. 그리고 나를 낳았지. 나는 모험심 많은 엄마를 둔 행운아. 우리 엄마 호적은 가짜. 그래도 우리는 당당한 노동자 농민으로 살아가지. 그런데 엄마는 또다른 나라로 가고 싶어해. 아버지가 말했어, 나가서 돈 좀 벌어오지. 그래서 엄마는 공항이 있고 빌딩이 있는 도시로 나갔어. 나도 이 시골을 벗어나 탈출할 거야.

도시 사람들은 나에게 말해. 아주머니 고향이 어디세요? 그럼 난 대답하지. 난 이제 겨우 스물네 살인데 아주머니라니,

너무하잖아요. 그러면 도시 사람들이 또 물어. 어디서 왔냐구요? 도대체 어디서 왔는데 말투가 그 모양이냐구요? 그럼 난 수줍게 말하지. 국경이오.

리나가 지껄이기를 끝내자 공연장 맨 뒤에 서서 팔짱을 낀 채 귀를 후비고 있던 프로듀서 김이 앞으로 나왔다. 그는 리나가 지껄인 내용을 뭉뚱그려서 통역이라고 몇 마디 하고는 박수를 유도했다. 그러므로 이 남자가 술을 먹고 뻗어 공연장에 오지 않는 날과 비가 오는 날은 공연을 하지 못했다. 삐가 천막 앞에 서서 나가는 사람들에게서 관람료를 받았다. 돈 대신 깃털도 뽑지 않은 닭이나 혼수품이라며 좀약 냄새가 나는 홑이불을 가져오는 사람도 있었다. 삐는 나름의 방법으로 그런 사람들의 면면을 적었고, 적은 종이를 소중하게 다뤘다. 며칠 내로 집집마다 찾아다니며 미수금을 모두 다 받아내야 하는 중요한 일이 남아 있었기 때문이다.

프로듀서 김

리나와 삐는 천막에서 나와 한참을 걸었다. 야트막한 산 위에 오밀조밀하게 모여 있는 마을에 도착하자마자 대문에 등부터 내걸었다. 그리고 집 안으로 들어가 후줄근한 레이스를 돌돌 말아 침대봉 위로 걷어올리고, 헐떡거리며 누워 있는 전직 가수의 얼굴과 몸을 샅샅이 살폈다. 무대 위에 있을 때는 나이를 짐작할 수 없던 얼굴이 화장과 옷을 벗겨내자 영락없는 할머니였다. 리나는 전직 가수의 엉덩이를 치켜들고 침대 시트를 손으로 만져봤다.

"할머니, 오줌 안 쌌어? 오늘따라 손님이 어찌나 많은지."

리나는 바짝 마른 전직 가수의 입술을 물수건으로 닦아주고 물을 마시게 했다. 얼마 안 가 채 넘어가지 못한 물이 찌그러진 입술 사이로 조금 흘러내렸다. 늙도록 해먹을 줄 알았던 안정된 직업을 놓친 전직 가수는 누렇고 나달나달해진 레이스가 달린 침대 위에 누워 대부분의 시간을 보냈다. 너무 소리를 질러대서였을까. 어느 날 공연중에 가수의 몸 반쪽이 뒤틀렸다. 사람들이 달려들어 무서운 압력으로 뒤틀리고 있는 가수의 몸을 펴보려고 했지만, 왼쪽 어깨와 팔을 중심으로 잔뜩 오그라든 몸은 어떤 노력도 주술도 소용없이 계속 경직되기만 했다. 침대에 누워 있는 것이 답답할 때, 전직 가수는 창가에 놓인 일인용 의자까지 힘겹게 걸어가서, 열린 창문으로 들어와 창틀에 앉아 가르랑거리는 동네 고양이의 목덜미를 쓰다듬었다. 그래도 답답하면 의자에서 일어나 다시 침대까지 걸어갔다. 짧은 동선을 반복하는 일이 그녀에게는 대장정과도 같았다.

밥을 떠먹여주는 것도, 변기에 똥오줌을 받아내는 일도 다 리나가 했다. 리나가 오갈 데 없는 처지이기도 했지만 전직 가수 또한 돌봐줄 사람이 없었다. 처음엔 동네 여자들이 번갈아가며 돌봤지만 담배밭에 가서 하루 종일 일하느라 얼마 안 가 다들 발걸음도 안 했다. 일거리라고는 논일 아니면 밭일뿐인 따분한 곳에서 리나가 자연스럽게 가수 자리를 물려받은 건 행운이라면 행운이었다. 또 코를 꽉 막고 냄새나는 똥오줌을 치워준 대가로 전직 가수가 갖고 있던 낡아빠진 장신구며 소장품 들도 물려받았다. 앞축이 활처럼 휘어져올라간 나막신, 소매와 허리선 솔기에 비췻빛 곰팡이가 슬어버린 비단 드레스들, 고양이의 똥꼬에서 채취했다는 사향물질이 든 자잘한 병들, 귀가 아파 달 수 없을 정도로 무겁고 녹슨 귀고리들까지 모두 리나 차지였다.

삐가 부엌에서 저녁식사 준비를 시작했다. 리나는 내장이 다 튀어나올 지경으로 해진 일인용 의자에 앉아 요리하고 있는 삐를 쳐다봤다. 어느새 키가 더 자라서 입고 있는 바지들이 다 발목 위까지 올라왔다. 셔츠도 어깨가 꼭 끼고 소매가 짧아졌고 머리도 길게 자랐다. 바닥에는 지저분한 가재도구들이 경계도 없이 늘어져 있어서 삐는 그것들을 이리저리 피해가며 요리를 했다. 검고 오목한 팬에 기름을 두르고 매일 먹는 감자와 미나리를 넣고 볶았다. 야채가 숨이 죽으면 팬 한가운데에 빈자리를 만들고 국수를 넣어 섞은 뒤 매운 고추를 넣고 좀더 볶았다. 이 나라 사람들이 아무 요리에나 즐겨 넣어 먹는 향신료도 뿌렸다. 그리고 소파에 앉아 있는 리나에게 국수를 담은 접시와 물에 탄 술이 담긴 컵을 갖다주었다. 리나는 다리를 길게 감싸는 스커트를 입은 채 두 다리를 소파 위에 올리고 국수를 먹었고, 삐는 침대 위에 누워 있는 전직 가수의 입에 국수를 조금씩 넣어주었다. 그건 원래 리나의 일이었지만 공연을 끝내고 와 피곤한 리나를 위한 삐의 배려였다. 리나가 살던 나라에서는 남자가 여자들을 위해 지나친 배려를 하면 바보 소리를 들었다. 이번엔 삐가 하나뿐인 의자에 앉아 국수를 먹었다. 리나는 턱을 받치고 앉아 삐에게 여러 가지를 물었다. "너 몇살이니?" 그러면 삐는 국수 가락을 입에 문 채 '으어'라고 하거나 '나어'라고 하며 웃기만 했다. "바보 같긴, 너 몇살이냐니까." 그래도 삐는 '으어'라고 하거나 '나어'라고만 하고는 계속 국수를 먹었다.

"내 건 없냐? 나도 아직 저녁 전인데, 어린애들이 인정머리라고는."

리나가 팬에 남아 있는 국수를 삐의 접시에 더 덜어주고 있을 때 프로듀서 김이 성큼성큼 걸어들어왔다. 프로듀서 김은 알 수 없는 이유로 빛을 보지 못하는 중고 가수들을 찾아내 전 세계를 향해 뻗어나갈 수 있는 가수로 키우는 사업을 하고 있다며 리나에게 접근했다. 남자는 리나와 같은 나라 사람이었고, 따지고 보면 그도 탈출자 신세였다. 그는 교육과 문화정책이 훌륭한 내륙 도시 출신이라며 목에 걸린 목걸이의 십자가 끝을 잘근잘근 씹고 다녔다.

남자의 일터 또한 여기서 한 시간 정도 떨어진 곳에 있는 천막이었다. 중고 신인들을 데려다가 어떻게 해서 새롭게 태어나게 해주는지는 알 수 없었지만 그 천막 풍경은 참으로 이상했다. 아침에 남자가 차로 여자들을 천막 앞에 내려주고 밤에 다시 어딘가로 실어갔다. 천막은 평지보다 약간 높은 곳에 있었는데 짙은 화장을 한 여자들 몇 명이 앙상한 나무의자 위에 앉아 있었다. 여자들은 화장을 고치거나 손톱을 다듬거나 머리카락을 쥐어뜯으며 하루를 보냈다. 여자들은 밥도 거기서 먹고 볼일도 거기서 봤다. 천막 아래에 일렬로 앉아 시퍼렇게 칠한 눈을 치켜뜨고 언덕을 지나가는 바람에게 시비나 걸고, 어쩌다 사람이 지나가면 자기들을 안 쳐다봤다고 화를 내며 돌을 던졌다. 높이 올려묶은 머리가 바람에 날려 얼굴을 때리면 자존심이 상해 거칠게 화를 내며 담배를 입에 물었다. 더할 수 없이 지겹고 심심해지면 고래고래 소리를 질렀다. 그러다 몸의 긴장이 죄다 풀리면 짧은 치마 속의 삼각팬티 한 조각이 적나라하게 보이는 줄도 모르고 언덕에 쪼그려앉아 두 팔에 머리를 묻고 졸았다. 그런 여자들이 어디서 왔는지는 알 수 없지만 한 가지는 분명했다. 프로듀서 김에 의해 어딘가로 곧 팔려갈 사람들이라는 것.

"너 여기서 계속 살래? 너도 결국 P국으로 들어가길 바라지 않냐? 그런데 요즘 P국 경제사정이 아주 안 좋아. 정착금도 쥐꼬리만큼밖에 안 준대. 그러느니 어디 딴 나라로 가서 돈이나 더 벌다 가면 어때? 내가 널 더 비싼 값에 팔아줄 수 있는데. 도시의 고급 식당 같은 데서 일하면 좋잖아."

리나는 항아리 속에 넣어둔 돈을 꺼내러 가다가 바닥에 놓인 물통에 발이 걸려 넘어질 뻔했다. 남자가 피워문 담배연기가 때에 찌든 머리카락 위로 느리게 피어올랐다. 리나는 당황해서 발밑에서 뒹구는 지저분한 가재도구들을 발로 쓱쓱 밀었다. 그는 마을의 할 일 없는 남자들과 내기를 하고 놀다가 시간이 되면 사람들을 모아 리나의 공연장으로 몰려가 바람잡이 역할을 했다. 그는 이 마을 사람들에게 리나가 얼마나 훌륭한 가수인지를 수시로 칭찬하고 다니는 일로 리나에게서 돈을 뜯어냈다. 같은 나라 사람이니까 일단 믿을 수 있는데다, 무엇보다 말이 통해 답답하지가 않았다. 그러나 같은 나라 사람이라고 해서 편하게 생각해서는 안 되었다. 그가 일한 대가에 대해서는 감사하다는 인사말도 아니고, 집 앞에서 노니는 닭도 돼지도 아니고, 반드시 지폐로 보상해야 했다.

"고맙다. 오늘도 역시 후하게 주네. 그런데 너 몇살이냐? 내가 너 몇살인지 맞혀볼까. 어떻게 보면 서른 살이 넘은 것 같기도 하고."

"내가 몇살이든 무슨 상관이죠? 아저씨는 내 걱정 말고 천막 여자들 걱정이나 해요."

"나이를 알아야 제대로 팔 거 아니냐. 저 늙은이는 어떻게 할 건데. 설마 늙은이랑 죽을 때까지 같이 살 건 아니지?"

남자가 침대 쪽을 가리키며 말했다.

"왜요? 저런 늙은이도 어디 팔아먹을 데가 있어요?"

예민해진 건 리나가 아니라 삐였다. 삐는 아까부터 대문 앞에 엉거주춤하게 서서 불안한 얼굴로 왔다갔다했다. 리나는 남자가 있거나 말거나 상관 않겠다는 듯 라디오를 틀었다. 그때 전직 가수가 이상한 목소리로 리나를 불렀다. 리나는 전직 가수의 침대 앞으로 갔다가 금세 다시 나왔다.

"할머니가 아저씨 가래요. 날 팔아먹을 생각 말고 자기나 좀 어떻게 살려내서 팔아줄 수 없냐는데?"

그리고 리나는 태연한 척 의자에 앉아 남자가 빨리 나가주기만을 기다렸다. 리나는 사실 이 남자가 너무 무서워서 아무 말이나 지껄이는 중이었다. 남자는 문 앞에 달린 거울을 보며 얼굴을 쓰다듬고 있었다.

국경을 넘은 이후로 항상 누군가가 따라다니고 있다는 느낌을 지울 수 없었다. 그들이 누구든 항상 자신을 망칠 생각을 하고 있다는 의심 역시 언제나 따라다녔다. 남자든 여자든, 노인이든 어린애든, 리나에게는 누구나 다 똑같았다. 그들은 항상 리나를 주시하고 몸값을 담보로 시비를 걸 준비가 되어 있었다.

남자가 돌아가고 집은 다시 고요해졌다. 언덕 위에 모여 있는 집들은 담벼락도 없이 다닥다닥 붙어 모두 지평선 방향을 바라보고 있었다. 맨 꼭대기 집에서는 맨 아래에 있는 집이 보였지만, 맨 아래에 있는 집에서는 바로 윗집만 올려다보였다. 지붕은 한 사람이 만들어 올렸는지 모두 다 같은 표고버섯 모양이었고 지붕의 절반쯤엔 테라스 같은 빈 공간이 만들어져 있었다. 사람들은 그 공터에 서서 껍질을 벗겨낸 곡식을 키에 담아 까불렀다. 이곳 사람들은 아침 일찍 일어나 논과 밭으로 나가고 저녁이면 집으로 돌아와 저녁밥을 먹고 일찍 잠자리에 들었다. 일을 하지 않는 날, 가수의 공연을 보러 천막에 가는 것이 유일한 외출이었다.

라디오에서 실낱같이 가느다란 여자 가수의 목소리가 흘러나왔다. 삐가 리나에게 노래의 내용을 설명해줬다. 삐는 두 손으로 자기 눈을 가리고 실눈을 뜬 채 우는 시늉을 했다. "슬피 우는 아가씨? 맞지?" 리나가 푼수처럼 웃자 이번엔 삐가 손을 내저었다. "그럼 뭐야? 다시 해봐." 그러자 이번엔 삐가 두 손을 자기 눈두덩 위에 올려놓고 천천히 눈자위를 쓰다듬어내렸다. "아, 알겠어, 눈을 감아라." 삐는 잘 맞혔다는 듯이 박수를 치고 웃었다. 리나와 삐는 비좁고 지저분한 집 안에서 천치들처럼 웃고 놀았다. 시간은 아주 천천히 흘렀다.

대문을 두드리는 소리가 들리더니 전직 가수의 애인이 찾아왔다. 얼마나 서둘러 달려왔는지 얼굴색이 창백했다. 노인은 비닐봉지를 열어 선물로 가지고 온 석류를 꺼내 반으로 쪼개어 리나와 삐에게 한 쪽씩 건넸다. 전직 가수가 잘나가던 시절, 두 사람이 어떤 사이였는지는 모르지만 이제 할머니를 찾아오는 사람은 노인뿐이었다. 머리에 동그란 모자를 쓴 노인을 본 전직 가수는 눈꼬리와 한쪽 볼을 찡그리며 웃었다. 할머니가 노인의 부축을 받아 몹시 느린 몸동작으로 침대 위에 누웠다. 그러자 노인은 침대 철제봉 위에 뭉쳐올린 커튼들을 모두 내리고 할머니 얼굴이 가장 가까이 보이는 곳에 앉았다. 커튼 속 이방의 두 늙은이들은 시간 가는 줄도 모르고 그렇게 시시덕거리며 놀았다.

리나는 아까부터 적당한 거리를 유지한 채 애써 삐를 외면하고 있었다. 리나는 의자에 앉아 있었는데 할머니의 가르릉거리는 소리가 들릴 때마다 몸의 한 부분이 바짝 굳으며 엉덩이가 살짝 들렸다. 처음엔 그게 할머니의 고통이라고 생각해서 노인네로부터 할머니를 구해내야 한다고 생각했다. 그러나 곧 그게 고통이 아니란 걸 알았다. 삐는 아무것도 깔지 않은 맨바닥 위에 반듯하게 누워 있었다. 삐는 평소에도 그러다가 잠이 들곤 했다. 껄껄 웃는 노인의 웃음소리가 들리고 이어 할머니의 가르랑거리는 소리가 조금씩 커졌다. 몸은 아파도 전직 가수답게 할머니의 가르랑거리는 소리에는 기가 살아 있었다. 리나는 그럴 때마다 바닥 주변의 그릇이나 탁자에 살짝살짝 몸을 부딪치며 뒤척이는 삐의 몸을 쳐다보았다. 각진 어깨뼈와 가느다란 손목, 그리고 어린 소년의 것이라고 할 수 없는 큼직한 손, 몹시 여윈 발목 아래 붙어 있는 길다란 두 발. 리나는 순간 그의 몸이 낡은 옷들을 뚫고 성큼성큼 자기에게 걸어올지도 모른다는 생각에 빠졌다. 그때 흥분한 전직 가수의 목소리는 찌그러진 입술을 벗어나 버섯지붕을 뚫고 하늘로 올라갈 지경에 이르고 있었다. 리나는 두 다리를 꼭 안고 눈을 내리깐 채 의자에 가만히 앉아 있었으나 더이상은 참을 수가 없어 삐를 쳐다보고야 말았고, 순간 둘의 눈이 딱 마주쳤다. 삐의 그곳이 낡은 옷을 삼각형으로 만들며 직각으로 뻗어 있었고 당황한 리나는 재빨리 얼굴을 창 쪽으로 돌렸다. 술에 취한 프로듀서 김이 창에 얼굴을 댄 채 이 집에서 일어나는 모든 일들을 지켜보고 있었다. 리나는 하늘을 향해 뻗어 있는 삐의 삼각형과 창문에 매달린 남자의 얼굴을 번갈아 바라보았다. 이 집의 네 사람은 요즘 들어 심해진 바람 소리 때문에 개 짖는 소리조차 듣지 못했던 것이다.

몬순

바다로부터 대륙을 향해 불어오는 바람이 거센 비를 몰고 올 것이라고 했다. 구름은 잠시도 쉬지 않고 지평선 위의 하늘을 분주히 옮겨다녔다. 아주 높은 곳에서부터 시작해 낮은 곳까지, 바람의 방향이 바뀌고 비를 몰고 오는 기류가 만들어지기까지는 오랜 시간이 걸렸다. 머리 위에서 일어나는 바람의 흐름을 익히 몸으로 알고 있는 이곳 사람들은 두려움에 떨었다.

비가 내리기 시작한 지 며칠 되지 않아 사백 년 전에 대리석으로 만들었다는 다리가 제일 먼저 끊어졌다. 난간 하나하나에 섬세한 연꽃무늬 조각이 새겨져 있고 아홉 개의 둥그런 반원 아치로 이루어진, 마을의 자랑스런 유적이었다. 마을 남자들은 누구 할 것 없이 본능적으로 삽을 들고 강가로 모여들었지만, 불어난 강물은 기다렸다는 듯이 교각의 가운데 상판을 날름 들어

하류로 떠내려보내고 말았다. 몇몇 노인들이 혀를 차고 있는 동안에 두번째 상판, 그리고 마지막 상판과 교각까지 느리면서도 정확하게 휩쓸어갔고 다리의 흔적마저 말끔히 지워버렸다.

비는 사람들을 따라 제 마음대로 유동했다. 마치 눈이라도 달린 것처럼 사람들을 따라다니면서 쏟아부었다. 마을을 걱정하는 사람들 몇이 모여 앉아 독한 쑥냄새가 나는 향을 피우고 종이를 놓고 앉아 길과 집들 그리고 나무를 그린 뒤, 비에 떠내려간 집들과 소, 돼지 들의 숫자를 연필로 적었다. 빗소리 때문에 말소리가 들리지 않아 연필로 쓸 수밖에 없었다.

밤이면 말들이 놀라 뛰어올랐다. 사람들은 말들을 진정시키느라 말들의 머리통을 끌어안고 무슨 소리인가를 연신 중얼거렸다. 언덕 위에 모인 집들 위로 비가 내리쏟아질 때는 아무도 집 밖으로 나오지 못했다. 경사진 언덕 위에서부터 쏟아져내려오는 물들이 점점 더 땅을 파들어가고 있어서 잘못하면 집들이 뿌리째 뒤집힐 지경이었다.

비가 내린 지 열흘쯤 되었을 때 마을에서 십 킬로미터 정도 떨어진 곳에 있는 터널이 완전히 무너져내렸다는 소식이 전해졌다. 터널이 무너지면서 터널 위 높다란 산기슭도 함께 무너져내려 도로가 막혀버렸다고 했다. 그러거나 말거나 주파수가 하나뿐인 라디오는 비가 오든 말든 늙으신 부모님 공경하라는 노래만 계속 틀어댔다.

집집마다 먹을 것이란 먹을 것은 죄다 먹었고, 옆집 것도 얻어먹고 이젠 먹을 것이 남아 있지 않아 습기에 찌든 곡식 난알을 씹어먹었다. 빈속에 물솜 같은 이불을 덮고 누우면 잠이 오지 않았고 그러다 잠깐씩 잠이 들면 그 짧은 시간에 집 대문 앞에서 자던 오리들이 물에 쓸려 둥둥 떠내려가버렸다. 그래서 사람들은 가축들을 모두 집 안에 들여놓았다. 그러자 어떻게 알았는지 쥐들도 집 안으로 들어와 등뼈와 꼬리를 한껏 세운 채 벽을 타고 천천히 기어다녔다.

비는 그칠 줄 몰랐고 열병과 설사병에 시달리던 마을 아이들 몇이 거짓말처럼 죽었다. 여자들은 죽은 아이들에게 예쁜 옷을 입힌 뒤 모자를 씌우고 신발을 신겨 물 받는 양동이에 담아 방 한가운데 놓아두고 매일 말을 시켰다.

이 비는 마을에서 이 킬로미터 정도 거리에 있는 옛 서원이 무너져내린 날 절정에 달했다. 삐죽삐죽 높이 솟은 서원 꼭대기는 멀리서 쳐다보기만 해도 위용이 느껴졌다. 한 나라의 철학을 세우고 지키는 일을 위해 몇백 년 전에 세워진 서원은 언덕을 따라 위에서부터 아래까지 수많은 방들을 갖추고 있었다. 서원 주변에는 아름드리나무들과 꽃나무들이 많았고 지평선과 벌판이 한눈에 내려다보였다. 사람들은 아침에 일어나 뭔가 시야가 시원해진 느낌이 들어 고개를 갸우뚱거리다가 온통 모래바다가 된 서원 자리에 달랑 지붕만 하나 남아 있는 걸 보았다.

계절풍은 거의 한 달을 머물다 소멸됐다. 사람들이 집 앞에 내다놓은 통에 고인 물이 태양열에 데워져 따끈따끈했다. 어느새 꽃씨들이 날아다녔고 아지랑이가 피어올랐다. 긴 우기로 인해 집 안은 곰팡이와 습기 천지였다. 하지만 그보다 더 심각한 건 할머니의 옆구리와 엉덩이에 생긴 욕창이었다.

목욕통을 마당으로 옮겨내온 후 따끈하게 데운 물을 통 속에 부었다. 할머니는 생각보다 가벼워서 삐 혼자 힘으로도 충분히 업고 나올 수 있었다. 희끄무레한 빗물은 침전물이 잔뜩 들어 있었다. 할머니는 따끈한 물속에 들어앉아 오랜만에 구부러진 몸 곳곳을 물에 적셨다. 삐는 할머니의 침대부터 시작해서 모든 가재도구들을 마당으로 가지고 나왔다. 언덕배기에 모여 있는 집들은 지붕 위, 창틀, 집 앞 작은 마당에까지 온갖 가재도구들을 꺼내 말렸다.

과거지향적인 사람들은 이제 마을의 정기를 세우는 서원이 무너졌으니 큰일이 났다고 걱정했다. 하지만 현실적인 사람들은 풍부한 강수량 덕분에 제대로 된 농사를 짓게 되었다고 좋아했다.

거짓말

폭우가 그치고 제일 먼저 리나를 찾아온 사람은 선교사 '장'이었다. 그는 P국 출신이면서도 P국의 민주화된 정치제도와 휘황찬란한 밤거리를 자랑하면서 탈출자들의 기를 죽이고 시작하는 뻔한 선교사들과는 확연히 달랐다. 그는 말했다. "너네 나라는 미쳤고 P국은 썩었어." 내가 떠나온 나라는 정신병자들의 나라고, P국은 거품 위에 둥둥 떠 있는 나라라고 했다. 그래서인지 그는 탈출자들을 P국으로 인도해야 하는 본분을 잊고 곧잘 비판의 수위를 높였다. 하지만 그렇게 칼날 같은 것을 품고 있는 듯한 그 역시도 배가 고파 보이긴 마찬가지였다.

장은 사람들과 얘기할 때는 짧고 굵은 목에 힘을 준 채 반드시 상대방의 눈을 쳐다보고 고개를 약간 옆으로 기울였다. 도무지 신뢰하지 않을 수 없는 태도로 그는 리나에게 적극적으로 제3국행을 권했다.

"내가 널 도와줄게. 이 나란 땅덩이는 크지만 개인들은 불행해."

"난 돈이 없어요. 아무 데도 갈 수가 없다구요."

"이 지역 사람들이 누구한테 돈을 다 갖다바치는지 아니? 과거에는 저 할머니였고 지금은 바로 너야. 갖고 있는 것만 다 모아주면 그걸로 내가 어떻게 해볼게. 제3국으로 갔다가 마음이 바뀌면 그때 다시 P국으로 갈 수 있잖아. 도와줄게."

그 또한 자기 나라를 떠나 제3국을 향해 가는 탈출자들을 대하는 첫번째 공식, 즉 돈을 요구했다. 탈출자들은 몸과 마음만 있어서는 한 뼘도 마음대로 움직일 수 없었고 꼭 돈이 있어야 했다. 장은 공연이 있는 날 밤이면 매일매일 찾아와 공연중에도 공연이 끝난 후에도 늘 똑같은 자세로 앉아 기도했다. 기도하고 있는 그의 모습을 본 사람들은 리나를 더욱 신뢰하게 됐다. 믿음이 가는 외모와 활달한 제스처 때문에 사람들은 그의 말이라면 무조건 믿었다.

떠날 때는 떠나더라도 공연을 멈출 수는 없었다. 게다가 비 때문에 공연을 하지 못해 수입이 적었다. 앞으로 어떤 일이 생길지 알 수 없기 때문에 돈이 더 필요한 게 사실이었다. 리나가 지어낸 수많은 탈출담들은 주인공도 비슷하고 스토리도 다 비슷해서 새로울 게 없었다.

리나가 불안해하는 동안, 불안의 증거는 아주 구체적으로 나타났다. 대륙의 북서쪽 지역에서 왔다는 외국 여자들의 공연이 열린다는 그곳은 차를 타고 한 시간쯤 달려야 했다. 리나의 천막 공연장이 왜 텅 비었는지 알 것 같았다. 외국 여자들의 공연장은 시멘트로 높고 널찍하게 지어졌고, 내부에는 편안한 의자들이 놓여 있어 무대만 집중하고 쳐다볼 수 있었다. 여자들은 노래 같은 건 하지 않았다. 반짝이가 빼곡히 달린 비키니수영복 같은 무대복을 입고 등과 다리를 다 내놓은 채 음악에 맞춰 긴 머리카락을 흔들고 가끔씩 입을 벌려 신음을 내는 게 다였다. 사람들은 자기 눈앞에 버티고 선 미녀들의 각선미와 물컹거리는 듯 흔들리는 젖가슴과, 그 모든 육체를 한곳으로 집중시키고 있는 파란색 눈동자가 그들 자신과 겹쳐지길 원했다. 더욱 놀라운 건 그녀들이 이 나라 말을 할 줄 안다는 사실이었다. 리나와 삐는 돌아오는 차 안에서 한마디도 안 했지만 함께 갔던 동네 사람들은 팔등신 미녀들의 공연에 대한 감상을 털어놓느라 자기 집으로 들어가는 길목도 잊고 열변을 토했다. 리나는 집 앞에 내려 두 팔을 벌리고 가슴을 뒤흔들던 여자들을 흉내내다가 그만 웃음을 터뜨리고 말았다.

다음날 열린 리나의 마지막 공연은 관객이 한 명뿐이었다. 비 때문에 천막이 떠내려가는 바람에 임시 천막까지 지었건만 손님이 없었다. 공연을 알리는 북소리가 들리길 기다리고 있는데 북소리 대신 삐가 달려와서 손가락 하나만 올리고는 가만히 서 있었다. 통역할 사람도 없었고 빈 의자만 즐비했다. 그 대신 달빛이 환했고 바람도 세지 않은 좋은 날씨였다. 리나는 자신의 공연에 찾아와준 단 한 명의 관객인 여자에게 고개 숙여 인사했다. 여자는 미리 화장실에 갔다 오지 못했는지, 허리에 묶은 앞치마 자락에 두 손을 파묻고는 계속 부루퉁한 얼굴로 리나만 쳐다봤다. 리나는 마지막 공연을 잘하고 싶었고, 언젠가 한번은 자기 얘기를 하고 싶었는데, 바로 지금이 그때라고 생각했다.

오늘의 이야기, 열여섯 살에 국경을 넘어 지금은 열여덟 살이 된 여자애 이야기.

스물두 명이 국경을 넘었어요. 국경을 넘을 때 도와준 아저씨가 있었지요. 사람들은 다 국경을 넘어 잘 먹고 잘 살겠다고 P국으로 갔지만 나는 아저씨를 따라갔어요. 그를 보자마자 사랑에 빠졌거든요. 우리 엄마가 그 남자를 따라가려면 부모자식 간의 인연을 끊어야 한다고 해서 엄마의 팔뚝에 완전히 인연을 끊겠다고 쓰고, 침으로 도장을 찍었어요. 그 남자가 나를 제일 먼저 데리고 간 곳은 도시의 한복판에 있는 목욕탕이었어요. 무려 두 시간 동안이나 때를 밀었어요. 그다음 그 남자가 나를 데리고 간 곳은 옷가게였어요. 치마와 예쁜 블라우스를 입혀 식당으로 데려갔죠. 식당에서 밥과 고기를 사주고 도시의 한가운데 있는 성곽 위의 근사한 술집으로 데려갔어요. 거기서 나는 뭘 마셨는지 모르겠지만 경찰들이 서 있는 가운데 가볍게 춤을 추던 여자들이 부르는 노래를 들은 것까지 기억이 나요. 눈을 떴을 때 나는 어떤 인신매매업자 앞에 누워 있었어요. 그가 나에게 말했죠. 너는 어쩌다 여기까지 왔니. 나한테 그걸 말해줄 수 있겠니. 그래야 널 풀어줄 텐데. 그는 옛날얘기를 좋아한다고 했어요. 그래서 나는 매일 밤마다 그에게 얘기를 들려줬어요. 국경을 넘은 얘기, 신발이 터진 얘기. 그는 재미있어했어요. 저는 부탁했죠, 그 남자를 만나게 해달라고. 아직 첫날밤도 치르지 못했다구요. 그랬더니 그가 말했어요. 네가 재밌는 얘기를 많이 해주면 만나게 해주지. 그래서 나는 매일매일 거짓말을 했어요. 첫날밤을 치르기 위해서.

깔끔한 마무리를 위해 몇 사람을 통 속에 넣어 죽였다는 말은 하지 않았다. 한 명뿐인 관객은 과중한 농사일로 피곤에 지쳐 고개를 떨군 채 자고 있었다. 그때 마침 선교사 장이 천막 안으로 들어왔다. 홀로 공연을 지켜보던 여자가 잠에서 깨어나 여전히 무표정하게 천막 밖으로 나갔다. 장은 리나를 앉혀놓고 무사 탈출을 위한 요령을 알려준 뒤 계산부터 해달라고 했다.

"내일 아침 니네 집 앞으로 차가 갈 거야. 누구도 너를 해치거나 하지는 않을 거니까 걱정 마. 하느님이 너를 사랑하신다는 걸 어떤 경우에도 믿어야 해."

리나는 선교사 장에게 돈을 건넸다. 돈뭉치가 장의 손으로 넘어가는 순간 장은 성급하다 싶게 자리에서 일어났다.

할머니를 위한 마지막 요리를 만드는 시간. 삐가 요리를 하는 사이 리나는 할머니가 눈치채지 못하게 짐을 챙겼다. 운동화를 싸놓은 보자기, 할머니로부터 받은 물건들, 공연할 때 입었던 옷 한 벌을 기념으로 넣었다. 요리가 끝나고 접시에 음식을 담아 할머니 침대 앞으로 가 앉았다. 할머니는 찌그러진 입술 사이로 침을 흘리며 국수를 먹다가 갑자기 성한 손으로 리나의 볼을 쓰다듬어내렸다. "할머니 미안해." 리나는 작은 목소리로 말했다. 삐는 컵에 술을 담아 할머니 입에 한 모금, 리나 입에 한 모금, 그리고 남은 건 자기 입속에 털어넣었다.

식사가 끝나고 할머니의 애인이 왔다. 할머니는 입술을 찡그리며 웃었다. 할아버지는 비닐봉지 속에서 밑동만 잘라내고 나일론 끈으로 질끈 묶은 꽃 한 다발을 꺼냈다. 그 꽃을 보는 할머니의 얼굴은 순간, 신나게 공연하며 사람들과 호흡을 맞추던 때의 날카롭고 차가운 얼굴로 돌아가는 듯했지만 금세 다시 일그러졌다. 리나는 노인에게 의자를 내주고 침대 위에 뭉쳐 올린 레이스를 내려주었다.

삐가 노란 스티로폼이 내장처럼 터져 삐져나온 의자의 천을 바늘로 꿰매는 사이 밤이 깊어갔다. 리나는 도착할 곳에 대해서 아무것도 알지 못했지만 더이상 불안해하고 싶지 않았다. 리나는 늘 삐가 누워 있곤 하는 바닥에 누웠다. 창틀을 고치는 망치 소리, 삐걱대는 문틀을 잡아 고정시키는 소리, 전직 가수의 음부에 대고 속삭이는 할아버지의 중얼거림의 농도가 점점 더 짙어갔다.

리나는 어깨를 감싸안고 바닥에 귀를 댄 채 막 잠 속으로 빠져들었다. 리나가 다시 눈을 떴을 땐, 망치 소리도 삐걱거리는 의자 소리도 들리지 않았다. 팔 하나 길이만큼 거리를 두고 저만치 누워 있는 삐의 얼굴이 보였다. 리나는 몸을 두 번쯤 굴려 삐 옆으로 다가갔다. 그리고 말도 잘 못 하는 바보에다 매일 공장에서 맞기만 하던 외국인 남자애의 입술에 자기 입술을 힘주어 포갰다. 그렇게 둘이 가슴 쪽으로 손을 올려 꼭 맞잡은 채 입술을 포개고 있는 동안 리나는 오래전에 화공약품공장에서 들었던 말 한마디를 기억해냈다. 순간, 삐는 리나의 귀에 대고 그토록 알고 싶었던 그 말을 했다. 그건 '예쁘다'라는 말이었고, 리나는 단번에 그 뜻을 알아버렸다.

프로듀서 김은 주머니에 손을 넣은 채 리나와 삐를 한심하다는 듯 내려다보고 있었다. 리나는 놀라 일어나 앉아 할머니와 할아버지가 있는 쪽을 먼저 살폈다. 다행히 두 노인은 아무것도 모르고 잠들어 있었다. 침대 위에 나란히 누운 두 노인은 팔짱을 끼고 있었고, 할머니는 동그랗게 말아쥔 성한 손에 할아버지가 가져온 꽃을 쥐고 있었다. 그사이 남자는 의자에 앉아 다리를 꼰 채 담배를 꺼내 물었다.

"내일 떠나지? 소문도 안 내고 떠나다니, 너무 섭섭하잖아. 같은 나라 사람끼리 이렇게 예의가 없어서야 되겠니?"

남자가 의자와 벽 사이로 담뱃재를 털어넣고는 이빨을 환히 드러내고 웃으며 말했다.

"항상 너를 따라다니는 존재들이 있어. 너희들은 딱 보기만 해도 금방 알 수 있거든. 심장도 파갈 수 있고 하물며 팬티 한 장까지 다 가져가지. 너희들의 모든 걸 털어갈 준비가 돼 있어. 그러니까 조심해."

"같은 나라 사람이라면서 그런 시시한 얘기나 해주러 오시다니, 참 고맙군요."

남자는 자리에서 일어나 할머니가 누워 있는 침대를 한번 들여다보고는 리나에게 흰 봉투를 건넸다.

"니가 제일 먼저 도착할 식당 주인한테 쓴 추천서야. 그 사람은 우리나라 사람이니까 널 많이 도와줄 거야. 도착하는 대로 주인에게 줘라."

남자가 입고 있는 검정색 바지와 흰 줄무늬 셔츠는 늘 후줄근했다. 남자는 다리를 꼬고 앉은 채 삐를 보며 오라고 손짓했고 삐는 눈에 잔뜩 힘을 준 채 다가갔다. 왜 그러는지 남자가 갑자기 셔츠 단추를 풀더니 삐에게 가슴 한복판에 비스듬히 난 상처를 보란 듯이 내밀었다. 그러고는 바지 주머니에서 작은 나이프를 꺼내 거짓말처럼 가슴을 찍었다. 놀란 리나와 삐가 다가가자 남자가 비로소 가슴에서 칼을 뽑았다. 그리고 흘러내리는 피를 닦으며 상체를 곧게 폈다. "가끔 이렇게라도 하지 않으면 너무 심심해서." 그러더니 남자가 이번엔 삐의 목덜미를 잡고 칼을 갖다댔다. 그리고 리나를 쳐다보며 말했다. "너, 나이도 어린 년이, 갖고 있는 돈 다 내놔. 안 그러면 이 병신 새끼 죽인다." 리나는 콩 볶듯 달려가 항아리를 들고 와 거꾸로 들어 남자의 발밑에 지폐들을 쏟아부었다.

다음날 새벽, 리나는 할머니를 깨우지 않으려고 조심조심 움직였다. 새벽부터 문밖에서 노랫소리가 들려왔다. 리나는 문을 밀고 살며시 밖으로 나갔다. 노래를 부르며 언덕을 넘어가고 있는 신랑 신부와 들러리의 행렬이 보였다. 행렬의 양옆으로는 늘씬한 말들이 따라갔다. 잠시 후 눈을 비비며 삐가 나왔고 두 사람은 재빠르게 몸을 움직여 짐을 옮기기 시작했다. "새벽부터 결혼이라니." 리나는 결혼식 행렬을 향해 입을 비죽거렸다.

미니버스 한 대가 왔다. 일찍 나온 선교사 장은 리나를 안아 어깨를 두드려준 뒤 짐을 들어다 버스에 실었다. 웬걸, 버스 안에는 프로듀서 김이 데리고 다니는 알록달록한 화장을 한 천막 여자들이 먼저 타고 있었다. 자리가 비좁아서 리나와 삐는 겨우 자리를 만들어 앉았다. 리나는 문득 이상한 생각이 들어 어젯밤 프로듀서 김이 준 편지를 꺼내 보았다.

'이 여자애는 열여덟 살입니다. 열여섯 살 때 탈출했는데 입만 열면 도저히 믿을 수 없는 거짓말만 해댑니다. 부디 이 여자애를 조심하십시오.'

운전사는 시동을 걸기 전에 차에 탄 사람들 모두에게 담배를 한 개비씩 돌리고 시끄럽게 떠들며 차를 출발시켰다. 여자들 중 한 명은 굳이 창문을 열고 빈속에 담배를 피워물었고 다른 사람들은 부족한 아침잠을 더 잤다. 버섯 모양의 지붕들을 지나고 야트막한 언덕들을 무수히 넘어 밤이면 밤마다 노래하던 천막을 지나쳤다. 버스가 언덕길을 탈탈거리며 올라갈 때 리나는 입술이 달싹거리고 피가 뒤집히는 느낌이 들었다. 탈출이란 것이 이제 늘 옆구리에 끼고 다니며 투석하지 않으면 안 되는 혈액이 든 비닐주머니처럼 느껴졌다. 그때 한 여자가 버스 안에서 훌쩍이며 울기 시작했다. 버스는 여자들이 모여 늘 시간을 보내던 뻥 뚫린 천막 앞을 지나고 있었다. 운전사가 백미러를 들여다보며 울지 말라고 소리를 질렀지만 훌쩍거리는 울음소리는 좀처럼 그치지 않았다.

차는 다음날도 달렸고 그 다음날도 달렸다. 가다가 강보에 싸인 어린 아기들을 차곡차곡 담아넣은 커다란 가방을 든 여자도 태웠다. 지퍼를 잠그지 않은 가방 틈으로 수면제를 먹고 잠든 아기들의 분홍색 얼굴이 보였다. 여자는 아주 태연하게, 각지에서 부모들이 버린 애들을 모아 팔러 가는 중이라고 했다. 천막에 있던 여자들은 자리가 좁다며 신경질을 내다가 서로 머리를 쥐어뜯고 싸웠다. 운전사가 차를 세우고 여자들의 머리통을 한 대씩 때리고 나서야 싸움이 끝났다. 그러다 또 심심해지면 하루 종일 노래를 불렀다. 노래를 부르는 목소리는 타고난 미성(美聲)이었고 저 멀리 보이는 지평선 라인과 아름다운 목소리가 절묘하게 합쳐졌다. 리나는 그때야 알았다. 가수는 아무나 하는 게 아니라는 걸.

미니버스는 그로부터 엿새 만에 육로로 남쪽 국경을 넘어 다른 나라로 들어갔고, 버스 안에 탔던 여자들은 다들 몇 명씩 짝을 지어 사방으로 팔려갔다.

아이스크림

아침이면 두 개씩 짝지어진 세 쌍의 시멘트 기둥이 제일 먼저 강의 수면 위로 떠올랐다. 다리를 놓다가 중단되어 상판이 없는 다리 기둥들은 안개가 끼어 있는 날은 사라져 보이지 않았고 안개가 없는 날만 수면 위로 떠올랐다. 더불어, 안개가 있는 날은 강 뒤편에 서 있는 깎아지른 듯한 높은 산들조차도 비스듬히 반쯤은 강 속으로 입수해버렸다. 강은 여러 갈래로 널찍하게 뻗어 있어서 한눈에 다 담을 수 없을 만큼 넓었고, 강물은 납작한 접시에 담긴 파란 약물처럼 발끝에서 찰랑거렸다. 물에 빠져 죽기를 강권하기라도 하듯 강기슭에는 안전사고를 대비한 얄팍한 쇠난간 하나, 낡은 구명정 하나 묶여 있지 않았다.

강이 훤히 내다보이는 그 작은 마을을 어른들이나 아이들이나 '시링'이라고 불렀는데 시링은 지명이 아니라고 했다. 시링은 외관상으로는 강가에 위치한 소박하고 조용한 동네였으나 이 일대에서 유명한 창녀촌이었다. 시링의 집들 뒤로는 야트막한 언덕이 있었고, 그 언덕을 따라 강이 잘 내려다보이는 위치에 돈 많은 관광객들을 위해 지은 집들이 몇 채 보였다. 일 년에 두 번 정도 비행기를 타고 날아오는 주인들을 기다리는 빈집들은 밤이 되어도 불을 끄지 않았다.

아침에, 시링의 여자들이 모두 잠들어 있을 때 강 너머 어딘가에 있다는 비행장에서부터 헬리콥터 소리가 들려왔다. 그로부터 한 시간쯤 뒤 시링 주변에 사는 농부들이 직접 손으로 짠 카펫이나 옷감, 농산물 등을 가지고 나와 파는 시장이 열렸다. 작은 거울이나 면 손수건, 모기약이나 담배도 가지고 나와 팔았고, 고사리나 취나물, 집에서 만든 음식도 내다 팔았다. 인근에서 아이들을 업은 채 자전거를 타고 온 여자들은 토마토나 고추, 좁쌀이나 팥 같은 것들을 자전거에 실을 수 있을 만큼만 사갔다. 시장이 파하고 농부들이 길을 깨끗하게 청소한 뒤 집으로 돌아가고 나면 시링은 다시 고요해졌다.

시링에 창녀들이 많은 이유는 기차 때문이라고 했다. 이 나라에 철도가 놓인 20세기 초, 철도 공사를 위해 먼 도시로부터 이 지역에 들어온 잡역부들 중 많은 사람들이 집으로 돌아가지 않거나 돌아가지 못했다. 그 첫번째 이유는 여기서부터 북쪽 대륙까지 이어지는 산세가 매우 험악해서 기찻길을 뚫던 많은 사람들이 사고로 죽었기 때문이라고 했다. 두번째 이유는 이곳의 강이 아름다운 까닭에 집으로 돌아갈 생각을 하지 않았기 때문이라고 했다. 강은 지면과 거의 수평을 이루고 있으나 단 한 번도 범람한 적이 없으며, 대륙은 홍수가 나서 경천동지할 지경이 되어도 시링의 강은 지금껏 단 한 번도 맑고 깨끗한 푸른색이 아니었던 적이 없다고 했다. 세번째 이유는 껌처럼 씹으면 기분이 좋아지는 값싸고 질 좋은 마약 때문이라고 했다. 어떤 이유에서든 이곳으로 떠난 뒤 집에 오지 않는 남편들을 찾아온 여자들이 여기 시링에 집단적으로 모여 살게 되었고, 남편의 흔적이라고 여길 만한 것들을 찾는 동안 세월이 갔다. 그러는 사이에 여자들은 서서히 늙었고, 데리고 온 여자들의 딸들이 무럭무럭 자라났다.

시링에 도착한 날부터 리나는 아팠다. 강 주변의 공기는 늘 무거웠고 뼛속까지 습기가 스며들었다. 이상하게도 그 무거운 습기는 리나로 하여금 전직 가수 할머니의 침대로까지 생각이 뻗치도록 만들었다. 리나는 할머니가 벌써 죽었을지도 모르고, 곧 죽을지도 모른다고 생각했다. 리나는 할머니가 모두 다 떨치고 일어나 다시 영원불멸의 가수가 되게 해달라고 기도했다. 기도를 하다보니 자연스럽게 선교사 장이 고개를 갸우뚱하는 모습이 떠올랐다. 리나는 출발하기 직전, 미니버스의 문이 열렸을 때 그 천막에 있던 이상한 여자들이 차 안에 가득 들어차 있는 걸 본 순간, 선교사와 프로듀서 김이 합작해서 거짓말을 했다는 걸 알았다.

리나는 이곳 시링의 여자들이 다 그렇듯, 속살이 훤히 비치는 얇은 비단천을 발끝에 늘어뜨리고 머리를 산뜻하게 빗어올렸다. 조금은 어색한 표정으로 도시에서 오는 남자들을 기다리며 향을 피우고 술잔을 씻었다. "시링에서는 아무도 울지 않는다." 이건 포주의 부인이라는 여자가 리나를 부른 뒤, 검은 부채를 코끝에 다 대고 흔들며 했던 첫번째 말이었다. 리나는 아직도 나이 많은 사람을 만나면 상체를 반쯤 숙여 인사했고 문화가 다른 나라 사람들은 그 인사를 특별한 의미로 받아들였다. 여자는 리나에게 의자에 앉으라고 했고, 이 나라 말에 어느새 익숙해진 리나는 별 두려움 없이 여자를 대했다. 여자가 말을 할 때마다 불룩 튀어나온 배가 출렁출렁 흔들렸다. 여자는 바구니에서 꺼낸 커다란 가위를 들고 배를 출렁거리며 리나 앞으로 다가왔다. 겁을 먹은 리나는 눈을 동그랗게 뜨고 이러지 말라고 애원했다. 여자는 리나 앞에 서서 정수리 위에서부터 앞머리를 한 움큼 바짝 움켜쥐고는 사정없이 싹둑 잘라버렸다. 그리고 리나의 눈앞에 손거울을 들어 보여주었다. 앞머리를 자른 리나의 얼굴은 전보다 광대뼈도 나와 보이고 코도 오뚝해 보였다. 리나도 모르고 있던 얼굴의 각이 훨씬 많이 살아났지만 그 대신 훨씬 나이가 들어 보였다. 여자는 리나에게 담배를 한 개비 권했고, 리나는 그걸 습관적으로 귓바퀴에 꽂으려다가 얼른 다시 입에 물었다. 여자는 자기가 먼저 담뱃불을 붙이고 리나에게도 붙여준 뒤 깊은숨을 들이마신 후 한껏 다시 뿜어냈다. 그 순간 리나는 저 아래 뱃속, 아니 그보다 더 아래에 있는 그 무엇이 팔딱거리며 콩콩 뛴다는 느낌을 받았다. 리나는 그 담배가 잠자는 자궁을 깨우는 약이라고 생각했다. 담배 한 개비를 다 피우고 나면 몸은 다시 개운해졌다.

이곳 여자들은 헬리콥터가 강물을 흔들며 서쪽으로 날아간 후 강물이 잠잠해질 시간쯤이 되어서야 자기 집의 문을 열었다. 작은 집들은 모두 다 출입구가 달라 사람들이 들고나는 것을 잘 볼 수 없었지만 멀리서 보면 집들은 다 고만고만했다. 삐는 수염을 길게 기른 포주를 따라다니며 이곳에서 필요한 물건들을 구입해서 운반하거나 고장난 집을 수리하는 걸 도왔다. 그리고 일이 끝나면 아이들과 함께 강가에서 공을 차고 놀았다.

창녀촌에 아이들이라니, 시링이 여느 창녀촌들과 다른 점이 있다면 어디서나 열심히 뛰노는 아이들을 볼 수 있다는 것이었다. 여자애들 남자애들 할 것 없이 이곳의 아이들은 매일 밤 해가 질 무렵까지 강가에서 공을 찼다. 아이들의 불규칙한 함성과 활기찬 웃음소리는 드넓은 강가를 꽉 채우고도 남았다. 그 시간에 공을 차지 않는 애들은 엄마가 일을 하는 동안 옆방에 엎드려 학교에서 내준 숙제를 하거나, 시링의 나이든 할아버지들이 가르쳐주는 옛 상형문자들을 익히느라 고무지우개가 닳도록 지우고 쓰기를 되풀이했다.

시링에 오는 남자들은 포주가 내미는 바구니에 손을 넣어 작은 종잇조각을 뽑았다. 그 종잇조각과 같은 색깔이 붙은 집을 찾아 들어가야 했기 때문에 골목을 샅샅이 뒤지고 돌아다녔다. 시링에서 차로 세 시간 정도 걸리는 도시에는 공장들도 많고 고층 빌딩들도 있어서 제법 번화하다고 했다. 시링에 오는 남자들은 그곳에서 버스를 타고 오거나 물방개 같은 작은 승용차, 혹은 칠이 벗겨진 우습게 생긴 오토바이를 타고 왔다. 이들은 밤에 도착하면서도 절대로 선글라스를 벗지 않았고 오로지 종잇조각의 색깔을 확인하는 순간에만 안경을 벗었다 다시 썼다. 색깔이 정해지면 포주는 남자들에게 금지사항들을 전달했다.

"시링에서는 술은 한 잔 이상 주지 않는다. 마약은 가지고 들어갈 수 없다. 여자들을 때리지 않는다. 이 사항들을 어길 때에는 양쪽 발목을 자른다."

짙은 회색 점퍼 차림의 남자가 문 앞에 서 있었다. 삐가 나가 종이 색깔을 확인했고 남자가 들어왔다. 남자는 집 한가운데로 걸어들어와 집 안을 둘러본 뒤 멀뚱한 눈으로 두리번거리며 서 있었다. 두꺼비처럼 크고 검은 손과 그의 몸에서 나는 쇳내가 그가 무슨 일을 하는 사람인지 짐작하게 했다. 삐는 리나가 손님과 함께 있는 동안 옆방의 문을 잠근 뒤 터진 양말을 꿰매며 해바라기 씨를 먹었다.

남자가 리나에게 차를 달라고 했다. 리나는 그늘에서 오래 말린 볏단 냄새가 나는 뜨거운 갈색 차를 내주었고, 남자는 책상다리를 하고 앉아 차를 마시며 이런저런 얘기를 하기 시작했다. 주로 자신이 일하는 공장에 관한 얘기거나, 공장에서 일이 끝나고 동료들과 하는 내기 노름 얘기였다. 사투리가 심해 도무지 무슨 말인지 알아들을 수 없었지만 리나는 알아듣는 척, 이해하는 척 고개를 끄덕거렸다. 남자는 거칠고 거친 쇳덩어리를 품고 있는 것처럼 애써 뭔가를 꾹꾹 누르고 있다는 느낌이 강했다. 남자가 대문을 나서기 전 리나에게 물었다. "저 사내애는 누구야?" 리나는 그 말을 너무나 분명하게 알아들어서 대답을 피할 수가 없었다. "내 아들이에요."

남자가 가고 삐가 나왔다. 삐는 남자가 해준 얘기들을 받아 그린 종이를 리나에게 보여주었다. 종이에는 커다란 건물들이 즐비한 공장지대와 그 앞을 지나가는 기차가 그려져 있었다. 리나는 삐의 설명을 듣다가 어렴풋이, 자신의 몸 어딘가에 남아 있는 쇳내를 느꼈다. 삐와 수다 떨고 노는 것도 잠깐, 얼마 안 있어 다시 대문을 두드리는 소리가 들렸고, 삐는 표를 받은 뒤 놀다 오겠다며 집 밖으로 나갔다. 시링은 아름다운 곳이기는 했지만 그냥 창녀촌일 뿐이었다.

리나는 침대에 엎드려 강가에서 축구를 하고 있는 아이들의 목소리를 듣고 있었다. 이따금 포주 아내의 우렁찬 목소리도 들려왔다. 아이들에게 줄 간식을 만들기 위해 뚱뚱한 몸으로 뜨거운 불 앞에 서 있을 포주의 아내가 떠올랐다. 이 포주의 아내라는 여자는 봐도봐도 신기한 사람이었다. 리나가 시링에 오고 나서도 이곳엔 계속해서 아이들이 들어왔고 창녀들의 집에서 몇 명씩 함께 살도록 배정되었다. 처음엔 그 아이들을 키워서 다른 지역으로 되팔거나 창녀로 키우기 위해 사오는 거라고 생각했다. 그런데 데려오는 아이들은 하나같이 몸이 부실한 중증장애아들이거나 고아들이었다. 이 아이들 중 혼자 걸을 수 없는 애들만 빼고 나머지는 모두 인근에 있는 학교에 다녔다. 과중한 일을 시키지도 않았고 때리지도 않았다. 이 나라의 평범한 아이들이 어려서부터 심한 노동에 시달리는 것과는 아주 달랐다. 삐한테서 들은 바에 따르면, 그 아이들은 대부분 아들을 낳아야 하는데, 딸이어서 버려진 여자애들이거나, 너무나 가난한데 장애를 갖고 태어난 애들이거나, 부모가 아주 어릴 때 팔아먹어 이리저리 떠돌며 살다가 이곳으로 온, 적잖이 고생한 애들이 대부분이었다. 포주의 아내는 저녁때만 되면 커다란 무쇠솥에 밥을 짓고 고기와 야채를 볶고 차를 끓여 아이들에게 먹였다. 아이들은 누구나 이곳에 와서 어느 정도 시간이 지나면 표정도 밝아지고 몸은 포동포동 살이 올라 보기 좋게 예뻐졌다. 강가에서 뛰노는 아이들은 리나가 이 나라에 와서 본 어떤 아이들보다도 건강했다. 그리고 나날이 아이들의 수가 늘어났다.

이곳 시링의 얘기가 바람을 타고, 혹은 이곳에 오는 남자들의 입을 타고 밖으로 퍼져나갔다. 그러자 어느 날부터인가 간혹 한두 명씩 잃어버린 딸을 찾아, 대륙의 끝에서부터 며칠씩 차를 갈아타고 왔다는 여자들이 생기기 시작했다. 여자들은 대부분 오전에 도착해 강을 한번 둘러보고는 시링의 텅 빈 길 위에 서서 지나가는 사람이나, 하다못해 강아지라도 나타나길 기다렸다.

한번은 남편이 내다버린 딸을 찾으러 온 엄마가 이곳에서 마침내 딸을 찾았는데, 어디서 소식을 들었는지 미아가 된 자식을 찾지 못해 애태우며 대륙을 떠도는 부모들과 시링 주변의 공무원들까지 이곳을 방문하기 시작했다. 포주와 그의 아내는 아이를 내주는 대가로 아무것도 요구하지 않았다. 오히려 그 아이의 태도가 사람들을 놀라게 했다. "집으로 돌아가 밥도 못 먹고 학교도 못 다니고 구정물 통에 손 담그고 사느니 시링의 창녀가 되겠어요." 그 엄마는 딸의 멱살을 잡아 억지로 끌다시피 데려갔다. 그리고 한참 후 다시 돌아와 포주에게 집에서 가져온 작은 꿀 한 병을 선물로 내놓고 갔다. 그사이 딸은 다시 도망쳤고 한참 후 엄마에게 다시 잡혔다. 어쨌든 이런저런 소문이 인근의 도시까지 전해지면서 시링은 아주 유명한 곳이 되었다. 창녀촌의 운영도 아주 깨끗하게 한다고 소문이 나서 이곳에 온 사람 가운데 병에 걸리거나 불미스런 일을 당한 사람은 한 명도 없다고 했다.

이런 모든 일들이 일어나든 말든 강은 파란 접시물처럼 언제나 발끝에서 찰랑거렸다. 손을 대보면 강물은 차가웠고 강물 저 깊은 곳으로부터 추위를 몰고 오는 냉기가 흐르고 있다는 걸 알 수 있었다. 어느 날 강물을 내려다보던 리나는 뭔가 생각났다는 듯이 황급히 집 안으로 뛰어들어갔다. 그리고 지금까지 모은 돈을 다 꺼냈다. 얼마인지 세어보지도 않고 돈을 두 다발로 묶어 포주에게 들고 갔다. 리나는 할머니를 시링으로 데려오고 싶다고 말했고, 포주는 대답했다. "할머니는 곧 죽을 거고 돈이란 미래를 위해 써야 한다. 곧 죽을 사람을 이 먼 곳까지 데려오느라 돈을 쓰느니 고생하는 어린아이들을 더 데려오자." 그래도 리나는 할머니를 데려오고 싶다고 했고 그 논쟁은 사흘이 걸려 리나의 승리로 끝났다.

이른 새벽, 강가에는 안개가 자욱했다. 새벽 강은 오전의 시장이 끝날 무렵 다시 맑게 개었다. 오후가 되어 강물이 다시 맑은 파랑색이 되어 찰랑거릴 때쯤 리나도 잠에서 깨어났다. 대문을 열어놓은 채 강가를 내려다보는 리나의 머리 위로 꽁지가 파란 새 한 마리가 날아갔다. 하늘에 걸린 흰 구름들이 강으로부터 멀어져 더 높은 곳으로 날아가고 있었다. 코끝에 묻어나는 공기가 어느새 차가워져 리나는 어깨를 옹송그렸다. 포주 내외와 남자들 몇 사람이 강가에 앉아 얘기에 열중하고 있었다. 지역에서 창녀촌을 시찰하러 나온 사람들 같았다.

아침부터 무거웠던 몸이 오후가 되어도 풀리지 않아 리나는 방 안에만 누워 있었다. 침대 위에 걸린 거울 가까이 다가가 얼굴을 들여다본 순간, 리나는 아주 빠르게 늙어가고 있는 낯모르는 여자의 얼굴이 거울 속에 서 있는 걸 보았다. 눈 주위에는 검은 그림자가 보였고 입가에는 깊고 긴 주름이 세로로 자리잡아가고 있는 중이었다. 리나는 세수를 하고 얼굴을 여러 차례 문지르고 쓰다듬었다. 그러고 나서 다시 거울을 봐도 늙고 있다는 느낌을 지울 수가 없었다. 리나는 갑갑증을 느꼈고 집 안에 있고 싶지 않아 밖으로 나왔다.

청춘 남녀가 강가에 발을 담그고 앉아 아이스크림을 먹고 있었다. 리나는 살며시 다가가 팔짱을 낀 채 두 사람을 지켜봤다. 그림자를 본 여자애가 먼저 돌아섰다. "니네 엄마네." 곧이어 돌아보는 삐의 얼굴빛이 붉으락푸르락했다. 리나는 조금 전 방 안에서 보고 나온 거울 속 여자의 얼굴이 떠올라 입술을 지그시 물었다. 그러자 삐가 뒤를 돌아보며 리나에게 말했다. "아이스크림 먹을래, 엄마?" 리나는 그 순간 눈에 핏발이 서고 심장이 떨려서 그 자리에 서 있을 수가 없었다. 삐의 손에 들린 아이스크림은 돌을 갈아 만든 듯 회색이었고 거의 다 녹아서 흘러내릴 지경이었다. 리나는 뒤로 돌아서서는 강물 위로 침을 뱉었다.

땀투성이 얼굴로 집으로 들어온 삐는 리나는 쳐다보지도 않고 벌컥벌컥 물부터 마셨다. 방에 앉아 있던 리나가 화장대 위에 있던 향수병을 들어 삐에게 집어던졌다. 등을 맞은 삐는 순간 아무 말 없이 고개를 숙인 채 주저앉았고, 리나는 두 다리를 뻗고 울었다. 삐가 리나 옆으로 다가와 어깨를 잡고 눈을 맞추려고 했지만 리나는 삐의 시선을 피했다. 왜 그런지 리나는 삐의 얼굴을 똑바로 쳐다볼 수가 없었다. 그래서 리나는 눈앞에 있는 삐의 길고긴 두 발만 쳐다보다가 이윽고 얼굴을 두 발에 대고 끌어안았다. 입술에 강가의 마른 먼지가 묻어났다. 리나는 먼지를 빨아먹었다.

이것은 나의 달

얼굴에 고운 화장을 한 시링의 처녀들이 은으로 만든 무거운 관을 머리에 쓴 채 강가에 모여 서서 떠들썩하게 놀고 있었다. 오늘은 결혼하지 않은 처녀들이 남편감이 될 남자를 골라 프러포즈하는 날이었다. 이 지역의 특성상, 그동안 집 안에 갇혀 몸을 팔아 돈을 버는 일에만 바빴던 창녀들도 오늘만큼은 처녀 행세를 하는 것이 용인되었다.

엄마들은 딸에게 예쁘게 보이도록 치장하라고 새벽부터 일어나 나가던 논밭일도 중지한 채 잔소리를 퍼부어댔다. 그녀들은 딸이 자신의 망가진 인생을 가로질러 전혀 다른 인생을 사는 존재가 되어주길 바랐다. 또 딸이 자신의 남편보다 좋은 남자를 만나 보다 나은 생을 보장받음으로써 자신의 인생과는 내용적으로 단절되길 바랐다.

포주를 비롯한 동네의 나이 많은 남자들이 강가에 일렬로 늘어서서 물소 뿔로 만든 피리를 불었다. 동네 어귀에서도 대나무로 만든 커다란 악기를 불어 흥을 돋웠다. 어린아이들부터 처녀들, 그리고 나이든 할머니들까지 모두들 설레는 얼굴로 강가에 모여 서 있었다. 처녀의 엄마들은 남색이나 붉은색 치마로 차려입고 자기 딸이 좋은 남자를 만나야 한다는 일념에 계속해서 사람들 쪽을 두리번거렸다. 반면에 당사자인 처녀들은 무거운 머리치장 때문인지 얼굴색이 핼쑥해 보였다.

리나는 무겁고 피곤한 몸을 일으켜세워 겨우 대문을 열었다. 그리고 집 안으로 들어가 거울을 들여다봤다. 눈 밑에는 검은 그림자가 드리워져 있고 얼굴은 까칠해 보였다. 입맛이 없어 통밥을 먹을 수가 없었다. 아침에 눈을 떴을 때 리나는 오래전에 들은 엄마의 얘기가 무거운 몸을 관통하고 지나가는 걸 느꼈다. "나는 열아홉 살에 널 낳았다. 너도 삼사 년 후면 나처럼 애를 낳을 거란 말이지." 엄마가 비웃으며 했던 그 말이 아침 내내 귓전에서 뱅글뱅글 돌았다.

시링 사람들이 거의 다 모인 강가는 총천연색의 물결이 넘쳐흘렀다. 리나는 강가를 내려다보다가 사람들과 얘기하고 있는 한 여자의 옆모습이 눈에 익어 자리를 바꿔가며 오래도록 바라보았다. 팔십 명 정도 되는 창녀들의 얼굴을 다 알기는 어려웠다. 리나는 손뜨개로 뜬 초록색 숄을 걸치고 천천히 강가로 내려갔다. 강가로 다가갈수록 음식 냄새와 열기가 몸에 찰싹 달라붙었다. 리나는 붉은색 비단으로 만든 전통의상을 입은 여자의 등뒤로 가 서서 가만히 말했다.

"언니, 나 몰라요? 나 리나예요. 우리 같이 탈출했잖아요."

여자는 곧장 뒤로 돌아섰다. 그리고 아무 말 없이 리나의 얼굴을 쳐다봤다. 봉제공장 언니였다. 아무리 간질여도 웃지 않는 봉제공장 출신의 투덜이 언니가 시링에 와 있었다. 두 사람 다 입을 열지 않았고 말없이 포옹만 한 채 한동안 그대로 서 있었다.

예쁘게 치장한 여자애들이 먼저 춤을 추기 시작했다. 여자애들은 무거운 치장 때문에 몸을 격렬하게 움직이지는 못했지만 세상의 그 어떤 것이라도 다 오라는 듯, 두 팔과 가슴을 활짝 열었다. 피리 소리는 점점 더 멀리 퍼져나갔고 이따금 섞여드는 사람들의 흥겨운 추임새가 활기를 더해주었다. 포주의 아내가 데려온 불구인 아이들, 정신지체아들도 처녀들과 똑같이 화장한 얼굴로 춤추는 무리에 섞여 온몸을 비비 꼬며 좋아라 했다. 이렇게 춤추는 처녀들 등뒤에서 낙점을 기다리는 성장한 남자애들이 빙빙 돌며 춤을 추자 분위기는 금세 달아올랐다. 시링의 창녀들은 오늘만큼은 자신들이 창녀라는 사실을 잊고 싶어했다. 그래서 남자애들의 춤 동작에 동화되어 "오늘밤 꼭 너의 남편을 만나야 한다"는 이곳 엄마들의 딸에 대한 간절한 희망을 되뇌며 덩달아 몸이 달아올랐다.

오후가 되자 강의 물살이 조금 거세졌다. 사람들은 푸짐하게 준비한 떡과 술과 돼지고기를 내놓고 배가 터져라 먹고 놀았다.

리나는 그 시간에 봉제공장 언니의 방에 있었다. 그동안 서로에게 있었던 일을 얘기했는데 두 사람 다 겪은 일들이 비슷해 새로울 것이 없었다. 리나는 언니에게 때를 봐서 도망치자고 했고 봉제공장 언니도 좋다고 했다. 봉제공장 언니는 리나의 가슴을 열고 깃털 달린 볼펜으로 왼쪽 가슴 위에 작은 나비 한 마리를 그렸다. 그리고 그 아래에 '리나'라는 이름을 적어넣었다. 두 사람은 서로의 얼굴을 들여다보며 소리내지 않고 웃었다.

리나는 사람들이 모여 있는 곳을 돌아다니며 삐를 찾았다. 강가 상류 쪽으로 올라가자 강물에 발을 담그고 앉아 담배를 피우고 있는 삐가 보였다. 마른버짐투성이 얼굴에 살집이라고는 없이 빼빼 말랐던 삐는 이제 더이상 소년이 아니었다. 물속에 담근 삐의 발을 물끄러미 내려다보던 리나는 강물에 손을 적셔 삐의 얼굴을 닦아주었다. 그리고 머리에 물을 바르고 옷매무새도 단정히 해주었다. 그리고 삐에게 말했다. "우리 아들, 너도 오늘 밤 평생을 같이할 신붓감을 만나야지." 그리고 억지로 삐의 손을 잡아끌어 사람들이 모여 있는 곳으로 데리고 갔다.

처녀들이 남편을 고르는 날, 지역의 가장 큰 행사를 진행하는 일을 맡은 사람은 포주의 아내였다. 말도 안 했는데 의자에 앉은 포주 아내의 둥그런 배가 먼저 들썩거렸다. 여자는 양미간에 잔뜩 힘을 준 채 대나무 부채를 펄럭이며 치장한 처녀들에게 명령했다. "자, 이제부터 너희들 남편감을 골라라." 순간 처녀들은 자신의 몸 가장 깊숙한 곳에 지니고 있던 작은 머리빗, 예쁜 목걸이 등을 꺼내 마음에 드는 남자에게 다가가기 시작했다. 처녀들이 수줍게 전하는 그 물건들을 보는 순간 리나는 가슴이 덜컹 내려앉았다. 리나는 마음속으로 몇 번이나 한 남자에게 꽃을 주는 상상을 했다. 꽃이 몸속에서 끊임없이 빠져나왔지만 손을 내밀어 아무에게도 줄 수 없다는 생각을 하는 순간, 리나는 보았다. 삐와 함께 강가에서 아이스크림을 먹던 여자애가 삐에게 작은 인형을 주는 장면을. 리나는 몸을 돌려 강물 위에 대고 가래침을 뱉었다.

남편감을 고른 여자애들은 얼굴이 환해져서 맛있는 음식도 먹고 소란스레 떠들어댔다. 그런 여자애들의 부모들은 노래를 부르고 악기를 연주하고 약한 마약도 했다. 하지만 남편감을 고르지 못한 처녀들은 화가 나서 집으로 돌아갔고 그 처녀들의 엄마들은 밤새 강가에 앉아 눈물 콧물을 훌쩍거렸다. 남편들은 핏발 선 눈으로 물담배통을 빨아대다가 느닷없이 아내들의 등뒤에다 대고 호통을 쳤다. "오늘날 딸을 잘못 키운 건 바로 너야." 화가 난 여자들은 즉시 되받아쳤다. "내일 아침에 우리 모녀가 안 보이면 강에 빠져 죽은 줄 알아, 인간아." 시링에 일 년에 한 번 찾아오는 뜻깊은 축제의 밤은 웃음과 미움이 뒤섞인 한판 난장으로 무르익어갔다. 술에 취한 남자들은 강가에서 비틀거리다가 한순간 실수로 강물에 빠졌다. 그러나 누구도 강에 빠진 사람을 구하러 가지 않았다.

시링에 대한 좋은 소문이 퍼져나갈수록 시링에 찾아오는 남자들은 아주 거칠어졌다. 분노가 머리끝까지 차오른 상태에서 찾아오는 사람이 있는가 하면, 저 먼 도시에서 부모에 대한 반항심 하나만으로 찾아오는 돈 많고 기운 좋은 어린 녀석들도 있었다. 분명 창녀촌이었고, 멀리서 찾아오는 거친 남자들을 부드럽게 만드느라 여자들은 조금씩 조금씩 망가져가고 있었다.

며칠 후, 영원불멸의 전직 가수가 시링에 도착했다. 할머니는 작은 짐보따리들 한가운데 폭 파묻힌 채 차 안에 누워 있었고, 놀랍게도 이불이며 옷가지 들을 싼 보따리 뒤에서 할아버지가 불쑥 튀어나왔다. 그때나 지금이나 여전히 사람을 팔아먹고 사는 프로듀서 김이 줄무늬 바지에 똑같은 흰색 셔츠 차림으로 운전석에서 내렸다. 리나는 할머니를 부축해 집 안으로 들이고 난 후 할아버지의 어깨에 매달려 무사히 끝난 여행을 축하했다.

"거봐, 내가 뭐랬어. 너 내가 여기다 잘 팔아준 거지. 여기 살기 좋잖아. 니가 어디 가서 저런 근사한 강을 보겠니. 저런 강 옆에서 사는 것만으로도 넌 나한테 감사해야 해."

프로듀서 김이 거들먹거리는 동안 리나는 할머니의 어깨와 얼굴을 만져보았다.

"저 노인네, 말년에 사랑의 도피를 하느라 마누라한테 집도 애들도 다 주고 왔다. 미친 노인네지."

할아버지는 내리자마자 가까이 가서 강을 보고 싶다고 했다. 태어난 이후로 집을 멀리 떠나본 게 처음이고, 처음 와본 외국이 시링이라고 했다. 또 마누라에게 남겨준 집은 튼실한 소 한 마리도 살 수 없는 낡아빠진 집이라며, 이 모든 일이 뒤늦게 만난 애인 덕분이라고 좋아했다.

"여기까지 이 노인네들 데려왔는데 감사의 표시는 해야지."

리나는 포주를 통해 건넨 돈 외에도 추가로 지폐 몇 장을 더 내밀었다. 프로듀서 김은 기름에 찌든 머리카락을 넘기며 이상한 눈빛으로 리나를 쳐다봤다.

"이런 거 말고 나한테도 기회를 줄 수 없어? 너 창녀잖아."

"뽕이거든요, 아저씨. 빨리 나가주세요."

리나는 콧방귀를 뀌며 대문을 열었고 그는 한참을 동네에서 어슬렁거렸다. 할머니와 할아버지는 포주 내외의 집에서 그들이 대접하는 저녁을 먹었다. 저녁을 먹고 나서 그들이 강가로 나가 달을 구경하는 사이 리나는 대도시의 기차역에서 기관사로 일하는 남자에게 문을 열어주었다. 한밤중에 강에서 수영하느라 혼자서 소리를 질러대는 술 취한 프로듀서만 아니었다면 언제나처럼 고요하고 아름다운 밤이었다.

창녀가 된 지 얼마 되지 않은 한 여자가 도시에서 온 기술자에게 얻어맞아 죽은 날, 시링의 강은 대낮에도 온통 안개 천지였다. 이른 저녁, 그 여자의 집에서 비명소리가 들리고 사람들이 몰려갔다. 아랫도리를 내놓은 여자는 고개가 비틀린 채 침대에 처박혀 죽어 있었다. 옆방에 갇힌 어린아이는 겁에 질려 바깥으로 나오지도 못하고 손톱으로 문틀만 긁어댔다. 포주는 집 안으로 들어가 침대 위의 이불로 여자를 가렸고 침대에 걸터앉아 머리를 감싸쥐고 있는 남자의 손을 잡아끌고 밖으로 나왔다. 포주의 아내는 옆방으로 들어가 울고 있는 아이를 팔에 안고 맛있는 사탕을 주겠다며 달랬다.

포주와 네 명의 남자들이 그를 데리고 강가로 갔다. 희뿌연 안개로 가득한 밤의 강가는 불을 피워놓은 곳만 밝아 연극무대처럼 보였다. 포주의 아내는 시링의 아이들을 모두 모아 간식을 나눠줬고 강가에는 절대로 나가지 못하도록 여자들 몇 명과 함께 자기 집에서 아이들을 지켰다. 몇몇 남자들은 정중하게 남아 있는 손님들을 마을 밖으로 내보냈고, 마을 입구에는 휴업을 알리는 표지판이 내걸렸다.

네 명의 남자들이 순식간에 창녀를 죽인 남자를 나무기둥에 매달았다. 남자는 아직도 기세가 등등해서 여자가 먼저 자기를 죽이려고 했기 때문에 어쩔 수가 없었다고 했다. 포주는 남자가 이곳에 들어올 때 했던 맹세를 다시 한번 반복해서 말해주었다. 남자는 그 맹세를 듣고 나서 마지못해 고개를 끄덕거리더니 갑자기 미친 듯이 소리를 질러댔다. 그깟 창녀 하나 죽였다고 도시 노동자를 이렇게 다뤘다간 시링이 무사하지 않을 거라는 둥, 결국은 이게 다 그 새끼 때문이라는 둥, 영문 모를 소리들을 혼자 지껄여댔다. 포주가 수염을 만지자 남자 네 명이 진짜 칼을 들고 왔다. 커다란 칼을 본 남자는 길길이 날뛰기 시작했다. 겁에 질린 남자가 두 발바닥을 대고 비벼댔다. 강 주변에 모여든 창녀들은 입을 막고 두려움에 떨었다. 포주는 남자가 여자에게 했던 것과 똑같이 아랫도리를 벗겼다. 그리고 네 명의 남자들에게 때리라고 명령했다. 네 명의 남자들은 시링의 창녀를 죽인 남자를 다부지게 팼다. 몇 대 맞지도 않고 금세 축 늘어진 남자는 정신을 차릴 때까지 나무기둥에 매달려 있었다. 이윽고 남자가 온몸을 부르르 떨며 깨어났다. 포주는 남자에게 마지막으로 하고 싶은 말을 하라고 했다. 남자가 온 힘을 다해 외쳤다. "노동자 만세!" 순간, 포주가 마치 무협영화에 나오는 칼잡이처럼 남자의 발목을 댕강 잘랐다. 남자는 반항하고 소리지를 새도 없이 순식간에 나무기둥에서 끌어내려졌고 네 남자에게 사지가 잡혀 강으로 던져진 후 잘린 발 두 개도 뒤따라 던져졌다. 모두들 힘을 합해 남자가 타고 온 작은 자동차의 브레이크를 풀어 강으로 밀어넣었다. 뽀글뽀글거리며 뭔가를 뿜어올리던 강물은 한참 후에 조용해졌다.

일이 끝나자 오래 기다렸다는 듯 집에서 쏟아져나온 아이들이 소리를 질러대며 공을 차기 시작했다. 리나는 침대에 올라앉아 거울 속을 들여다보며 강가에서 노는 아이들의 평화로운 함성을 들었다. 그리고 아이들의 몸놀림을 상상했다.

아이들은 강으로 공을 빠뜨리지 않기 위해 사력을 다해 공을 따라 뛰겠지. 한쪽 팔이 없는 애는 자기 팔이 없다는 사실도 잊고 공을 향해 몸을 날릴 거야. 매일 맞기만 했던 애는 밤의 강가에서만큼은 얼굴을 활짝 펴고 웃겠지. 유전자가 잘못

된, 키가 작고 목이 두꺼워 수명이 짧을 것으로 예상되는 애도 오늘만큼은 시링에서 제일가는 축구선수! 아이들의 얼굴은 땀투성이. 한 여자애가 강물에 얼굴을 씻는 소리! 강물은 차고 푸르지. 이 밤, 동네 사람들은 아이들이 축구하는 소리를 들으며 간밤의 소요와 시름을 잊고 잠이 들겠지. 애들의 함성은 시링에서 일어나는 모든 일들을 강물 속으로 끌고 들어가네.

아직 정리하지 못한 할머니의 보따리를 베고 누운 리나는 창문에 매달린 종이 딸랑거리는 소리를 들었다. 손님이 온 것이다. 문을 열자 삐가 들어왔고 리나를 찾아온 남자들이 그랬던 것처럼 주머니에서 초록색 표를 꺼내 내밀었다. 리나는 표를 받아 항아리 속에 넣은 뒤 삐의 손을 잡고 침대로 갔다. 삐는 리나가 노래를 할 때 천막 안에서 그랬던 것처럼 양말을 벗기고 발바닥을 만져주었다. 삐는 입고 있던 셔츠와 바지를 거의 동시에 벗고는 두 손으로 가슴을 가렸다. 리나는 삐의 등줄기 한가운데 도드라져 있는 등뼈를 손가락으로 꼭꼭 눌렀다. 리나는 늘 걸치고 다니는 초록색 숄을 벗고 온몸을 친친 감고 있는 치렁치렁한 비단천을 벗겨냈다. 리나가 삐의 살에 손을 갖다대자 삐의 몸이 리나 쪽으로 끌려왔다. 두 사람의 몸이 밀착되는 순간 삐는 리나의 머리를 묶고 있던 머리끈을 탁 풀었다. 리나의 머리채가 베개 위에 활짝 펼쳐지는 순간 삐는 리나의 얼굴을 한 손으로 꼭 감싸쥔 다음 몸을 바짝 안고 더워진 그곳을 밀어넣었다. 매일 매나 맞던 바보 같은 삐의 얼굴이 허공에 떠 있는 걸 본 리나의 입에서 웃음이 새어나왔다. 삐는 그동안 말로는 통하지 않았던, 하고 싶었던 얘기들을 입술로, 손가락으로, 발가락으로 리나의 몸 위에 그려넣었다. 리나는 삐의 출생에서부터 화공약품공장에 가기까지의 얘기들을 몸으로 들었고 이해했다. 그러자 머릿속이 환해지면서 비좁은 방 안의 벽들이 다 무너지고 저 먼 하늘로부터 둑처럼 펼쳐진 푸른 국경선이 다가왔다. 푸른 둑이 리나를 향해 파도처럼 몰려오는 순간, 리나의 골반은 한껏 넓어졌고 삐의 입에서 생전 들어본 적 없는 이상한 목소리가 쏟아져 나왔다. 리나는 삐의 몸을 꼭 잡고 서로의 숨이 잠잠해질 때까지 가만히 누워 있었다.

새벽녘에 눈을 떴을 때 삐는 침대에 걸터앉아 있었다. 어린 창녀의 유방 위에 그려진 나비는 어느덧 지워져서 희미하게 보였다. 창녀는 유방 위의 나비를 손가락 위에 얹어 앞에 앉은 남자의 배 위로 옮겨 얹어놓았다. 삐는 곧 리나의 두 다리를 벌리고 그곳에 따뜻한 입김을 불어넣어 딱딱하게 굳은 몸을 노곤하게 만들었다. 리나가 삐에게 말했다. "예쁘다고 말해줄래?" 삐는 리나의 몸을 안아주며 예쁘다고 말해준 뒤 혼자서 입을 막고 사정했다. 그때 리나는 삐의 엉덩이에 내려앉은 나비를 보았다.

아침이 오기 전, 옆방에서 코를 골며 자고 있는 할머니 곁으로 가 앉은 리나는 힘없이 늘어진 할머니의 성한 한쪽 손을 잡아 자신의 배에 살며시 갖다댔다. 잠시 후 할머니는 리나의 배에 손을 얹은 채 목에 생선 가시라도 걸린 사람처럼 켁, 기침을 하고는 천천히 몸을 일으켜 앉았다. 그리고 전직 가수답게 오랜만에 나직한 목소리로 노래를 불렀다. 그러자 마술이 일어났다. 할머니가 조금씩 목에 힘을 줄 때마다 리나의 배 안에서부터 이상한 힘이 밀려나오면서 홀쭉하던 배가 동그랗게 부풀어올랐다. 리나는 동그랗게 부풀어오른 배를 쓰다듬으며 울지도 웃지도 않는 얼굴로 가만히 앉아서, 이건 나의 달이야, 라고 낮게 중얼거렸다.

축구시합

도시에서 온 노동자가 발목이 잘려 강물 속으로 던져진 지 사흘 후, 다섯 명의 공무원들이 낡은 카메라를 목에 걸고 뒷짐을 진 채 시링의 강가에 서 있었다. 그들을 맞는 포주 내외의 몸짓은 평소보다 훨씬 소란스러우면서도 얼굴 표정은 한껏 긴장돼 보였다. 공무원들은 유람 나온 사람들처럼 물수제비 놀이를 하면서 강과 산세를 둘러보다가 불시에 포주 내외 쪽으로 시선을 돌리곤 했다. 한 공무원이 갑자기 강물 속 어딘가를 손가락으로 가리키며 동료들을 부르자 공무원들이 우르르 몰려와 한군데 모여 서서 강물 속을 쳐다봤다. 포주 내외의 얼굴이 파랗게 변했다. 시체라도 떠오르면, 자동차 문짝이라도 떠오르면 어쩌나 포주 내외는 잔뜩 겁을 먹었지만 다행스럽게도 그런 건 나오지 않았다. 그날따라 깊고 차가운 강물 속에서 천천히 유영하는 커다란 주홍빛 잉어들이 무척 많았다. 포주의 아내는 커다란 눈을 깜빡거리며 잉어들에게 속삭였다. "너희들이 하나도 남기지 않고 다 뜯어 먹은 거 맞지? 우린 다들 그렇게 알고 있어, 아이고, 요 예쁜 것들아." 그리고 포주 내외는 서로 쳐다보며 눈을 찡긋 맞췄다.

시링의 여자들이 포주의 집에 모여 몇 시간 전부터 음식을 준비했다. 양고기는 기름을 빼가며 천천히 돌려 굽고 버섯과 신선초도 볶고 맥주도 준비해놓았다. 여자들은 깨끗한 식탁보를 깔고 열 가지도 넘는 음식을 만들어 상을 차려놓고 공무원들을 대접하기 위해 기다리고 있었다. 어쨌든 공무원들의 기분을 상하게 해서는 안 된다는 것이 포주 내외의 지침이었기에 모두들 일사불란하게 움직였다.

해가 지기 시작하자 시링의 아이들은 또다시 축구를 하기 위해 강가로 모여들었고, 외관상 창녀촌은 전과 다름없이 정상적으로 돌아갔다. 리나가 그럴 필요까지는 없다고 말렸지만 사태의 어려움을 눈치챈 전직 가수 할머니가 나섰다. 노래라도 불러 조금이라도 도움이 되고 싶다며 공무원들의 술자리에 자청하고 나섰다. 공무원들이 식사를 하기 위해 모인 방은 사방에 큰 창문이 달려 있고 천장이 높아 썰렁한 느낌도 없지 않았다. 명색이 전직 가수인 할머니는 볼에 붉은 칠을 하고 무릎 위에 손을 얹은 채, 문 옆에 놓인 작은 의자에 앉아 공무원들이 식사를 마치기를 기다리며 줄곧 수줍은 소녀 같은 표정을 지었다. 공무원들은 음식에는 관심 없다는 듯 창녀촌 운영에 관한 직접적이고도 날카로운 질문만 던지면서 까탈을 부렸다. 그러나 양고기 냄새가 방 안으로 넘쳐들어오고 음식들이 지글거리며 익어가는 소리가 들리자 어쩔 수 없이 조금씩 긴장을 풀었다. 여자들이 공무원들의 술잔에 정성스럽게 술을 따르고 앞접시 위에 안주 한 점씩을 공손히 올려놓아주었다. 목구멍으로 뜨거운 술이 흘러들어가자 공무원들은 주머니 속에서 담배도 꺼내고 겉옷을 벗어 의자에 걸고 비로소 농담을 하기 시작했다. 포주 내외는 그제야 안도하는 눈빛이면서도 사태를 지켜보기 위해 긴장을 늦추지 않았다.

공무원들이 배를 채우는 동안, 창녀 리나는 연필을 들고 봉제공장 언니와 머리를 맞댄 채 탈출 계획을 세우고 있었다. 리나는 속살이 훤히 비치는 얇은 비단천을 발끝까지 늘어뜨리고 머리를 산뜻하게 빗어올린 창녀다운 옷차림을 하긴 했으나, 전체적인 자세가 아주 불손해 보였다. 침대에 누워 다리는 벽에 얹은 채 치렁치렁한 비단천은 꾸겨서 가랑이 사이에 우겨넣고, 연필은 귓바퀴에 꽂은 채 연신 허공을 향해 팔을 내저으며 재잘거렸다. 탈출 경로를 정하는 데 참고가 될 만한 자료는 고사하고 지도 한 장, 도와줄 사람 하나 없었다. 리나는 프로듀서 김이나 선교사 장 같은 사람들 생각이 절실했다. 그들이 그리웠다.

"언니, 우리 여기 더 있다간 저 포주 일당 손에 잡혀 언제 죽는지도 모르고 죽을 거야. 저것들은 창녀들을 모두 다 강물 속에 처넣고도 나 몰라라, 입 싹 닦고도 남을 사람들이라니까. 소문 들었어? 마약 밀매도 한다는 거 아냐. 고아 애들 데려다가 잘 먹이고 입히는 건, 나쁜 소문이 나지 않게 미리 손을 써놓고 대대손손 영원무궁하도록 저 짓들을 해먹고 살겠다는 속임수라구. 착한 척은 하지만 얼마나 단수가 높은 사람들인데, 우린 결국 당하고 말 거야. 저애들이야 매일 먹고 축구나 하는, 호적에도 없는 애들인데 누가 관심이나 있어? 그리고, 그리고 말야, 저 인간들이 정말 착한 사람들이라고 치자. 그래봐야 여긴 창녀촌이야. 안 그래? 내 말이 맞지, 언니?" 리나는 그러면서도 왠지 포주 아내에 대해 좀 심하게 말한다 싶어 미안한 생각도 들었다.

화장대 앞에 앉아 돈을 세고 있는 봉제공장 언니의 표정은 몰아지경이었다. 리나는 두 발로 벽을 쾅쾅 굴렀다. 잠시 후 둘은 전의에 불타는 소녀 병사들처럼 허벅지를 내놓고 팔소매를 걷어붙인 채 심각한 표정으로 탈출 계획을 짜기 시작했다. 매수해야 할 대상을 정하고 언제 어떻게 접근할 것이며, 어떤 교통수단을 이용할 것이며, 언제 떠날 것인지를 정하는 데까지는 잘 넘어갔는데 그다음에서 의견 차이가 생겼다.

"당연하지. 할머니랑 할아버지, 그리고 삐는 꼭 같이 가야 돼."

"너 미쳤니. 지금 누굴 데리고 간다는 거야. 우리가 어디 살기 좋은 옆 동네로 이사가는 줄 아니?"

"혼자 가는 건 생각도 안 해봤어."

"교회에서 어렵게 다시 만난 친부모도 안 따라갔다는 지지배가 타국에서 만난 노인네들이랑 멍청한 남자애는 왜 데려가려고 하니. 설마 너 저 사람들을 다 P국까지 데려가겠다는 건 아니겠지?"

리나는 봉제공장 언니의 말을 이해 못 하는 것도 아니었고, 또 언니의 말이 다 옳다고 생각하면서도 언니의 태도가 몹시 거슬렸다. 리나는 입술을 꼭 다문 채 두 발을 흔들며 가만히 앉아 있다가 침대 시트 위에 그려진 붉은색 꽃무늬만 쥐어뜯었다.

"그럴 거면 딴 사람들이랑 같이 가. 저 사람들 다 데리고 가다가 잡혀가기는 싫어."

"그래? 그럼 언니 먼저 같이 도망칠 사람 구해봐. 여기서 나 말고 도망가겠다는 사람이 또 있기나 할까. 그리고 언니가 잘 모르는 모양인데, 도망칠 때 나만큼 잘 도망치는 사람 없다! 언닌 모를걸! 내가 어떻게 여기까지 왔는지."

언니가 창문을 열고 굴뚝처럼 두껍고 냄새가 심한 담배를 피워물었다. 리나는 조금 긴장했다. 지금 화를 낼 사람이 누군데, 리나는 중얼거렸다. 언니의 어깨가 조금씩 들썩거리는 걸 보았지만 당장 언니의 화를 풀어줄 묘안이 생각나지 않았다. 열린 창문으로 강가에서 축구하는 아이들이 질러대는 불규칙한 함성이 밀려들어왔다.

그 조용한 순간에 리나는 갑자기 뱃속 저 안쪽에서부터 들려오는 둥둥둥 북소리를 들었다. 북소리는 처음엔 아주 작게 시작해서 온몸을 통처럼 커다랗게 울려 때리고는 리나의 귓가에 머물러서야 다시 작은 소리로 잦아들었다. 리나는 북소리를 들을 때마다 낯선 나라의 도시 한가운데로, 뜨거운 사막으로, 심지어 다시 국경으로 나가 서 있고 싶은 충동에 입술을 달싹거렸다. 온몸의 핏줄들이 팽팽하게 곤두서고 팔과 다리는 벌써 허공을 짚고 혼자서 저만치 앞으로 성큼성큼 걸어나가고 있었다. 입을 커다랗게 벌리고 목청껏 노래라도 부르지 않으면 둥둥둥 북소리에 휘말려 귀가 터져버릴 것만 같았다.

봉제공장 언니를 찾아온 손님이 문을 두드렸다. 리나는 구깃해진 비단천을 황급히 펴서 옷매무새를 단정히 하고는 그 집에서 나왔다. 그리고 가다 말고 돌아선 채 혀를 날름거렸다. 그러고도 분이 안 풀려 허공에다 대고 또 중얼거렸다. "삐한테 멍청한 남자애라니, 정말 너무하는군." 그러다가 리나는 가다 말고 멈춰 서서 "솔직히 멍청하긴 하지"라며 피식 웃었다.

강가로부터 불어오는 바람이 볼에 닿을 때 까슬까슬한 한기가 느껴졌다. 아이들은 강가에 모여 여전히 축구를 하고 있었고, 골목 맨 아래쪽 포주의 집은 전등이 환하게 켜진 채 공무원들의 커다란 웃음소리가 자주 터져나왔다. 리나는 골목길을 천천히 걸어내려가 포주 집 문에 얼굴을 대고 몰래 집 안을 들여다봤다. 공무원들은 러닝셔츠만 입은 채 유쾌한 시간을 보내는 중이었다. 손톱으로 어깨며 팔뚝을 득득 긁어대고 볼이 미어지도록 술과 안주를 먹으며 사방으로 담배연기를 뿜어댔다. 전직 가수 할머니가 자리에서 천천히 일어나 한 걸음 앞으로 나가 노래를 부르기 시작했다. 외세에 침략당하던 시절에 할머니 나라 사람들이 자주 불렀다는 노래는 격조 있고 구슬펐다. 그러나 할머니의 노래를 듣는 공무원들의 태도는 영 말씀이 아니었다. 리나는 능력도 안 되는 가수 노릇을 하며 고생고생해서 번 돈을 모두 투자해서 데려온 할머니가, 관람 태도도 안 좋은 지역 공무원들 앞에 서서 머리를 조아린 채 노래를 부르고 있는 모습을 보자 은근히 억울한 생각이 들었다.

"도대체 지금 이게 뭘 하는 겁니까."

리나는 문을 벌컥 열고 포주의 집으로 들어갔다. 순간적으로 잘못 들어왔다는 느낌이 들었지만 후회해도 소용없었다. 후끈한 실내 공기가 콧속으로 밀려들어왔고, 안에 있던 공무원들이 일제히 리나를 쳐다봤다. 한 남자가 말했다.

"어이, 여기 좀 봐, 창녀가 한 명 제 발로 걸어오셨네."

순간 공무원들의 재빠른 시선이 리나의 몸을 수직으로 훑고 지나갔다. 공무원들이 리나를 구경하느라 모두들 입을 다물자 비로소 사방이 조용해졌고 전직 가수의 아름다운 목소리가 제대로 들리기 시작했다. 화가 난 포주가 흰 염소수염을 휘날리며 리나의 팔목을 잡고 집 밖으로 끌어냈다. 그러고는 집 앞에 서서 리나의 머리통을 쥐어박았다. "사태의 심각성을 모르는구나, 너? 어떻게 이런 바보 같은 행동을 할 수가 있어, 우린 모두 한 운명체란 말이다." 포주는 격분한 상태였다. 리나는 그가 돌아서서 집으로 들어가자마자 등뒤에다 대고 말했다. "난 저 염소 수염 진짜 마음에 안 들어."

리나는 할머니가 나올 때까지 포주의 집 바깥에 서서 기다렸다. 띄엄띄엄 치는 박수 소리가 들리고 나서 힘없이 대문이 열리고 노래를 마친 할머니가 집 밖으로 천천히 걸어나왔다. 할머니는 금방이라도 쓰러질 것처럼 힘들어했다. 할머니는 무슨 근거인지는 모르지만 자기가 생각했던 것보다 노래를 썩 잘 불렀다며 자화자찬했고, 모든 게 괜찮아질 거라며 리나의 등을 톡톡 두드렸다.

집 앞 골목길 담벼락에 기대 서서 서로의 얼굴을 마주 보고 선 채 헤어지기 싫어 고민하고 있는 청춘 남녀가 보였다. 한 사람은 삐였고 나머지 한 사람은 시링의 처녀들이 남편감을 고르던 날 삐에게 인형을 준 여자애였다. 리나는 할머니를 부축해 집 안으로 먼저 들어가게 한 뒤 그들이 있는 쪽을 돌아보았다. 두 사람 다 리나 쪽을 쳐다보고 어색하게 웃었고 리나는 쾅, 소리가 나도록 문을 닫아걸었다.

할머니를 이불 위에 눕히고 화장대에 걸터앉은 리나는 거울 속을 가만히 들여다봤다. 창녀를 죽인 남자가 발목이 잘려 죽은 날 밤, 삐와 있었던 일이 사실이었는지 믿을 수가 없었다. 비단 천들이 사각거리는 소리, 얼굴로 떨어져내리던 자잘한 꽃무늬 벽지들, 할머니의 따뜻한 손이 닿자마자 부풀어오르던 뱃가죽, 그 모든 것들의 기억이 손가락 끝에서 사라져가고 있었다. 그날 밤 터질 듯 부풀어오르던 배는 언제 그랬나 싶게, 홀쭉하게 창자에 찰싹 달라붙어 있었다.

공무원들의 술판이 끝났는지 길 아래쪽 골목이 온통 시끄러웠다. 공무원들은 포만감에 젖은 얼굴로 강가로 걸어가며 시시덕거렸다. 창녀촌의 아이들은 강가의 높은 막대기 위에 매달린 전등불빛에 의지해 여느 때처럼 축구를 하고 있었다. 문제는 한 공무원이 강가로 소변을 보러 내려갔다가 강가에서 축구하는 아이들을 보고, 꼭 아이들 틈에 끼여 공을 한번 차보겠다고 한 데서 시작됐다. 그 공무원이 소변을 본 후 바지춤에서 삐져나온 러닝셔츠를 추스르고는 갑자기 축구하는 아이들 틈으로 들어갔다. 어떻게 한번 공을 잡아서 골대에 넣어보려고 했으나 도무지 차례가 오지를 않았다. 그는 머뭇거리다가 저쪽에서 이미 차에 올라타려고 하는 동료들을 향해 소리를 질러댔다.

"야, 우리 오랜만에 공 한번 차고 가자."

손수 운전까지 해 공무원들을 데려다주려고 나선 포주는 아무 말도 못 하고 얼른 차에서 내려 아이들에게 뛰어갔다.

"애들아, 너희들 오늘 무조건 져야 한다. 오늘밤 너희들은 꼭 져야만 한다."

그래서 지역 공무원들과 시링의 창녀촌 아이들의 한판 축구 시합이 벌어졌다. 날씨가 차가워져서 아이들이 함성을 내지를 때마다 입에서 하얀 김이 쏟아져나왔고 공무원들의 입에서도 술내 섞인 시큼한 입김이 쏟아져나왔다.

아이들은 왼쪽 골대를 향해, 공무원들은 오른쪽 골대를 향해 공을 차 넣기로 했다. 팔 한쪽이 없는 남자애가 잽싸게 공을 패스했다. 바로 옆에서 따라 뛰던 단발머리 여자애가 또 잽싸게 움직여, 옆에서 뛰고 있던 키 작은 남자애에게 공을 패스했다. 여자애와 키 작은 남자애 사이에서 어떻게 해볼까 하던 공무원이 그만 제 발에 걸려 바닥에 엎어졌고, 그러는 사이 단발머리 여자애가 술 취해 하품하던 공무원 쪽 골키퍼를 뚫고 골인을 시켜버렸다. 공무원들이 수비를 하지 못한 자기편 선수들을 격렬한 목소리로 비난하기 시작했고, 강가의 축구장은 승부욕에 휩싸인 선수들의 열기로 뜨거워졌다.

손님을 받지 않은 창녀들이 작은 의자를 들고 구경하러 나왔다. 강 뒤에 펼쳐진 드높은 산은 어둠에 가려 보이지 않았고 시린 밤공기가 강가를 점령해들어갔다. 그러거나 말거나 관람객들까지 생긴 축구판은 제대로, 서서히, 무르익기 시작했다. 아이들은 늘어진 운동화 끈을 고쳐매고 연신 흘러내리는 바지를 끌어올리며, 눈앞에서 왔다갔다하는 공무원들을 무서운 눈초리로 노려보며 정신을 집중했다.

드디어 공무원들이 공격 기회를 잡았다. 한 공무원이 아흐 소리를 내지르며 오른쪽으로 공을 찼고, 마침 멀뚱히 서 있던 공무원이 그 공을 받아 골대 앞까지 단독으로 내처 달렸다. 빨리 골을 넣으라는 환호가 이어졌고 형식상 공무원들을 응원하던 시링의 여자들도 진짜로 흥분해서 빨리 골을 넣으라고 소리를 질러댔다. 공격수가 멀뚱히 있는 사이, 한쪽 다리를 저는 애들 팀 골키퍼가 잽싸게 달려와 저 멀리, 공무원들 골대 쪽으로 공을 차버렸다. 골키퍼를 아들로 데리고 사는 창녀가 "우리 아들 잘 한다"며 목청을 높이자 잠깐 동안 어색한 침묵이 흘렀다.

선수들 사이에서 누군가 휴식을 선언했다. 공무원들은 꽉 찬 방광을 비우느라 강가에 서서 소변을 보았고 아이들은 땀이 흐르는 얼굴을 강물에 씻었다. 다급해진 공무원들은 동그랗게 모여 서서 손에 손을 얹고 작전회의를 했고 아이들은 각자 몸을 풀며 파이팅을 외쳤다. 이 축구시합으로 인해 제일 긴장한 사람은 포주였다. 포주는 아이들의 손을 일일이 잡고 절대로 이겨서는 안 된다고 다짐을 받으며 축구장을 맴맴 돌았다.

1대 0인 상태로 축구시합은 계속됐다. 공무원들은 이제 술이 좀 깨서 발걸음도 빨라지고 행동도 훨씬 민첩해진 듯했다. 그러나 아무리 기를 써도 애들의 민첩함은 따라갈 수가 없었다. 몸싸움을 할 때마다 다리가 걸려 뒤로 발랑 나자빠지거나 싱겁게 미끄러졌다. 시링에서 가장 달리기를 잘한다는 남자애가 공을 몰고 공무원들의 골대를 향해 단독 질주했다. 그리고 골키퍼를 향해 강슛을 날렸는데 골키퍼 어깨를 맞고 공이 튕겨나왔다. 그 사이 척추장애 때문에 키가 크지 못한 한 남자애가 얼른 공을 골대로 밀어넣었고 결과는 2대 0이 되었다.

공무원들은 화가 나서 씩씩거리더니 기본적으로 선수들의 숫자에서부터 균형이 맞지 않는다며 선수 몇 명을 빌려달라고 했다. 포주가 나서서 몇 명의 아이들을 공무원들 편으로 보냈고, 공무원 편이 된 아이들은 그들이 시키는 대로 자기편 선수 식별을 위해서 팔 한 짝씩을 걷었다. 숫자상으로 전력은 비슷해졌다. 애들처럼 신이 난 공무원 중 하나가 머리칼을 날리며 운동장을 누비기 시작했고 모두들 그를 향해 몰려들었다. 말이 축구지 희한한 몸싸움 광경이나 다름없었다. 공무원은 젊었을 때 공깨나 차본 사람처럼 왼발, 오른발을 바꿔가며 현란한 솜씨로 아이들의 골대까지 다가갔다. 여자들은 순간 더 크게 소리를 질렀다. 그러나 공무원이 채 슛 기회를 잡기도 전에 창녀의 아들인 골키퍼가 공무원의 하반신을 향해 돌진해갔다. 공무원은 재빨리 바로 옆에 서 있던 팔 걷은 남자애에게 공을 넘겼다. 남자애는 그 순간, 자기가 어느 편인지 잊고 반대편으로 몸을 돌려 순식간에 공을 몰아 혼자서 골대까지 질주해갔다. 그리고 오면 안 된다고 소리치는 골키퍼를 잘도 피해 세차게 공을 차 넣었다. 남자애의 자살골로 3대 0이 되었고 이쯤 되자 아이들도 공무원들도 몹시 엉거주춤한 태도로 서로 눈치만 보며 공 찰 생각을 안 했다.

포주는 객석 앞으로 가서 빨리 응원을 하라고 두 팔을 빙글빙글 돌렸고, 눈치만 보던 여자들은 박수를 치며 공무원들을 응원했다. 지금껏 근사하게 무게만 잡고 있던 포주가 파리 목숨이 되어 동분서주하는 모습이 측은해 보이기까지 했다. 정말 마지막 기회였다. 달리기 잘하는 남자애가 일부러 공무원들에게 공을 툭 차 넘겨주듯이 패스했고 아이들은 전의를 잃고 천천히 뛰기 시작했다. 한 공무원이 날쌔게 달려 골대까지 뛰어갔고, 그사이 아무도 그를 막지 않았다. 공을 발로 툭 차 넣은 공무원은 바로 뒤로 돌아서서 허리에 손을 얹고 가만히 서 있는 아이들을 노려봤다. 그의 얼굴이 잔뜩 일그러졌다. 그가 갑자기 바로 옆에서 있던 팔 없는 남자애 엉덩이를 발로 차 넘어뜨리고는 여러 차례 발길질을 해댔다.

그 비열한 장면을 지켜본 누구라도 그 순간에는 욕이 튀어나왔겠지만 모두들 꾹 참았다. 그렇게 해서 3대 1로 축구시합 종료. 몸도 신통치 않은 창녀촌 아이들이 서슬퍼런 공무원들을 이기는 것으로 오늘의 축구시합은 끝이 났다. 공무원들은 옷을 입고 포주가 운전하는 차에 올라타며 고래고래 소리를 질러댔다.

"싸가지 없는 새끼들, 저런 병신 새끼들이 우릴 상대로 져주는 시합을 하다니, 내 평생 이런 치욕은 처음이네."

공무원들이 요란스럽게 떠들며 돌아갔다. 시합을 한 아이들은 강물에 손과 얼굴을 씻은 뒤 입고 있는 옷에 얼굴을 닦았다. 형과 누나의 신나는 축구경기를 구경하러 나왔던 꼬맹이들은 창녀 엄마의 허벅지 한쪽을 팔로 꼭 감싼 채 걸어서 집으로 돌아갔다. 또 오늘 시합을 승리로 이끈 선수들도 스스로를 무척이나 대견해하는 표정으로 각자 창녀 엄마가 기다리는 집으로 돌아갔다.

장례식

늙은 전직 가수는 공무원들 앞에서 노래를 부른 날 밤부터 시름시름 앓았다. 집 안에 있는 이불이란 이불은 다 끌어다 덮어주어도 계속해서 춥다고 징징거리며 속옷이 다 젖도록 땀을 흘렸다. 그것도 며칠, 그러고 나서는 눈만 말똥말똥하게 뜨고 천장만 바라본 채 몸도 뒤척이지 않았다. 상황은 점점 더 나빠졌다. 음식도 수저로 떠먹여주어야 하고 무슨 말을 해도 도통 반응을 보이지 않았다. 먹는 건 다 오줌으로 나오는데 혼자 일어나 화장실에도 못 갔다. 의식은 돌아왔다 넘어갔다 갈팡질팡하더니 나중엔 아예 돌아오지도 않았다. 죽을 거면 천막 동네에서 벌써 죽었어야지 이 머나먼 타국에 와서 죽을 게 뭐냐며, 리나는 멍청하게 맑은 할머니 얼굴을 향해 거듭 쏘아붙였다.

병치레는 오래갈 것 같았고 매일 오줌똥을 쳐내야 하는 리나

신세가 말이 아니었다. 그래서 리나는 고민 끝에 할머니의 이불 위에 두껍고 널찍한 비닐 한 장을 깔아 요를 감쌌다. 할머니가 몸을 움직일 때마다 뽀작거리는 비닐 소리가 나서 돌봐주기도 편했다. 비닐 위에 누운 할머니의 몸은 알맹이가 다 빠져버리고 커다란 집게다리만 남은 곤충 같았다. 더이상 땀도 나지 않았고 피부는 마른 종이처럼 건조했으며 옥수수수염처럼 거친 머리카락은 바람 없이도 저 혼자 풀썩거렸다. 할머니는 눈만 말똥말똥 뜬 채 어린 아기 같은 무심한 표정으로 누워 있기만 했다.

누구보다 몸이 단 사람은 뒤늦게 만난 사랑을 좇아 이방의 나라로 이주해온 할아버지였다. 할아버지는 할머니가 누워 있는 방에 차가운 기운이 들어올까, 창문 틈의 좁은 구멍까지 일일이 종이를 꼬아 틀어막았다. 그리고 하루 종일 할머니 곁에 앉아서 기도인지 뭔지 알 수 없는 소리를 혼자 중얼거리다가, 북어처럼 비쩍 마른 할머니의 팔을 자기 얼굴 위로 끌어다 올린 뒤 잠들곤 했다.

시간이 가도 할머니의 병세는 호전될 생각을 안 했다. 앉아서 낫기를 기다릴 수 없다며 할아버지가 두 주먹 불끈 쥐고 일어섰지만, 리나는 할아버지가 할머니를 살릴 수 있을 거라고는 기대하지 않았다. 할아버지는 너무 늙고 가진 돈도 없었다.

"내가 어디 가서 불로초라도 구해와 할머니를 다시 살려내겠다. 두고 봐라."

할아버지는 작은 배낭을 메고 두 주먹을 불끈 쥐며 시렁을 떠났다. 그리고 떠난 지 두 시간도 안 지나 축 늘어진 채 시링의 아이들 몇 명이 끄는 리어카에 실려 돌아왔다. 할아버지는 차밭 옆 도로를 걷다가 자동차에 치였다고 했다. 학교에 다녀오던 창녀촌의 애들이 그 장면을 봤는데 할아버지 몸이 공중으로 훌쩍 날아올랐다가 차밭으로 떨어져내렸다고 했다.

할아버지는 삐의 등에 업혀 방으로 옮겨졌다. 자동차에 치였다는 사람이 외상도 거의 없었고 눈만 꼭 감은 채 자고 있는 것 같았다. 할머니 옆자리에 할아버지를 눕혔더니 둘 다 소인국 국민들처럼 너무 작았다. 할머니는 할아버지가 죽은 걸 아는지 모르는지 눈만 말똥말똥 뜬 채 천장만 쳐다봤다.

리나는 포주를 찾아가 상황을 설명하고 장례를 치르게 해달라고 했다. 하루 이틀 사이에 할머니가 죽으면 합동으로 장례를 치러버릴 생각이었다. 이 소식을 듣고 누구보다 기뻐할 사람은 아무래도 봉제공장 언니일 거라고 생각했으나, 예의 없는 언니는 뭐가 바쁜지 병문안 한 번 오지 않았다.

리나와 삐는 밤이 되어도 잠들지 못했다. 갑자기 쇠파리가 날아다니는 소리가 들려 깨어보면 할머니가 싼 오줌이 비닐 위에 흥건했고 두 사람은 여전히 죽은 듯이 누워 있었다. 리나는 할머니와 할아버지가 죽는다는 게 실감이 나지 않아 자꾸만 허벅지를 꼬집었다. 그러면서도 대륙의 천막마을에서 밤마다 할아버지와 할머니가 나누었던 밀어들이 들려오는 것 같아 자꾸만 두 사람을 쳐다봤다. 두 사람은 죽어서도 밀어들을 나눌 것이기 때문에 하나도 외롭지 않을 것 같았다.

그러나 할머니는 쉽게 죽지 않았다. 할아버지의 장례식을 치르기로 한 전날, 사람들은 강가에 모여 서서 할아버지의 주검을 물에 씻겼다. 강물은 차가웠지만 다행히 햇볕이 따뜻했고 바람도 세게 불지 않았다. 대나무 판을 촘촘히 엮어 만든 평상 위에 할아버지의 주검을 올리고, 장례식에 자발적으로 참여한 사람들이 차례대로 강물을 떠다 할아버지의 주검에 붓기 시작했다. 할아버지의 피부는 까무잡잡하고 반질반질했으나 이미 피가 많이 굳은 듯 몹시도 딱딱했다. 사람들이 주검을 한가운데 두고 빙 둘러서서 주검 위에 손을 올리고 기도를 했다.

주검을 씻기는 의식이 끝나고 이번엔 사람들이 씻긴 주검 주위를 빙빙 돌며 고인과 마지막으로 인사를 나누는 춤을 추었다. 다음 생에서는 돈 많고 건강한 부자로 태어나라는 의미로 쌀알이 잔뜩 든 볏단을 머리에 쓰고 나온 남자들이 할아버지의 주검 앞에서 정성스레 춤을 추었다. 남자들 몇 명은 잎담배를 빨아 연기를 잔뜩 내서 할아버지 주변에 담배연기가 가득하도록 해주었다.

그림에는 서툴렀지만 삐는 밤새도록 노력해 할아버지가 검은 비닐봉지를 손에 들고 서 있는 모습을 그렸다. 그리고 액자라고는 단 하나뿐인 복숭아 그림 액자 안에 그 그림을 넣어 장례식에 쓸 영정사진을 만들었다. 깨끗이 씻긴 할아버지의 주검은 흰 머릿수건과 깨끗한 가운을 입은 채 푸른색 관 속에 넣어져 장례식인 다음날까지 강가에 누워 있었다. 리나는 밤새 집 안에서 할머니를 돌봤고 삐는 강가에서 할아버지의 시신을 지켰다.

이른 아침, 시링의 강가에서 장례식을 치렀다. 탁자들 위에 음식과 과일이 놓였고 독한 향도 피워올렸다. 남자들은 만장이 매달린 대나무 깃대를 들고 서 있었다. 상여는 저만치 마을 입구에서 있었는데 붉은 비단이 군데군데 해진 채로, 하늘을 향해 뻗은 두 개의 동물 뿔 모양의 장식을 얹고 있었다. 장례식을 진행한 사람은 입만 열면 '내일이면 백 살이 된다'고 말하는 할아버지로 시링에서 나이가 제일 많았다. 할아버지 옆에 앉은 리나와 삐가 삼베옷을 입고 합장을 했다. 제관인 할아버지가 죽은 사람을 위한 음식에 물을 뿌리고 담뱃불을 붙였다. 그리고 죽은 사람을 위로하는 노래를 부르고 나서 관 뚜껑을 열었다. 할아버지의 얼굴은 하루 전보다 더 검었다. 제관은 붉은 가루를 물에 개어 할아버지의 입술 선을 따라가며 듬뿍 발랐다. 누군가 아주 높은 톤으로 제례용 노래를 부르기 시작하자 남자들이 다가가 관 뚜껑을 덮고 할아버지의 주검을 상여로 옮겨갔다.

만장들이 제일 앞에 서고 사람들은 관 뒤를 따라 천천히 걸어 시링을 빠져나가기 시작했다. 시링을 빠져나간 상여 행렬은 인근 마을을 천천히 돈 뒤 시링의 강가로 돌아왔다. 관 또한 시링의 강물 속으로 들어가 천천히 가라앉아 주홍빛 잉어들이 아주 오래오래 두고 뜯어 먹을 먹이가 되었다.

다음날 새벽, 삐의 허리에 얼굴을 묻고 잠들어 있던 리나는 깜짝 놀라 잠에서 깨었다. 비닐 깔개 위에 죽은 듯이 누워 있어야 할 할머니의 자리가 비어 있었다. 강가는 떨어진 기온 때문에 습하고 짙은 안개 천지였는데 강가에 놓아둔 빈 상여 안, 그러니까 할아버지의 주검이 놓였던 빈자리에 할머니가 들어가 오롯이 앉아 있었다. "할머니 미쳤어, 빨리 나와요!" 리나가 소리를 질렀지만 할머니는 나오지 않았다.

전직 가수였던 시절 할머니는, 그곳 사람들을 위해 불렀다는 노래들을 다시 부르기 시작했다. 아주 오랜 옛날, 할머니가 살았던 나라의 도시에도 시링처럼 아름다운 강이 흘렀다. 그곳에 사는 사람들은 모두 가난했지만 작고 힘없는 자신들의 나라가 힘이 세어지고 부자가 되기를 바랐다. 중간 톤의 빠르기로 시작된 노래는 아주 단순한 멜로디로 이어지고 안개는 점점 더 짙어갔다. "왜 나랑 사는 남자들은 이토록 빨리 죽는다지요. 아이고 내 팔자야. 벌써 몇번째인지 기억도 안 나요. 내가 죽으면 누가 날 강물 속으로 들여보내주나." 멜로디는 아름다웠지만 가사는 너무나 직설적이어서 리나의 입에서 급기야 방정맞은 소리가 튀어나오고야 말았다. "할머니 진짜, 목숨 한번 길다! 이제 당장 죽는다고 해도 내가 믿나 봐라."

강제 철거

강의 수면 위를 가르는 헬리콥터 소리가 유난히 긴 아침, 시링에는 여느 날들과는 달리 아침시장이 열리지 않았다. 시링의 여자들은 모두 깊이 잠들어 있을 시간이었다. 리나는 잠에서 깨자마자 할머니 방으로 가 이불을 덮어주고 나와 봉제공장 언니 집으로 가려고 했다. 이제 정말 도망칠 때가 되었다고 생각했기 때문에 빨리 서두르고 싶었다. 아직까지 강의 수면이 달달 떨리고 있었고 다른 날보다 안개가 많지 않아 시야는 좋은 편이었다.

리나는 시링에 처음 왔던 날을 떠올리며 시링의 입구 쪽, 그러니까 강을 둘러싼 산세가 땅과 이어지는 한 지점을 무심코 쳐다보고 서 있었다. 그때 아주 거대하고도 낯선 기계들이 마을 입구에서부터 이쪽을 향해 난데없이 몰려오고 있는 것이 보였다. 대도시에서나 봤던 주홍색 기중기, 주둥이 부분에 축구공 같은 쇠공을 매단 크레인, 커다란 포크 같은 갈퀴를 단 힘세게 생긴 중장비들이 줄지어 서서 시링을 향해 달려오고 있었다. 깜짝 놀란 리나는 포주의 집까지 한달음에 달려가 세차게 문을 두드렸고, 포주 내외뿐만 아니라 사람들이 금세 밖으로 나와 반쯤 감긴 눈으로 기계들의 행렬을 쳐다보다가 입을 다물고 말았다.

카메라와 수첩을 든 공무원들이 먼저 내렸고 포주는 비교적 평정을 잃지 않으려고 애쓰면서 그들 앞으로 걸어나갔다. 깨끗하던 아침공기는 그들이 몰고 온 중장비들이 일으킨 흙먼지에 지워져 삽시간에 뿌옇게 변했다. 잠이 덜 깬 아이들은 엄마를 찾느라 울어댔고 여자들은 속옷 차림으로 나와 섰다가 몸을 가리고 다시 집 안으로 뛰어들어갔다. 리나는 집으로 달려가 황급히 삐를 깨웠고, 치렁치렁한 옷들을 훌렁 벗어던지고 편안한 바지와 스웨터로 갈아입었다.

거대한 쇠공과 집게를 매단 차들은 시링에 도착해 조금씩 간격을 벌려가며 움직였다. 그리고 당연히 해야 할 일이라는 듯 시링의 집들이 시작되는 양쪽 측면에서부터 공격해들어왔다. 쇠공과 집게를 매단 차들은 버섯 모양 지붕들이 닥지닥지 붙어 있는 언덕 위쪽에서부터 벽과 지붕과 화단을 사정없이 허물기 시작했다. 강가에서부터 시작해 제일 가까운 곳에 있는 집들이 제일 먼저 무너져내렸다. 쇠공과 집게는 사정없이 다음 라인도 무너뜨리기 시작했다. 집들은 뿌리만 남은 채 혹은 반쯤 비스듬히 부서진 채 집 안 살림을 고스란히 드러냈다. 가재도구들은 그대로 둔 채 반쯤 뚜껑이 열린 집 안은 아직도 취침중이었다. 잠귀가 어두워 그제야 잠이 깬 한 여자는 꿈이라도 꾸는 듯, 부스스 일어나 사방을 한 번 둘러보고는 다시 베개를 끌어안고 잠들어 버렸다.

아이들이 타고 노는 자전거에서부터 강가 공터에 내걸린 놋쇠 솥까지 순식간에 깨지고 부서져 아무렇게나 나뒹굴었다. 강가의 공터는 부서지고 망가진 것들로 순식간에 쓰레기장이 되었다. 공무원들은 팔짱을 낀 채 서 있었고 포주는 공무원들 발밑에 엎드려 고개를 떨구었다. 겁에 질린 시링 사람들은 으악, 소리 한 번 못 지르고 부들부들 떨었다. 강가 쪽 공터에 모여 서서 순식간에 폐허로 변하고 있는 자기 삶의 터전을 물끄러미 쳐다보기만 할 뿐 아무것도 할 수 있는 일이 없었다.

시링은 해가 채 지기도 전에 폭격 맞은 마을처럼 파괴되었다. 계속해서 마른 먼지가 일어 시링 주변의 하늘은 온통 황색 천지였다. 기댈 기둥을 잃은 금 간 벽들이 저 혼자 뒤늦게 무너져내렸다. 찍찍거리는 쥐새끼들 소리에 놀란 어린애들의 울음소리까지, 시링은 그야말로 순식간에 폐허가 되었다. 학교에 가지 않은 아이들은 동그랗게 모여 앉아서 땅바닥만 빤히 내려다봤다. 불행한 일들을 많이 겪은 아이들이라 울고 보채기보다는 눈앞의 상황을 하나도 빼놓지 않고 담담히 쳐다보기만 했다.

해가 질 무렵 공무원들은 창녀촌 입구에 '폐쇄구역'이란 팻말을 세워놓고 돌아갔다. 모두 이백여 명 가까이 되는 시링 사람들은 강가에 모여 앉아 울기만 했다. 대책을 세우기 위한 토론이란 걸 할 수가 없는 게, 무슨 말만 나오면 모두들 눈물부터 흘렸고 흥분한 채로 욕을 해대서 너무나 시끄러웠다. 집과 직장을 잃은 사람들은 강가에 앉아 서로의 등만 쳐다보며 첫밤을 보냈다. 사람들은 시링의 강가에 영원히 남아 있을 것 같았다.

다음날 아침, 공무원들이 다시 시링에 왔다. 오자마자 포주 내외와 마을 남자들을 불러앉혀놓고 일장연설을 시작했다. 여자들과 어린애들은 가까이 다가오지 못하게 했지만, 성질 나쁜 리나와 봉제공장 언니 그리고 몇 명의 창녀들이 그 모습을 지켜보기 위해 강가로 갔다.

“정부에서 시링을 폐쇄하라는 명령을 내렸거든. 우리는 그저 정부에서 시키는 대로 할 뿐이야. 여러분들이 원한다면 우리가 다른 창녀촌으로 일자리를 얻어갈 수 있도록 도와줄 수 있지.”

리나는 땅바닥에 코를 박고 울고 있는 포주 내외가 불쌍하기도 하고, 공무원들의 건방진 말투가 기분 나빠 한마디 하지 않을 수가 없었다.

“이 지경으로 부수라고 시킨 사람 이름을 말해주세요.”

그러자 공무원들이 피식 웃었고 한 남자는 담배를 피워물었다. 누군가 또 덧붙여 한마디 해야 하는 상황이었지만 아무도 나서려고 하질 않았다. 리나는 겁이 났지만 꾹 참고 말했다.

“이렇게 막무가내로 사람을 길거리로 내몰다니, 이런 공무원들은 처음 봐요. 아저씨들이 시링을 좋아하지 않는 이유가 뭐죠? 언제 우리 창녀들과 그 짓을 하다가 제대로 안 돼서 무안한 적이라도 있으셨나요?"

"아니, 저런 정신 나간 년 좀 봐. 내가 국가 공무원만 아니면 저걸 확."

공무원들은 흥분했다. 그러나 흥분한 기세로 보면 리나에게서 타오르는 불길이 훨씬 더 뜨거웠다. 너무 화가 난 리나는 불길 속으로 머리를 들이밀 기세로 덤벼들었다.

"그럼, 이것도 저것도 아니면 뭐죠? 우리 포주가 세금이라도 떼어먹었나요? 우리 포주 내외분이 얼마나 좋은 분들인지는 아저씨들도 다 아실 텐데요."

"알아, 다 안다고. 그냥 공공질서 위배 정도라고 해두지. 그렇게 알고 있는 게 편할 거야."

한 공무원이 부리부리한 눈으로 리나를 위아래로 훑어봤다. 리나는 이번에야말로 진실을 말할 마지막 순간이라는 생각이 들었다. 옆에 있던 봉제공장 언니가 리나의 손을 잡고 손바닥을 꾹꾹 누르며 그만하라는 의사를 전달했다. 그러나 벌써 리나는 입을 열고 말았다.

"그런데 아저씨들, 혹시 그날 밤 우리 애들한테 축구시합에 져서 이런 말도 안 되는 짓을 저지르신 건 아닌가요? 남자들이란 축구 같은 하잘것없는 거에 잘 미치잖아요."

공무원들은 서로 얼굴을 쳐다보다가 기가 막혀 죽겠다는 듯 깔깔거리고 웃기 시작했다.

"시링은 이제 관광지로 개발될 예정이거든. 당신들은 여기서 추방됐어. 어디든 가고 싶은 데로 가. 어디로 가든 아무도 안 잡아."

"아니, 멀쩡하게 잘 살던 동네를 부수고 우리더러 이사를 가라니. 도대체 너희들은 어떤 인간들이 낳은 자식이냐, 이런 짓을 하고도 무사할 줄 알아? 나는 못 가네, 나는 못 가네."

사람들이 모두들 소리를 지르고 흥분해서 길바닥에 누워버렸다. 그러자 공무원들이 갑자기 일어나 자리를 뜨려고 했다. 그냥 물러설 포주가 아니었다. 그는 지금까지와는 다른 표정으로 몇 명의 남자들을 등뒤에 세우고 공무원들 앞으로 다가갔다. 남자들의 손에는 막대기가 들려 있었고 이제 거의 막판에 몰린 포주는 물불 가릴 상황이 아니었다. 그때 저만치 서 있던 아이들이 공무원들을 향해 돌멩이를 던지기 시작했다. 공무원들은 걸음아 날 살려라, 맹렬히 도망쳐 폐쇄구역을 빠져나갔다. 모두들 리나의 말처럼 축구에 진 분풀이를 당한 거라고밖에는 생각할 수 없다고 입을 모으며 이내 눈물을 흘렸다.

사람들은 수건이며 천조각 들을 모아 꿰매서 우선 지붕만이라도 만들기로 했다. 여러 천을 덧대서 만든 총천연색 천막은 강바람이 불 때마다 너울거려 멀리서 보면 몹시 아름다웠다. 모두들 부서진 집으로 들어가 아직은 멀쩡한 가재도구들을 몇 개씩 챙겨가지고 나왔다. 그리고 천막 아래에 차려놓고 강물을 떠다 밥도 해먹고 설거지도 하고 세수도 했다. 문제는 날씨였다. 기온이 점점 내려가고 있어서 벽도 없는 천막 아래서, 그것도 강가에서 계속 생활한다는 건 무리였다.

나이든 사람들이 밭은기침을 하며 시름시름 앓기 시작했다. 처음엔 다들 시링에서 떠날 생각들을 안 했지만 자고 나면 사람들 수가 조금씩 줄었다. 식구가 없고 단출한 사람들 순으로 생계를 이을 만한 일이 있다고 생각되는 방향을 정해 시링을 떠나고 있었던 것이다.

어느 날 밤 시링의 아이들이 심각한 표정으로 천막 옆 공터에 모여 앉았다. 갓난쟁이들이나 말을 하지 못하는 애들만 빼고 자기 의사표현을 할 줄 아는 애들은 하나도 빠짐없이 다 모였다. 어른들은 축구를 못 해서 몸이 근질근질한 아이들이 가위바위보 게임 같은 것으로라도 스트레스를 풀 모양이라며 불쌍하다고 혀를 찼다. 그러나 웬걸, 아이들은 나직나직한 목소리로 장시간 회의를 했다. 회의는 밤늦게까지 계속됐고, 어른들은 하나둘 잠이 들었다. 어른들이 고단한 신음소리를 내며 자고 있는 동안 아이들은 모두 입고 있는 옷 그대로 다른 짐은 하나도 챙기지 않고, 손에 작은 막대기 하나씩을 들고 일제히 시링에서 사라졌다. 학교에 가는 것처럼, 늘 그렇듯이 반나절만 지나면 신나게 뛰어 다시 돌아올 것처럼 절대 뒤를 돌아보지 않고 시링을 떠났다. 아이들 키만큼 자란 잡풀들이 강바람에 흔들렸다. 누군가 부르는 낮고 긴 노랫소리만 강기슭 절벽에 부딪쳐 다시 공터로 돌아왔다. 그렇게 삐도 아이들과 함께 사라졌다.

며칠 뒤, 시링에서 세 시간 정도 떨어진 곳에 있는 도시에서 리나를 찾아오곤 하던 도시 노동자가 시링에 나타났다. 남자의 얼굴에서는 여전히 쇳내가 났고 얼굴색은 전보다 더 검어진 듯했으며 복부가 훨씬 더 튀어나와 보였다. 남자는 자동차를 타고 가다가 하마터면 그냥 지나쳐갈 뻔했다면서 파괴된 시링을 덤덤한 얼굴로 돌아봤다.

"나랑 같이 도시로 갈래? 여기보단 나을 거야. 여기처럼 근사한 강은 없지만."

리나는 강물을 내려다보고 있는 남자의 옆얼굴을 빤히 쳐다봤다. 왠지 남자의 옆얼굴에서 프로듀서 김, 선교사 장의 얼굴과 몸짓이 동시에 보이는 것 같았다. 그래서 리나의 심장은 조금씩 조금씩 펌프질을 하며 오그라들기 시작했고, 어느새 귓가에 둥둥둥 북소리가 들려왔으며 두 손은 이미 주섬주섬 짐을 싸고 있었다.

리나는 밤새도록 짐을 꾸렸다. 남자의 자동차는 너무 작아서 사람들이 다 탈 수가 없었다. 그나마 운전석 옆자리의 조수석은 의자까지 떼어내고 짐을 잔뜩 쌓아두어서 사람이 탈 데가 없었다. 제일 큰 짐은 아무래도 할머니였다. 리나는 어디서 커다란 바퀴가 달린 리어카 한 대를 구했다. 그리고 사람들이 쓰다 버린 작은 의자를 리어카 가운데에 놓고 낡은 옷으로 의자를 감쌌다. 할머니의 온몸을 두꺼운 스웨터로 둘둘 말아 의자 위에 앉히고 의자의 좌우 빈틈에 짐들을 구겨넣었다. 리나는 다시 가수로 나설 날을 대비해 할머니가 가수를 할 때 썼던 물건들을 제일 먼저 챙겨넣었고, 다음으로 당장 입을 옷가지들과 신발을 넣었다. 리나는 짐을 싸면서 비닐봉지에 넣어둔 다 떨어진 운동화 한 켤레를 꺼내 만져보았다. 진흙덩어리가 묻은 운동화는 바닥에 구멍이 난 채 돌처럼 굳어 있었다. 손가락이 운동화에 가 닿는 순간, 리나는 소금길 위를 걸을 때처럼 발바닥이 따끔거려 발가락을 잔뜩 움츠렸다. 그리고 인사도 없이 떠나버린 삐를 생각하자 아랫배가 쥐어뜯기는 것처럼 아팠다.

천막에서 자고 있던 사람들 몇이 일어나 떠나가는 리나 일행을 지켜봤다. 리나는 리어카 두 대를 줄로 연결해 차례대로 남자의 차에 매달았다. 할머니 리어카가 먼저, 그다음엔 리나와 봉제공장 언니가 탄 리어카가 매달렸다. 남자의 자동차는 아주 천천히 달렸고 지나가던 사람들이 모두 한 번씩 자동차 행렬을 쳐다봤지만 리나는 신경쓰지 않았다. 시링 쪽에서 혹시 달려올지 모르는 삐 생각만 하며 진흙투성이 운동화만 가슴에 안고 있었다.

공장도 많고 고층 빌딩도 많다고 했던 남자의 말과 달리, 도시는 이렇다 할 활기도 소요도 없이 매우 작고 조용했다. 또 공장에 함께 다니는 알뜰한 아내와 똑똑한 아이들도 있는 단란한 가정을 가졌고, 몇 년 후면 대도시로 가 집을 사고 가게를 차릴 거라고 했던 남자는 사실은 공동숙소에서 혼자 사는 우울하고 희망 없는 배불뚝이 독신남이었다.

남자가 다닌다는 가죽공장은 텅 빈 플라스틱 양동이만 수십 개씩 쌓여 있을 뿐 일하는 사람도 별로 없었다. 그나마 일하는 사람들도 고개를 잔뜩 숙인 채 거친 가죽을 물에 담가 씻거나 불에 녹이느라 웃음이나 여유 따위는 전혀 찾아볼 수 없는 얼굴로 묵묵히 일만 했다. 남자는 공장 앞에 차를 세워놓고 숙소로 안내했다.

공장 옆에 달린 숙소는 그리 크지 않은 사층 건물로 층층마다 문 한 짝 크기의 방들이 다닥다닥 붙어 있었다. 남자는 공동숙소 삼층 복도 한켠에 붙은 창고 같은 방으로 세 사람을 안내했다. 너무 좁아서 방이라고 할 것도 없고 시멘트 바닥과 창문 두 짝이 전부였다. 화장실과 샤워실은 층마다 복도 끝에 하나씩만 붙어 있었고 샤워실의 정중앙엔 생뚱맞게 커다란 세탁조가 설치되어 있었다. 숙소의 전등들은 제대로 들어오는 게 거의 없어 밤만 되면 몹시도 을씨년스러웠고 건물 천장은 구석구석 거미줄 천지였다. 복도마다 방에서 내놓은 호리병처럼 생긴 요강들이 보초를 섰고 손가락만한 생쥐들이 발끝을 세운 채 요강 그늘 사이로 지나다녔다.

그날 밤 남자는 리나가 준 돈을 들고 밖으로 나가 만두를 사 왔다. 깔고 앉을 것이 부족해 모두들 선 채로 만두를 먹으면서 창문에 눈을 박고 밖을 내다봤다. 방의 창문으로는 나지막한 건물들이 들어선 공장지대의 뒤편이 잘 내려다보였다. 짓다 만 건물들 한쪽에서는 밤인데도 불구하고 집 없는 사람들이 식구대로 송판 위에 나란히 누워 모포를 덮어쓴 채 잠을 잤다. 리나는 비만 오지 않았으면 좋겠다고 기도하며 열심히 만두를 먹었다.

다음날 봉제공장 언니와 리나는 꽃무늬 치마 두 개를 뜯어 커튼을 만든 뒤 숙소 창고 방 한켠에 수직으로 늘어뜨려 달았다. 그리고 하루 종일 도시를 싸돌아다닌 끝에 누군가가 버린 침대인지 탁자인지를 하나 발견해 어렵사리 삼층까지 옮겼다. 침대 다리는 자다가 떨어져 뼈가 부러진다고 해도 이상하지 않을 만큼 높았다. 다른 일거리를 찾을 수가 없어서 겨우 생각해낸 게 이곳에 시링을 그대로 옮겨놓는 일이었다. 그러나 여자들이 있다는 소문을 내줄 사람이 없어 손님은 구경도 못 했다.

그러다 우연히 몇몇 남자들이 밤만 되면 공동세탁조에 모여 작업복을 세탁하고 있는 장면을 보게 되었다. 그 다음날부터 리나와 봉제공장 언니는 밤이 되면 세탁조 안에 들어가 치마를 걷어올리고 남자들의 작업복을 세탁해주는 일로 돈을 벌기 시작했다. 리나는 가능하면 손을 안 대고 발로만 빨래를 하려고 꾀를 부렸지만, 꼼꼼한 봉제공장 언니는 옷을 물에 담가 때를 불린 후 일일이 발로 밟고 나서 손으로 비벼 빨았다. 날씨 때문에 손이 시리기도 했고 옷에서 나는 역한 냄새들 때문에 빨래를 하고 나면 현기증에 시달렸다.

낮에 혼자 침대를 독차지하고 앉아 자신의 일생을 몇 번씩 반추하고도 시간이 남아 심심해진 할머니는, 열심히 사는 불쌍한 젊은 애들을 돕는다며 겨우겨우 몸을 움직여 음식을 만들었다. 그러나 구하기도 어려운 접시를 시멘트 바닥에 떨어뜨려 깨거나 이불 한 자락을 태워먹는 등 사고를 칠 때가 더 많아 아무런 도움도 안 됐다. 리나는 봉제공장 언니의 베개 밑은 못 믿어도 할머니의 베개 밑은 믿었다. 그래서 돈이 들어올 때마다 차곡차곡 비닐봉지에 싸서 할머니가 늘 베고 자는 베개 밑에 넣어두었다.

밤에는 여자 셋이 꽈배기처럼 엉켜 한 침대에서 잤다. 봉제공장 언니는 어릴 때 공장에서 일하다 얻은 피부염이 다시 도졌다. 언니의 피부는 온통 붉은 반점투성이에 무척 건조했다. 밤만 되면 온몸을 긁어대느라 얼굴이 일그러지고 거친 숨을 몰아쉬는 등 도무지 편하게 잠을 이루지 못했다. 보다 못한 리나가 침대 위에 무릎을 꿇고 앉아 언니의 스웨터를 걷었다. 배와 가슴이 온통 다 손톱으로 긁은 자국이었고 배꼽 아래는 너무 긁어서 자잘한 피딱지까지 보였다. 그야말로 얼굴만 말짱했지 몸뚱이는 말이 아니었다. 아랫도리는 어떤지 호기심이 발동한 리나는 언니가 입고 있는 체육복 바지를 힘차게 끌어내렸다. 순간 둘 다 깜짝 놀라 눈이 마주쳤다. "음, 언니 여기는 정말 까맣다." 리나는 언니의 음모를 손등으로 문질러내리기 시작했고 그 순간 끙끙거리던 언니의 고된 신음소리가 딱 멈추더니 종류가 다른 신음소리가 새어나왔다. 리나는 손가락으로 언니의 거웃을 일으켜 세웠고 언니는 눈만 말똥말똥 뜨고 천장을 올려다보다가 리나에게 말했다. "만져봐." 리나는 씩 웃고는, 세번째 손가락을 언니의 질 속으로 쏙 넣은 다음 다시 위로 끌어올리길 반복했다. 언니의 몸은 그렇다 치고 리나는 달아오르는 자신의 그곳이 이상해져서 왼손으로 사타구니를 꼭 막고 앉아 있었다. 그러자 언니가 손을 뻗어 리나의 왼쪽 가슴을 만지작거렸다. "아휴 좁아라, 이 할머니 좀 어디로 잠깐 치울까?" 리나가 진지하게 말하자 언니가 웃었다. 둘은 조금씩 킥킥거리다가 결국 박장대소를 하고 말았다.

리나와 봉제공장 언니는 할머니를 치울 마땅한 공간을 찾지 못하고 밤이 되면 세탁실 문을 닫아걸었다. 그리고 타일로 만든 세탁조 둘레에 붙은 좁은 난간 위에 수건을 깔고 마주 앉았다. 치마를 걷고 스웨터는 목까지 끌어올렸다. 두 사람은 머릿속이 시원해질 때까지 키스와 애무를 계속했다. 그럴 때마다 세상은 너무나 고요했다. 누군가 문을 두드리면 "빨래해요"라고 소리를 지르고는 세탁조로 얼른 뛰어들어가 빨래를 밟아 불걱거리는 소리를 냈다. 그러다 심심해지면 둘이 무릎을 벌리고 허공에 다리를 뻗은 채 지금 막 아기가 나오고 있으니 힘을 주라며 장난을 치고 놀았다.

하던 세탁 일을 마저 끝내고도 정신을 못 차리면 장소를 옮겼다. 세탁실 안쪽으로 돌아 들어가야 있는 샤워꼭지 아래에서 꼭 끌어안은 채 몇 분씩을 붙어 있었다. 하수도에서 올라오는 악취와 금방 무너져내릴 듯한 천장 구조물도 아랑곳하지 않고 혀가 빠지도록 키스를 하고 서로의 몸을 문질러댔다. 그러다 가끔 정전이 되면 둘이서 가볍게 합창으로 비명을 질렀다. 그리고 어둠 속에서 으스러지도록 끌어안은 채 입술은 입술대로, 가슴은 가슴대로 꼭 붙이고 달라붙어 서서 서로의 그곳을 손가락으로 만졌고, 간지러움인지 통증인지 모를 상태가 극에 달해 이상한 소리를 내며 입술을 부르르 떨 즈음이면 반짝 하고 전기가 다시 들어왔다. 그러고 나면 두 사람은 태연하게 빨래통을 들고 세탁실에서 나왔다. 통증도 가라앉고 그리움도 가라앉는 처방을 한 두 사람은 침대로 올라가 할머니를 가운데 두고 한 팔씩을 뻗어 편안하게 깍지 낀 채 잠들 수 있었다.

어느 날 공장 남자가 리나를 데리고 어딘가로 갔다. 흰색 칠을 한 베란다가 딸린 상가 건물 오층에서 벌어지고 있는 도박판이었다. 그곳에서 리나는 도박판 주변에 모여 서서 할 일 없이 시간을 죽이고 있던 브로커들을 소개받았다. 그들은 리나에게 별로 새로울 것도 없는 제안을 했다.

"P국으로 탈출하는 사람들을 받아주는 나라가 이곳에서 아주 가깝다는 거 너 알고 있니? 돈만 준비해오면 너희들을 다 그리로 보내줄게. 그 나라에 가면 너희들은 꿈에 그리던 P국으로 갈 수 있어. 그것도 겨울이 오기 전에 말야. 어때, 멋지지 않아?" 리나는 그 말을 듣고 속으로 피식 웃었다. 어떤 사람이든 P국에 관해 얘기할 때는 언제나 돈 얘기부터 했다. 그러나 리나에게 당장은 그만한 돈이 없었다. "너 그렇게 우물쭈물하다가 경찰에 잡히면 어떻게 되는지 아니? 아마 다시 너네 나라로 보내질걸." 리나는 남자들의 말을 들으며 눈살을 찌푸렸다. 세탁 일만 해가지고는 그런 돈을 마련하는 게 쉽지 않았다. 그리고 돈을 마련

한다 해도 삐의 소식을 모르는 상태에서는 한 발짝도 움직이고 싶지 않았다.

날씨가 좋은 날, 리나와 봉제공장 언니는 손을 잡고 시장 구경을 나갔다. 언니의 피부염이 도무지 나아질 기미가 없어 약을 구하지 않으면 안 되었다. 두 사람은 소풍 나온 아이들처럼 두 팔을 크게 흔들며 햇볕을 쳐다보고 자꾸 웃었다. 시장은 신작로 옆 공터에서 열렸는데 인근에서 모여든 사람들로 꽤나 북적거렸다. 도구라고는 달랑 가위와 보자기뿐인 일인 미용실에서부터 번쩍거리는 옷감, 멧돼지 고기, 과일, 좀약, 플라스틱 양동이, 이야기책, 귀고리 그리고 신발들…… 리나는 신발을 파는 노점 앞에서 한참을 서 있었다. 자연스럽게 좌판들을 따라 생긴 길로 사람들이 지나갔고 언뜻 리나는 낯선 남자와 얘기하고 서 있는 언니를 보았다. 남자는 머리카락에 기름을 너무 많이 발라, 옆가르마를 탄 머리카락이 떡처럼 엉켜 전체적으로 반지르르했다. “도대체 저 사람은 또 누구야?” 리나가 신발을 구경하는 사이 언니와 남자는 시장에서 좀 떨어진 공터 위쪽으로 걸어올라가고 있었다.

“이건 얼마예요?” 리나는 검은색 가죽에 붉은 꽃을 단 납작한 고무신 같은 신발을 들여다보고 있었는데, 어느 순간 언니와 남자가 보이지 않았다. 그때 리나는 등뒤에 가만히 서서 자기의 어깨를 내려다보고 있는 숨결을 느끼고 돌아섰다. 삐였다. 어디서 배웠는지 삐는 영화배우처럼 리나의 목을 뒤에서 끌어안았고 옆에 서 있던 사람들이 배시시 웃으며 두 사람을 쳐다봤다. 둘은 시장 한복판에서 나와 신작로 옆 일인 미용실 근처 언덕에 걸터앉았다. 검은 보자기를 두르고 머리카락을 잘리고 있는 사람도 머리가 흰 할아버지였고 가위를 든 미용사도 비슷한 나이의 할아버지였다.

“애들은 자기네들끼리 산대. 그 여자애도 같이 갔어. 그날 날 선택했던 건 아무도 선택하지 않으면 엄마한테 혼날까봐 그랬던 거래. 도시로 가서 돈 많은 남자를 만나고 싶대.”

리나는 할머니에게 주려고 산 과자봉지를 열어 삐의 손에 부어주었다. 사각거리며 과자 먹는 소리가 들렸고, 조금 전부터 자꾸만 고개를 수그리던 미용실 손님이 고개를 떨어뜨리고 깜빡 졸고 있는 모습이 보였다. 엄마를 따라 시장에 나온 꼬맹이들이 토끼장 주변에 몰려들어 낄낄거리며 놀았고, 몸매가 날렵한 처녀들은 모여 앉아 속옷 구경을 했다. 시장 뒤편 공터에서 제법 차가운 바람이 불어왔고 높은 하늘 위로는 흰 구름이 흘러갔다. 리나는 이제 P국 같은 건 머릿속에 떠오르지도 않았고 자신이 탈출자라는 생각 따위도 하지 않았다. 지금 이 순간 바라는 게 있다면 돈이 좀 있어서, 오랜만에 집으로 돌아온 삐에게 지금 저 앞 좌판에서 팔고 있는 돼지고기나 닭고기를 사다가 실컷 먹이고 싶은 생각뿐이었다.

“너 이거 사고 싶었지?” 그때 봉제공장 언니가 리나의 눈앞에 검은색 신발을 내밀었다. “언니, 얘가 왔네.” 리나가 신발은 쳐다보지도 않고 삐가 왔다는 사실을 먼저 알리자 언니는 입술을 삐죽거렸다. "말 안 해도 알아. 넌 참 잘도 찾아온다. 너희들은 도대체 형제도 아닌 것들이." 리나는 그제야 정신이 들어 언니의 팔짱을 끼고 옆으로 데려갔다. "돈이 어디서 나서 샀어? 너 맨살로 그냥 했니?" "언니한테 너라니, 걱정 마 지지배야, 피부병 약도 잔뜩 샀어. 우리도 오랜만에 고기 좀 사다 요리해 먹자. 니 아들도 왔잖아."

삐는 할머니를 번쩍 안아 인형을 다루듯 빙글빙글 돌리고 할머니는 어지럽다고 가르랑거리는 소리를 내며 웃었다. 두 사람은 반가워서 정신을 못 차렸다. 삐는 할머니를 제 무릎 위에 앉힌 뒤 저희들끼리만 아는 말로 한참을 지껄였다. 그사이 리나와 봉제공장 언니는 요리 재료들을 시멘트 바닥에 늘어놓고 쪼그려 앉아 열심히 요리를 만들었다. 비좁은 방에서 고기 삶는 냄새가 나자 요강을 가지고 나왔던 공동숙소 사람들이 문틈으로 고개를 들이밀고 안쪽을 살짝 들여다봤다. 식탁이 없어서 네 개의 접시에 고기와 볶은 야채를 담고 밥을 담은 뒤 여자들 세 명은 침대에, 삐는 창가에 걸터앉았다.

작은 컵에 술을 따르고 넷이서 짱 부딪쳤다. 리나는 이 순간만큼은 부러울 게 없어서 자꾸만 싱겁게 웃었다. 커다란 냄비에 양파를 듬뿍 넣어 삶은 돼지고기는 먹어도 먹어도 줄어들지를 않았다. 신이 난 할머니는 자꾸만 노래를 불렀고 삐는 일어서서 춤을 추었다. 그 둘은 그러는 중에 제 나라 말로 많은 얘기들을 지껄였는데, 리나는 삐가 그 여자애 얘길 하고 있다고 믿었다. "그 남자 고추가 내 손가락만큼 작아서 깜짝 놀랐어. 그런데 더 웃긴 건 그 남자 똥꼬에 정말 커다란 치질이 매달려 있는 거야." 리나는 언니한테 시장에서 만났던 남자 얘기를 들으면서 같이 낄낄거렸다. 그러다 고개를 돌려 밖을 보면 사방이 너무 조용했다. 리나는 창문을 열었다. 모기 한 마리가 들어왔다. 리나는 술김에 모기를 따라 몸을 좌우로 흐느적거리며 나직나직 노래를 불렀다. 그러다 멈춰 서서 창밖을 내다보던 리나의 눈에 이 나라 사람들과는 전혀 다른 외모의 대륙 사람들이 공장 옆 공터에서 이쪽을 올려다보며 서성거리는 모습이 들어왔다. 리나는 바늘에 찔린 듯 벌떡 일어나 전등불을 껐다. 순간적으로 몹시 좋지 않은 기류가 느껴지면서 정신이 번쩍 들었다.

얼마 후 복도 저 끝에서부터 낯선 공간을 찾아 거리를 좁혀 들어오는 발소리가 일정한 리듬으로 움직이는 게 느껴졌다. 불 꺼진 창고 방은 희미한 어항 속 같았고 창밖으로 보이는 나지막한 건물들 지붕 위로 주홍색 구름들이 무리지어 흘러가고 있었다. 누구도 입을 열지 않고 순간적으로 다 침묵했다.

"리나야, 간식이다! 간식 가져왔어."

며칠 동안 얼굴이 보이지 않던 공장 남자의 목소리였다. 리나는 달달 떨리는 몸을 진정시키며 전등 아래에서 팔을 치켜든 채 손가락으로 스위치를 잡고 있었다. "저 아저씬 꼭 저렇다니까, 배불러 죽겠는데 간식은 무슨 간식." 리나는 순간 긴장이 확 풀려 불을 켜고 슬리퍼를 소리나게 끌며 현관으로 걸어가 문을 벌컥 열었다. 세 남자가 문 앞에 서 있었다. 낯선 얼굴들은 경찰이었다. 그들 앞에 간식거리임이 분명한 것을 손에 들고 서 있는 공장 남자가 보였다. 사람들은 공장 남자의 손에 들려 있는 음식만 뚫어져라 쳐다봤다.

"정말이지 이렇게 운 없는 사람들이 또 있을까. 우린 여기서 남쪽으로 가야 한다니까. 남쪽으로 가야 날씨도 좋고 우리를 받아주는 나라가 있다니까. 우린 이미 북쪽에서 내려왔거든. 왜 우리더러 다시 위로 올라가라는 거야. 저 북쪽 나라 인간들은 우리만 보면 도망쳐온 나라로 다시 돌려보내지 못해 안달이란 말이야. 겨우 서남쪽으로 해서 대륙 국경을 넘었는데 다시 대륙으로 들어가라고? 들어가서 어디로 가라고? 서쪽으로, 아님 남쪽으로, 아님 바다로? 이건 말도 안 돼. 그리고 난 꼭 P국으로 가고 싶지도 않아. 그냥 아무 데서나 살아도 돼. 왜 우리를 또 추방시키는 거야. 그냥 여기다 놔두면 여기서 돈 벌어 우리가 알아서 남쪽 나라로 갈 거야. 돈 벌어서 비행기 타고 P국으로 가겠다는데 왜 이렇게 우릴 괴롭혀. 정말 나빠."

리나는 공동숙소 바닥에 두 발을 뻗고 앉아 고래고래 소리를 질러댔다. 가능하면 눈물이라도 흘려 현지 경찰들의 동정심이라도 유발하고 싶었지만 왜 그런지 눈물 한 방울 나지 않았다. 경찰들은 담배를 피우며 창밖을 내다보고 서서는 시끄러운 울음소리가 그치기만을 기다렸다. 할머니는 이제 어디에 가서 죽어도 상관없다는 듯 공장 남자가 가져온 거무튀튀한 밀떡을 맛나게 떼어 먹었다. 창밖에선 부슬부슬 비가 내리기 시작했고 경찰들은 국외자들이 짐을 다 싸길 기다리며 창밖으로 담배연기를 내뿜었다. 한 건 했다는 아주 폼나는 얼굴이었다. 모두들 조용한 가운데 공장 남자가 말했다.

"간에 자꾸 물이 차서 병원에 가야 했는데, 돈이 생겨서 다행입니다. 고맙습니다, 정말." 그러면서 남자는 경찰들에게 계속해서 고맙다고 말했다. 너무나 억울한 리나는 배가 다 아파 배불뚝이 남자에게 따졌다. "이보세요 아저씨, 아저씨가 고맙다고 인사할 사람은 바로 우리들이라구요. 저 언니랑 내가 몸에 습진나도록 작업복 빨아서 번 돈을 저 사람들이 빼앗아서 다시 아저씨한테 주는 거잖아. 정말 이상한 사람들 다 보네. 빨리 고맙다고 해요!" 그러자 남자는 이를 드러내며 웃었고, 할머니의 한마디가 이 모든 상황을 깔끔하게 정리했다. "떡이 아주 맛있구나. 오랜만에 고기를 먹어서 속이 느글거렸는데 이제야 가라앉았다. 너희는 좋은 일 많이 해서 죽으면 꼭 천당에 갈 것이다. 내가 보증하마."

국경 블루스

대륙의 동북쪽으로 올라가는 기차는 화물칸과 객실칸을 동시에 가지고 있었다. 기차는 밤낮없이 줄창 달리기만 했다. 새벽녘과 한밤중에는 짙은 서리가 내려 기차 차창에 불투명한 막이 생길 만큼 기온이 뚝 떨어졌다. 창밖으로 언뜻언뜻 보이는 사람들은 대낮인데도 불구하고 두꺼운 외투에 장화를 신고 어깨를 잔뜩 구부린 채 자전거를 타고 지나갔다. 그러나 그 정도의 사람들도 얼마 안 가 차창 밖 풍경 속에서 아예 사라져버리고 다시 나타나지 않았다.

기차가 붉은 흙이 금세라도 쏟아져내릴 듯 가파르게 깎여나간 산 아래를 달릴 때는 몸 한쪽이 쓸려지나가는 듯 아슬아슬한 느낌마저 들었다. 산사태 흔적이 분명한 붉은 흙더미들이 기찻길 옆까지 흘러내려와 철길을 살며시 덮고 있었고, 기차가 지나갈 때마다 철로 주변으로 흙이 튀었다. 긴 터널 안을 지날 때 기차는 터널 끝이 보일 때까지 온 동력을 다해 빽빽거리며 긴 기적소리를 뿜어냈다. 지상으로부터 족히 삼십여 미터는 되는 허공에 놓인 철교는 아무런 안전보조장치도 없어서 창밖을 내다보는 순간 오줌이 찔끔 나왔다.

이층침대가 두 개 있는 객실에 누운 네 사람은 궤짝에 든 언 생선들처럼 온몸이 뻣뻣하게 굳어 이따금씩 끙끙거리는 소리만 냈다. 맹렬하게 돌아가는 기차 바퀴 소리만 점점 더 극성스러워졌다. 모두들 뭔가 계획이라는 걸 생각할 기력도 없이 수면 부족 환자들처럼 잠만 잤다. 그나마 말이 통하는 삐조차도 옆방에 있는 브로커 남자에게 가서 뭔가 정보를 빼내올 생각은 하지 않고 어디로 끌고 가든 상관없다는 듯 지쳐 늘어져 있었다. 리나는 복도에서 음식 냄새가 날 때마다 객실 밖으로 나가 다른 방들을 둘러봤다. 짙은 색 작업복 점퍼를 입은 남자들이 객실마다 가득 차 있었고 그들은 어느 방에서나 돈 내기 노름이나 하면서 담배를 피워댔다.

기차는 오로지 두 줄 선을 따라 그늘진 산악지대의 핵심부를 향해 집요하게 달렸다. 리나는 P국으로 탈출하기 위해 국경을 넘은 이후로 지금 이 순간이 가장 두렵고 막막했다. 땅과 하늘이 뒤집힌 것 같기도 했고 하루 종일 낮은 오지 않고 밤만 계속될 것 같기도 했다. 밤에 자다 깨면 봉제공장 언니가 누워 있는 아래칸으로 내려가 언니의 등뒤에 누워 언니를 꼭 안고 잠을 청했다. 언니 또한 귀를 틀어막고 오들오들 떨고 있긴 마찬가지였다. 언니를 안고 있는 것만으로 무서움이 가시지 않으면 이층으로 올라가 건너편 침대 위에 누워 있는 삐를 발끝으로 툭툭 건드렸다. 무슨 생각을 하는지 멍청한 눈으로 낮은 천장만 쳐다보고 있는 삐를 계속해서 못살게 굴었다. 그래도 별 반응이 없으면 가수 시절에 불렀던 이상한 노래들을 목청껏 불렀다. 노래가 끝나면 다른 객실에 있는 남자들이 보내는 박수와 환호성이 좁은 객실 틈으로 들려왔다. 그러면 삐는 이때다 싶게 얼른 일어나 노래값을 받아오겠다며 다른 객실로 갔다.

삐는 만두나 전병, 해바라기 씨 같은 것들을 얻어왔다. 그러나 줄창 달리기만 하는 살인적인 열차 안에서 가장 인기 있는 음식은 뭐니뭐니 해도 술이었다. 네 명 다 배고픈 제비들처럼 입술을 내밀고는 자기 차례가 되기만을 기다렸다. 성급한 리나가 먼저 마시겠다고 술병을 손에 들면, 할머니가 머리통을 세게 쥐어박고는 술병을 입에 물고 꿀꺽꿀꺽 소리내어 마셨다. 모두들 그만 마시라는 간절한 눈빛을 보내야만 술병을 내려놓는 할머니, 할머니는 그러고 나면 금세 깊은 잠에 빠져들어 할아버지를 다시 만나기나 한 것처럼 입술을 실룩거리며 배시시 웃었다.

리나는 술만 마시면 침대 위에 책상다리를 하고 앉아 잠시도 입을 안 다물고 재잘거렸다. 술을 먹어야 고막을 찢을 듯 울리는 기차 바퀴 소리도 작게 들리고 다른 객실의 남자들이 피워대는 담배연기조차 구수하게 느껴지는 것이었다. 그러면서 술의 부작용인지 그 반대작용인지 온몸이 가벼워지고 가슴이 확 트이면서 굳었던 혀가 확 풀려서는 마음에 있는 얘기, 없는 얘기를 혼자서 내내 지껄여댔다.

"솔직히 말해서 할머니랑 삐, 특히 삐 너는 고향에 다시 가는 거잖아. 좋지? 너네 나라에 가니까 좋잖아. 언니랑 나만 팔려가는 건데 거기에 할머니랑 너가 덤으로 붙은 거지. 그런데 왜 너희들은 우리같이 불쌍하고 가난한 탈출자들한테 붙어서 떨어질 줄 모르는 거냐? 이 세상엔 진짜 이상한 인간들이 많아. 옛날 한 동네에 살던 친척 할머니가 나한테 그랬거든. 아무리 바보라도 인생에 세 번의 기회는 온다고. 근데 난 뭐야. 그래, 두 번쯤 왔다고 쳐. 아냐, 한 번은 왔다고 치자. 근데 이게 뭐야, 무슨 이런 이상한 기회가 다 있어. 난 정말 삐 저 새끼 싫어. 얼굴 크고 눈 찢어진 이상한 여자애나 좋아하고. 삐, 넌 옛날에 멋있었어. 내가 가수 할 때 넌 정말 괜찮았다. 저 할머니는 또 어떻고, 내가 저 할머니 죽을까봐 돈 처들인 걸 생각하면. 정말이지 송장 치울 일만 남은 할머니를 내가 뭣하러 여기까지 데리고 왔을까. 언니, 언닌 또 어떻고. 언니 기억나냐? 우리가 제일 처음 국경을 넘을 때 우린 모두 스물두 명이었다. 숲에서 꼬맹이 한 명 죽고 언니랑 나는 여기 있고, 열아홉 명은 지금 뭘 할까? 언니랑 나랑은 정말 특별한 인연이지. 근데 잘난 우리 아버지와 엄마와 내 남동생 녀석은 지금 어딨어? 혹시 누가 그들 소식 알아? 어쨌든, 언닌 성격이 아주 안 좋아. 어쩌면 봉제공장 오빠는 언니를 진작에 버리고 싶었는지도 몰라. 언니 성격이 이렇게 안 좋은데 뭐하러 P국까지 데리고 가서 고생을 하겠어, P국에서 새 여자를 만나면 되는데. 그러니까 내가 보기에 이 세상 사람들은 아무리 힘든 상황이 닥쳐와도 다른 사람들 생각은 잘 안 해. 죽기 직전까지 자기만 생각하지. 특히 언니, 바로 언니가 그래."

할머니는 자다 말고 벌떡 일어나 앉아 리나에게 다시 술을 먹였다가는 모두 다 가만두지 않겠다고 야단을 쳤고, 삐와 봉제공장 언니는 킥킥거리며 웃었다.

"할머니 그러지 마, 할머닌 아무것도 몰라. 할머닌 정신이 왔다갔다하잖아. 삐 쟤가 날 무시하고 이젠 안아주지도 않는단 말야." 리나는 자꾸만 재잘거렸고 언니가 입을 막으면 언니의 손을 잡아 치우고, 삐가 입을 막으면 삐의 손을 치웠다. 그러는 사이 리나는 꼴깍꼴깍 침이 목에 걸려 울음인지 웃음인지 알 수 없는 것들을 눈으로 코로 마구 쏟아냈다. 그렇게 시간은 갔다.

기차는 며칠 동안 끝없이 넓은 평원 위를 달렸다. 나무는 없고 마른 풀들만 자란 땅 위에 오로지 두 줄의 철길만이 장식처럼 그려져 있었다. 철길로부터 그리 멀지 않은 곳에서 저희들끼리 머리를 비비며 서 있던 말들이 멀리서부터 달려오는 기차 소리를 감지하고 갈기를 휘날리며 평원의 더 깊은 곳으로 달아났다. 평원 위를 달리는 것은 구름과 달 그리고 태양이었다. 리나는 흰 구름과, 구름을 주홍색으로 물들이는 노을, 노을이 지고 난 뒤의 아주 새까만 하늘, 그리고 이른 새벽의 평원에 드리운

짙고 불투명한 안개를 보았다.

창문에 눈을 바짝 대고 안개 속을 들여다보면 멀리 평원 위에서 달려오는 거대한 불빛이 보였다. 리나는 국경에서 본 그 불빛을 분명하게 기억하고 있었다. 불빛이 비춘 평원 위에는 스물두 명의 탈출자들이 일렬로 서서 굳은 얼굴로 기차를 쳐다보고 있었다. 리나의 가족을 포함한 네 가족 모두 부모들은 뒤에 서고 아이들은 앞에 서 있었고, 봉제공장 노동자들도 서 있었다. 숲에서 죽은 갓난쟁이는 살았는지 죽었는지 엄마의 품 안에 있었고, 갓난쟁이의 오빠는 키가 자라 멀대처럼 보였다. 화공약품공장에서 죽은 할아버지는 고동색 수첩을 손에 든 채 철학자 같은 표정으로 앞을 보고 있었다. 관리직 출신의 아줌마는 아직도 입으로 정치강령을 외워댔으나 화공약품공장의 남자에게 심하게 당한 탓에 아랫도리로는 피를 줄줄 흘리며 서 있었다. 신혼이었던 여자는 아직도 흰 드레스를 입고 서서 손에 든 가위로 연신 머리카락을 잘라댔다. 봉제공장 노동자들은 손에 곡괭이며 낫을 들고 서 있었지만 너무나 일을 많이 한 탓에 벌써 되돌릴 수 없이 늙었다. 그리고 리나는 보았다. 열아홉 살도 되기 전에 아기를 가져 배가 만삭이 된 채 기차를 쳐다보고 있는 자신의 얼굴을. 기차가 그들 옆을 지나갈 때 스물두 명은 모두들 앞을 주시하고 있었으나, 오로지 열여섯 살 여자애 리나 한 사람만 샛눈을 뜨고 기차에 타고 있는 또다른 리나를 오래도록 째려봤다.

영원히 지속될 것 같던 지루한 평원 풍경 위에 어느 날부터 띄엄띄엄 농가의 축사며 곡식창고 들이 보이기 시작했다. 얼마 안 가 기차를 쳐다보며 손을 흔드는 알록달록한 스웨터를 입은 오종종한 얼굴의 꼬맹이들도 보였다. 두셋씩 모여 서 있는 키가 큰 나무도 보이기 시작하고 담벼락을 맞대고 모여 있는 집들도 보이기 시작했다. 점점 모여 있는 집들의 수가 많아지고 무리지어 서 있는 나무도 많아지고 탈탈거리는 자동차 수도 많아지고 작은 시장도 보였다.

그날 밤, 몹시 불친절한 브로커가 때에 전 머리카락을 매만지며 새벽이면 목적지에 도착할 거라고 말해주었다. 브로커는 기차를 타기 직전 리나 일행을 넘겨받으면서 경찰에게 "돈은 별로 안 되겠네요"라고 말했다. 또 기차에 타자마자 "얌전히 굴어야 신상에 좋아"라고 말했다. 브로커라는 잘난 인간이 해준 얘기는 그게 전부였다. 그때부터 모두들 눈을 동그랗게 뜨고는 침대 위에 책상다리를 하고 앉아 침묵으로 일관했다. 너무 심심한 리나는 객실을 드나들 때마다 부스스한 얼굴 표정을 지으며 불친절한 말투와 표정의 브로커 흉내를 내는 것으로 분위기를 풀었다.

기차는 밤새 좁은 철로 위를 달렸다. 철로 양편은 불빛이라고는 없이 온통 어둠이었고 레일 소리는 잔뜩 성난 양철을 긁어대는 것처럼 극성스러워졌다. 모두들 무감각해진 얼굴로 해바라기씨나 계속해서 뱉어낼 뿐 각자의 추억 속에 빠져 꼼짝도 안 했다. 리나는 하늘에서부터 곤두박질쳐 내려와 창문에 달라붙는 희끗한 것들의 정체를 따라 머리를 움직이며 한동안 가만히 앉아 있었다. 흰 눈발이었다. "야, 눈이다." 리나는 자기도 모르게 소리를 질렀다. 겨울이면 지겹도록 내리던 국경 근처 마을의 흰 눈이 떠올랐다. 누군가 작은 눈덩이를 등허리 속에 집어넣고 달아나던 기억도 났다. 리나는 감상적인 기분에 빠지는 것이 싫어 신경질적으로 머리를 긁었다.

길고 좁은 철로는 거대한 공업도시의 내부와 창자처럼 연결되어, 도시로 진입하는 내내 환한 전등이 철로 주변을 비춰주었다. 눈이 내리는 창밖으로 불투명한 유리병 속 세상 같은 공장지대의 새벽이 밝아오고 있었다. 벌써부터 코끝에서 쇳내가 묻어났다. 공업도시로 들어선 기차는 지금까지 내처 달려온 길을 되돌아보기라도 하듯 속도를 줄이고 아주 천천히 달렸다. 눈발은 더욱 거세어졌고 스피커에선 의례적인 안내방송이 몇 차례 흘러나왔다. 옆 객실에 있던 브로커가 자다 깬 얼굴로 불쑥 객실 문을 열고는, 아침이 될 때까지 밖으로 나오지 말고 기차에서 자고 있으라고 말했다.

기차의 제동장치가 제대로 움직여 기차가 완전히 멈추기까지는 아주 오랜 시간이 걸렸다. 그리고 드디어 기차가 멈췄다. 리나는 차창에 코를 대고 넓게 펼쳐진 공업도시를 훑어봤지만 너무 커서 한눈에 들어오지 않았다. 도시는 나무나 산 혹은 강 따위는 전혀 배경으로 갖고 있지 않았고 주변은 모두 새까만 공장이었다. 봉제공장 언니의 가느다란 한숨소리가 들려오자 리나가 작은 목소리로 말했다. "이제 우린 죄다 공장에나 다니겠군." 커다란 배낭을 멘 남자들이 줄줄이 복도를 걸어나가서 기차역 주변을 감싸듯 서 있는 시커먼 공장 건물들 사이로 점점이 사라져갔다. 코끝에 묻는 냉기가 장난이 아니어서 리나는 얼른 객실로 들어가 할머니를 싸맬 두꺼운 옷가지들부터 찾기 시작했다.

경제자유구역

공단지대에 온 후 리나는 이상한 꿈을 자주 꾸었다. 밤마다 날개를 달고 하늘로 올라가 공업도시 전체를 한눈에 내려다보다가, 지나가던 커다란 새와 부딪쳐 한없이 곤두박질친 뒤 땅 위에 떨어지는 꿈이었다. 넓은 도시 전체를 외곽에서 감싸고 있는 드넓은 갈대숲 한가운데 떨어진 리나는 알몸인 채로 누워 흰 구름이 떠다니는 하늘을 올려다보느라 두 눈을 씰룩거렸다. 축축한 갈대숲 바닥은 촉감이 차갑지도 뜨겁지도 않아 미온수에 몸을 담근 듯 등허리가 적당히 따뜻했다. 벌레들이 꼬물거리며 힘겹게 가랑이 사이로 비집고 올라와 질과 항문 속으로 기어들어갈 때마다 리나는 발가락을 꼬무락거렸다. 그러다 갈대가 바람에 휩쓸려 얼굴에 닿는 순간이 되면 온몸에 소름이 돋아 퍼뜩 잠에서 깨어났다. 리나는 이 꿈이 자신의 앞날을 예견하고 있는 것인지도 모른다고 생각했지만, 어떤 뜻이 담겨 있는지 몰라 금세 다시 잠이 들어버렸다.

누군가 아주 높은 곳에 올라가서 이 공업도시 전체를 내려다본다면 어떤 모습일까? 한눈에 다 내려다보이기는 할까? 리나는 정말 그렇게 해보고 싶었다. 무슨 이유인지, 옛날엔 어떠했는지 알 수 없지만 거대한 공업도시의 반쪽은 이미 손쓸 수 없이 망가진 쓰레기하치장이나 다름없었다. 마치 누군가 금이라도 긋고 한쪽은 청군, 한쪽은 백군을 선언한 것처럼 금의 오른쪽, 그러니까 공장지대만이 지나치게 활발하게 가동되고 있었다. 폐허가 된 서쪽 땅의 쓰레기 더미로부터 생성된 마른 먼지가 잊어버릴 만하면 한번씩 도시의 상공으로 날아왔다.

폐허가 된 쪽으로는 정상적인 교통수단 또한 연결되지 않았다. 폐허 위는 고철더미들과 바퀴 빠진 자동차들과 드럼통 같은 것들이 거대한 산을 이루고 있었고, 그것들의 빈틈으로 녹색 풀들이 머리를 디밀고 기어올라와 기형적으로 웃자라나 있었다. 집들은 모두 부서지거나 붉은 흙을 드러낸 채, 환기구 역할을 하는 작은 창문 틈으로 내장처럼 삐져나온 수도관이나 전기장치를 매달고 서 있었다. 전파된 집들이 다수였지만 그 사이사이 사람들이 살고 있는 집들도 보였고, 그런 곳에서는 불쑥 휘장을 젖히고 인상을 잔뜩 쓴 사람들이 나왔다 들어가곤 했다. 어떤 사람들은 고철더미들 한켠에 버려진 버스를 집으로 꾸미거나 두꺼운 천막을 치고 쓰레기장을 정원으로 삼아 넓고도 편안하게 일광욕을 즐기며 살았다.

공업도시의 땅바닥은 언제나 타르 같은 공업용 기름으로 질척거렸다. 쇳가루가 섞인 무거운 먼지는 지나가는 사람들의 머리채를 홀딱 뒤집어놓고는 어두운 건물 사이로 느리게 빠져 달아났다. '경제자유구역에 오신 것을 환영합니다.' 괴물 같은 새벽기차에서 내리던 날 역 중앙 광장에서 펄럭이던 플래카드보다 크기만 좀 작은 똑같은 글씨의 플래카드가 공단 정문에서도 나부끼고 있었다. 이 나라의 전통의상을 입은 애드벌룬 인형도 플래카드 옆에 나란히 서서 두 손을 공손히 배 위에 얹은 채 웃고 있었다. 공장지대의 서쪽 하늘에 우뚝 솟아 있는 타워크레인과, 오십 미터쯤 되는 높이의 가스 분리탑이 오른쪽 하늘을 지탱하고 서서 공업도시의 위용을 한껏 뽐냈다.

이곳 법에 따르면 경제자유구역에 들어오는 외국인 투자자들은 특별대우를 받았다. 다른 지역에 비해 노동 관련 규제가 훨씬 덜했고 파견 근로자도 더 많이 고용할 수 있다고 했다. 그래서인지 이 절름발이 도시엔 생경한 외모의 외국인들이 많았다. 공장에서 일시에 빠져나온 사람들이 입을 열어 말을 하면 최소한 네 개의 다른 언어가 동시에 들려왔다. 그러나 국적이야 어떻든 사람들은 모두들 똑같이 생긴 장화를 신고 걸어다녔다. 그들의 손톱 밑에는 두껍고 짙은 때가 끼어 있었고, 사고로 다친 상처를 한둘씩 가지고 있는 낯빛은 모두 칙칙했다. 잘 웃지 않았지만 가끔씩 웃으면 모두 다 공통적으로 누런색 이빨을 드러냈다. 사람들은 매일매일 동도 트지 않은 새벽에 일어나 무쇠를 불에 녹이고 또 달구고 식혀서 태산같이 쌓아놓곤 하는 작업장에 나가 일을 했다.

일이 끝나면 남자들은 공단지대의 몇 개 되지 않는 샤워장 입구의 복도에 알몸인 채로 줄지어 서서 자기 차례가 되길 기다렸다. 나이가 들 만큼 든 남자들이 샤워를 하기 위해 분홍색 알몸으로 허리를 구부리고 서 있는 장면은 왠지 비현실적이었다. 리나는 그렇게 서 있는 남자들의 엉덩이를 볼 때마다, 살아 있는 남자들의 몸인가 아니면 자신의 상상인가 눈을 의심했다.

휴일이 되어도 사람들은 똑같이 생긴 노동자 숙소에 머물면서 똑같은 종류의 음식을 먹었다. 남자들은 숙소에 죽치고 앉아 알몸인 채로 노름을 했다. 그러다 번 돈을 날리고 나면 벽에 붙어 있는 야한 포즈의 사진 속 여자의 유두에 다트 창을 던지거나, 고향에 두고 온 가족들 사진을 붙들고는 알 수 없는 말들을 지껄이며 욕을 해댔다.

리나는 이곳이 제일 처음 스물두 명이 넘은 국경 근처 지역에서 그리 멀지 않은 곳이라는 걸 알고는 기절초풍할 뻔했다. 대륙의 남서쪽으로 가기 위해 탔던 서른여섯 시간 동안 운행하는 기차의 출발역이 이 공업도시에서 아주 가까웠다. 리나는 대륙의 동쪽에서 서남쪽으로 가로질러 내려갔다가 그곳에서 국경을 넘어 제3국으로 들어갔다. 그러고는 제3국에서 다시 대륙으로 들어와 동북쪽으로 이동한 것이다. 대륙을 한 바퀴 돌아 떠나온 지점에 다시 와 있다는 황당한 사실을 안 리나는 울 수도 없었다.

이곳에 온 후로 남쪽을 떠돌 때와 달리 리나의 성격은 몹시 차분해졌다. 여기서 추방되면 다시 떠나온 나라로 잡혀갈 것이고, 아버지와 엄마 그리고 남동생을 대신해 가족 대표로 끌려가 죽게 될 거라고 생각했다. 그런 생각들에 빠지면 몹시 우울한 반면 마음은 이상하게 편했다. 그러나 날씨보다 리나를 힘들게 하는 건 음식이었다. 음식의 종류에 관계없이 무엇이든 먹고 나면 음식 냄새 대신 쇳내가 났다. 흔하게 마시는 물 또한 마찬가지였다.

탈출에 성공해 P국으로 들어간 뒤 청바지와 구두를 사고 대학생이 되겠다던 리나는 가스 저장용 탱크시설이 갖춰진 대규모 플랜트 공단지대로 흘러들어오고 말았다. 리나는 매일 새벽에 일어나 졸린 눈을 비비며 할머니가 먹을 음식을 만들어놓고 집을 나섰다. 대로를 중심으로 양편에 늘어선 공장 건물들의 북쪽 뒤편으로 몇 미터 거리를 두고 공동숙소 건물들이 늘어서 있었다. 무척이나 비좁고 낡은 사층 건물인 공동숙소를 걸어 오르내리는 일은 처음부터 익숙지 않았다. 리나는 언제나 삼층쯤에서 자기 집을 찾다가 다시 한 층을 더 올라가곤 했다. 높다고 해서 전망이 좋거나 편한 것도 아니었다. 집 뒤로는 공장지대를 북쪽에서 감싸고 도는 하천이 흘렀는데 물이라고는 한 방울도 없이 바짝 말라 아무것도 자라지 않는 공터나 다름없었다.

리나는 특수용접공장 한켠에서 리어카에 카바이드를 실어나르는 일을 했다. 용접을 하는 사람이 제때 사용할 수 있도록 날라다주는 일이었다. 신분 위장 때문에 이제는 거의 이 나라 말만 썼는데, 그건 봉제공장 언니도 마찬가지였다. 봉제공장 언니는 배관 구조물을 만드는 곳에서 작업장을 청소하고 뒤처리하는 일을 했다. 삐는 용접을 배웠는데 이런 일을 해보지 않은 초보자라 처음엔 잔심부름만 했다.

밤이 되어 사람들이 모두 모이면 집은 자연스레 환자 병동이 되었다. 퇴근하는 순서대로 한 침대에 두 명씩 겹쳐 누웠다. 봉제공장 언니는 계속 기침을 해댔고, 침을 뱉으면 쇳가루 섞인 노란 가래가 나왔다. 리나는 발바닥과 허리가 아파서 삐가 올라가 한참을 밟고 내려와야 풀렸다. 다들 일하러 공장으로 나간 사이, 붉은 흙이 다 드러난 공동숙소 사층에서 혼자 집을 지키던 할머니는 창 너머로 본 이상하게 생긴 새나 벌레의 생태를 잔뜩 부풀려 얘기하곤 했다.

그러다가 리나 일행의 정신이 번쩍 들게 하는 일이 생겼다. 어떻게 소문이 났는지는 알 수 없지만 봉제공장 언니와 리나가 창녀였다는 소문이 공단지대 전체에 퍼졌다. 심지어 명색이 전직 가수였던 할머니까지도 평생 창녀로 늙은 여자라고 소문이 났고, 삐는 늙은 창녀 할머니의 아들로, 제 아비 얼굴도 제대로 본 적 없는 사생아가 되어 있었다. 용접이 끝나고 회색 똥처럼 굳은 카바이드 더미를 삽으로 퍼내고 있는 리나에게 다가온 남방게 남자가 아주 유창한 이 나라 말로 얘기했다. "여기에 창녀촌을 만들면 안 될까요? 그럼 당신들은 돈을 많이 벌 수 있을 텐데요. 보시다시피 여긴 여자들이 부족해요. 당신들은 공장 일을 하지 않아도 먹고살 수 있을 텐데." 리나는 카바이드 냄새 때문에 목구멍이 울렁거렸지만 허둥대는 모습을 보이고 싶지는 않았다. "난 무척이나 비싸답니다. 여러분들 같은 노동자들과 한 침대에서 뒹굴 수 있는 상대가 아니라서, 정말 죄송합니다." 그랬더니 남자가 갑자기 리나의 멱살을 잡아 카바이드 찌꺼기 더미 위로 간단하게 던져버렸다.

그날 밤, 모두 대책회의를 하기 위해 모였다. 카바이드 더미 위에 떨어진 리나의 관자놀이 부분은 멍이 들어 있었다. 모두들 장난삼아 그곳을 한 번씩 문질렀다. 다른 사람들은 별 묘안이 없어 보였으나 오로지 할머니 한 사람만은 정신을 차리고 있는 것 같았다. 할머니가 내린 결론은 이랬다. "내가 보니까 여기 있는 사내들, 여자 구경 해본 지 무척 오래된 얼굴들이야. 여기다 창녀촌을 차렸다간 돈은 고사하고 너희 둘 몸 성해서 나가기도 어렵지. 그렇다고 늙은 내가 나설 수도 없고." 할머니가 내린 결론은 이랬다. 삐와 리나는 부부처럼 행세할 것, 정치적인 이유로 모함을 당해 고향에서 쫓겨나 돈을 벌러 온 사람들처럼 행세할 것. 봉제공장 언니는 이제부터 할머니에게 노래를 배워 가수 행세를 할 것. 예능인이 되면 사람들이 특이하다고 생각해서 함부로 대하지 않는 법. 그러면서 할머니는 이 공업도시 어딘가에 천막 공연장을 만들 계획이라고 했다. “너희들은 돈을 버느라 고생하는데 나만 놀고먹을 수는 없잖니.” 죽다 살아난 늙은 할머니의 계획치고는 너무 거창했다. 할머니는 리나의 머리채를 잡아 뒤로 올려묶은 뒤 일자로 된 핀을 찔렀다. 리나는 제 나이보다 열 살쯤은 많아 보이게 펑퍼짐한 바지를 입었다. 그 순간 리나는 정말로 삐와 부부인 것처럼, 혹은 결혼한 여자처럼 핏속도 몸속도 다 변하길 원했다.

다음날 오전, 서툰 솜씨로 파이프 용접을 하던 삐가 왼쪽 가슴 위쪽에 용접 불꽃이 튀어 화상을 입었다. 순식간에 튄 불꽃이 옷을 태우고 살에 찰싹 달라붙었다고 했다. 몸을 가리는 안전장비도 없이 용접하는 사람은 삐 한 사람뿐만이 아니었다. 관리자는 아무 일 아니라는 듯 삐의 상처 따위에는 관심도 보이지 않고 전화기만 붙잡고 있었다.

남자들은 트럭에서 내려주는 드럼통 두 개를 받아 쪼가리 철판을 이리저리 용접해 만든 테이블 위에 올려놓았다. 그리고 국자로 밥을 떠 각자의 깡통에 담아 볕이 잘 드는 곳으로 가지고 갔다. 삐는 상처 부위를 지저분한 천으로 꾹꾹 누른 뒤 공장 한 켠의 빈 송판 위에 앉아서 다른 남자들처럼 밥을 먹었다. 날씨도 추운데 모여서 밥을 먹을 식당 한 칸 없었다. 국물과 밥 그리고 무김치 같은 것들이 먹을 것의 전부였고, 다 먹은 뒤에는 빈 깡통을 드럼통에 담아 트럭 위에 올렸다. 화장실이 없어서 밥을 먹고 난 뒤에는 공장 건물 뒤로 가 오줌을 누었다.

뻬는 왼쪽 가슴에 난 상처가 아파 밤새 끙끙거렸다. 바를 약도 없고 치료를 하러 갈 병원도 없었다. 말라붙은 뻬의 입술에 물이나 발라주고 이불을 덮어주는 것 말고는 할 게 없었다. 리나는 약이라도 구해볼까 싶어 지폐 한 장을 접어 손에 쥐고 바깥으로 나갔다.

한밤의 공장지대는 동화 속에 등장하는 폐쇄된 성처럼 붉은 노을을 등지고 잔뜩 가라앉아 있었다. 그러나 이 절름발이 도시인 경제자유구역에도 밤이 되면 사람들이 들끓는 거리가 있었다. 공장지대에서 조금 벗어나 폐쇄구역으로 들어가기 직전에 조성된 이곳은 오백 미터도 안 되는 거리가 식당과 술집으로 넘쳤다. 공단생활 삼 년쯤 되었거나, 여기서 나고 자란 토박이들은 일이 끝나면 이곳으로 와 온갖 이상한 벌레구이를 안주로 파는 포장마차에서 술을 마셨다. 골목마다 취객들이 쏟아놓은 토사물과 오줌으로 지린내가 코를 찔렀고, 내용을 잘 알 수 없는 작은 광고지들이 닥지닥지 붙어 있었다.

넓은 유리문 전체에 붉은 휘장 장식을 한 식당 안에서는 공장지대의 관리자들이 부부 동반으로 모여 식사를 하는 중이었다. 탁자 옆에 놓인 어린아이 의자에는 꼬맹이들이 결박당하다시피 앉은 채 턱받이를 대고 연신 포크로 탁자를 두드려댔고, 여자들은 아이들의 행동을 조심시키느라 음식을 못 먹었다. 리나는 그 여덟 명 중에서 검은색 셔츠를 입고 있는 남자를 알고 있었다. 그는 이 공업도시를 관리하는 중요한 책임자 중의 한 명이었다.

그가 나타날 때마다 공장 사람들이 긴장했다. 그는 담배를 입에 물고 앞에 앉은 남자와 얘기를 나눴다. 붉은색 원피스를 입은 여자 종업원 두 명이 그의 옆에 붙어서서 식사시간 내내 시중을 들었다. 리나는 거리 한가운데서 설탕이 하얗게 묻은 과자를 파는 노점상 옆에 쭈그리고 앉아 식당 어디선가 들려오는 찢어지는 듯한 악기 소리에 귀를 기울이고 있었다. 옆 리어카에서 나는 달콤한 과자 냄새가 바람을 타고 콧속으로 밀려들어왔다.

그런가 하면 식당들 건너편 두부와 애벌레를 구워 파는 포장마차에는 술을 마시러 온 남자들로 시끌벅적했다. 공장 남자들이 모여 열변을 토하고 있었는데, 잘 알아들을 수 없었지만 뭔가 안 좋은 얘기를 나누고 있음이 분명했다. 어떤 남자는 술을 마시다가 벌떡 일어나 가슴을 쳤고 어떤 남자는 빈 술병을 들어 포장마차 뒤 벽으로 내던져 깨뜨렸다.

고급 식당 안에서는 접시를 바꿔가며 새로운 음식이 계속 나왔다. 검은 셔츠의 남자는 이따금 자기 앞에 앉은 부인과 꼬맹이를 쳐다보면서 음식을 먹었다. 남자가 더위를 느꼈는지 소매 단추를 풀자 뒤에 서 있던 여자 종업원이 남자의 옆으로 다가섰다. 남자가 고개를 돌리자 여자 종업원이 흰 수건으로 남자의 이마를 콕콕 찍었다. "옆얼굴이 잘생겼군." 리나가 그런 쓸데없는 생각을 하고 있는 순간 정말이지 하늘이 땅, 하고 뚫리는 듯한 총소리가 들렸다. 사람들은 그 순간 모두 포장마차 쪽을 돌아봤지만 멍하니 식당 안을 보고 있던 리나는 검은 셔츠를 입은 남자가 총을 맞고 종업원의 치마에 고개를 처박는 장면을 목격했다. 여자 종업원은 두 손으로 남자의 머리를 꼭 쥔 채 어쩔 줄 모르고 비명을 질러댔다. 놀란 꼬맹이는 어린이 의자에서 빠져나와 탁자 위로 올라가 울어댔다. 남자의 얼굴에서 흘러내린 피는 여자 종업원의 붉은 옷에 묻혀 잘 보이지 않았지만 즉사한 게 틀림없었다. 남자의 아내는 두 손으로 얼굴을 감싼 채 도와달라고 고래고래 소리를 질러댔고, 총을 맞은 남자 옆에 앉아 있던 남자는 휴대폰을 들고 어딘가로 전화를 걸었다. 옆에서 과자를 팔던 여자도 깜짝 놀라 식당 앞으로 달려갔다. 리나는 그 사이 따뜻하게 보관되어 있는 설탕 바른 과자를 한 움큼 집어들고 유유히 그곳을 빠져나왔다.

날씨가 추워지고 눈이 자주 내렸다. 일을 하다가 고개를 들어 보면 어느새 굵은 눈발이 하늘을 가릴 듯 쏟아져내리고 있었다. 중간 관리자 한 명이 죽고 나서 분위기는 훨씬 더 살벌해졌다. 비리에 연루되어 살해된 것이라는 소문도 있고 마약과 관련되었다는 소문도 있고, 나날이 소문만 무성해졌다. 노동자들은 일하는 중간에 잠시도 쉴 수가 없었다. 어떤 식의 불만 표출도 용납이 안 되고 어렵게 입을 열어 말하는 순간 그 자리에서 해고 처리됐다. 새벽부터 밤늦게까지 일이 이어져 보통 열다섯 시간의 노동이 계속됐고 휴일도 없었다. 일하는 사람이 부족할 때쯤 되면 매월 초 새로운 노동자들이 기차를 타고 와서 곧바로 빈자리를 메우는 식이었다.

그사이 용접 실력이 는 삐는 파이프 용접공이 되었으나 가슴뿐만 아니라 온몸에 화상 자국을 문신처럼 달고 살아야 했다. 리나도 이제 카바이드 냄새 따위는 아무렇지 않았다. 그러나 겨울이 깊어갈수록 사고가 많이 일어났다. 특수 용접을 하던 사람이 실명을 하는가 하면 고온에서 보호장비도 변변히 없이 일을 하던 사람이 순식간에 타 죽었다. 날씨가 쌀쌀하던 어느 날 억울하게 죽은 남편의 원혼을 달래고 싶다며 한 용접공의 아내가 공단지대 입구에 서서 사건의 전말을 적은 유인물을 돌렸다. 사람들은 몹시 화가 나서 포장마차에 모여 격론을 벌이기 시작했다. 외국인들조차 이 나라 말을 아주 잘해서, 회의는 일사천리로 진행되곤 했다. 드러난 문제점들은 아주 분명했다. "작업장에 안전장비들을 지급해달라, 비나 눈을 피해 밥을 먹을 수 있는 공간을 만들어달라, 거울이 달린 탈의실과 더운물이 나오는 샤워실을 설치해달라, 약속한 임금을 제대로 지급해달라, 거듭 말하지만 우리는 바보가 아니다." 사람들은 일을 하다가도 구호처럼 이 말들을 외쳤고 리나도 빨래를 하거나 밥을 하다가 아무때나 "우리는 바보가 아니다"라고 중얼거렸다.

다음날은 대륙의 먼 도시로부터 고위 공무원이 시찰을 나오기로 되어 있었다. 관리자들은, 이곳이 모범적인 공업도시로, 이 나라의 공업 발전을 위한 심장부 역할을 하고 있다는 것을 대외적으로 확인시켜주어야 한다고 했다. 기차가 도착하고 아침 일찍 도착한 고위 공무원은 수행원들을 줄줄이 데리고 와서는 채

십 분도 머물지 않고 사진만 찍고는 사라졌다. 사람들은 화가 나서 뒤꽁무니에 대고 욕설을 퍼부었다. 그날 밤 사람들은 포장마차에 모여 대책을 의논하느라 바빴고, 관리자들은 관리자들대로 비밀 장소에 모여 회동을 가졌다.

리나는 그동안 너무 추워서 할머니가 언니에게 노래를 가르칠 생각도 못하고 있는 줄만 알았다. 그런데 알고 보니 봉제공장 언니가 눈매가 짙고 입술이 보라색인 한 아랍계 외국인 노동자의 숙소에 드나드느라 바쁜 것이었다. “도대체 어떤 사이야?” 더이상 따져물을 것도 없이 언니는 리나의 손을 잡아 이미 볼록하게 나와 있는 제 배 위에 올려놓았다. “너도 참 징글징글하다, 이런 데서 그 짓이 하고 싶니?” 언니가 배를 만지면서 대답했다. “난 원래 P국에 가고 싶지 않았어. 내 꿈이 원래 국제결혼이었거든.” 리나는 기가 막혀 웃었다. “그럼 잘됐네. 근데 여기 어디서 애를 낳을 건데? 정말 미치겠다. 어쩜 그렇게 철이 없니, 너는.” 리나의 질책에도 불구하고 봉제공장 언니는 히히거리고 웃기만 하더니 거의 징징거리는 목소리로 말했다. “근데 바나나가 너무 먹고 싶어. 그 사람 나라에는 바나나가 집 안, 집 밖 아무 데나 지천이래. 생각해보니까 나도 시링에서 바나나를 본 적이 있는 거 같아. 노랗고 긴 거 말야.”

시간이 가도 공단지대의 작업 환경은 나아질 기미가 없었다. 여전히 사람들은 눈 내리는 작업장 한켠에서 깡통밥을 먹었고, 아무 데서나 오줌을 누었으며 밤이 되면 고단하게 잤다.

리나와 삐는 밤이 되면 두꺼운 옷을 입고 밖으로 나와 팔짱을 끼고 공단지대를 산책했다. 도로는 눈이 살짝 얼어 뽀작거리는 소리를 냈고 공동숙소 한켠에서는 남자들의 밭은기침 소리가 끊임없이 들렸다. "우리 도망가자." 리나가 삐에게 말했고 삐는 빙그레 웃었다. 둘이서 팔짱을 낀 채 공동숙소 뒤편의 하천을 따라 한참을 걸었다. 그리고 오십 미터도 넘어 보이는 옥탑 가스분리탑 아래까지 가 섰다. "우리 여기 올라가보자." 겨울바람이 너무나 차가웠지만 리나는 삐를 부추겼다. "미쳤니, 너." 삐가 말렸다. "올라가보고 싶어. 올라가서 여길 한번 내려다보고 싶다구." 삐는 리나의 고집을 말릴 수 없다는 걸 잘 알았다. 분리탑 관리소 입구는 생각보다 매우 허술해서 금세 쉽게 들어갈 수 있었다.

리나는 다리에 힘을 주고 사다리를 하나둘 밟고 올라가기 시작했다. 밑에서 삐가 올라오고 있어 무섭지는 않았지만 다리가 심하게 후들거렸다. 리나는 어릴 때 학교에서 뛰던 백 미터 달리기코스가 얼마나 짧았는가를 생각하라고 자꾸만 되뇌었다. 또 스물두 명이 함께 도망칠 때 지나갔던 숲속을 기억해보라고 달랬다. 어떻게 올라갔는지 밑은 내려다보지 않고 한참을 올라가자 공동숙소의 옥상이 보이고 서북쪽에 있는 타워크레인이 같은 높이에서 보였다. 그토록 넓고 거대하기만 하던 공단지대가 한눈에 내려다보이기 시작했다. 리나는 후들거리는 다리를 겨우 추슬러 마지막 계단을 올랐고 드디어 오십 미터 높이의 옥탑 위에서 공단지대를 내려다봤다. 공단지대 한쪽은 납작했고 또 한쪽은 웅장했다. 한쪽은 흰색이었고 또 한쪽은 검은색이었다. 리나와 삐 둘 다 추워서 오들오들 떨었지만 가슴 한가운데가 뻥하고 시원스레 뚫리는 느낌이 들었다. 리나는 손가락으로 흰색지대를 가리켰다. "저긴 왜 저렇게 다 부서진 거야?" 삐가 리나의 뒤에서 어깨를 꼭 안고 말했다. "칠 년 전에 저기서 가스 유출사고가 일어났었어. 그후로 저렇게 되어버린 거지." "정말? 그럼 사람들도 많이 죽었겠네." 삐는 대답은 하지 않고 주머니에서 담배를 꺼내 어렵사리 불을 붙였다. 그러고는 겁도 없이 옥탑 난간 위에 한쪽 다리를 얹고 까마득한 옥탑 아래를 내려다보았다. 리나는 언젠가 공단지역 저쪽 땅을 보게 되리라던 예감이 실현되자 문득 불안감을 느꼈고, 순간 저만치 하늘 위 대륙 끝으로부터 남쪽으로 날아가는 검은 새떼를 보았다.

울음소리

날씨는 점점 더 추워져서 용접 불꽃이 환한 공장 안에 있는 게 훨씬 더 따뜻했다. 관리자들은 공사기간을 맞추기 위해서는 하루라도 쉴 수가 없다고 사람들을 닦달했고 공장에서 일하는 사람들도 이제는 대꾸 한마디 없이 일만 했다. 앉아서 밥을 먹을 식당은 여전히 만들어지지 않았고, 화장실도 더운물이 나오는 샤워실도 만들어지지 않았다. 삐는 이제 웬만한 철제 구조물들까지 직접 다 용접하는 단계에 접어들었다. 삐의 얼굴도 이곳 노동자들의 얼굴처럼 핏기 없이 검고 누런 색으로 변해 예전의 삐의 모습이 아니었다. 리나는 이제 공장에 가끔 나타나는 경찰을 보고도 놀라지 않았으며 아무도 리나를 탈출자라고 의심하지 않았다.

공단 설립 십 주년 기념일이 다가온다는 플래카드가 공단 여기저기에 나붙었다. 사람들은 그날이 되면 기다리던 조립식 간이화장실이나 샤워실이라도 실려와 공단지역에 설치될지도 모른다고 수군거리며 참고 일했다. 모든 상황이 다 나빴음에도 불구하고 가장 행복하고 또 보람된 시간을 보내고 있는 사람이 있었는데, 바로 봉제공장 언니였다. 다행히 겨울이어서 언니의 배는 사람들의 눈에 띄지 않았지만 집에만 돌아오면 만삭의 임부 기분을 한껏 냈다. 할머니는 밤마다 언니의 배를 한 번씩 만져보고는 곧 나온다, 곧 나온다 소리를 계속했다. 아기의 아빠인 아랍 남자는 밤마다 봉제공장 언니의 뒤꽁무니를 졸졸 따라다니며 자기 집에 갈 생각을 안 했다. 봉제공장 언니는 여전히 바나나가 먹고 싶다고 외쳤고, 바나나를 먹지 않으면 아기를 제대로 낳을 수 없을 것 같다고 협박까지 했다.

삐가 어느 날 식당에서 일하는 남자 요리사들에게 부탁해 바나나를 구해왔다. 언니는 할머니와 리나, 심지어 아랍 남자에게조차 한 조각도 주지 않고 커다란 바나나 한 다발을 혼자서 다 먹어치웠다. 그러고 나자 언니의 배는 봉긋하게 솟아올랐다. 사람들은 모두들 머릿속에 둥근 탁상시계 한 개씩을 집어넣었다. 그리고 시계 소리가 커다랗게 째깍거리는 날이 바로 아기가 나오는 날이라며 모두들 그날을 기다렸다.

드디어 공단 설립 십 주년 기념일, 모두들 아침부터 괜히 웃기도 하고 낯선 차량이 들어서면 엉덩이를 들고 그쪽을 쳐다봤다. 관리자들이라도 와서 노동자들을 위로하고 격려하리라던 기대는, 언제나 그랬던 것처럼 싸늘하게 식은 점심식사가 트럭에서 내려지는 순간 다 사라졌다. 사람들은 여전히 바람을 피할 수 있는 곳을 찾아들어가 밥을 먹었다. 그러고 난 뒤 담배를 피우고 공장 뒤편으로 돌아가 소변을 본 다음 각자의 작업장으로 돌아갔다.

달착지근한 과자 하나, 술 한 병 전해주러 오는 사람도 없이 하루가 갔다. 그때 공단 입구에서부터 이상한 소리가 들렸다. 사람들은 고개를 갸우뚱거리며 몸을 움직였다. 관리자들이 고용한 덩치 큰 남자들이 벌써 공단 입구로 가 불청객들을 가로막고 서 있었다. 서쪽의 폐허지역에서 온 사람들이었다. 누더기를 걸친 얼굴색은 창백했고 눈만 커다랗게 휘둥글렸다. 칠 년 전에 일어난 가스 유출사고의 피해자들이라고 했다. 리나는 그들 중에 섞여 있는 몇 명의 기형인 어린이들과 몸이 몹시도 부실해 보이는 파리한 표정의 어른들을 보았다. 그들은 아무런 주장도 하지 않고 공단 입구에서 덩치 큰 남자들과 대치한 채 가만히 서 있었다. 그들은 매년 이렇게 공단을 찾아온다고 했다. 그러고 보니 한 어린애가 들고 서 있는 종이가 보였다. 거기에는 '우리를 잊지 마세요!' 라고 적혀 있었다.

그날 밤 내내 담요를 어깨에 뒤집어쓴 채 귀신처럼 늘어진 머리카락을 만지작거리던 할머니가 갑자기 일어나 앉더니 침대 밑에 넣어둔 보따리를 풀어 화장을 하기 시작했다. 할머니는 옛날 가수였던 시절, 무대에 오르기 직전에 하던 그 몸짓 그대로 허리를 죄는 흰 무대 옷을 입고, 머리카락을 한 올도 남기지 않고 모두 끌어올려 빗었다. 리나와 삐 그리고 봉제공장 언니의 남자 친구는 할머니가 무슨 일을 꾸밀까 궁금해 할머니를 따라 나갔다. 할머니는 늘 사람들이 모이곤 하는 광장 한켠에 무대를 세우라고 지시했다. 삐와 아랍 남자는 안 그래도 피곤해 죽겠는데 이상한 일만 시킨다고 투덜거렸다. 마땅한 도구가 없었으나 공장 시설물들을 조금씩 떼어가지고 와 기둥 네 개와 천막을 만들었다.

할머니는 삐를 공동숙소로 보내 좋은 구경거리가 있으니 모두 다 밖으로 나오라고 말하라고 시켰다. 리나는 할머니를 도와 오랜만에 작은 손북을 치기 시작했고 북소리가 조금씩 퍼져나가자 사람들이 하나둘 모자를 쓴 채, 검은 타르가 질척거리는 공단 바닥을 밟고 천막 아래로 모였다. 할머니의 짙게 화장한 얼굴은 추운 날씨 때문에 붉으락푸르락했다. 사람들이 스무 명쯤 모였을 때 할머니는 드디어 공연을 시작했다. 하지만 할머니의 머리 뒤로 옛날과 같은 후광은 생기지 않았고, 할머니만 나타나면 머리를 조아리고 신을 만난 듯 흥분하던 손님들도 보이지 않았다. 그래도 할머니는 아주 차분하게 노래를 시작했다. 짧게 끊어 치듯 목청껏 내질렀을 때 좌중을 압도하던 소리는 더이상 할머니에게서 기대할 수 없었다. 할머니가 쿨럭쿨럭 기침을 해대며 위기를 모면하려는 사이 갑자기 객석에 서 있는 남자들 둘이 앞으로 나와 한 손을 번쩍 치켜들고 구호를 외치기 시작했다. 비나 눈을 피해 밥을 먹을 수 있는 공간을 만들어달라, 작업장에 안전장비들을 지급해달라, 거울이 달린 탈의실과 더운물이 나오는 샤워실을 설치해달라, 약속한 임금을 제대로 지급해달라, 우리는 바보가 아니다. 매일 듣는 똑같은 얘기들이었지만 어두운 밤, 여러 사람들이 한군데 모여 일제히 소리를 지르자 효과는 다르게 느껴졌다. 어떤 외국인 노동자는 콧물을 흘리며 옆에 서 있는 동료의 얼굴에 머리를 묻고 한참을 울었다.

잠시 후 관리자들이 고용한 덩치 큰 남자들이 달려왔다. 그들은 할머니를 번쩍 들어서는 타르가 질척거리는 땅바닥에 달랑 내려놓았다. 그리고 아주 둥글고 긴 막대기를 들고 사람들을 해산시켰다. 겁에 질린 사람들은 모두 다 공동숙소 쪽으로 달아나기 시작했고 금세 사람들의 흔적은 사라졌다.

할머니는 관리자들에게 불려갔다. 리나는 할머니를 따라가 관리자들의 눈을 똑바로 쳐다보며 할머니가 정신이 나간 지 오래되었고, 할머니가 미쳐서 이런 일을 꾸몄다고 설명했다. 관리자들은 리나의 설명에도 불구하고 똑같은 질문만 계속해댔다. "너 창녀였다는 거 사실이니? 사람들 소문이 맞니? 도대체 지금까지 몇명이랑 잤니?" 순간 화가 나서 이 나라 말이 아닌 자기 나라 말이 튀어나올 뻔한 위기의 순간도 맞았지만 무사히 잘 넘겼다.

한밤중이 되도록 삐는 잠을 이루지 못했다. 삐는 커다란 종이 한 장에 공단지대를 빼곡하게 그렸다. 삐의 그림 속 공단지대는 온통 검은색이었다. 사람들은 아주 작게 그려져 잘 보이지 않았다. 리나는 그 옆에 엎드려 다리를 흔들거리며 노래를 불렀고 흠씬 야단을 맞고 돌아온 할머니는 얌전한 척 가만히 누워 있었다. 삐는 뭘 하는지 밤이 되어도 잠을 자지 않는 것 같았다. 리나는 가끔 침대가 삐걱거리는 느낌이 들어 설핏 잠이 깨기도 했는데 삐의 지겹도록 차가운 발이 살갗에 닿았다.

새벽에 침대에서 일어난 리나는 창가 쪽 침대에서 배를 들썩이며 가쁜 숨을 몰아쉬고 있는 봉제공장 언니를 발견했다. 언니는 리나가 다가가자 손을 꽉 잡고 온 얼굴을 우그러뜨리며 인상을 썼다. 리나는 할머니를 깨웠고, 할머니는 리나에게 물을 끓이라고 시키고, 삐에게는 아랍 놈을 데려오라고 했다. 할머니가 언니에게 다가가 나직한 목소리로 말했다. "애가 나오려나보다. 너무 울지 마라. 너보다 안에 있는 애가 더 힘들다, 깜깜한 데서 환한 데로 나오려면 얼마나 힘들겠니!"

언니는 급하게 숨을 몰아쉬다가 또다시 잠잠해지곤 했다. 그럴 때마다 할머니는 냄비에 담긴 만두를 꺼내 언니에게 조금씩 먹였다. 배가 고프면 제대로 애를 낳을 수 없다는 것이었다. 잠시 후 달려온 아랍 남자는 벌써부터 두 손을 비비며 알라신을 찾고 난리가 아니었다. 언니는 아플 때마다 "엄마"를 외쳐 불렀고, 그럴 때마다 할머니는 언니의 가랑이 속을 들여다봤지만 아기는 쉽게 환한 데로 나오지 못했다. 리나는 언니 침대 옆에 걸터앉아 언니가 배에 잔뜩 힘을 줄 때마다 팽팽하게 뭉치곤 하는 아기의 몸뚱이를 손바닥으로 느꼈다.

삐와 아랍 남자는 기다리다 못해 아침 출근시간이 되어 공장으로 갔다. 기다리다 지친 할머니도 아기가 쉽게 나올 것 같지 않다며 잠깐 잠이 들었다. 창밖으로 보이는 공단지대의 아침은 또 그렇듯이 굵은 눈발과 함께 시작됐다. 하늘은 몹시도 어둡고 흐렸다. 언니는 정신이 들 때마다 리나의 손을 꼭 잡으며 고맙다고 말했다. 리나는 숨을 헐떡거리며 힘들어서 어쩔 줄 모르는 언니가 몹시 고소하기도 하고 불쌍하기도 했다.

언니의 진통은 그날 밤까지 계속되었다. 삐는 또 바나나를 구해왔고, 아랍 남자는 아기를 싸맬 희고 깨끗한 천을 구해왔다. 사람들이 저녁으로 후루룩거리며 국수를 먹는 사이 힘없이 늘어져 있던 언니가 갑자기 침대 모서리까지 머리를 들이밀고 올라가며 비명을 질러댔다. 할머니는 언니의 가랑이 속에 머리를 처박고는 아기에게 빨리 나오라고 말했다. 규칙적이고도 반복적인 할머니의 목소리를 따라 언니의 질구가 조금씩 벌어졌다. 말갛게 팽창된 질구 사이에서 아기의 까만 머리가 조금씩 밀려나오는 게 보였다. 창밖은 하루 종일 내린 눈으로 온통 흰 세상이었다. 빨갛고 쭈글쭈글한 아기는 머리가 나오자마자 둥글게 몸을 돌려 어깨를 쏙 내밀며 밖으로 톡 튀어나왔다. 놀란 누군가가 트림을 했다.

아기가 나오자마자 언니는 기절해버렸다. 세상에 태어나면 막 운다는 아기는 울지 않았다. 갓 태어난 아기는 아랍 남자의 품에 안겨 공동숙소 이곳저곳을 휘둘러보듯 눈을 굴리더니 몹시 고단하다는 듯 눈을 감았다. "어휴, 징그러워라." 리나는 지저분한 흰색 분비물이 잔뜩 묻은 아기가 정말 징그러웠다. 리나는 문득 엄마가 오래전 국경마을에서 추운 겨울에 아기를 낳고 아기가 한 달 동안 울음을 그치지 않아 무척 고생했었다고 한 말을 떠올렸다. "그게 바로 너란 말이다, 이년아!" 리나는 아랍 남자에게 다가가 아기를 내려다보다가 아기의 가슴 한쪽을 열었다. 그리고 언니가 했던 것처럼 작은 나비 한 개를 허공에 그렸다. 그사이 언니의 배를 세게 두드리던 할머니가 기진했다. 이어서 삐가, 다음으로 아랍 남자가 계속해서 두드리자 언니의 뱃속에서 태반이 쏟아져나왔다. 리나는 그것들이 쓰레기통으로 추락하는 것을 보았다. 순간 리나는 자기가 애를 낳은 것처럼 아랫도리가 시원해졌다. 창밖은 밤이었고 할머니가 다시 힘을 내 아기의 엉덩이를 찰싹 때렸다. 그러자 아기는 나한테 왜 이러냐는 듯, 입술을 삐죽거리며 아주 작은 소리로 울기 시작했다.

용접 불꽃

검은 물기로 질척거리는 땅바닥 위에 떨어진 눈꽃들은 떨어지자마자 녹아 없어졌다. 공단 건물들 위로 쭉쭉 뻗어올라간 굴뚝에서 불투명한 연기가 끝없이 피어올랐다. 습기가 많은 날에는 굴뚝에서 나온 연기가 하늘로 올라가지 못하고 아래로 내려와 수평으로만 퍼졌다. 그런 날은 숨도 쉴 수 없을 만큼 공기가 나빴다. 밤이 되면 공동숙소 여기저기서 기침소리가 끊이질 않았다.

리나는 이곳에서 두번째 겨울을 맞았다. 지나간 여름은 전쟁이나 다름없었다. 플랜트 공정은 섭씨 사십 도가 넘는 끔찍한 더위 속에서 제3단계의 중반쯤에 진입해 있었다. 매일매일 헬리콥터로, 기차로 새로운 자재들이 도착했다. 그러나 자재보다 더 많이 들어온 것은 직사각형으로 큼직하게 자른 얼음포대였다. 무덥고 습도가 높아서 얼음물이 없으면 아무 일도 못했다. 골재를 섞을 때도 물 대신 얼음을 넣어야 했고, 레미콘 단열재 위에도 계속해서 물을 뿌려 온도를 낮춰야만 했다. 자재들이 사람보다 먼저 더위에 지쳐 나가떨어져서 한낮에 하는 콘크리트 작업은 하나마나였다. 강렬한 햇볕 때문에 수분이 금세 증발해 금이 쫙쫙 간 채 갈라져버렸다. 그래서 콘크리트 작업은 새까만 밤에만 했고 낮에는 철골 구조물을 올리거나 기계를 설치하는 작업만 했다.

거대한 원통 모양의 저장용 탱크가 완성될 때마다 몇 사람씩 다쳤다. 철판 조각을 일일이 용접해 철골 구조물을 쌓아올려야 하는 고난이도의 작업은 플랜트 숙련공들이나 할 수 있는 일이었다. 저장용 탱크의 지붕을 설치하는 일은 더 까다로워서 관리자들은 하늘의 도움이 필요하다고 입을 모았다. 탱크의 내부는 어둡고 먼지가 많아 발을 헛디뎌 추락하기 쉬웠다. 값싼 임금을 주고 이 나라 저 나라에서 데려온 비숙련공들은 아무런 교육도 받지 않고 현장에 투입됐고, 사고를 당해 죽은 사람은 자기가 왜 죽는지도 모르는 채로 죽었다.

어쨌든 리나는 더운 여름도, 이즈음의 지독한 추위에도 그럭저럭 익숙해졌다. 하지만 가끔은 백발의 할머니나 되어서야 공단지대에서 벗어나게 될지도 모른다는 불길한 생각에 눈앞이 깜깜해지곤 했다.

공동숙소 뒤편의 야트막한 산 위의 나뭇가지들 뒤로 노을이 빠져나갔다. 흩날리던 눈발이 일몰 무렵의 어둠에 묻혀 사라졌다. 해가 지기까지의 시간은 아주 짧았고, 그 시간은 하루의 어느 때보다 어두웠다. 작업장 한켠에 산처럼 쌓인 철근더미들, 뜨거운 불에 달궈진 용접 작업대, 미로처럼 얽힌 수많은 파이프들, 쓰레기를 싣고 떠나는 심하게 부식된 트럭들, 금빛 노을이 살짝 남아 있는 일몰 무렵의 짙푸른 하늘까지, 보이는 것들로부터 보이지 않는 것들까지 층을 달리해가며 겹겹이 어두워졌다. 그 잠깐의 어둠은 공단지대 전체를 순식간에 삼켜버렸다. 그리고 공단 서쪽 하늘에 우뚝 솟아 있는 타워크레인과, 오십 미터 높이의 옥탑 가스 분리탑이 공단지대의 밤을 장악하기 시작했다.

주홍색 용접 불꽃들은 일몰 직후에 가장 선명하게 타올랐다. 용접 불꽃들은 용접봉을 통과해 나오는 순간 마치 숨을 고르듯이 쉬이, 푸우 소리를 냈다. 단단한 강철들을 자르고 이어붙이느라 사방에서 용접 불꽃들이 춤을 추었다. 방향을 달리해 타오르는 크고 작은 용접 불꽃들은 눈만 살아 날뛰는 귀신들 같았다. 리나는 추위를 느낄 때마다 가만히 선 채로 각도를 달리해 타오르는 용접 불꽃들을 쳐다봤다. 불꽃들은 용접봉에서 나오는 순간은 주홍색이다가 점차 커다래지면서 푸른색이 되었다가 나중엔 눈부신 흰색으로 변했다. 그럴 때마다 리나는 불 속에 난 길이라도 본 듯 용접 불꽃 안으로 뚜벅뚜벅 걸어들어가고 싶다는 생각을 했다.

해가 져도, 해가 떠도 화학가스 저장용 탱크시설을 만드는 플랜트 공단지대는 뱅글뱅글 돌아갔다. 향후 오 년 안에 이 나라 최대의 화학공장으로 발돋움하지 않으면 안 된다고 열을 올렸다. 경제자유구역임을 알리는 공단 입구의 플래카드는 까맣게 때에 절어 여전히 펄럭거렸다. 제3단계의 플랜트 제작기간은 얼마 남지 않았고, 공사가 끝나면 플랜트를 맡은 외국 기업은 이곳에서 철수할 계획이라고 했다.

어쨌든 죽어나는 건 공단에서 일하는 사람들이었다. 하루에도 몇 번씩 귀를 찢는 사이렌 소리가 공단지대 전체에 길게 울렸다. 사이렌은 가스가 소량이라도 유출되거나 공단 가동에 문제가 생기면 자동적으로 울리도록 조작되어 있었다. 안전 관리자들은 사이렌 소리가 날 때마다 성질을 내며 이구동성으로 '6번, 6번 탱크'를 외쳤다. 공단 오른편에 동남 방향으로 비스듬히 놓여 있는 여섯 개의 가스 저장용 탱크 한가운데 6번 탱크가 있었다. 그러나 밀폐된 탱크 안에서 무슨 일이 일어나고 있는지, 대부분의 공단 사람들은 관심을 갖지 않았다. 사람들은 언제나 할 일이 많았고 날씨 또한 너무 추웠다.

시끄럽긴 해도 사이렌이 들린다는 것은 안전장치가 제대로 돌아가고 있다는 것을 의미했다. 그러나 시도 때도 없이 울리는 사이렌은 공단지대 안전시스템에 중대한 문제가 있음을 알리는 경고 사인이기도 했다. 그래서 심지어 관리자들이 6번 탱크를 점검하러 가서는, 일은 안 하고 카드나 하며 놀다 오는 게 아니냐고 비아냥거리는 소리까지 들렸다.

리나는 해가 지고 나면 습관처럼 삐가 일하는 구역으로 갔다.

상체를 잔뜩 숙인 채 불꽃과 씨름하고 있는 용접공들 사이에서 삐는 다른 용접공들과 한눈에 구별이 안 됐다. 리나는 한참 만에야 삐를 찾았다. 언제나 삐를 알아보게 해주는 남다른 표지는 다름아닌 그의 길고 커다란 발이었다. 리나는 입을 꽉 다문 채 하루 종일 용접에만 몰두하는 삐를 보면 불쌍하다는 생각이 들다가도 괜히 화가 났다. 용접을 처음 시작했을 무렵의 삐는 하루가 멀다 하고 화상을 입었다. 삐의 왼쪽 가슴 위쪽에 생긴 최초의 화상은 죽은 피라미처럼 피부에 찰싹 달라붙어 있었다. 그러나 이젠 리나조차도 삐의 몸에 난 새로운 화상에 관심을 갖지 않았다. 시간이 갈수록 삐의 몸에는 화상이 늘어갔고 상처가 늘어나는 만큼 삐의 말수는 줄었다.

삐는 두꺼운 장갑을 낀 채 얼굴에는 보안경을 착용하고 용접봉을 잡고 있었다. 플랜트 공정에서 용접이 차지하는 비중은 매우 컸다. 용접에서 미세한 틈이라도 생기면 대형 폭발로 이어졌다. 그래서 용접이 끝나면 항상 엑스선을 투과해서 잘못된 곳이 있는지를 판독했다. 삐는 언제나 불량률 제로를 달리는 숙련공이었다. 리나는 삐 앞에 가 서서 두 발을 쾅쾅 굴렀다. 소리가 들릴 리도 없지만 한두 번 굴러서는 누가 왔는지 눈치채지도 못할 만큼 삐는 용접에만 몰두했다. '제발 날 좀 보란 말이야.' 리나는 혼잣말을 하며 입술을 달싹거렸다. 한참 만에야 삐가 용접봉을 내려놓고 보안경을 벗었다. 용접 일을 시작한 후로 삐의 얼굴은 다른 나라에서 온 남자들처럼 갈색으로 변했다. 어리벙

벙하던 모습은 어디론가 사라지고 뼈와 근육이 적당히 붙은 단단한 체형을 가진 남자로 변해 있었다.

늦은 밤, 삐가 공동숙소로 돌아와 웃옷을 벗을 때, 어깨와 등에 붙은 근육들이 삐가 팔을 올리는 순간 따라 올라가면서 긴장했다. 리나는 그 모습을 늘 무심한 척 쳐다봤지만 가슴은 콩닥콩닥 뛰었다. 리나는 삐의 몸이 그렇게 변한 건 누군가 몰래 부린 마술이거나 삐가 사람들 몰래 쇳가루를 먹었기 때문이라고 생각했다. 그러나 안타깝게도 삐는 이제 리나를 봐도 웃지 않았다. 리나는 그것 또한 삐와 자신을 질투한 누군가가 사주한 마술일 거라고 생각했다.

할머니가 부부인 척 지내라고 한 이후로 삐는 더욱 재미없는 사람이 되었다. "밥 먹었니?" 삐가 대답은 하지 않고 작업장만 돌아봤다. "입은 도대체 어디다 쓰려고 그렇게 하루 종일 다물고 있니? 넌 하루 종일 내 안부가 궁금하지도 않니?" 삐가 또 대답 없이 입고 있던 안전조끼 주머니에서 담배를 꺼내 입에 물었다. 그의 행동은 예전과 달리 느리면서도 약간은 거칠었다. "넌 내가 그렇게 보기 싫으니?" 리나가 화난 표정으로 말해도 삐는 담배만 몇 모금 빨아댈 뿐 여전히 말을 안 했다. 그때 작업장에서 삐를 찾는 목소리가 들렸다. 삐는 찾는 동료들이 많아서 마음대로 작업장을 비울 수도 없었다. 리나는 화가 머리끝까지 뻗쳐서 한순간에 팩 돌아서서 걷기 시작했다. 삽시간에 지구 최후의 날이 되어 공단지대의 어두운 하늘이 눈앞에서 와르르 무녀져내렸다. 삐는 그러거나 말거나 안전조끼를 제대로 입고 장화 신은 발로 어기적어기적 작업장으로 돌아갔다. "날 무시하다니, 나쁜 놈, 나 오늘 집에 안 들어간다." 리나가 돌아서서 삐의 뒤통수에다 대고 쏘아붙였다. 리나는 삐에게 왜 호기심과 두려움을 동시에 느껴야 하는지 몹시도 짜증스러웠다.

하루 일을 끝내라는 사이렌이 길게 울리자 사람들은 자기가 속한 작업장을 휘둘러보며 굼뜨게 몸을 일으켰다. 이미 하늘은 깜깜했다. 너무 추워서 아무도 샤워 따위는 할 엄두를 내지 못했다. 리나는 하루 종일 입고 있었던 작업복에 덕지덕지 붙은 먼지를 털어냈다. 수건을 손에 들고 채찍질이라도 하듯 몸에 붙은 먼지를 털어내야 팔과 다리에 감각이 돌아왔다. 멀리 공동숙소 창에 주홍색 불이 켜지기 시작했고, 숙소 앞의 잎 떨어진 은색 나무들이 파르르 흔들렸다. 녹슨 격자창 안에서 굼뜨게 오가는 사람들의 그림자가 보였다.

리나는 작업장 옆의 컨테이너처럼 생긴 창고로 들어갔다. 나이든 여자들 몇이 바닥에 널린 자재 부스러기들과 화학약품 상자들을 치우고 있었다. 누군가 텅 빈 창고 벽 한쪽에 깨진 거울을 붙였고, 그 아래에 손을 씻을 수 있는 플라스틱 통을 갖다놓았다. 여자들은 이곳을 화장대처럼 이용했다. 리나는 머리를 묶었던 손수건을 풀고 머리카락에 공들여 물을 발랐다. 그리고 머리채를 한참 흔든 뒤 빗질을 하고 물로 입속을 여러 번 헹궈냈다. 그리고 늘 주머니 속에 넣고 다니는 립스틱을 꺼냈다. 딱딱하게 언 립스틱을 손바닥 사이에 끼우고 입김으로 녹였다. 입술에 힘을 주고 입김을 모아 불어넣는 순간이 되면 리나는 이상하게 화가 났다. 억눌렀던 뭔가가 끓어올라 눈에 핏발이 섰다. 그런 순간이면 목구멍이 갑갑해지면서 도무지 입에 담을 수 없는 욕설이 자기도 모르게 쏟아져나왔다. 그럴 때 리나는 입술을 씰룩거리며 마음껏 욕을 했다. "미친 공장 놈들 다 죽어버려. 나쁜 새끼들, 다 미끄러져 다리나 부러져버려." 리나는 발끝에 닿는 커다란 깡통을 힘껏 차버렸다.

윤기가 돌면서 립스틱이 부드러워지면 양볼에 먼저 살짝 찍은 뒤 손가락으로 문질러 발랐다. 그리고 입술에도 여러 겹, 진하게 발랐다. 그러고 나면 갑자기 눈이 충혈되면서 눈물이 맺혔고, 그제야 몸의 감각이라고 할 만한 것이 되살아나는 느낌을 얻었다. 리나는 그 짧은 순간만이라도 전혀 다른 사람이 되고 싶었다.

리나는 공단지대 서쪽으로 뻗어 있는 인도로 접어들었다. 백 명, 이백 명도 더 될 것 같았다. 수많은 남자들이 주머니에 손을 찔러넣은 채 서쪽으로 이동하는 중이었다. 사람들은 어두운 공단지대로부터 영원히 등을 돌리고 싶다는 듯 앞만 보고 걸었다. 그때 템포가 빠르고 비트 있는 팝송 한 곡이 하늘에서부터 세례를 퍼붓듯이 길을 따라 울려퍼졌다. 리나는 음악에 따라 발걸음을 옮겼다. 엉덩이에 너무 힘을 줘서 골반이 빠질 것처럼 아팠지만 서쪽의 번화가로 가는 일은 언제나 즐거웠다. 별천지의 상징물처럼 어둠 속에서 환하게 손 흔드는 광고판과 불빛 들이 보였다. 리나는 문득 뒤를 돌아보았고, 그 순간 공단지대는 거대한 선박처럼 망망대해의 깊은 곳으로 조금씩 떠밀려갔다.

서쪽 번화가 입구에서부터 호객꾼들이 지나가는 남자들의 팔목을 잡아끌었다. 남자들은 몇 명씩 짝을 지어 거리에 도열해 있는 술집으로 들어갔고, 그럴 때마다 남자들을 환영하는 과장된 목소리가 거리를 울렸다. 남자들은 밤만 되면 식당과 술집이 넘쳐나는 공단지대와 폐쇄구역의 중간, 공단지대의 꽃이라고 할 수 있는 번화가로 모여들었다. 그들은 공단에서는 냉대를 받았지만 이곳에 들어서는 순간부터는 화통하고 돈 잘 쓰는 멋진 남자들이 되었다.

한쪽으로는 폐허가 된 공터에 붙어 있고, 또 한쪽으로는 공단지대에 붙어 있는 거리는 낮에 와보면 황량하기 짝이 없었다. 서쪽 폐쇄구역으로 들어가는 길 옆은 말 그대로 쓰레기 천지인 공터여서, 길이 끝나는 지점에서부터 어느 순간 사막에 들어선 것처럼 황량하기만 했다. 이백 미터도 채 안 되는 거리에 들어선 건물들은 벽도 얇고 지붕도 얇은 조립식 건물들이어서, 불빛 없는 낮에 보면 금세라도 바람에 날아갈 것처럼 부실해 보였다.

번화가 중앙에 흰 칠을 한 삼층짜리 건물이 이곳에서 제일 유명한 술집 '클럽 퍼즐'이다. 리나는 퍼즐에서 일했다. 이곳에서 공단 사람들은 어깨를 맞대고 앉아 술을 마시다가 별것도 아닌 일로 쥐어뜯고 싸우고 서럽게 울었다. 좁은 계단을 올라가면 작은 방들이 여럿 있고, 담배 냄새가 진동하는 가운데 한 달 치 임금을 걸고 카드놀이를 하는 사람들로 소란스러웠다. 삼층에는 방이 많아, 일종의 비밀장소처럼 쓰였다.

리나가 이곳에 오게 된 건 미샤 때문이었다. 미샤는 클럽 퍼즐에서 가장 인기 있는 여자 종업원이었다. 미샤는 대륙 북쪽의 작은 독립국가 출신으로, 이혼한 부모에게 버려져 길거리를 전전하다가 드넓은 초원을 가로질러 달리는 이상한 버스를 얻어 타고 자기도 모르게 이곳까지 왔다고 했다. 몇 달간 차를 탔는지, 뭘 먹었는지도 모르고 어쨌든 내렸더니 여기더라나. 큰 키에 몸매가 늘씬한 미샤는 눈의 나라 공주처럼 이질적인 존재였다. 미샤는 어린 시절을 돌이켜보면 생각나는 거라곤, 어디서나 구할 수 있었던 값싼 본드 향기와 굴뚝처럼 굵고 독한 담배뿐이라고 했다. 미샤는 전직 가수 할머니가 공단에서 공연하던 날 청중 속에 끼여 있었다. 그날 미샤는 유창한 이 나라 말로 리나에게 말했다. "도대체 이걸 공연이라고 할 수 있니? 퍼즐에 한번 놀러 와. 우리도 공연하거든."

미샤는 리나를 보자마자 종이가방을 내밀었고, 리나는 그걸 받아들고 화장실로 갔다. 가느다란 어깨끈이 달려 있고, 가슴 부분에 반짝이가 붙어 있는, 온몸을 훑어내리는 검은색 드레스였다. 드레스는 리나에게 좀 컸다. 너무 추워 내복 윗도리는 벗어도 아랫도리는 절대로 벗을 수 없는 리나로서는 옷이 큰 게 다행이었다. 리나는 머리를 한쪽 어깨 위로 모아 흘러내리게 빗고, 아랫배에 잔뜩 힘을 준 뒤 화장실에서 나왔다.

사람들은 밤새 술을 마셨다. 리나는 일층에서부터 삼층까지 종횡무진 오가며 술을 날랐다. 삼층 복도의 창문을 올리고 고개를 내밀면 오른쪽으로 비스듬히 공단지대가 보였다. 리나는 그렇게 상체를 숙이고 엉덩이를 좌우로 흔들며 공단지대를 쳐다보기를 좋아했다. 화장실에 드나드는 남자들이 리나의 엉덩이를 살짝살짝 때리며 지나갔지만, 이 정도야 뭐 어때, 하는 얼굴로 샐쭉 웃기만 했다. 한 남자가 지나가다가 돌아서서 리나를 쳐다봤다. 리나는 같은 부서에서 일하는 남자를 벌써부터 쳐다보고 있었는데 남자는 리나를 알아보지 못했다. "어디서 봤더라……" 남자는 자꾸만 고개를 갸우뚱거리며 리나의 뒤꽁무니를 졸졸 따라다녔다.

외국인 노동자들이 자리에서 일어나 옆사람에게 상처투성이의 얼굴을 비비적거리며 두 팔을 번쩍 들고 춤을 추었다. 눈물은 흘리지 않았지만 느리고 괴상한 몸동작에는 이불 위의 얼룩 같은 피로와 자조가 잔뜩 배어 있었다. 눈동자가 커다랗고 키가 큰 남자가 탁자 위에 올라가 춤을 추면서 내려올 생각을 안 했다. 그는 몸을 잔뜩 굽힌 채 끙끙거리면서 자신을 개에 비유했다. 그때 옆에 있던 사람들도 모두 같이 엎드려 개처럼 짖어댔다. 그리고 술을 마시던 누군가가 소리쳤다. "저들이 개지, 우리가 갠가?"

리나는 탁자 위를 치우러 돌아다니면서 잔에 남아 있는 술들을 홀짝홀짝 마셨다. 아깝기도 했지만 너무 춥고 배가 고팠다.

리나는 빈 위장을 살짝 긁으며 뱃속을 타고 내려가는 진정한 술맛을 이제야 알 것 같았다. 미샤가 살다 온, 일 년 내내 추운 나라 사람들이 남자나 여자나 왜 그렇게 겨울만 되면 술에 취해 살아야 하는지도 환하게 이해가 되었다. 약간 노곤해진 상태로 턱을 괴고 앉아 사람들을 쳐다보며 웃고 있을 때, 같은 부서에서 일하는 남자가 드디어 리나를 알아봤다. "화장을 해서 전혀 못 알아봤어. 우리 부서에 이런 미인이 있는 줄 몰랐네." 남자는 짧은 곱슬머리에 손가락을 넣어 연신 치켜올리며 히죽히죽 웃었다. "아저씨, 어디다 대고 반말이세요. 도대체 여기선 왜 다 나한테 반말들이야." 리나는 괜히 신경질을 냈다.

갑자기 이층 계단이 몹시 소란스러웠다. 알아들을 수 없는 외국말을 지껄이며 사람들에게 멱살을 잡힌 채 끌려내려오는 남자가 있었다. 카드를 하다가 돈을 잃어 난동을 피우는 게 틀림없었다. 이런 광경은 클럽 퍼즐에서는 흔한 일이어서 놀랄 일도 아니었다. 리나는 남자에게 다가가 눈가에서 떨어지는 초록색 눈물과 코에 묻은 회색 담뱃재를 손가락으로 닦아주며 말했다. "언니가 알면 어쩌려고 이런 데 와 있어요?" 봉제공장 언니 남편이었다. 리나는 그들 일행과 어깨동무를 하고 밖으로 나왔다. "리나, 안녕!" 아랍 남자가 손을 흔들며 인사했고 사람들이 그와 어깨동무를 한 채 공단지대 쪽으로 걸어갔다. "저런 인간을 믿고 이런 나라에서 애새끼를 낳은 내가 정신 나간 년이지. 흥! 국제결혼이랍시고 했더니 한심한 놈! 국제 거지를 한 명 만나긴 했지, 내가." 리나는 또 보나마나 남편을 붙들고 악다구니를 쓸 언니 얼굴이 떠올라 머리채를 흔들었다.

리나는 아랍 남자 일행이 간 후에도 출입문 앞에 멍청하게 서 있었다. 또 희끗한 눈발이 날렸다. 문득 돌아본 클럽 퍼즐의 성에 낀 유리문 너머로 미샤가 두 팔을 번쩍 든 채 춤을 추는 모습이 보였다. 얼음처럼 차가운 얼굴 위에 칠한 새파란 아이섀도가 새의 날개처럼 돋보였다. 이곳이 공단지대라는 것도, 아주 춥다는 것도 잊을 만큼 미샤의 몸동작은 미끈하고 가벼워 보였다. 리나는 문을 밀고 들어가려다 말고 공단 쪽으로 가는 길을 다시 돌아봤다. 남자들이 걸어간 길 쪽은 그 흔한 도둑고양이 한 마리 없이 텅 비어 있었다. '멋있다, 미샤.' 리나는 세차게 유리문을 밀고 클럽 퍼즐로 다시 들어갔다.

카드 손님들만 이층에 남아 있고 일층 홀이 거의 한산해질 때쯤 주인 남자가 가게로 들어왔다. 모두들 그를 '퍼즐 오빠'라고 불렀다. 그는 돈을 챙겨 가방에 넣고 언제나처럼 뿌루퉁한 표정으로 탁자 앞에 앉았다. 미샤가 맥주 두 병을 꺼내와 그의 오른편에 앉았고, 안주 접시를 들고 온 리나가 왼편에 앉았다. 거의 한 시간 동안 세 사람은 말없이 술만 마셨다.

이층의 손님들이 모두 내려오자 리나는 재빨리 이층으로 올라갔다. 테이블 밑에 흘린 동전이나 숨겨놓고 그냥 간 지폐들이 있는지 살피는 것도 잊지 않았다. 리나는 잃어버린 돈을 다시 찾으러 온 사람들에게 한 번도 돈을 돌려준 적 없이 자기가 다

챙겼다. 술기운이 올라왔다. 리나는 화장실로 가 목구멍에 손가락을 넣어 토했다. 그리고 옷을 갈아입었다. 팔과 어깨에 돋은 닭살을 문지르며 핏줄이 곤두선 얼굴을 뚫어져라 쳐다봤다. "빨리 내려와라." 아래층에서 오빠가 소리를 질렀다.

술을 보관하는 창고 문도 닫아걸고 주방 문도 닫아걸었다. 그리고 바닥에 엎드려 데굴데굴 구르다가 입에 거품을 물고 울어대는 취객들은 혼자만의 충분한 시간을 가지라는 뜻에서 홀 바닥에 그대로 남겨두었다. 눈발이 날리는 거리 위에 흰 자동차가 서 있었고 세 사람은 차에 올라탔다. 이백 미터도 안 되는 번화가를 빠져나가는 동안 거리에 서 있는 모든 사람들이 손가락질을 하며 차 안을 쳐다봤다. 차가 속도를 늦추면 이빨을 죄다 드러내고 웃으며 신나게 차창을 두드려댔다. 리나는 목을 길게 빼고 창밖을 내다보며 사람들을 향해 손을 흔들었다. 차가 번화가를 벗어난 후에도 사람들의 손바닥 자국이 차창에 오래 남았다. "어디로 데리고 갈 거야?" 미쌰가 주인 오빠에게 물었다. "좋은 데." 그는 그렇게만 말하며 여전히 뿌루퉁한 표정으로 차를 몰았다.

자동차는 번화가를 지나 공단자대 한가운데를 관통해 공단 오른쪽 입구로 나갔다. 그리고 도로로 접어들어 기차 레일과 평행으로 달리기 시작했다. 리나는 창문을 열고 레일을 쳐다봤다. 보기만 해도 귀를 찢듯 긁어대는 레일 소리가 커다랗게 들려와 저절로 귀를 틀어막았다. 자동차는 차선도 가로등도 이정표도 없는 길에서 마음껏 속력을 냈다. 갑자기 달리는 길 앞으로 커다랗고 둥근 물체가 하늘에서 뚝 떨어져내렸다. "흰곰이 얼어 죽었다!" 오빠가 소리를 지르며 차를 세웠다. 곰은커녕 산에서 굴러떨어진 눈덩이가 바로 차 앞을 막고 있었다. 오빠가 휴대폰을 꺼내 어디론가 전화를 걸며 리나와 미샤에게 눈덩이를 치우라고 시켰다. "꼭 힘쓰는 일은 여자들만 시킨단 말이지." 리나는 차에서 내리며 투덜거렸다. 둘의 힘만으로는 눈덩이가 꼼짝을 안 해서 나뭇가지를 주워 눈사람을 만들었다. "왜 안 치웠어?" 통화를 끝낸 오빠가 투덜거렸다. "저절로 걸어가게 하려구 그랬지." 할 수 없이 세 사람은 힘을 합해 눈덩이를 길 아래 언덕으로 굴려 떨어뜨렸다.

깜깜한 길을 한 시간 정도 더 달렸고, 그사이 미샤와 리나는 잠이 들었다. 자동차는 레일 옆 도로를 벗어나 한적한 소도시의 대로변 주택가에 멈춰 섰다. 자동차가 멈춰 서면서 심하게 쿨렁거려 리나는 잠에서 깼다. 덩치가 집채만하고 그에 비해 얼굴이 아주 작은 남자가 옆자리에 앉아 자기 얼굴을 뚫어져라 쳐다보고 있어서 너무 이상했다. 그는 퍼즐 오빠와 어릴 적부터 친구라고 했는데, 리나가 본 이 나라 사람 중에 제일 뚱뚱했다. 리나는 갑자기 숨이 막혀서 창문을 열고 기침을 해댔다.

인근 도시에 도착한 네 사람은 빌딩 앞에 차를 세워두고 거리로 나갔다. 도시는 매연에 휩싸인 채 거대한 인파와 함께 이리저리로 휩쓸려 떠밀려다녔다. 도시는 형광색 불빛을 받아 조금씩 조금씩 땅바닥으로 녹아내리고 있는 것 같았다. 덩치 큰 남자가 근처 가게로 가 전화를 거는 동안, 세 사람은 오래된 성문 앞 화단 난간에 기대선 채 누군가를 기다렸다.

성문을 지나자 축 늘어진 버드나무 가지들이 늘어선 상가 거리가 나왔다. 도시 사람들이 상가 앞 노천에 앉아 술을 마시며 열심히 떠들었다. 추운 날씨에도 아랑곳하지 않고 활기차게 먹고 마셨고 간간이 시도 외웠다. 안내를 하러 나온 갈래머리 여자애가 손짓하는 대로 상가 골목을 걸어올라갔다. 골목은 비좁았고 땅은 돌바닥이었다. 손으로 만든 평범한 노트나 장신구를 파는 작은 가게 앞에서 여자애가 이층을 가리켰다. 이층으로 오르는 계단 벽에 그려진 붉은 호랑이 그림이 무시무시했다.

공항 관제탑 같은 데서 근무할 것 같은 딱딱하고 영리해 보이는 인상의 나이든 서양 여자, 머리카락이 노랗고 솜털이 무성한 키 큰 서양 남자애들, 거의 홀딱 벗은 젊은 여자애들, 산만한 엉덩이를 나란히 붙이고 앉은 서양 노인 부부가 멀쩡한 얼굴로 모여 앉아서 대마초를 피우고 있었다. 미쌰는 자주 만나는 사람들을 대하듯 친절하게 영어로 인사를 건넸다. 네 사람은 소파에 앉아서 차를 마시며 올 것이 오기를 기다렸다.

잠시 후 그 집 주인 할아버지가 대마초를 주었다. 사람들은 대마초를 피우면서 전 세계의 빈곤과 끊이지 않는 전쟁과 지속가능한 발전에 대해 토론했다. 실제로 그중 한 명은 유엔인지, 유엔 산하인지 무슨 국제기구에 속해 있는 민간발전위원회 소속

기관에서 일하는 사람이라고 했다. "이 나라처럼 환경오염에 대해서 무대책인 나라는 지구상에 또 없을 겁니다." 대화는 한참씩 끊겼다가 다시 이어졌다. "환경부담금도 안 내는 이 나라 정부에 대해서 우리는 정말로 할 말이 많습니다." 또렷한 발음으로 한 말은 여기까지가 다였고, 그 이후로는 말소리보다 신음이나 가래침 뱉는 소리가 더 많이 들렸다.

리나는 구역질이 나 화장실로 뛰어들어갔다. 안내했던 갈래머리 여자애가 다가와 빨간색 막대사탕 껍질을 벗겨 입에 넣어주었다. 리나는 사탕을 빨아먹으면서 중얼거렸다. "나는 리나입니다. 나는 리나라고 합니다!" 리나는 천장이 뱅글뱅글 돌아서 등을 바닥에 붙인 채 아예 일어나지도 못했다. 조금 시간이 지나자 춥고 무서워져서 미쌰를 찾아 기어다녔다. 미쌰가 저만치 앞에 또렷하게 보이긴 했는데, 허리를 꽉 끌어안고 보면 미쌰가 아닌 다른 사람이었다. 그때 세상을 구한 하느님 아들 친척들이 죄다 모여 살고 있는 사해(死海)의 나라에서 왔다는 청년이 리나 앞으로 다가와 섰다. 리나는 너무 어지러워 두 팔을 벌려 청년의 허벅지인지 엉덩이인지에 머리를 비비며 말했다. "아이고 아저씨, 나 좀 살려주세요."

리나는 그날부터 지속가능발전위원회 소속의 평생 회원이 되었고, 죽는 날까지 그들을 그리워했다. 또 체중의 영 퍼센트도 느껴지지 않게 만들어주는 약은 현대인의 잦은 신경계 이상을 완화시키고, 인류 발전에 궁극적으로 기여한다는 어느 서양 할머니의 말이 전적으로 맞는 것 같다고 고개를 끄덕거렸다.

네 사람은 그 집에서 나와 대로변을 걸었다. 거대한 인파와 함께 위아래로 떠밀려다니던 도시는 어느새 움직임을 멈춘 채 싸늘하게 정지해버렸다. 날씨가 굉장히 추웠고 배가 고팠다. 거리가 벽장 속처럼 깜깜했다. 오빠는 대형 자전거 보관소 앞을 지나 늦게까지 문을 여는 식당으로 세 사람을 데려갔다. 그가 들어가자 담배를 피우던 주인이 나와 오빠에게 담배 한 개비를 주고 주방으로 들어갔다. 잠시 후 푸짐한 만두와 고기덮밥이 나왔다. 세 사람은 허겁지겁 음식을 먹었다. "오빠는 안 먹어요?" 미샤가 물었지만, 그는 음식은 먹지 않고 멍한 표정으로 맥주만 마시며 담배만 피워댔다.

한밤중에 먹는 맥주 맛은 이상하게 싱거웠다. 시간이 얼마나 갔는지, 바깥이 얼마나 추운지, 내일 공장에서 무슨 일을 해야 되는지, 리나는 생각하고 싶지 않았다. 그냥 눈앞에 있는 음식들을 다 먹으면 배가 부르고, 배가 부르면 잠이 올 거란 생각으로 배가 터지기 직전까지 먹기만 할 작정이었다. 그때 주인 오빠가 리나에게 물었다. "너 남자랑 자봤니?" 리나는 순간 깜짝 놀랐지만 흥분하는 모습을 보이기 싫어 계속해서 자연스럽게 음식을 먹었다. "오빤, 내가 몇살인데 그런 경험을? 없어요, 한 번도." 옆에 앉아 있는 뚱보가 리나의 말을 듣고 주인 오빠와 눈을 맞추며 킥킥 웃었다. 미샤는 졸린 눈으로 창밖을 내다보며 입이 찢어져라 하품을 했다. 그때였다. "나 정말 버……진……인데."

리나는 자기가 말해놓고도 너무 웃겨서 먹은 음식들이 전부 목구멍을 타고 넘어오는 줄 알았다. 그동안 미샤에게서 들은 몇 개의 영어단어 중 '버진'이란 말이 유난히 리나의 머리에 남아 있었던 것이다. 그러나 리나 자신도 그 말이 이렇게 갑자기 튀어나올 줄은 생각도 못했다. 졸고 있던 미샤가 갑자기 깔깔거리며 웃었고, 주인 오빠도 두 번쯤 킥킥 웃었다. 입에 침이나 바르라는 의미의 웃음이 모두의 입에서 한꺼번에 쏟아져나왔다.

식당 분위기는 다시 썰렁해졌다. 그 썰렁함을 깨고 오빠가 다시 입을 열었다. "난 너처럼 탈출한 애들을 여럿 봤어. 걔네들이 어떻게 됐느냐 하면, 다시 자기네 나라로 잡혀가서 죽거나, 이 나라에서 영원히 못 빠져나갔다고 하더라. 어쩔 거냐, 넌?" 리나는 또 한번 음식이 넘어올 뻔했지만 간신히 참았다. 아무에게도 말한 적이 없는데 오빠라는 인간은 모든 걸 다 알고 있었다. 리나는 내심 달달 떨고 있었지만 당당한 표정으로 말했다. "어쩌긴, 여기서 살죠. 공기가 좀 나빠서 그렇지, 여기도 살기는 괜찮아요. 오빠, 나 만두 좀 더 먹어도 될까?"

네 사람은 그 집에서 나와 대로변 상점들 골목을 이 잡듯 훑어 길 끝에 숨어 있는 댄스클럽을 찾아냈다. 귀마개를 한 어린 애들이 문 앞에 무릎을 꿇고 앉아 돈을 달라고 손바닥을 치켜올렸다.

두꺼운 가죽을 붙인 출입문을 닫자마자 댄스클럽은 딴 세상 같았다. 코와 귀에 여러 개의 반짝거리는 고리를 매단 여자애들이 짧은 치마를 입은 채 맨발로 춤을 추었다. 남자애들은 상체를 격렬하게 흔들며 노랑머리를 연신 흔들어댔다. 리나는 여기가 과연 못사는 나라의 변방이 맞나 눈을 의심했다. 퍼즐 오빠는 또 그 뿌루퉁한 얼굴로 바에 앉아 춤추는 사람들을 구경했다. 처음 들어올 때부터 몸이 흔들려 주체를 못 하던 미쌰는 벌써 무대 한가운데로 나가 아이들과 어울려 춤을 추고 있었다. 한참을 서 있다보니 리나도 어느새 미쌰를 따라 서툴게 허리를 돌리고 있었다.

공동숙소로 돌아왔을 때 이미 하늘은 새벽빛으로 물들어 있었다. 리나는 살며시 문을 열고 숙소로 들어갔다. 할머니와 삐는 창가에 놓인 주워온 철제침대 위에서, 언니와 갓난쟁이는 바람이 덜 들어오는 안쪽에 놓인 침대 위에서 자고 있었다. 갓난쟁이가 바구니 침대 속에 누워 다리를 버둥거리며 혼자 놀았다. 리나는 갓난쟁이의 까만 눈망울을 내려다보며 웃었다. "넌 왜 소리를 안 지르니? 할머니가 걱정하잖아." 리나의 말에 갓난쟁이가 눈가를 씰룩이며 웃었는데 여전히 소리는 안 들렸다. 피로에 지친 애 엄마는 코를 골며 자고 있었다.

삐는 커다란 몸을 새우처럼 굽히고 할머니의 가느다란 팔에 얼굴을 묻고 잠들어 있었다. 침대 위로 옅은 연두색 빛이 쏟아져들어왔다. 리나는 벽 쪽에 난 약간의 틈으로 몸을 밀고 들어가 삐의 침대 위로 기어올라갔다. 그리고 쉿내가 나는 삐의 등에 얼굴을 대고 누웠다. 그래도 삐는 깨어날 생각을 안 했다. 그래서 이번엔 삐의 머리카락에 손가락을 넣었다. 오래 감지 않은 머리카락은 먼지가 뒤엉켜 빗자루 같았다. 한참을 누워 있어도 삐는 여전히 할머니만 쳐다보며 잤다.

리나는 할머니가 깨지 않게 할머니 머리와 베개를 동시에 살짝 들고 베개 밑에 손을 넣었다. 그리고 주변을 둘러보았다. 리나의 돈이 든 돈통이 할머니 베개 밑에 있었다. 리나는 통을 열어 차곡차곡 쌓여 있는 지폐를 꺼냈다. 리나는 언제나 이 비밀스러운 순간이 제일 행복했다. 약간은 비린 듯한 지폐 특유의 냄새, 물속에서 튀어나온 개구리를 만지고 있는 듯한 축축한 지폐의 촉감. 그때 갑자기 언니가 뒤척이더니 침대를 삐거덕거리며 일어나 앉았다. "나도 애만 없으면 너랑 놀러 다닐 텐데. 근데 얘는 왜 젖을 안 무니, 멍청하게." 언니는 나오지도 않는 젖꼭지를 갓난쟁이에게 자꾸 물렸다. 아랍 남자는 집에 들르지 않았는지 언니는 편안해 보였다. 리나는 돈을 가슴에 꼭 쥔 채 꼴깍꼴깍 침을 삼키며 누워 있었다. 언니가 잠든 후에 돈을 다시 감추어야 했다. 봉제공장 언니는 절대로 믿을 수가 없었다.

전선 위의 참새

모두 깨어 있던 날 아침, 할머니는 아기가 좀 이상하다고 했다. 돌이 다 된 애가 걷기는커녕 하루 종일 울지도 않고 보채지도 않는다고 했다. "애가 좀 바보 같아. 아랍 사람들을 애비로 둔 애들은 다 이런가? 너희들 생각은 어떠니?" 일하러 나가려는 언니와 리나를 붙들고 할머니가 물었다. 삐는 벌써 출근하고 없었다. "할머니가 잘 알 거 아녜요? 내가 애를 키워봤어야지." 언니 말에 할머니가 두 팔로 턱을 받치며 귀엽게 대답했다. "이 봐요 아가씨들, 나야말로 몸에 애를 담아본 적이 없는 처녀랍니다." 할머니는 그러면서 갓난쟁이의 얼굴을 찬찬히 들여다봤다. 낮에는 공장에서 일하는 언니는 갓난쟁이의 발육상태가 어떤지 잘 몰랐다. "언니가 애한테 관심이 없으니까 그렇지, 신경 좀 써." 리나의 말에 언니가 신경질을 부렸다. "몰라 난, 할머니가 알아서 키워. 지 애비도 몰라라 하는 애를 나라고 어쩌겠어. 아니면 니가 쟤 엄마 하든가." 언니의 말에 할머니가 급기야 화를 냈다. "아랍놈과 국제결혼을 한 사람은 우리가 아니다!" 언니는 할머니가 떠들거나 말거나 갓난쟁이 바구니를 툭 건드리고는 혼자서 집을 나가버렸다. 리나는 갓난쟁이에게 다가가 찡긋 눈을 맞추려고 했지만 아기는 왠지 기운이 없어 보였다. 할머니 말 때문인지 정말 아기가 이상해 보였다.

싸늘한 아침공기 위에 알싸한 약품 냄새 같은 것이 얹혀 있는 것 같았다. 날씨가 흐려서 하늘로 올라가야 할 굴뚝의 연기들이 죄다 아래로 내려왔다. 리나는 간밤에 마신 술과 음식 때문에 온몸이 퉁퉁 부은 채 작업장으로 향했다. 추운 겨울 동안 노동자들에게 지급된 급여 이외의 선물은, 입을 가리는 흰색 마스크 한 상자가 다였다. 코 부분에 브이자의 와이어가 붙어 있어 손가락으로 누르면 정확하게 코 부분을 가릴 수 있었다. 공단지대 땅바닥에는 버려진 채 굴러다니는 마스크 천지였다. 리나는 주머니에서 마스크를 꺼내 귀에 걸었다.

깡통에 든 점심식사를 받아먹고, 그것도 밥이라고 모두들 노곤해 있던 오후에 사고가 일어났다. 주로 작업장 청소나 허드렛일만 하던 외국인 노동자 한 사람이 용접봉을 잡았는데, 몸에 불이 붙어 심각한 화상을 입었다. 들것에 실려나오는 사람의 몸뚱이가 이미 마른 미역처럼 빳빳했다. 인근 병원까지 가는 데만도 시간이 많이 걸렸고, 병원에 도착하기도 전에 사망했다.

죽은 사람과 가까이 지내던 친구들이 자기들 나라 전통대로 장례를 치르는 동안 공단 책임자들은 아무도 그 자리에 나타나지 않았다. 너무 바쁘다는 게 이유였다. 그러자 죽은 사람의 친구들은 다음날 하필이면 독극물 관리 창고를 열고 들어가 독극물 탱크를 끌어안고 시위를 벌였다. 공단 측에서는 재빨리 경찰을 불러 그들을 잡아 감옥에 넣었다. 공단은 다시 조용해졌다. 모두들 막바지 시공에 열을 올렸고, 굴뚝은 매일매일 터질 듯 타올랐다.

그러자 이번엔 또 감옥에 간 사람들과 친하게 지내던 사람들이 모여 시위를 하기 시작했다. 시위라고 해봐야 날씨가 추워서 모여드는 사람도 몇 없고 종이에 쓴 피켓이나 들고 있는 게 다였다. "너희들은 우리에게 값싼 임금을 주고 부려먹으면서 여러 나라를 떠돌며 우리보다 더 싸게 부려먹을 사람들을 찾아 지구상을 떠돌며 돈을 벌 생각만 하고 있구나." 의미는 짐작이 갔지만 도대체 무슨 말을 하는지 잘 알아듣지도 못하게 쓴 피켓을 본 관리자들이 바로 독설을 퍼부어댔다. "시대착오적인 발상이나 하는 뒤떨어진 인간들 같으니라구. 물건도 노동력도 값싼 게 최고거든. 저것들은 반드시 제거해야 할 플랜트 건설 사업장의 독소들이야." 관리자들의 불같은 기세에 화가 난 노동자들이 뭔가 일을 벌일 기세로 점차 모여들었다.

다음날 아침, 사람들이 이구동성으로 "저걸 어쩌나" 하고 외쳤다. 시위장소가 오십 미터 높이의 옥탑 가스 분리탑 꼭대기로 바뀐 것이다. 어디서 났는지 다들 양철냄비를 북처럼 두드리고 있었다. 또 각자 자기 나라 말로 쓴 플래카드를 빙 돌아가며 써 붙여놓아서, 정말이지 다국적 시위대임을 증명하고 있었다. 사람들은 일을 하다 말고 분리탑 꼭대기를 올려다보고 서서 혀를 찼다. 오후에 헬리콥터가 몇 차례 날아 분리탑 꼭대기 위를 빙빙 돌다가 사라졌다.

리나는 한밤중에 분리탑 쪽에서 요란하게 움직이는 불빛을 보았다. 리나는 단숨에 공동숙소 뒤편의 하천을 따라 뛰었다. 몇 사람이 분리탑 계단을 타고 내려오고 있었다. 아무래도 낯이 익은 사람이 있어 분리탑 아래까지 가서 기다렸다. 예상대로 삐와 그의 친구들 몇 명이 분리탑 아래로 내려왔다. "너 미쳤니? 저 꼭대기에 왜 올라가?" 삐는 대답을 안 했다. 안 하는 게 아니라 코와 귀가 빨갛게 얼어 제대로 말을 할 수 없는 거였다. 리나는 삐의 손을 덥석 잡았다. 손끝이 막대기처럼 얼어 있었다. "미쳤냐구, 왜 말을 안 해, 이 병신아." 리나가 소리를 지르자 옆에 있던 남자들이 화를 내며 리나를 나무랐다. "말투하고는, 정말 버릇없군." 그러자 삐가 다가와서 리나의 머리를 툭 때렸다. "오줌통이랑 먹을 것 좀 올려다줘어." 삐는 담배를 피워물고 사람들과 함께 서쪽의 번화가로 걸어가기 시작했다. "아니, 저게 날 아주 동생 취급이야. 너 몇살이야?" 리나는 삐의 뒤를 졸졸 따라가면서 혼자서 재잘거렸다.

사람들이 클럽 퍼즐에 모여서 대책회의를 했다. 얼마 안 있으면 이 나라 최대의 긴 휴가기간이 돌아오는데, 사람들을 옥탑 꼭대기에다 저대로 둘 수는 없다고 했다. 어떤 사람들은 빨리 공사를 끝내고 집으로 돌아가고 싶기 때문에, 그런 일 따위는 신경쓰고 싶지 않다고 했다. 그때 문이 열리고, 이 공단에서 서열이 세번째쯤 된다는 관리자가 뚜벅뚜벅 걸어들어왔다. 미샤가 그의 앞에 맥주를 갖다주었고, 이 나라 사람인 그가 미샤에게 "생큐"라고 말해서 사람들을 감동시켰다. "안 그래도 지금 뭔가 파악되지 않는 심각한 문제가 있는 거 같아 다들 고민하고 있어요. 근데 저 사람들이 저기 올라가서 알아듣지도 못할 말들을 지껄이고 있으니 이거야말로 심각한 문제 아닙니까." 같이 모여 있던 사람들 중에는 그의 말에 동조하는 사람도 있어서 그가 말을 끝낼 때마다 고개를 끄덕거렸다. "아무리 그래도 그렇지, 일하던 사람이 죽었는데 아무도 가보지 않았다는 건 너무한 거 아닙니까?" 누군가 얼굴을 붉히며 항의했다. "아, 제가 다 압니다. 그러나 지금이 때가 어느 때라고 이런 식으로 막무가내 시위를 합니까? 여러분들이 협조해서 빨리 내려올 수 있게 하세요. 저런다고 죽은 사람이 살아납니까?" 사람들이 모두 눈을 동그랗게 뜨고 관리자를 쳐다보며 물었다. "우리가 무슨 협조를 어떻게 합니까?" 관리자는 맥주를 시원하게 들이켜고 나서 맥주잔으로 탁자 위를 세게 때렸다. "분위기가 제일 중요합니다. 먹을 것은 콩 한 쪽이라도 절대 갖다주지 말 것, 모포라든가 방한점퍼 따위도 절대 갖다주지 말 것."

냉정하게도 다음날부터 도움의 손길이 끊어졌다. 그러자 옥탑 위 사람들의 목소리에 힘이 빠지고 북소리도 느려졌다. 공단은 어느새 제3단계 플랜트 건설 공정의 막바지에 이르고 있었다. 며칠 만에 한 번씩 외국 기술자들이 들이닥쳐서 시설을 둘러보곤 했다. 그사이에도 사이렌 소리는 여러 번 울렸지만 전문 기술자들도 와 있는 만큼 안전에 대해서는 다들 별로 걱정하지 않았다.

농약을 생산하는 기술도 시험적으로 운영되었다. 원료를 보관하는 탱크에서부터 원료를 끌어와 가열하는 공정 단계가 시작되고 나면, 그 원료에 다른 화학재료를 첨가해 가공하는 단계가 이어졌다. 이렇게 이어진 원료들은 다음 공정을 위해 안전하게 운반되었고, 이 세 단계의 과정을 거치는 가공시설은 그 실버 컬러의 반짝이는 외양과 그것을 둘러싸고 있는 복잡한 시설만으로도 기술의 선진성을 입증하고도 남았다. 이렇게 해서 생산되는 농약은 이 나라 식량의 자급자족을 위해 반드시 필요하다고 했다.

아무도 옥탑 위 사람들에게는 신경을 쓰지 않는 사이 다시 한 번 헬리콥터가 날았다. 이번엔 그 기세가 대단했다. 헬리콥터 줄 끝에는 집게 같은 것이 달려 있었고, 기운이 빠진 노동자들이 집게에 하나씩 매달려 죽은 벌레처럼 엎드린 채 안전하게 지상으로 내려왔다.

리나는 일몰 무렵이 되어 삐의 작업장으로 갔다. 작업장은 한

산했고 삐와 그의 동료들이 보이지 않았다. 리나는 삐의 작업장 관리자를 찾아가 삐가 어디로 갔는지를 물었다. “아까 기차 타고 다른 나라 공장으로 갔어. 너 보기 싫다고 멀리 떠나겠다고 하더라. 그러니까 있을 때 잘해야지.” 관리자는 컨테이너 건물 안에서 혀를 내밀며 웃었는데, 앞니가 몽땅 빠져 있어서 웃지 않을 수가 없었다. 농담인 줄 알면서도 리나는 발아래가 온통 절벽인 듯 가슴이 덜컹 내려앉았다. 리나는 다행히 남아 있는 작업이 없어서 삐를 찾아나설 수 있었다.

공단 오른편에 비스듬하게 동서로 가로놓여 있는 가스 저장용 탱크단지는 눈에는 가까이 보였지만 실제 거리는 무척 멀었다. 부족한 전력 때문에 몇백 미터 간격으로 하나씩 들어오도록 설치한 야간 조명이 투둑거리며 켜지기 시작했다. 길 오른쪽으로 둑방이 보였고 둑방 아래로 검은 하천이 흘렀다. 둑방 너머로는 기괴한 격자무늬의 송전탑들이 빼곡했고 그 너머로는 길고긴 철조망과 어둡고 먼 도시가 보였다.

탱크단지 쪽으로 가까이 다가갈수록 공단지대보다 기온이 훨씬 높았다. 이마에 송골송골 땀도 맺히고 겨드랑에 땀도 찼다. 신발은 자꾸 미끄러지고 발걸음은 어긋났지만 하늘을 이동해가는 희끗한 구름들이 손에 잡힐 것처럼 가깝게 느껴졌다.

둑방을 다 지나자 다리가 나왔고 회색 아스팔트가 깔린 도로가 이어졌다. 아스팔트 오른쪽은 경계지역이라 사람도 없고 한산했는데, 저만치 철조망 앞에서 몇 사람이 작은 트럭에 철근을 싣고 있었다. 트럭의 꽁무니가 철조망에 닿아 있어서 빠져나간 철근은 자동적으로 트럭의 짐칸에 실렸다. 남자들은 리나가 가까이 가자 서둘러 트럭을 출발시켰다. 이런 곳에서 철근을 빼돌려 팔아먹을 생각을 했다는 것만으로도 리나는 그들을 사랑하지 않을 수가 없었다. 트럭은 공단지대 철조망을 지나 흰 구름이 흘러가는 방향을 따라 어둠 속으로 내달렸다. 남자들은 뒤를 힐끔힐끔 돌아보며 가장 가까운 곳에 있는 창고 쪽으로 서둘러 걸어갔다.

여섯 개의 원료 저장용 탱크시설은 똑같은 간격을 두고 나란히 배치되어 있었다. 탱크들 뒤로는 잎 떨어진 나무들과 덤불숲이 울창했고 시설 주변 곳곳마다 붉은 글씨로 쓴 위험지역 표지판이 도배하다시피 붙어 있었다. 탱크들은 마치 관처럼 생긴 정사각형 모양의 틀 속에 안치되어 있었다. 탱크와 탱크를 연결하는 가지각색의 은색 파이프들은 미로처럼 복잡하게 설치되어 보기만 해도 어지러웠다.

헬멧을 쓴 남자들이 사다리를 타고 거대한 탱크 표면에 달라붙어 있었다. 탱크 아래에서는 복잡하게 설치된 파이프들을 하나씩 체크하며 가스 유출사고 발생 가능성이 있는 곳을 찾았다. 곳곳에서 용접 불꽃이 피어났다. 그때 리나는 용접봉을 쥔 채 조심스럽고 신중하게 스틸 튜브를 매만지고 있는 삐를 발견했다. 삐는 용접 불꽃 속으로 빨려들어갈 것처럼 상체를 잔뜩 숙이고 점점 더 불꽃과 몸을 가까이했다. 그러다 갑자기 벌떡 일어나 다른 쪽으로 즉시 이동했고 다시 불꽃과 일체가 되어 몸을 숙였다.

가스관 위에 서 있는 삐는 더이상 리나가 바보라고 몰아붙이며 대륙의 동서남북으로 끌고 다니던 소년이 아니었다. 고된 일을 제 몸으로 감당할 수 있는 튼튼한 남자, 그것이 지금의 삐였다. 리나는 순간 아버지와 엄마를 비롯한 세상 사람들이 왜 그다지도 입만 열면 아들이 있어야 한다고 했는지 이해가 될 것도 같았다. 리나는 또 참을 수 없이 기분이 나빠졌다.

원료 저장 탱크 주변의 긴장된 분위기를 깨기가 어려워 결국 리나는 삐를 만나지 못했다. 돌아오는 길에 둑방 위에 가로놓인 송전탑과 송전탑 사이의 긴 전선 위에 앉아 있는 참새떼를 보았다. 리나는 손가락으로 총 모양을 만들어 빵, 하고 쏘았다. 참새들이 모두 날아갔지만 너무 가벼워서 전선 하나 흔들지 못했다.

공단 측에서는 휴일에 일하는 사람들에게는 특별수당을 준다는 공고를 내붙였지만 남아서 일할 사람은 한 명도 없을 듯한 분위기였다. 클럽 퍼즐에 온 손님들은 곧 다가올 길고긴 휴일 얘기를 하느라 정신이 없었다.

밤에 일이 끝나고 난 후 퍼즐 오빠와 뚱보, 미쌰와 리나는 도시로 나갔다. "오늘은 중요한 볼일이 있어서 대마초 피우러 가는 건 생략한다." 오빠가 뿌루퉁한 얼굴로 말했다. "흥, 사는 낙이 없군." 리나가 중얼거리며 일행을 따라갔다.

버드나무 가지들이 늘어진 길을 지나 골목으로 들어섰다. 좁은 골목이 높아지면서 꼬불꼬불 이어졌다. 미샤와 뚱보는 무슨 일을 하러 가는지 아는 것 같았다. "도대체 어딜 가는 거야?" 미샤에게 물었지만 미샤는 길거리에서 파는 목걸이며 귀고리를 구경하느라 대답도 안 했다. 작은 나무의자를 내놓은, 마당이 좁은 집 앞에서 퍼즐 오빠가 멈춰 섰다. 대문에 게스트하우스 팻말이 붙어 있었다. 좁고 가파른 계단이 있는 이층짜리 게스트하우스 입구에서 퍼즐 오빠와 주인 남자가 담배를 나눠 피웠다.

이층 왼쪽 끝 방문을 두드리자 문이 살짝 열렸다. 침대가 두 개 있는 방 안에 여자애들 대여섯 명과 남자애들 세 명이 머리를 조아린 채 모여 앉아 있었다. 뚱보가 말했다. "다양한 나라 출신들이 모였네." 애들은 퍼즐 오빠가 침대에 걸터앉자 화들짝 놀라 모두 벌떡 일어났다. 동남아 등지에서 온 사연 많은 애들이었다. 트레이닝 바지나 티셔츠를 입은 애들의 얼굴은 햇볕에 그을려 갈색이었고 몹시 긴장되어 보였다.

잠시 후 게스트하우스 주인이 차를 가지고 올라왔다. 퍼즐 오빠는 차를 마시며 뚱보에게 귓속말을 하고는, 남자애들을 한구석으로 몰아 창문 쪽을 쳐다보라고 시켰다. 그리고 여자애들을 자기 발 앞에 일렬로 세웠다. 리나와 미샤는 오빠 등뒤에 앉아서 여자애들을 빤히 쳐다봤다. 리나는 그애들 중에서 유독 눈에 띄는 여자애를 한 명 발견했는데, 작은 키로 보나 촌스러운 머리 모양으로 보나 같은 나라 출신임이 분명하다고 확신했다. 오빠가 여자애들에게 말했다. "머리 올리고 뒤로 돌았다가 다시 앞을 봐." 리나는 별 이상한 주문도 다 한다고 생각했다. 골목에 켜져 있는 주홍 불빛이 창호지 붙인 창문으로 넘어들어왔다. "다들 몸매는 좋네." 뚱보의 말 때문에 리나는 본의 아니게 여자애들 몸매 감상을 하게 됐다. "브래지어 올려봐." 퍼즐 오빠가 이 말을 하는 순간 리나는 좀 심하다 싶어서 오빠의 어깨를 탁탁 쳤다. "오빠, 이건 말도 안 돼! 브래지어를 왜 올려? 너무하잖아." 그때 오빠와 뚱보의 힘이 들어간 눈동자 네 개가 동시에 리나를 노려봤다. 창문 쪽만 쳐다보고 있던 남자애들이 뒤를 힐끔거렸다. 여자애들 여섯 명이 가슴을 내놓은 채 눈을 꼭 감고 서 있었다. "여기서 두 명만 고르자." 오빠가 담배를 물며 말했다. "아니, 술 나르는데 왜 몸매를 봐야 하냐구! 다리만 튼튼하면 되는 거 아냐?" 리나가 묻자 뚱보가 리나의 머리를 쥐어박았다.

리나는 그 순간부터, 강을 건너고 숲을 건너고 기차를 타고 여기까지 오는 동안 듣고 배웠던 이 나라 말을 총동원해 한 여자애를 칭찬하는 데 심혈을 기울였다. 오빠와 뚱보는 얼굴이 안 예쁘다며 고개를 갸우뚱했지만, 미샤는 공단지대 사람들이 친숙하게 느낄 인상이라며 금세 동의했다. 그리고 또 한 명은 앞가르마를 탄 긴 머리를 하나로 묶어올린 불교국가 출신의 여자애였다. 여자애의 이마 한가운데 검은 점이 뚜렷하게 박혀 있었다. 짐이라고는 달랑 몸밖에 없는 여자애들을 데리고 나오려는 순간, 창 쪽에 서 있던 키 작은 남자애가 오빠한테 말했다. "저기 형, 담배 좀 주고 가세요." 오빠는 남자애를 노려보다가 갖고 있던 담배와 지폐 한 장을 건넸다. 여자애들 몸값 때문에 잠깐 신경전이 있었지만 흥정도 금세 끝이 났다. 게스트하우스 주인 남자는 데리고 가는 여자애들 두 명이 특별히 밥을 많이 먹었다며 돈을 더 달라고 했다. 리나는 매일 팔려만 다니던 주제에 돈 주고 사람을 사는 일당 중의 한 명이 되어 있다는 사실에 새삼 놀라 입술을 물었다.

길고긴 골목길을 걸어내려오는 동안 리나는 떠나온 곳 소식을 묻고 싶어 안달이 났다. 그사이 나라를 다스리는 분들의 심기와 건강은 어떤지, 소녀학교 급식 수준은 좀 나아졌는지, 요즘은 어떤 머리 스타일이 유행인지, 그러나 리나는 좀더 은밀하고 조용한 시간을 기다려 그때 물어보기로 마음을 바꿨다. 오빠는 대로로 나와 길거리에서 파는 영화 테이프 몇 개를 샀다. 그러고는 뚱보에게 돈을 주고 테이프가 든 비닐봉지를 흔들며 어딘가로 사라졌다. 뚱보는 대로변의 옷가게로 여자애들을 데려갔다.

옷가게는 조명이 무척 밝았다. 리나는 가게 곳곳에 세워져 있는 전신거울들을 쳐다보기가 몹시 곤혹스러웠다. 머리카락은 부스스했고 몸 전체가 검은 먼지투성이였다. 뚱보가 새로 산 두 명의 여자애들에게 옷을 고르라고 했다. 리나와 같은 나라 출신인 여자애는 분홍 치마에 붉은색 스웨터를 고른 뒤 옷가게 한구석에 가만히 서 있었다. 가난하고 인구가 많은 불교국가에서 온 여자애는 커다란 눈만 껌벅거리며 남자들 옷을 만지작거리고 있었다. "잰 결혼했대요." 리나와 같은 나라에서 온 후배가 말했다. "남편 옷 말고, 네 옷 골라." 리나가 옆으로 가 목소리 높여 충고하자 여자애는 쏟아져내릴 듯한 눈을 깜박이며 굼뜨게 여자들 옷 쪽으로 이동했다.

미샤는 멋쟁이답게 짧은 청치마와 어깨를 다 드러내는 스웨터를 골랐고, 리나는 특이하게도 흰 양털이 구름처럼 뭉쳐 있는 모자 하나와 솜이 들어간 두툼한 바지를 골랐다. 미샤가 다가가 아직까지 옷을 못 고르고 있는 불교국가 출신 여자애를 도왔다. 검은 바탕에 초록색 꽃무늬가 도마뱀처럼 퍼져 있는 무릎 길이의 원피스를 골라주자 비로소 입가에 웃음이 퍼졌다. 미샤가 긴 머리칼 위에 리나가 고른 모자를 써봤다. 그러고는 벗어서 뒤집어 상표를 들여다봤다. "우리 집 가까운 데서 온 거네. 하긴 집도 없었지만." 모자는 동유럽에서 만든 제품이었다.

식당으로 가서 퍼즐 오빠와 다시 만났다. 오빠와 뚱보는 맥주를 마셨고 나머지 사람들은 밥과 고기완자와 나물볶음을 정신없이 먹었다. 한참 먹다가 이상해서 봤더니 고기 색깔이 아주 까맣고 질겼다. 리나는 이 나라 음식은 도무지 믿을 수가 없다고 한마디 하려다가 참았다. '이젠 나도 배가 부른 거지!' 리나는 혼잣말을 하며 피식 웃었다.

퍼즐 오빠가 두 명의 여자애들에게 어떻게 해서 이곳까지 오게 되었는지를 물었다. 이마에 점이 있는 불교국가 출신 여자애는 이 나라 말을 전혀 못해서 끙끙거리기만 했고, 듣고 있는 사람들은 말 안 해도 다 안다는 듯이 다 함께 끙끙거렸다. 리나와 같은 나라 출신인 여자애는 이 나라 말을 제법 할 줄 알아서 천천히 설명을 했는데, 들어보니 탈출 경로도 탈출하게 된 이유도 리나와 비슷했다. 농촌에서 잡혀 매일 논일만 하다가 도망쳤다는 게 다르다면 좀 달랐다. 퍼즐 오빠는 당장 현장에 내놓아 같이 일하기에는 아주 좋은 애라며 칭찬을 아끼지 않았다.

퍼즐 오빠가 휴대폰을 들고 전화를 거는 사이 리나는 이때다 싶어 같은 나라 출신 여자애에게 말했다. "너, 내가 구해준 거야. 내가 널 모른 척했으면 넌 어디서 죽을지도 모르는 처지가 됐을 거야. 너 나한테 평생 고맙다고 해." 그리고 리나는 다소곳하게 허리를 세우고 앉아 있는 어린 동족의 입에서 나올 고맙다는 인사말을 기다리고 있었다. "돈맛을 알면 타락한다고 하더니 언니가 바로 그런 사람이군요. 고맙긴 뭐가 고마워요. 탈출하다 붙잡힌 애들 사러 다니는 사람한테 고맙다고 해요? 완전히 맛이 갔군요." 리나는 그 순간부터 그애를 푼수라 생각하기로 했고, 다시는 말도 걸지 않을 것이며 친하게 지내지도 않겠다고 결심했다.

공단으로 돌아오는 길에 네 명의 여자애들은 자동차 뒷좌석에 겹쳐 앉아 모두 다 입을 다문 채 어두운 창밖을 내다봤다. 네 명의 여자애들은 서로에게서 나는 몸냄새를 맡았고 몸 깊숙한 곳에서 흐르는 흐느끼는 듯한 자신의 숨소리를 들었다. 비록 오래 산 인생들은 아니지만 한밤중에, 그것도 낯설고 이상한 나라의 도로 위에서, 생전 처음 보는 사람들 틈에 끼여 비좁은 자동차 뒷좌석에 앉아 있다는 사실이 슬픔이 되어 밀려왔다. '나는 팔려간다네, 팔려간다네.' 소리는 들리지 않았지만 다들 속으로 합창을 하고 있었다. 솟구쳐오르는 짧은 인생의 기억들을 감당하기 어려워 어느 누구도 말은 안 했지만 가슴이 터질 듯 답답했다. "제발 좀 내려줘. 답답해서 미치겠어." 순간 미샤가 제일 먼저 소리를 질렀다.

자동차는 한참을 달리다가 호수가 보이는 길에 섰다. 산 아래 동그란 호수가 하얗게 얼어 있었다. 자동차 바깥은 생각보다 훈훈했다. 여자애들은 언 호수 위로 올라가 소리를 지르며 발썰매를 탔고 남자들은 구석으로 가 소변을 봤다. 리나는 발밑의 두꺼운 얼음 속에서 흐르는 시린 물소리를 들으며 가만히 서 있었다.

우리는 미쌰 흉내를 내지!

긴 휴가를 앞두고 사람들이 앞다투어 기차를 타고 공단을 빠져나갔다. 기차가 도착하려면 아직 멀었는데 이 나라 사람들은 비좁은 플랫폼에 몰려서서 하루 종일 기차가 오는 쪽만 쳐다봤다. 돌아갈 고향이 없는 사람들, 공단의 주요 시설을 관리하는 관리자들은 휴일과 관계없이 모두 공단에 머물렀다. 공동숙소는 난방을 줄여 온기도 술렁거림도 없이 고요했다. 가끔씩 생쥐들이 벽에 붙어 복도를 지나거나 비닐봉지만 혼자서 둥둥 떠 날아다녔다. 연휴를 맞아 공단에서 나온 것은 입에는 텁텁하고 손에는 끈적거리는 조악한 포장지에 싼 과자 한 상자가 다였다. 평소와 다른 특별한 음식도 없이 만두나 밥을 먹으면서 시간만 죽였다.

정신적으로나 육체적으로나 건강한 건 오히려 제일 늙은 할머니와 제일 어린 갓난쟁이였다. 갓난쟁이는 이제 걸음마를 배우기 시작했다. 침대 다리를 잡고 하나 둘 하나 둘, 하는 할머니의 구령에 맞춰 집 안을 걸어다녔다. 집 안이 비좁아 툭하면 엉덩방아를 찧었고, 그나마 난로를 피해 다니게 하느라 걸을 공간이 충분하지도 않았다. "빨리 봄이 와야 너도 좋고 나도 좋지, 그렇지?" 할머니는 갓난쟁이가 마음대로 밖에 나가 걸어다니도록 해주고 싶다고 했다. 게다가 할머니는 봄이 오면 다시 가수로 활동을 해야겠다는 개인적인 포부까지 갖고 있었다. 할머니는 꿈에 부풀어 있었지만 아무도 꼭 그래야 한다고 맞장구를 치거나 격려할 생각을 안 했다. 모두들 피곤에 찌들어 몸이 시원치 않은데다, 휴일이랍시고 갈 데 없는 아랍 남자까지 와 있어서 집 안의 불쾌지수는 점점 높아지고 짜증만 났다. 리나는 서쪽 번화가가 문을 닫아 돈을 벌러 갈 수가 없어서 더 화가 났고, 이토록 긴 휴가가 몹시도 못마땅했다.

리나는 집에는 들어오지도 않아 조용히 얘기할 시간도, 얼굴 볼 시간도 없는 삐를 기다렸다. 삐는 옆동 공동숙소의 친구 집에 가서 카드를 했다. 그리고 돌아와서는 옛날처럼 모서리가 다 해진 손바닥만한 노트를 펼쳐놓고 그림을 그렸다. 삐의 노트 속에는 그 옛날 천막 공연장의 모습이 그대로 들어 있었다. 또 폭우에 떠내려간 커다란 나무들, 특이한 글자들이 새겨진 오래된 성문들도 고스란히 살아 있었다. 며칠씩 탔던 살인적인 기차도 들어 있었고, 귀엽기만 하던 할머니의 죽은 애인의 모습도 들어 있었다. 리나는 노트에 한 가지 그림을 더 그렸다. 흰빛으로 가득 차 있는 지하의 고대도시처럼 자연스럽던 천 년 된 계단식 논밭, 그 위의 붉은 하늘. 그러나 삐가 제일 많이 그린 부분들은 역시 공단지대였다. 기차역에서 내리자마자 바라다보이는 공단 입구, 오래된 함석지붕이 을씨년스러운 샤워장 풍경. 구멍난 식빵 같은 너덜너덜한 옷들이 빼곡히 걸려 있는 공동숙소의 빨랫줄, 가스 분리탑 위에서 내려다보이던 금빛 노을에 휩싸인 거대한 플랜트 공단지대. 리나는 삐가 그리다 놓고 간 그림 속에서 원료 저장 탱크시설을 찾았고, 그 위에 용접을 하고 있는 큰 발의 삐를 그려넣었다. 그리고 자기 나라 말로 '너는 나의 친구'라고 적었다. 보다 근사한 말을 써넣고 싶었지만 참았다. 삐는 리나가 그림에 손을 댄 것을 아는지 모르는지 노트를 보고 나서도 아무 말도 안 했다.

휴가 사흘째가 되는 날, 리나는 몸이 비비 꼬여 도무지 집에만 앉아 있을 수가 없었다. 밖으로 나가도 특별히 할 일이 없어서 가게에 가서 술을 샀다. 비닐봉지를 들고 서서 어디로 갈까 생각하다가, 같은 부서에서 일하는 사람이 고향에 가면서 가끔 들여다봐달라고 부탁하고 간 공동숙소의 한 집이 떠올랐다.

청소와 세탁을 거의 안 해서 침대 시트며 커튼은 검은 얼룩투성이였고, 밥알 붙은 빈 그릇이 아무 데서나 나뒹굴었다. 세숫대야에 담긴 빨래는 찬 공기에 얼어 꾸덕꾸덕해져 있었다. 유방과 거웃을 엑스자로 표시한, 입을 커다랗게 벌린 채 웃고 있는 여자들의 나체 사진이 색이 바랜 채 벽에 붙어 있었다. 도대체 뭐가 있어서 가끔 들여다봐달라고 한 것인지 이해할 수가 없었다. 처음엔 청소라도 해줄까 고민했지만 리나는 금세 침대로 기어들어가 이불을 뒤집어쓰고 얼굴만 내놓은 채 홀짝홀짝 술만 마셨다.

술을 얼마나 마셨는지, 리나는 자기도 모르게 발밑에서 뒹구는 술병들에 걸려 넘어졌다. 그리고 문을 열고 나가 복도를 비척거리며 걸었다. 트위스트 걸음으로 늘 오가던 자기 집도 못 찾고 헤맸다.

숙소 문을 열고 들어갔더니 낯선 사람이 와 있었다. 이빨도 다 빠지고 머리카락도 몇 올 없는 낯선 할아버지였다. 그를 중심으로, 침통한 표정의 아랍 남자 그리고 할머니와 언니가 바구니 침대 속에 누워 있는 갓난쟁이를 내려다보고 있었다. 행색에 비해 할아버지의 말투는 매우 차분하고 간결했다. "이 아이뿐만 아니라 이 지역의 수많은 아이들이 태어나면서부터 장애를 갖습니다. 보시다시피 저도 칠 년 전 사고 이후로 가래를 토하듯 주기적으로 피를 토합니다. 지금 폐허가 된 서쪽 지역을 보십시오. 수백 명이 죽었고 또 그보다 많은 사람들이 이 아이처럼 장애를 갖고 자라납니다. 나는 늙고 힘이 없지만 이 공단을 이렇게 만든 저 외국 놈들을 찾아가 사지를 찢어 죽이고 싶습니다. 하지만 그런 건 젊은 사람들이 해야 할 일입니다. 죄송한 말씀입니다만, 나는 살날이 얼마 남지 않아 과거에 연연하기가 싫습니다.

곧 다가올 나의 죽음과 죽음 이후의 미래만 생각하기에도 숨이 찹니다." 말을 마치고 노인이 집 안을 휘둘러봤다. "뭐가 어째? 이 늙은이는 도대체 누구야?" 리나는 눈을 희번덕거렸다. "뭐가 어쩌구 어째, 이 날탱아. 태어난 지 이 년도 안 된 애한테 협박하냐? 너가 의사야? 너가 의사냐구?" 봉제공장 언니는 눈물을 뚝뚝 흘리며 울었고 아랍 남자는 그 잘난 자기네 나라 신을 찾으며 기도했다. 누더기 차림의 노인네가 나가면서 말했다. "여러분들의 몸속에도 흐르고 있습니다. 칠 년 전에 이 일대를 뒤덮은 가스가……" 할머니는 나가는 노인네의 주머니에 돈을 찔러넣어주었다.

리나가 갑자기 몸을 날려 언니의 멱살을 잡아 바닥으로 끌고 내려왔다. 둘이 순식간에 땅바닥을 데굴데굴 구르며 잡아뜯었다. 그 모습을 본 아랍 남자는 놀라서 말도 제대로 못했고 할머니는 눈을 꼭 감고 파르르 몸을 떨었다. "이 미친년아, 그러게 뭐하러 애는 낳고 지랄이야." "니가 나 애 낳는 데 뭐 도와준 거 있어? 이 미친년아." 두 여자들이 쥐어뜯는 사이 할머니가 부르르 떨며 일어났다. "누가 재한테 술 먹였냐? 내가 그랬지? 재한테 절대로 술 먹이지 말라고!" 리나는 이제 화가 뻗쳐서 할머니에게까지 달려들었다. "왜? 내가 먹었다, 이 할망구야. 죽을 듯 죽을 듯 죽지도 않고, 도대체 왜 나만 따라다니는 거야!" 그러면서 리나는 침대에 걸터앉아 있는 할머니를 한 손으로 잡아 바닥으로 떨어뜨렸다. 쿵, 하고 할머니의 엉덩이가 바닥에 닿는 소리가 났다. 리나는 저 혼자 발버둥을 치며 공동숙소가 떠나가라 울었다. 아무리 울어도 누구 하나 달랠 생각을 안 했다. 그렇게 시간이 흐르고 기운이 빠진 리나는 살짝 잠이 들려고 했다.

"성격 파탄자야. 알코올중독이고, 애정결핍에다가 향수병까지 겹쳐서……" 리나가 우는 사이 사람들이 속삭였다. 그 소리를 들은 리나는 두 다리를 버둥거리고 고래고래 소리를 지르며 또 울기 시작했다. "휴가는 지겨워, 휴가는 지겹다구. 너무 길어서 돈을 벌 수가 없다구."

그때 삐가 들어왔다. 들어와서는 몇 초 동안 사람들 얼굴을 돌아보고 정황을 살폈다. "저년이 미쳤어." 언니가 삐에게 말했다. 그러자 삐가 리나를 단숨에 번쩍 들어올린 뒤, 두 손으로 엉덩이와 어깨를 받쳐 허공에 일자로 띄웠다. "이 바보 놈아, 내려놔, 날 내려놔." 삐는 리나를 허공에서 360도 빙빙 돌리며 복도로 데리고 나갔다. 리나는 그 순간 잠에 빠져들었다.

"분탕질을 치는 꼴이라니. 미꾸라지 같은 년." 할머니가 엉덩이뼈를 문지르며 말했다.

해가 질 무렵, 천천히 슬리퍼를 끌며 복도를 오가는 삐의 노랫소리가 들렸다. 삐가 어느 집 대문을 두드린 후 물었다. "제 마누라 여기 있어요?" 리나는 그 말을 듣고 킥킥 웃었다. 삐가 계속 장난을 쳤다. 리나는 복도로 나가 얼굴을 살짝 내밀고 삐에게 손짓을 했다. 삐는 리나를 보고도 가만히 서 있었다. 그래서 리나는 맨발로 복도로 나가 삐의 손목을 잡아끌고 들어왔다.

"우리 도망치자. 나 돈 많아. 할머닌 너무 늙었고 언니랑 애기는 귀찮아 죽겠어, 우리 둘만 도망치자." 리나는 갑자기 눈가가 젖어들 만큼 간절하게 말했다. 리나는 진심으로 삐와 도망치고 싶었다. 그러면서도 한편으로는 정말 도망을 치고 싶어서 이러는 건지, 아니면 삐의 마음을 움직이기 위해 거짓말을 하는 건지 스스로도 종잡을 수가 없었다.

삐는 복도에서 부르던 노래를 계속 부르며 담배를 피웠다. 침대 옆 벽면에 걸린 거울로 담배를 피우는 삐의 등허리와, 삐를 내려다보고 서 있는 리나의 얼굴이 정면으로 보였다. 리나는 이 모습이야말로 삐와의 어긋난 관계를 말해주고 있는 상징적인 장면이라고 생각했다. 리나는 이번에야말로 감정을 제대로 잡아 배우처럼 말했다. "제발 나랑 도망쳐. 넌 내 남편이잖아." 리나는 그렇게 말해놓고 저 혼자 감동해서 눈물을 흘렸다. 리나가 감동하거나 말거나 삐는 눈을 감은 채 침대에 누워서 이상한 노래나 흥얼거렸다.

또 겹겹이 어둠이 깃드는 일몰 무렵이 되었다. 격자창으로 공단 동서쪽에 일렬로 서 있는 원료 저장 탱크들과 검은 구름이 몰려가고 있는 하늘이 보였다. 리나는 공단에 온 후 처음으로 공단 풍경이 아름답다고 느꼈다. 굴뚝에서 가늘게 나와 아이스크림처럼 퍼지며 파란 하늘로 몰려 올라가는 순백의 연기들, 차고 빛나는 강철들, 늘 구역질을 불러일으키는 이상한 화공약품 냄새까지 모든 것이 다정하기만 했다. 리나는 순간 한 가지 결심을 했다. '카메라를 사서 세상의 모든 일몰 풍경을 사진으로 찍어둘 거야. 서랍 속에 넣어놓고 심심할 때 하나씩 꺼내 봐야지. 돈이 없을 때는 하나씩 팔아먹으면 돼.' 삐는 거울 쪽으로 얼굴을 돌린 채 침대에 누워 잤다. 리나는 또 왜 이렇게 우울한 풍경들이나 쳐다보고 있어야 하는 건가 한심해져서 침대에 깊숙이 몸을 묻었다.

리나는 눈을 감은 채 옛날 어디선가 들었던 익숙한 목소리를 듣고 있었다. 탈출 이후 리나는 언제나 지금 눈앞에서 일어나는 일들이 사실이 아니길 바랐다. 그러나 지금은 아니었다. 리나는 귀를 의심했다. "예쁘다"는 말이 계속해서 허공을 울렸다.

삐는 리나의 윗옷을 유두 위까지 끌어올리고 배 위에 입술을 댄 채 차츰차츰 배 아래쪽으로 내려가고 있는 중이었다. 리나는 눈을 번쩍 떴다. 그리고 그 정신에도 누운 채로 주머니에 든 립스틱을 꺼내 입술에 칠하느라 몸을 버둥거렸다. 그리고 짐짓 단호하게 삐에게 말했다. "이 나쁜 놈, 경찰에 일러버릴 거야." 삐의 건장한 갈색 어깨가 보였고 다 낡아 해지고 늘어진 팬티 아래로 단단한 골반뼈가 보였다. 경찰이고 뭐고 리나는 온몸이 느슨해졌다. 삐가 왼손으로 리나의 허리를 잡고 오른손으로 리나의 어깨를 감싸안느라 하마터면 침대 위에서 떨어질 뻔했다. 순간, 두 사람은 오래 함께 산 부부처럼 낄낄거리고 웃었다. 리나는 삐의 손길이 몸 한가운데 닿는 순간 입속이 바짝바짝 말랐다. 삐의 손길은 예전에 리나가 알던 것과 전혀 달랐다. 리나는 삐의 손을 잡아 눈앞으로 끌어올려 딱딱한 손마디를 눌러보았다. 손가락도 손톱도, 그리고 손의 두께도 거칠다는 말로밖에는 표현할 수가 없었다. 손가락 사이에 끼어 있는 새까만 때, 손톱에 묻어 있는 납빛 줄무늬. 리나는 쇳내가 물씬 나는 삐의 손가락을 입에 물었다.

그로부터 몇 시간 동안 리나는 어둠 속에서 움직이는 삐의 몸을 여러 각도에서 보았다. 그리고 리나는 울었다. 운다는 사실이 부끄러워 마구 재잘거리기 시작했다. "너, 나 말고 다른 여자랑 잤지? 너 아무래도 이상해. 너 정말 사실대로 말 안 해?" 삐가 재잘거리는 리나의 입술을 때렸다. 두 사람은 긴 휴가를 맞아 고향 간 사람들이 비워둔 공동숙소에서, 해갈이 될 것 같지 않은 오래된 기침소리를 들으며 잠이 들었다. 밤이 깊어갈수록 기침소리는 더욱 드세졌지만 두 사람은 달고 깊게 잤다. 그렇게 리나는 새해를 맞이했다.

다음날 아침부터 리나는 삐의 얼굴을 똑바로 쳐다보지 못해서 새해인사도 생략했다. 그러면서도 도무지 세상에 겁나는 것도 없고 추위 또한 느끼지 않았다. 리나는 뱃속에 모터엔진을 하나 넣은 사람처럼 갑자기 활발해져서 평소에는 무겁다고 낑낑거리던 물건들도 단숨에 들고 입에는 바보처럼 웃음을 달고 살았다.

긴 연휴가 끝나고 공단은 하루 종일 뱅글뱅글 돌았다. 사람들은 일을 하다가 가끔씩 하늘을 올려다봤다. 아무리 생각해도 긴 휴가 끝에 뭔가 대단히 이상해졌다는 생각을 하지 않을 수가 없었다. 리나도 하루 종일 뭔가 빠진 것 같다고 생각했는데, 그건 사이렌 소리였다. 늘 들리던 사이렌 소리가 한 번도 들리지 않았다.

드디어 제3단계 플랜트 공정이 완성되는 날이 되었다. 아침부터 공단지대 전체를 울리는 활기찬 음악이 쏟아져나왔고, 헬멧을 쓴 관리자들이 분주하게 이리저리 오갔다. 원료 저장 탱크에서 발생되는 폐가스에 불꽃이 붙으면 플랜트 공정 건설은 대성공이라고 했다.

드디어 밤이 되었다. 모두들 공단 중앙의 컨테이너 사무실 앞에 도열했다. 사람들이 너무 많아서 리나는 새삼 공단의 큰 규모에 놀랐다. 사람들은 모두 원료 저장 탱크에서 나오는 가스가 연소되어 불이 붙을 플레어 스택을 쳐다보고 있었다. 플레어 스택은 동서쪽의 원료 저장 탱크에서부터 일 킬로미터 정도 떨어진 북쪽 언덕 위에 있었다. 사람들은 모두 숨을 죽이고 기다렸다. 불꽃이 제대로 타올라야 제4단계 공정으로 넘어갈 수 있었다. 특히 맨 앞에 서 있는 헬멧을 쓴 관리자들의 얼굴은 정말이지 사색이 되어 있었다. 외국인 관리자들이 무전기를 들고 음성사인을 주고받으며 불꽃을 피우기 위한 작업에 들어갔다.

카운트다운을 시작하고 모두들 입을 모아 십부터 거꾸로 세기 시작해 제로까지 갔다. 드디어, 불꽃이 타오르리라. 그런데 언덕 꼭대기에 있는 플레어 스택에 불이 들어오지 않았다. 컨테이너 사무실은 갑자기 초상집 분위기가 됐다. 대열의 맨 앞에 선 중

년의 관리자들 몇 사람이 금세 눈물을 뚝뚝 흘리며 주저앉았다. 그로부터 수십 명의 기술자들이 탱크와 가스 배관에 개미처럼 붙어 서서 미로처럼 복잡한 탱크 주변을 샅샅이 조사했다. 느슨해진 밸브 하나를 조인 사람이 수신호를 보내는 모습을 야외 조명을 통해 사람들에게 보이고 난 뒤, 카운트다운은 다시 시작됐다. 그리고 십부터 제로까지 다시 센 뒤 침묵이 흘렀다. 정말로 붉고 푸른 불꽃이 공단지대의 맨 위쪽에 피어올랐다. 관리자들은 대성공이라고 외치며 얼싸안고 기쁨의 눈물을 흘렸다.

사람들은 일이 끝나기가 무섭게 서쪽의 번화가로 몰려갔다. 그날 밤 클럽 퍼즐은 발 디딜 틈 없이 손님이 많았다. 사람들은 오늘밤 타오른 불꽃 얘기를 하고 또 했다.

리나와 미쌰는 이제 고참이 되어 이층의 카드 하는 사람들 옆에서 사람들이 시키는 심부름만 했다. 일층 홀은 버릇없는 리나의 고향 후배와 이마에 검은 점이 있는 여자애가 맡았다. 그동안 야근에 시달리느라 오지 못했던 남자들은 클럽 퍼즐에 나타난 새로운 얼굴에 너무나 많은 호기심을 보여서 귀찮을 지경이었다.

밤이 깊어갔다. 일층 홀이 거의 비어갈 무렵 퍼즐 주인 오빠와 뚱보가 들어왔다. 어디 있다가 왔는지 양쪽 볼이 발갛게 달아오른, 벌써 한잔 마신 얼굴이었다. 리나와 미쌰는 술을 가지고 나가 그들과 함께 테이블에 앉았다. 그때 이층에서 내려오던 눈이 퀭한 한 남자가 모두에게 인사를 하며 테이블로 와 앉았다. 그는 카드로 점을 쳐주겠다며 돈을 요구했다. 퍼즐 오빠가 지폐를 한 장 주자 남자는 현란한 손놀림으로 카드를 넘겼다. 모두들 지루한 얼굴로 남자의 손놀림만 내려다보았다. 제일 알 수 없는 결과를 받은 사람은 뚱보였고, 제일 황당한 결과를 받은 사람은 미샤였다. "넌 올해 죽을 운명이야." 남자가 미샤에게 말했다. 그 말을 듣자마자 미샤와 나머지 사람들이 모두 황당하다는 듯 깔깔거리고 웃었다. 뚱보에게는 멀리서 손님이 찾아오는데 언젠가 한 번은 꼭 만나야 할 사람이라고 했다. 퍼즐 오빠에게는 올해도 사업이 운수대통이고, 좋은 여자와 결혼도 하게 되어 극락이 따로 없을 거라고 말해주었다. 퍼즐 오빠는 고개를 갸우뚱거리면서도 기분이 좋아져 지폐 한 장을 더 주었다. 돈이 생긴 남자는 다시 카드를 하기 위해 한달음에 이층으로 뛰어올라갔다. 침묵이 흐르고 난 뒤 점을 친 네 사람이 갑자기 입을 모아 말했다. "이거 사기야, 사기. 우리가 속은 거야, 나쁜 자식."

이층 정리를 하던 리나는 못마땅하게 생각해 말도 잘 하지 않았던 후배가 창틀에 걸터앉아 있는 것을 봤다. 여자애는 울고 있었다. "너 왜 우니? 생리통 있니? 그리고 거긴 내 자리야." 리나는 가능한 한 친절을 베풀려고 물었는데 여자애는 대답을 안 했다. 잠시 후에 퍼즐 오빠가 삼층으로 올라갔고, 여자애가 고개를 푹 숙인 채 따라 올라갔다.

삼층 방에는 늘 그렇듯이 붉은색 카펫과 붉은색 커버를 씌운 소파가 놓여 있었다. 리나는 평소처럼 아무 생각 없이 문을 열려다가 잠깐 멈춰 섰다. 그리고 문고리를 잡은 채 안에서 들리는 소리에 귀를 기울였다. 후배가 징징거리며 울고 있었다. "오빠, 나 아프거든요. 내가 탈출자라고 해서 오빠가 나를 마음대로 할 수 있다고 생각하는 건 후진적인 발상이에요." 아무리 그래도 난 오빠를 좋아하지 않아요. 말솜씨가 좋아 변호사가 따로 없었다. 리나는 두 주먹을 꼭 쥐고 아랫입술을 문 채 이 상황을 어떻게 돌파해야 하나 망설였다. 설전은 계속됐고 리나는 한참을 문밖에 서 있다가 이층으로 내려갔다.

잠시 후 퍼즐 오빠가 삼층에서 내려와 별로 좋지 않은 얼굴로 일층으로 내려갔고, 후배가 고개를 수그린 채 오빠를 뒤따라 이층으로 걸어내려왔다. 리나는 여자애의 손을 잡아끌었다. "뭐했니, 너?" 리나가 묻자 여자애가 갑자기 코를 확 풀었다. "몰라서 물어? 죽다 살아나왔잖아!" 여자애가 리나에게 바락바락 소리를 질렀다. "저 새끼가 날 어떻게 하려고 했는지 진짜 몰라? 언니도 당했을 거 아냐?" 여자애가 도리어 화를 내서 리나는 당황했다. "그래서 좋았니?" 리나는 에라 모르겠다, 기름을 끼얹었다. "안 했다니까. 하면 죽일 거야." 촌스러운 옷을 입은 여자애는 어려운 상황임에도 불구하고 사기충천해 있었다. "울긴 뭘 울어. 저 오빠 생각보다 괜찮은 사람이야, 잘 꼬셔봐. 오빠랑 결혼하면 좋잖아." 여자애가 입고 있는 붉은 치마와 분홍색 스웨터가 촌스러워서 측은한 마음까지 들었다. 여자애가 다시 훌쩍거렸다. "꼬셔보긴 뭘 꼬셔봐. 나한테만 그러는 게 아니야. 점박이도 당했다니까." 리나는 잠깐 한숨을 쉬고 여자애의 손을 꼭 잡아주었다.

일층 홀에서 오빠와 뚱보, 미샤와 점박이가 말없이 앉아 술을 마셨다. 리나는 아래층으로 내려가 술을 몇 병 가지고 올라오면서 그들을 째려봤다. 리나는 플라스틱 물컵을 헹궈내고 후배에게 맥주를 따라주었다. 여자애는 이제 울지 않았다. "거긴 어때?" 리나가 채 말을 끝내기도 전에 후배가 신경질을 내며 대답했다. "어떻긴, 아직은 안 했다고 말했잖아." 리나는 킥킥 웃었다. "아니 거기 말고, 우리가 탈출한 곳, 아직도 다들 그렇게 배가 고프니?" 리나는 이제야 떠나온 곳 소식을 물었다. 지금도 여전히 그곳은 늘 배가 고픈 사람들로 넘쳐나지. 많은 사람들이 국경을 넘기 위해 혈안이 되어 있어. 우린 복도 많지! 리나는 여자애가 그렇게 말하길 기다렸다. "같이 나와서 P국으로 들어간 애들은 대학에 들어갔다는데, 아이씨 난 이게 뭐야!" 여자애는 그러고 나서 코를 확 풀었다. P국이라! 어디 동화 속 나라였던가 싶었다. 리나는 후배의 어깨를 토닥거렸다.

리나는 어둠 속으로 사라지는 흰색 승용차의 뒤꽁무니를 쳐다보고 있었다. 새로 온 여자애들 두 명과 미샤, 퍼즐 오빠와 뚱보가 자기만 빼놓고 도시로 진출하고 있었다. 후배 여자애가 힐끔거리며 뒤를 돌아봤지만 리나는 잘 다녀오라고 손을 흔들어준 다음 혼자서 클럽 퍼즐로 들어왔다. 삐걱대는 문소리가 계속해서 들려왔다. '유부녀라는 핸디캡을 쉽게 극복할 수는 없겠지.' 리나는 혼자서 중얼거렸다. 어디선가 그 옛날처럼 북소리가 들리기 시작했다. 미샤가 옷을 넣어두는 상자를 찾았다. 스팽글과 리본이 잔뜩 달린 옷에는 아직도 미샤의 땀냄새가 배어 있었다. 리나는 옷을 갈아입고 혼자 무대로 나가 서툴게 춤을 추기 시작했다.

리나는 한참 만에야 후드득거리는 소리가 창밖에서 들리는 빗소리라는 것을 알았다. 후드득후드득. 빗줄기가 바람을 피해다녔다. 리나는 혼자서 술을 마시고 있었다. 그때 갑자기 자동차가 급정거하는 소리가 들렸고 펴즐 출입문이 거칠게 열렸다. 펴즐 오빠가 리나 후배의 멱살을 잡고 들어와 바닥에 내팽개쳤다. 미샤는 싸늘한 얼굴로 먼 산만 쳐다봤고 점박이 아가씨는 겁에 질려 달달 떨기만 했다. 펴즐 오빠가 소리를 질렀다. "야, 술 가져와 빨리." 밖에서 뭘 하다가 왔는지 비를 맞아서 얼굴 꼴들이 볼 만했다. 펴즐 오빠가 술을 마시는 동안 뚱보가 여자애의 엉덩이를 발로 툭툭 차며 말했다. "이게 탈출자 주제에 싸가지 없이 어디서 반항이야." 리나의 후배가 엎드린 채 눈알을 굴리며 씩씩거렸다. "탈출자에게도 인권은 있다." 리나는 과연 자기의 후배답다고 생각하며 절대로 기죽지 말 것을 기도했다.

"너 따라 올라와." 펴즐 오빠와 뚱보가 리나의 후배를 데리고 삼층으로 올라갔다. 저벅저벅 계단을 올라가는 소리가 후드득거리는 빗소리에 섞여 무시무시했다. 점박이는 현관문 앞에 쪼그려앉아 울고 있었고, 리나는 의자에 앉아 태어나서 처음으로 머릿속을 초스피드로 굴리는 중이었다. 그리고 리나는 삼층으로 따라 올라갔다. 자기도 모르게 한 손엔 술병을 들고서.

열린 문틈으로 소파 위에 누워 있는 후배가 보였다. 눈을 꼭 감은 채 입술을 달달 떨고 있었고, 가랑이 사이로 분홍색의 생선 살 같은 여자애의 음순이 정면으로 보였다. 뚱보 녀석이 후배의 몸 위에 올라가려고 하는 순간, 리나는 이것이 피할 수 없는 현실임을 직시했다. 소파가 저항을 받아 찢어질 듯이 내려앉으려고 했다. '이때다, 저 새끼가 넣기 전에 구해야 된다. 그것이 내가 할 일이다.' 리나는 순간 비 오는 창밖을 내다보며 탕, 하고 방귀를 뀐 퍼즐 오빠의 뒤통수를 병으로 갈겨버렸다. 갈기고 나서는 오빠가 어떻게 됐나 살필 겨를도 없이 자기가 먼저 놀라 아악, 하고 소리를 질렀다. 그사이 허둥대던 뚱보가 소파 앞 탁자에 걸려 넘어지며 뒤로 나동그라졌고, 누워 있던 리나의 후배가 벌떡 일어나 탁자 옆에 있던 장식용 항아리로 뚱보의 머리통을 갈겨버렸다. '난 이제 죽었다.' 리나는 한동안 가만히 서서 술냄새를 맡으며 올 것이 오리라 기다렸다. 놀랍게도 두 남자 다 쓰러져서 일어나지 못했다. "어쩌나, 난 다시는 살인은 안 하려고 했는데……" 리나는 그제야 허리에 손을 얹고 씩씩거렸다.

후배는 퍼즐 오빠의 다리를 잡고 리나는 어깨를 잡고 계단을 내려왔다. 머리통이 난간에 한 번씩 떨어질 때마다 계단에 핏자국이 묻어났다. 일층까지 다 내려오자 졸고 있던 미쌰와 점박이가 비명을 질렀다. 퍼즐 오빠는 잠깐 기절한 것 같았다. 리나는 차분하게 일층 현관문을 닫아걸었다. 순간 미쌰가 다가와 리나에게 소리쳤다. "니가 죽였니? 그리고 너 지금 왜 내 옷 입고 있어?" 옷을 내려다봤더니 검은 치마에 붉은 피가 묻어 그 색조가 오묘했다. "니 옷은 벗어놓을게. 그리고 이렇게 된 건 말이지……" 그 순간 미쌰가 갑자기 온몸을 흔들며 좋아라 소리쳤다. "무이 빠그레뵤 이흐?" 미쌰는 순간 알 수 없는 말을 남기고 공주들이 실신하듯 한꺼번에 허리를 꺾으며 바닥에 쓰러져버렸다. 미쌰의 뒤통수를 쇠막대기로 갈긴 건 커다란 눈망울을 껌벅거리며 현관 앞에 앉아 있던 점박이였다. 점박이는 그사이 이나라 말을 배워 "나쁜 년"이라고 연신 중얼거리고 있었다. "너 미쳤니? 근데 쟤가 뭐라고 했니?" 모두 다 미쌰가 마지막으로 한 말이 무슨 뜻인지 몰랐다.

뚱보를 끌고 내려오는 일은 세 사람의 힘만으로는 부족했다. 그래서 일층 홀에 있는 붙박이 가구에 빨랫줄을 묶고 뚱보를 매달아 줄을 잡아당겼다. 세 사람의 얼굴은 땀투성이였는데도 어느 순간에는 얼굴을 쳐다보며 킬킬거리고 웃었다. 밖에는 여전히 보슬비가 내리고 있었다. 세 사람은 서로 얼굴을 쳐다보고는 결심했다는 듯이 한꺼번에 눈을 맞췄다.

리나의 후배가 퍼즐 오빠의 주머니에서 자동차 키를 꺼냈고, 리나는 오빠의 지갑을 챙겼다. 일층 홀 문을 열고 자동차 뒷좌석에 오빠부터 넣었다. 다리 부분이 차 밖으로 튀어나와 반을 접어넣어야 했다. 그다음에 미쌰를 자동차 트렁크에 넣었다. 날씬하고 말라서 트렁크에 넣기는 적합했으나 얼음처럼 차갑고 아름다운 얼굴이 차 바닥에 닿는 게 너무나 가슴이 아팠다. 뚱보는 아직도 거친 숨을 몰아쉬고 있었다. 뚱보까지 차에 넣자 바퀴가 덜컥 내려앉으며 짜부라지려고 했다. 리나는 점박이에게 가게 뒤로 돌아가 삽을 가져오라고 시켰다. 준비가 끝나고 리나는 자동차 운전대 앞에 앉아 시동을 걸었다. 한 번도 해보지 않은 운전이었는데 마치 여러 번 해본 것처럼 손에 익었다. 그러나 출발하자마자 옆 건물을 들이받을 뻔했다.

자동차는 공단지대의 동쪽으로 기어갔다. 어느새 후드득거리던 빗줄기는 보슬비로 바뀌어 있었다. 리나는 가스 탱크단지 쪽으로 가던 길에 봤던 둑방 쪽으로 한참을 달려가 차를 세웠다. 밤이라 사람들은 없었고 간간이 켜져 있던 가로등도 보이지 않았다. 리나는 여자애들에게 둑방길 아래 공터 한 부분을 파라고 시켰다. 자동차 라이트는 그대로 켜두었고 시동도 끄지 않았다.

여자애들은 겁이 나서 후들후들 떨며 땅을 팠다. 세 사람을 한꺼번에 넣으려면 땅을 넓고 깊게 파야 했다. 한참을 파내려가던 여자애들이 비가 와서 땅이 말랑말랑하다며 좋아했다. 정신없이 삽질을 하는 사이, 어느새 하늘이 파랗게 밝아왔다. 여전히 보슬비가 내렸다. 땅속에서 비닐쓰레기며 플라스틱 쓰레기가 많이 나왔다. 긴 치마를 입고 있던 점박이는 작업하는 데 방해가 된다며 치마를 아예 벗어버리고 속바지만 입고 있었다. 힘이 들어 흰 입김을 미친 듯이 쏟아내던 리나의 후배가 점박이만 보면 실실 웃었다.

둑방 위에서 본 구덩이는 어느 정도 넓고 깊은 듯했다. 리나와 후배가 차에서 뚱보부터 꺼냈다. 그리고 하나, 둘, 셋, 구령에 맞춰 둑방 위에서부터 도르륵 굴렸다. 무거운 몸집 때문인지 뚱보는 잘도 굴러가 구덩이 안에 꼭 맞게 들어가 안착했다. 이번엔, 퍼즐 오빠 차례였다. 리나가 허리에 손을 대려는 순간 정신이 들었는지 머리를 마구 흔들며 인상을 써댔다. 구덩이 앞에서 기다리고 있던 점박이가 삽자루로 퍼즐 오빠를 한 대 더 갈기자 조용해졌다. 이번엔 미샤 차례였다. 리나는 미샤를 두 팔에 안아보았다. "사실 얘까지 죽일 필요는 없는데. 얼음나라 공주 미샤야, 잘 가." 굴러간 미샤의 흰 외투 자락이 뒤집혀 남자들의 얼굴을 덮었다. 그때까지도 퍼즐 오빠의 입에서 신음이 새어나오고 있었다.

리나와 후배는 자동차 라이트를 끄고 아래로 걸어내려갔다. 두 사람은 삽으로, 한 사람은 손으로 구덩이에 흙을 퍼넣기 시작했다. 짐승들처럼 이상한 소리를 내면서 정신없이 흙을 퍼 구덩이를 덮었다. 리나는 새벽빛 속에서 하얗게 움직이는 미샤의 가늘고 흰 손가락을 보았다.

가게로 돌아와 삼층부터 일층까지 대대적인 물청소를 했다. 생각보다 핏자국이 아주 많았다. 핏자국이 바닥에 얼어붙어 잘 지워지지 않았기 때문에 더운물로 빤 걸레로 여러 번 바닥을 문질러야 했다. 아무리 닦아도 핏자국이 흥건했던 홀 바닥은 깨끗해지지 않았다. 삽시간에 홀 바닥은 물 천지가 되었고 어느새 물기 어린 바닥 위로 아침햇살이 퍼져들어왔다. 리나는 후배들에게 청소를 끝내자고 말했다. 청소를 끝내고 나서도 뭔가 개운하지 않았다. 굵은소금을 그릇에 담아가지고 나와 현관 앞에 쫙쫙 뿌렸다.

다음날부터 주인이 없는 클럽 퍼즐의 주인이 된 여자애들은 칙칙한 가게 분위기부터 바꾸기로 했다. 바닥은 이미 그 난리를 치느라 깨끗이 해놓은 상태였고 천장이며 벽에 늘어진 거미줄부터 없앴다. 그리고 화사한 천을 구해다 길게 잘라 색깔별로 늘어뜨려 달았다. 천들은 마치 색동 무지개 같았다. 문이 열리면 천들이 흔들렸고 날씨가 흐리면 특유의 염료 냄새가 났다. 리나는 그 묘한 무지개색 천들을 볼 때마다 살인을 했다는 사실을 잊고 성질이 누그러지며 상처가 약간은 치유되는 듯한 느낌을 받았다. '이제는 돈만 벌면 돼. 돈을 벌어서 빨리 이곳을 떠나기만 하면 다 잊을 수 있어.' 리나는 밤이 오기만 기다렸다.

미쌰의 도무지 따라 할 수도 없는 체조처럼 현란한 댄스 대신, 신비한 불교국가에서 막 도착한 오동통한 점박이 아가씨의 허리만 살짝살짝 돌리는 벨리댄스가 훨씬 더 매력적이었다. 노동 강도가 높아질수록 사람들은 술을 더 많이 마시러 왔다. 게다가 야근이 늘어나면서 퍼즐은 밤새 장사를 해도 손님이 넘쳤다. 뿌루퉁한 표정의 퍼즐 오빠나 뚱보의 안부를 묻는 사람은 아무도 없었다. 리나는 얼굴을 잘 알고 있는 사람들에게만 대마초를 주었다. 퍼즐의 삼층 방은 대부분 그런 용도로 쓰였다. 리나는 오래전 기근이 심하던 해에 돌아가신 동네의 먼 친척 할머니가 했던 말을 다시 한번 상기했다. "아무리 멍청한 바보도 살아 있는 동안 세 번은 자기 인생을 걸고 도전이라는 걸 하게 된단다." 리나는 자신에게도 기회가 왔다는 걸 온몸으로 느꼈다.

리나는 어느 날 여자애들을 데리고 퍼즐 오빠의 차를 몰고 도시로 나갔다. 도시까지 운전을 하고 나가는 건 무리여서 운전을 잘하는 어린 남자애 하나를 고용했다. 길을 더듬고 더듬어 대마초를 하던 그 집을 찾았다. 아무리 두드려도 문을 열어주지 않았다. 그래서 문밖에 쪼그리고 앉아 하루 종일 기다렸다. 리나는 퍼즐 오빠 심부름이라고 했지만 노인은 판매를 거절했다. "열심히 일하는 공단 사람들에게 이런 걸 팔 수는 없지!" 리나는 노인의 고집스런 태도가 마음에 들지 않았다. 다음날도 왔지만 노인은 팔지 않았다.

외국인에게 두 배의 값을 지불하고 약을 사가지고 돌아오는 길에 리나와 여자애들은 오빠가 데리고 갔던 추억의 댄스클럽에 갔다. 그러고 보니 어느새 리나 일행은 모두 다 미쌰가 입었던 옷차림을 하고 있었다. 청치마에 민소매 셔츠를 입고 그 위에 청재킷을 걸쳐입었다. 여자애들은 서툰 몸짓으로 춤을 추다가 어느 순간 세 명이 다 일어나서 소리를 질러댔다. "우리는 모두 미쌰 흉내를 내지!" 여자애들은 치어리더들처럼 겅중겅중 뛰는 춤을 추었다. 그러다 갑자기 돌변해 목소리를 높여 소리지르며 울기 시작했다. 같이 춤을 추던 손님들은 갑자기 울어대는 이상한 여자애들의 소란에 당황했고 모두들 무대에서 물러나 자리로 돌아가서 구경만 했다. 어떤 사람은 점박이에게 다가가 정말 감동적이었다고 말하며 혹시 '제3세계 눈물공연단' 단원들이 아니냐고 묻기까지 했다. 그 밤에 세 사람은 마치 내기라도 한듯 큰 소리를 질러대며 댄스클럽이 떠나가라 울어댔다.

"할머니, 봄인데 우리 가게에 와서 공연 한번 안 하실래요?" 할머니는 리나의 제안을 듣고 어린애처럼 기뻐했다. 할머니가 옷을 입고 들뛰는 사이 리나는 갓난쟁이에게도 옷을 입혀 차에 태우고 클럽 퍼즐로 왔다.

"정말이지 여긴 내가 공연하기 딱 좋은 장소다." 한때 잘나가던 지역 연예인이었던 할머니의 얼굴에 생기가 돌았다. 그동안 클럽 퍼즐이 젊은 사람들 위주로 운영되어 나이든 사람들이 갈 데가 없었던 게 사실이었다. 리나는 할머니를 통해 나이든 사람들을 손님으로 더 끌어오고 싶었다. 갓난쟁이는 넓은 홀 바닥에 내려놓자 정신없이 뱅글뱅글 돌다가 넘어지기를 반복했다. 밤이 되자 사람들이 몰려왔다. 리나는 이제 돈통을 엉덩이 밑에 깔고 앉아 있었다. 아무도 믿지를 못해 늘 엉덩이 아래에 돈통을 깔아놓고 엉덩이에 힘을 준 채 엉거주춤하게 앉아 있어야 마음이 편했다.

인근에서 소문을 들은 어린 소녀들이 퍼즐에서 일을 하겠다고 줄줄이 찾아왔다. 아이들은 돈을 벌어 차비를 마련해 흰 연기 나는 공단을 떠나 도시로 가서 살고 싶다고 했다. 아이들은 다리가 길고 몸매가 곧았으며 얼굴 또한 고왔다. 아이들은 한결같이 리나를 아줌마라고 불렀다. 나이 차이도 많이 안 나는 애들한테 그런 소리를 들은 리나는 몹시 기분이 상했다. 그러나 거울을 들여다보고 있으면 그렇게 부르는 게 너무나 당연하다는 생각이 들기도 했다. '저렇게 예쁜 애들의 꿈이 겨우 이런 술집의 여종업원이라니.' 리나는 몹시 울적해져서 처음엔 찾아오는 여자애들을 다 돌려보냈지만, 나중엔 국적과 나이를 떠나 찾아오는 모든 애들에게 시간을 배분해 일하게 했다. 퍼즐은 여자들의 천국이 되었다. 이제 공단지대 밖의 다른 도시에서도 손님들이 찾아왔다.

퍼즐의 공연은 하루 두 번 열렸다. 밤잠이 많은 노인들을 위해 먼저 열리는 할머니의 공연은 옛날 천막 공연의 리바이벌 판이었다. 옛날처럼 옷을 갖춰입지는 못했지만 왠지 할머니는 전보다 더 귀엽고 편안해 보였다. 할머니가 부르는 노래는 '청춘가' 종류였다. 할머니가 그 노래를 부를 때면, 공단에서 오래 일해 목소리가 다 녹슨 철처럼 쉬어버리고 허리가 꼬부라진 할아버지들이 탁자를 치며 좋아했다.

공연 내내 할머니를 돕는 사람은 그 누구도 아닌 갓난쟁이였다. 갓난쟁이는 할머니 목소리가 오르락내리락할 때마다 아장아장 돌아다니면서 장단을 맞추었고, 한쪽 다리를 들었다 놓거나 사람들 얼굴을 요리조리 쳐다보며 온갖 아양을 떨었다. 공연이 끝나면 할아버지들은 인생에 관한 뻔한 경구 한마디씩을 꼭 남기고는 자리에서 일어났다.

기진맥진한 할머니가 너무 힘들어해서 집에까지 가는 게 문제였다. 삐는 꼭 그럴 때만 나타나 할머니와 갓난쟁이를 데리고 갔다. 홀 안에 있는 아는 사람들에게 인사도 했지만 리나에게는 눈인사도 한 번 안 했다.

점박이는 벨리댄스 공연을 위해 얇은 레이스 천으로 만든 옷을 입었다. 뭘 위해서인지, 공연 전에는 눈을 꼭 감고 두 손을 마주 댄 채 벽 앞에 서서 재잘재잘 기도했다. 상큼한 음악을 틀고 예쁜 레이스 옷을 입은 인도 처녀가 나오면 사람들은 환호성을 질렀다. 무지개 천들도 인도 처녀의 움직임에 따라 천장에서 나풀거렸고 술을 마시고 있는 사람들의 몸도 빙글빙글 돌았다.

그러던 어느 날이었다. 어수선하고 시끄러운 가운데 갑자기 현관문이 벌컥 열렸다. 리나는 순간 자신의 눈을 의심했다. 너무나 놀라 하마터면 들고 있던 술병을 떨어뜨릴 뻔했다. 대문 앞에 서 있는 사람들은 퍼즐 오빠와 뚱보였다. 결국 희생된 건 미쌰 한 사람이었다니, 리나는 갑자기 등줄기가 휘면서 몸에서 힘이 빠졌다. 아직 그 일에 가담한 동생들이 나타나지 않은 게 다행이었다. 그들은 저벅저벅 홀을 가로질러 리나에게 다가왔다. 리나는 지금 이 순간이 탈출 이후 최대의 위기임을 직감했다. 리나는 주먹이 날아올 거라 예상하며 살짝 웃었다. 퍼즐 오빠가 리나에게 말했다. "내 동생과 이 사람의 형을 찾는데." 리나는 순간 자기도 모르게 방귀를 뀌고는 커다랗게 숨을 내쉬었다. 그들은 퍼즐 오빠의 형과 뚱보의 남동생이었다. 리나는 배에 잔뜩 힘을 주었다. "글쎄요, 가게에 오지 않은 지 오래됐어요. 어디 가서 마약을 하거나 카드나 하겠죠. 그 러시아에서 온 여자애,. 이름이 뭐였지, 아, 미샤랑 같이 나갔는데." 그러자 그들은 서로 얼굴을 쳐다보며 고개를 갸우뚱거렸다. 어느새 이층에서 점박이가 내려왔다. 화들짝 놀라는 통에 쪽찐 머리가 후루룩 풀어져내렸다. 점박이는 얼른 화장실로 도망쳤다.

리나는 그들에게 맥주와 안주를 내주고 아무렇지도 않은 표정으로 음악을 틀었다. 그들은 정말이지 죽은 사람들과 똑같은 포즈로 앉아 말없이 술만 마셨다. 어때, 우리가 여길 맡아보는 건? 그런데 우린 러시아 여자애가 없잖아! 그거야 구할 수 있지 않을까. 그들은 많은 사업 구상 끝에 수익을 반으로 나누자고 제안했다. 리나는 그들의 제안을 거절할 수가 없었다. 그들이 나가자마자 리나는 현관에 굵은소금을 쫙쫙 뿌렸다.

리나는 본격적으로 돈을 벌어들였다. 손님들이 너무 많아서 앉을 자리가 없을 지경이었다. 남자들이 호호 입김으로 손을 불어가며 가게 밖에 줄을 서서 자리가 나길 기다렸다. 그래서 리나는 아이디어를 내어 가게 앞에 비닐천막을 쳤다. 비닐천막 안에 난로도 놓고 거기서도 술을 팔았다. 심지어는 술에 이상한 약도 타서 팔았다. 대부분 몸이 약한 공장 노동자들은 술 몇 잔에도 금세 취해 집으로 돌아갔다. 그렇게 해서 많은 손님이 들자 리나는 할머니와 의논해 아예 공장을 그만둘 계획까지 세웠다. 리나는 원래부터 자기가 클럽 퍼즐의 주인이었던 것처럼 행세하는 데 아무런 죄의식을 느끼지 않았다. 언제나 바에 와서 그림처럼 앉아 있는 퍼즐 오빠의 형과 뚱보의 남동생, 그리고 그들이 데리고 온 이상하게 생긴 서양 여자애들까지. 오히려 그들이 있어 범죄는 잊혀졌고 리나와 여자애들의 마음이 한결 편했다.

그러는 사이 어느새 영영 겨울만 있을 것 같던 공단에도 봄기운이 돌았다. 가끔씩 눈을 들어 먼 곳을 보면 회색의 공단지대를 뚫고 올라오는 샛노란 기운 같은 것을 느낄 수 있었다. 늘 질척거리는 땅바닥이야 여전했지만 뭔가 훈훈한 기가 돌아다닌다는 걸 느낄 수 있었다. 그러나 안 좋은 점도 있었다. 서쪽 지대에서부터 미세먼지가 날아와 널어놓은 갓난쟁이의 기저귀는 늘 회색이었고 그래서인지 갓난쟁이의 똥도 오줌도 늘 회색이었다.

리나는 가끔 낮에 세 사람을 묻은 장소까지 산책을 갔다 오곤 했다. 둑방길은 여전히 인적이 드물었고 사람들은 아직도 철근을 빼돌려 팔았다. 리나는 둑방길 위에 서서 구덩이를 찾았다. 구덩이 아래까지 내려가 발로 밟기도 하고 그 위에서 오줌을 누기도 했다. 리나의 소원이 있다면 그날 미샤에게 죽을 운명이라고 말한, 카드에 미쳐 있던 남자를 다시 만나 자신의 운명에 관한 이야기를 듣는 것이었다.

6번 탱크

삐는 관리자들로부터 호출을 받았다. 호출을 받고 본부 앞에 모여 있는 사람들은 대부분 용접 기술자들이었다. 모여 있던 기술자들과 관리자들, 그리고 장비까지 싣자 트럭이 꽉 찼다. 트럭은 보통 속도로 달렸다. 사람들은 모두 손으로 귀를 막고 앉아 있었다. 빼곡히 앉은 사람들 틈에서 누군가 노래를 부르기 시작했다. "조용히 해. 드라이브하잖아." 누군가 소리를 질렀지만 노래는 계속됐다.

트럭이 공단지대의 오른쪽 도로를 달려 공단 입구를 지나갔다. 천천히 모퉁이를 돌아 오른쪽의 공동숙소 단지 쪽을 지날 때였다. 공동숙소 일층 출입문 앞 벤치에 앉아 있는 갓난쟁이와 할머니가 보였다. 할머니는 햇볕에 얼굴을 내놓은 채 잔뜩 인상을 쓰고 있었다. 갓난쟁이는 땅바닥으로 기어내려가려고 엉덩이를 의자에 반쯤 걸친 채 혼자서 뭐라고 뭐라고 입을 꼬물꼬물했다. 삐는 매일 보는 사람들인데도 너무 반가워서 소리를 질렀다. 그러나 트럭은 쌩쌩 속력을 냈고, 삐의 목소리가 들리지 않았는지, 할머니와 갓난쟁이는 서로만 쳐다보고 있었다.

이미 특수차들이 먼저 도착해 있었다. 트럭 관리자들은 칠 년 전에 서쪽 지대에서 일어난 가스 유출사고를 상기시키며 철저한 작업을 요청했다. 그리고 삐는 여기서 아주 놀라운 소식을 듣고야 말았다. 그동안 경보 사이렌이 울리지 않았던 것은 경보 시스템에서 소리가 나는 기능을 없애버렸기 때문이라는 것이었다. 그동안 여러 차례 경보가 울렸지만 아무리 그 원인을 찾아내려고 해도 알 수 없었고, 이 사실이 알려져 시끄러워지는 것을 막기 위해 취한 조치였다고 했다. 제3의 플랜트 공정을 끝내는 데 지장이 생기는 것을 두려워한 관리자들의 무모한 결단이었다. "아직은 아무 일도 안 일어났잖아?" 관리자들은 그 순간까지도 그렇게 말했다.

북쪽에 우뚝 솟아 있는 복잡한 격자무늬의 플레어 스택은 정상적으로 불꽃을 피워올리고 있었다. 거기서 불꽃이 정상적으로 피어오르는 한, 아직 아무 일도 일어나지 않았다는 관리자들의 말은 옳았다. 화학원료가 저장되어 있는 문제의 거대한 탱크들은 죽은 듯이 서 있었다. 전부 여섯 개 중 늘 입에 오르내리는 6번 탱크가 오른쪽에서 세번째에 있었다.

인원을 분산해 탱크 주변으로 몰려섰다. 트럭에 매달린 대형 사다리가 사람들을 삼십 미터 높이쯤 되는 탱크의 지붕 위로 올려놓았다. 거대한 시멘트 탱크 위에 선 용접공들은 두려웠지만 최대한 여유를 부렸다. "우리가 만들었는데 우리가 고쳐야지." "사람이 못할 일은 없어." 다들 멋있는 말 한마디씩을 하려고 애썼다. 삐는 광활하다고밖에는 표현할 수 없는 거대한 플랜트 공단지대를 내려다보았다. 현기증이 일어 제대로 보고 있기가 어려웠다. 생전 처음으로 사람들은 이 골칫덩어리를 해결해보자며 마음을 합쳐 파이팅을 외쳤다. "자, 우리가 찾아냅시다. 이 나라 화학 플랜트 사업의 무한한 발전을 위해서."

탱크 위로 올라갔던 사람들은 특별한 결함을 발견하지 못하고 다시 내려왔다. 탱크의 보디를 관찰하는 팀들도 다른 이상을 발견하지 못했다. 폐가스가 제대로 유출되지 못하고 자꾸만 역류해 탱크 안에서 뭔가 문제가 일어나고 있는 게 분명했다. 대형 가스관이든 소형 가스관이든 복잡한 경로 어딘가에서 관이 잘못 연결되었거나 시설 자체의 설계에 하자가 있기 쉬웠다. 그러나 밀폐공간 안에서 일어나는 일들을 알아내기란 쉽지가 않을 것 같았다. 차라리 내부의 화학작용에 의해 저 혼자서 터져버린다면 모를까.

곳곳에서 삑삑거리는 감지기 소리만 들렸다. 감상에 빠질 여유도 없건만 지친 사람들이 안전모를 벗고 한쪽으로 나가 담배만 피워댔다. 금세 일몰 무렵이 되었다. 공단을 사선으로 양분해 오른쪽에는 해가 조금 남아 있었고 왼쪽으로는 해가 지고 있었다. 흰 연기가 솟구쳐올라오고 있는 굴뚝 위 하늘이 막 금빛으로 물들고 있었다. 순간 금빛 하늘이 갑자기 가로로 쭉 찢어지며 굴뚝 위로 솟구쳐올라가는 희고 불투명한 연기들을 빨아들였다. 그리고 금빛 하늘은 다시 입을 다물어버렸다.

이제 마지막 점검이었다. 몇 팀으로 나눠 탱크가 담겨 있는 수조처럼 생긴 관 아래로 내려갔다. 몇 사람은 밸브들이 제대로 연결되어 있는지 확인했고 몇 사람은 탐지기를 곳곳에 들이대어, 소량이라도 화학가스가 유출되는지 확인했다. 일부에서 용접을 다시 하기도 했지만 겉에서는 속이 어떤지 확인할 길이 없었다. 곧 해가 져버렸고 사람들은 패잔병들처럼 허탈해져 트럭에 올랐다.

트럭은 올 때와는 반대로 서쪽 지대로 돌아나갔다. 삐는 어둡게 가라앉아 있는 공단지대를 쳐다보았다. 오래전 사고로 폐허가 된 서쪽 지대 곳곳에는 모닥불이 피워져 있었다. 어디선가 많이 들어본 듯한 노래가 흘러나오기도 했고 고기 굽는 냄새 같은 것이 나기도 했다. 아직도 저런 곳에서 살고 있는 사람들이 있다는 게 꿈만 같았다.

트럭은 서쪽 번화가에 섰다. 관리자가 모두를 데리고 펍으로 가서 술을 잔뜩 시켰다. 술맛이 이상하게 싱거워서 신경질이 난 삐가 주방으로 갔다. 삐는 술통 안에 열심히 물을 붓고 있는 리나를 봤다. 리나는 손가락으로 술을 찍어 먹으며 입맛을 다셨다. 리나가 삐를 보자마자 손에 들려 있는 물통을 얼른 뒤로 감췄다. 삐는 순간 리나가 성격은 안 좋아도 참 예쁘다고 생각했다. 뭔가 듣기 좋은 말을 해주고 싶었는데 딱히 생각나는 말이 없었다. 삐는 생전 처음으로 말주변이 없는 자기 자신이 싫어졌다. "넌 세상 어디에 가도 절대로 굶어 죽지는 않을 거야." 삐가 말했다. 그 말을 들은 리나는 혀를 날름거리면서 다시 술에 물을 탔다.

늦은 밤 공동숙소로 돌아온 리나는 싱크대 위에 놓인 냄비를 열고 만두를 몇 개 집어먹었다. 왠지 자꾸 배가 고팠고 빈속이 되면 참을 수 없이 속이 쓰렸다. 한겨울 같았으면 옷을 잔뜩 껴입고 세면장으로 갔을 텐데, 왠지 복도 전체의 기운이 터널 속처럼 답답하고 뜨거웠다. 리나는 얇은 스웨터 하나만 걸치고 양말은 벗은 채 슬리퍼를 질질 끌며 세면장으로 갔다. 양치질을 하고 세수를 하던 리나는 눈이 자꾸 따가워 여러 번 헹궈냈다.

다시 공동숙소로 돌아와 노래를 흥얼거리며 로션을 바르던 리나는 펑퍼짐해진 얼굴을 보고 갑자기 심각해졌다. "술을 작작 마셔야지. 얼굴이 쟁반만하네." 리나는 벌떡 일어나 가수를 할 때 입었던 옷들을 꿍쳐놓은 보따리 속을 뒤져 숨겨둔 돈통을 꺼냈다. 돈다발을 넣어둔 붉은 양은상자는 널찍한 서랍만했다. 리나는 돈다발을 하나씩 꺼내 다시 세어봤다. 그리고 종이로 묶은 뒤 가슴에 안아보고는 다시 상자 안에 차곡차곡 쌓았다. 그리고 붉은색 비단 보자기를 여러 번 둘러 상자를 꼭꼭 쌌다. 리나는 앞으로도 계속 돈이 들어오게 해달라고 기도했다. 그러면 삼층

집을 사서 지금 함께 살고 있는 사람들을 모두 다 데리고 살아도 좋겠다고 생각하며 웃었다.

봉제공장 언니의 격한 기침소리가 들렸지만 리나는 신경쓰지 않고 꿍쳐놓은 짐더미 안에 돈통을 넣었다. 그런데 리나는 돈만 세고 나면 왠지 모를 우울한 기분에 휩싸여서, 식구들 생각이 나곤 했다. 꽃나무들이 흔들리는 교회 마당에 한가롭게 앉아 있던 아버지와 엄마, 남동생의 모습이 떠올랐다. 하지만 금세 우울함을 떨쳐냈다. '나한텐 이 돈이 있잖아.' 리나는 킥킥 웃으며 눈가를 비볐다.

갑자기 갓난쟁이가 기침을 해대기 시작했다. 연이어 삐도 기침을 했다. 리나는 자세를 고쳐 앉아 기침하는 사람들을 돌아봤다. 그리고 창가로 걸어가 커튼을 살짝 열었다. 공단지대 전체가 흰 안개에 뒤덮여 바로 눈앞도 보이지 않았다. 그리고 갑자기 눈자위 전체가 빠질 듯이 아파왔다. 기침소리는 가까운 곳에서만 나는 게 아니었다. 공동숙소 전체가 기침소리로 뒤덮여 있었다. 그때 삐와 언니가 입을 틀어막고 기침을 하며 놀란 눈으로 잠에서 깨어났다.

삐는 수건을 둘러 얼굴 전체를 감싼 뒤 숙소 문을 밖으로 밀었다. 문이 열리는 순간, 흰 연기가 달려들었다. 삐는 황급히 문을 닫았다. 삐는 마스크를 쓰고 다시 나갔다. 나가자마자 본능적으로 상체를 낮추었다. 복도 전체에 뭔가 가득 차 있어서 눈을 뜨기조차 어려웠다. 복도 창문을 밀자마자 확 몰려들어오는 냄새 때문에 금세 창문을 닫아버렸다. 그때 아주 오랜만에 스피커가 삑삑거렸다. "너 정말 오랜만에 울리는구나!" 삐는 복도에 있는 스피커를 노려보며 말했다. 그러나 뭔가 알려줄 것 같던 스피커는 이내 조용해졌다. 흰 안개의 진원지를 알 수가 없었다. 그때 다시 스피커에서 삑삑거리는 소리가 나더니 당황한 관리자들의 목소리가 들려왔다. "컴퓨터를 봐. 계기판 안 들어와? 어디야, 도대체 어디야." 그리고 스피커는 다급하게 찰칵 소리를 내더니 영원히 입을 다물어버렸다.

삐는 일단 집으로 돌아갔다. 겁에 질린 여자들 얼굴을 보자 침착해야 한다는 생각부터 들었다. "사고가 난 것 같아. 한군데 모여 있고 절대 집 밖으로 나가지 마." 삐의 말을 듣는 순간 리나와 봉제공장 언니는 겁먹은 얼굴로 서로의 눈동자만 뚫어지게 쳐다봤다. 리나는 쓰지 않는 침대보를 넓게 펼쳐 침대를 덮고 모두를 그 안에 들어가 있게 했다. 리나도 봉제공장 언니도 달달 떨었다.

공동숙소 여기저기서 입을 막고 배를 틀어쥔 사람들이 복도로 튀어나와 대자로 뻗었다. 가까이 다가가서 본 사람들의 얼굴은 납빛으로 굳어 있었고 모두 호흡 곤란과 구토 증세를 보였다. 내복 차림으로 뻗어버린 남자에게 다가가 상태를 보려는 순간 남자가 삐의 바짓가랑이에 대롱대롱 매달려 죽겠다고 소리를 치며 놓아주지 않았다. 그러나 잔뜩 일그러진 얼굴에서 침이 볼을 타고 흘러내리는 순간 남자는 손에 힘을 놓아버렸다.

삐는 겨우겨우 공동숙소 밖으로 나왔다. 안개 때문에 시야가 흐려 방향을 감지할 수 없었다. 옅은 녹색 안개가 온 세상을 뒤덮고 있었다. 옷감 태우는 냄새 같은 것이 코를 찔렀다. 코를 막으면 눈이 따갑고, 눈을 가리면 냄새 때문에 숨을 쉴 수가 없었다. 곳곳에서 깨지고 부서지는 소리와 울음소리가 들리기 시작했다. 삐는 몸을 숙인 채 코와 입을 감싸고 가만히 엎드렸다.

낮게 몸을 숙인 채로 겨우 컨테이너 위치까지 기어간 삐는 곧 죽을 것처럼 숨이 막혔다. 방독면을 쓴 채 다급하게 왔다갔다하는 관리자들이 보였다. 삐는 안개 속에서 왔다갔다하는 두 다리만 보고 무조건 돌진해 주먹을 날렸다. 쓰러진 남자에게서 방독면을 빼앗아 쓴 삐는 자리에서 벌떡 일어났다. 그리고 슈퍼 컴퓨터가 있다는 컨테이너 사무실 문을 찾았다. 사무실도 이미 안개에 점령당해 계기판도 컴퓨터도 관리자들도 아무것도 안 보였다.

그런 상태로 몇분이나 지났을까. 북쪽에서 강하게 울린 진동이 약간의 시차를 두고 삐가 있는 곳으로 와 다시 울렸다. 그리고 갑자기 펑, 하고 뭔가 터지는 소리가 들렸다. 그때 삐는 안개를 뚫고 높이 솟아오르는 거대한 불꽃을 보았다. 흰 얼음산에 화산이 터진 것처럼 불꽃이 하얀 하늘 위로 솟구쳤다가 아래로 떨어져내렸다. 불꽃은 그 이후로도 몇 차례나 더 터져올랐다. 삐는 불꽃이 타오르는 동안 방독면을 쓴 채 눈물을 흘렸다. 동쪽의 원료 저장 탱크단지였다. 수시로 원료가스가 누출되는 사고

가 일어나 관리자들을 늘 긴장시켰던 6번 탱크였다.

이때 공동숙소 안에서 흩청을 쓰고 있던 리나도 지진처럼 울려대는 진동을 느꼈다. 공동숙소 전체가 부르르 떨릴 만큼 충격이 컸다. 그렇게 몇 차례 펑 소리가 나더니 곳곳에서 창문이 저 혼자 떨어져 깨졌다. 리나는 순간, 전직 가수인 할머니의 홀쭉하던 배가 꽈리처럼 부풀어오르는 것을 봤다. 할머니는 힘이 없어서 숨을 쉬지도 못하고 눈알에 잔뜩 힘을 준 채 개구리처럼 누워 있었다. 할머니가 죽는다면 바로 오늘일 것 같았다. 리나는 할머니의 손을 꼭 쥐었다. 갓난쟁이의 얼굴도 납덩이처럼 파란색이었다. 리나와 봉제공장 언니는 정신없이 울어대기 시작했다.

크고 작은 폭발음이 계속해서 들렸다. 울다가 잠시 멈추면 둘 다 토끼눈이 되어 서로의 눈동자만 쳐다봤다. "이럴 줄 알았으면 아랍 놈한테 애기나 한번 더 보여줄걸." 언니는 아기의 뺨에 얼굴을 갖다대었고 리나는 언니의 볼을 쓰다듬었다.

격렬한 사이렌 소리가 들리기 시작했다. 사이렌은 공단지대에서 울리는 것이 아니라 도시에서, 온 세상에서부터 울려 공단지대를 감싸며 안으로 안으로 좁혀들어왔다. 옷감 태우는 냄새는 더 지독해져서 이젠 눈이 뒤집힐 지경이었다. 호흡 곤란 증세를 보이던 할머니의 배는 볼록해졌다가 다시 납작해졌다. 리나는 할머니의 얼굴을 꼬집으며 울었지만 할머니는 다시 눈을 뜨지 않았다.

그때 갑자기 지금까지보다 훨씬 큰 폭발음이 들렸다. 둘 다 침대 밑으로 기어들어가서 폭발음이 그칠 때까지 기다렸다. 폭발음이 끝나자마자 공동숙소 건물이 부서져내리기 시작했다. 천장에서부터 후드득거리며 시멘트가루가 떨어져내렸고 바닥이 눅신하게 좌우로 흔들렸다. 리나는 잽싸게 홑청을 걷고 나가 붉은 보자기로 싸둔 돈통을 찾아 움켜쥐고 다시 홑청 안으로 들어왔다. 순간, 리나의 머리 위로 뿌직거리는 소리를 내며 뭔가가 무너져내리기 시작했다. 리나는 순간 할머니를, 봉제공장 언니는 갓난쟁이를 몸으로 덮쳤다. 리나는 붉은 돈통만 놓치지 않으면 된다고 되뇌었다.

카덴자

가끔은 하늘을 가득 채운 잿빛 막이 동그랗게 뚫리면서 칼날 같은 햇볕이 내리꽂혔다. 그런 순간이 아니면 두꺼운 잿빛 막에 갇힌 하늘은 매일매일이 지구 최후의 날이었다. 탱크 폭발로 인한 공단지대의 피해 규모를 계산해낼 수 있는 사람은 아무도 없는 게 분명했다. 곤죽이 되어버린 공단지대 위로 주홍색 불꽃들만 산만하게 타올랐고, 밤이나 낮이나 잿빛 모포를 뒤집어쓴 듯 수평으로 누워 있는 거대한 시멘트 덩어리들만 해면동물처럼 꿈틀거렸다.

이렇게 되기까지는 많은 시간이 흘렀다. 사고 초기의 몇 날 며칠은 온통 뜨거운 것들뿐이었다. 최초의 폭발 후 몇시간이 지났는지, 몇명이 죽었는지 혹은 몇명이 살아남았는지, 심지어 밤인지 낮인지조차도 구별할 수 없이 숨통을 죄는 붉은 기운만 넘쳐났다. 그런데 지금의 공단지대는 마치 최후의 구명보트가 떠나고 난 격전 후의 바다 위처럼 이상하게도 고요하기만 했다.

부서진 건물 잔해들이 얽히고설켜 생긴 좁고 어두운 공간 안에 갇혀 여러 날을 누워 있던 리나는 어느 순간 정신이 번쩍 들어 눈을 떴다. 땅바닥에 여러 날 밀착되어 있던 등허리 쪽은 별다른 감각이 없었다. 몸을 뒤덮은 흙먼지와 짙은 어둠 때문에 쉽사리 몸을 움직이지 못했다. 리나는 정신을 차리기 위해 여러 번 숨을 고른 뒤 천천히 사방을 둘러보기를 몇 차례 시도한 끝에 무엇인가를 또렷하게 보게 됐다. 제일 먼저 본 건 살아 있는 할머니였다. '거의 죽을 뻔했다가 살아나 눈을 떴을 때 처음 본 세상이 죽음의 문턱에 다다른 할머니의 얼굴이라니, 억세게 운 좋은 할머니, 억세게 운 나쁜 나.' 리나는 고개를 돌리고 할머니를 외면했다.

할머니는 침대와 함께 추락했다. 침대 다리 두 개가 약간씩 부러진 것 말고는 침대도 할머니도 멀쩡했다. 그토록 침착하고 대범한 성격의 할머니도 주름이 자글자글한 눈자위를 껌벅이며 자주 눈물을 흘렸다. 겨우 손을 뻗어 할머니의 얼굴에 손가락을 대고 귓속으로 눈물이 흘러들어가지 않도록 막아주는 게 리나가 할 수 있는 일의 전부였다. 공포에 지친 리나는 혼자서 거친 한숨만 내쉬었다. 눈을 떠보니 모든 게 변해 있었다. 봉제공장 언니와 꼬맹이, 그리고 삐도 모두 사라지고 없었다. 리나는 이 모든 상황을 받아들일 수가 없었다. 차라리 아무 일도 일어나지 않은 거라고 외면하기로 마음먹었다. 그러나 눈만 뜨면 모든 게 참혹했다.

어느 날, 좁은 공간을 뚫고 환한 불빛이 사정없이 쳐들어왔다. "누구 없어요?" 건물 잔해들을 하나씩 치우며 가까이 다가오고 있는 사람들 목소리가 이어졌다 끊어졌다 조각난 채로 울려퍼졌다. 그 목소리 끝에 살아 있다고 호응을 하고, 호소하고 싶은 생각도 없지 않았지만 리나는 대답하지 않았다. 그 대신 돈이 든 붉은색 돈통만 가슴에 꼭 끌어안았다. 구조작업에 지친 기운 없는 목소리들이 몇 차례 더 들렸다. "여긴 아무도 없어. 그냥 가자, 자꾸 구해봐야 뭐해, 다 병신들인데." 사람들이 쇠파이프로 바닥을 몇 대 때려보고는 그냥 가려고 할 때였다. "이보시오. 여기도 사람이 있소, 살려주시오." 할머니가 전직 가수답게 목청껏 소리를 질렀다. 어찌나 목소리가 큰지 깜짝 놀라 딸꾹질이 나왔다. 할머니는 소리를 지르고 난 그 즉시 기절해버렸는데, 그것이 리나가 들은 할머니의 마지막 육성이었다.

사람들이 부서진 건물 잔해를 들어내고 관 뚜껑처럼 머리 위에 차곡차곡 쌓여 있던 장애물들을 안전하게 치우는 데만도 많은 시간이 걸렸다. 장애물들이 치워진 첫 순간, 리나는 마름모꼴로 드러난 잿빛 하늘을 보았다. 흰옷을 입고 마스크를 쓴 남자들이 하늘을 등으로 가린 채 리나를 향해 손을 내밀었다. 놀란 리나는 눈이 휘둥그레졌다. 그러나 이렇게 살려줘서 고맙다고, 반갑다고 손을 내밀고 싶지는 않았다. 왼쪽 어깨가 탈골되어 움직일 수도 없었을뿐더러, 비참한 몰골로 사람들에게 구조되고 싶지도 않았다. 더욱이 살면서 큰 잘못도 안 한 사람들을 이렇게 만든 잿빛 하늘 아래로는 한 발짝도 걸어나가고 싶지 않았다.

남자들이 할머니와 리나의 입에 물을 떠넣어주고 알 수 없는 주사약을 여러 차례 몸속에 주입했다. 살아난 자의 감격도 없이 멍하니 누워 있는 리나의 몸상태를 지켜본 사람들이 뭔가 알아채고는 저희들끼리 확신에 찬 눈빛을 주고받았다. 그리고 잠시 후 몇 사람이 더 와서 리나의 몸을 결박하고는 탈골된 어깨뼈를 단숨에 맞췄다. 통나무처럼 뻣뻣하던 몸에 상상도 못 했던 통증이 밀려왔다. 리나는 가능하면 소리내어 울고 싶었다. 울고 싶어서 목젖이 간지럽긴 했는데 울음은 나오지 않고 쉬쉬거리는 답답한 숨소리만 터져나왔다. 구조해준 사람들은 그런 리나를 보고 대단한 의지력을 가졌다며 칭찬했다. 또 참을성 많은 성격 덕분에 이런 생지옥에서 살아남을 수 있었다는 둥 얼토당토않은 소리들을 해댔다.

구호캠프가 차려진 천막으로 옮겨져 여러 날을 누워 있었다. 비교적 친절한 간호사와 구조대원 들이 침대 위에 누운 사람들을 돌봤다. 누워 있는 사람들의 입에서 신음과 한탄이 수시로 터져나왔다. 리나는 캠프 천막의 벌어진 틈으로 바람에 흔들리는 잿빛 공단지대를 쳐다봤다. 한심하기 짝이 없는 공단지대를 바라보던 리나는 어느 한순간 결연히 일어나 앉았다. 그리고 아주 당연하다는 듯 두 발로 벌떡 일어섰다. 그러나 아무리 힘을 주려고 해도 허벅지부터 발목까지 힘이 안 생겼다. 한참을 헤맨 뒤 드디어 제 발로 땅에 발을 붙이고 서게 되었다. 리나는 걸음마를 처음 배우는 아기처럼 넘어졌다가 일어나고 또 넘어졌다.

한순간 멍청한 얼굴로 천막 한가운데 기둥을 잡고 서 있을 때였다. 누군가 뒤쪽에서 다가와 리나의 어깨를 잡았다. 리나는 순간 입술을 비죽거리며 삐의 이름을 불렀다. 그리고 눈물이 핑 돈 채로 가만히 돌아섰다. 삐가 아니었다. "샤워를 해요. 저기가 샤워장이죠. 내가 도와줄게요." 얼굴이 주근깨 천지인 한 여자가 손으로 샤워장을 가리키며 웃고 있었다. 미소를 띠고 있었지만 표정은 지독하게도 냉정했다. 실망한 리나는 콧물과 눈물을 태연하게 닦으며 예의상 웃어주었다.

조립식 건물인 샤워장은 지금까지 리나가 본 샤워장 중 시설이 가장 훌륭했다. 마치 따뜻한 공기와 불빛을 주입한 부화장처럼 아늑하기까지 했다. 수도꼭지를 열자 놀랍게도 뜨거운 물이 콸콸 쏟아져나왔다. 몸이 저절로 뜨거운 물 쪽으로 움직였다. 발밑으로 흘러내리는 흙탕물을 내려다보며 가만히 서 있을 때 여자가 다가왔다. "씻고 나면 기분이 좋아질 테니까 좀 참으세요." 여자는 리나를 작은 의자에 앉힌 뒤 커다란 손으로 부드럽게 머리를 감겨주고 온몸에 비누칠을 했다. 그사이에도 뜨거운 물이 등뒤로 조금씩 떨어지도록 물을 틀어놓았다. 여자의 말투며 몸짓이 빵 속처럼 부드러웠다. 비누 냄새가 코로 들어오자 저절로 눈이 감겼고, 여자가 손가락에 힘을 주어 두피를 누르는 순간 온몸이 간지러워 참을 수가 없었다.

샤워가 끝나자 커다랗고 톡톡한 수건이 리나의 몸을 감쌌다. 부드러운 촉감이 너무나 오랜만이라 자꾸 간지러워 웃음이 나오려고 했다. 리나는 샤워실 옆의 작은 방으로 안내되었다. 여자는 리나를 의자에 앉힌 뒤 손톱과 발톱을 깎고, 줄칼을 들고 손톱과 발톱 사이에 낀 흙먼지를 일일이 파냈다. 검은 때가 속속들이 박혀 몹시도 거칠고 지저분했다. 여자는 빗자루처럼 엉킨 머리도 천천히 빗겨주었다. 그리고 상처난 곳도 꼼꼼히 소독했다. 소독약이 피부에 닿는 순간 리나는 온몸을 움찔거렸다. 기초적인 처치가 끝나자 여자가 커다란 거울을 가지고 나와 리나의 얼굴 높이로 들었다. "자, 이제 얼굴을 좀 봐요. 살아남은 걸 축하해요." 여자가 뒤에 서서 리나와 함께 거울 속을 들여다보며 말했다. 리나는 사람들이 왜 갑자기 이렇게 친절하게 구는지 이해할 수가 없었다. '이것들이 단체로 미쳤나? 다 함께 친절해지는 약이라도 먹은 건가?' 이런 궁금증이 깊어질수록 리나는 자신에게 무슨 일이 일어났는지 또렷이 알 수 있었다.

살아남은 사람들에게는 일제히 흰색 트레이닝복을 입혔다. 흰색 트레이닝복을 입은 사람들은 하나같이 어기죽거리며 걷는 등 행동거지가 왠지 비슷했다. 리나도 같은 옷을 입고 줄 끝에 가 섰다. 비밀의 문이 열리듯 캠프 천막 틈새로 잿빛 공단지대가 보였다. "여기 앉으세요." 리나는 앞에 있는 사람이 앉으라고 말하는 줄도 모르고 바깥만 쳐다봤다. 마음 같아서는 시원하게 휘장을 걷어치우고 밖을 내다보고 싶었지만 무서웠다. "이름이 뭐죠?" 이마가 반질반질하고 입술이 두꺼운 남자가 리나에게 물었다. 리나는 대답을 안 했다. 그러자 남자가 또 물었다. "여기서 무슨 일을 했죠? 얼마 동안이나 살았나요?" 리나는 입술이 옴쭉거리면서도 가위눌린 사람처럼 말을 하지 못했다. 그때 머리채가 하늘로 죄다 뻗친 비쩍 마른 남자가 맨 앞으로 걸어나와 소리쳤다. "독성물질 수십 톤이 우리의 이 비쩍 마른 몸을 스치고 지나갔어. 너희들이 어디 가서 우리 같은 것들을 구경하겠냐. 잘 봐둬라. 우리는 평생 기침만 하다가 나중엔 미쳐서 개처럼 날뛸 것이다. 길거리에서 죽든지 몹쓸 병에 걸려 조용히 사라지겠지. 그러니까 그만 좀 괴롭혀라, 이 나쁜 놈들아." 남자의 소동에도 불구하고 아무도 동요를 안 했다. "뭔가 기억이 떠오르면 말해주세요. 우리도 기록은 해둬야 하니까." 그래서 리나는 결국 생존자 명단에 이름을 올리지 못하고 줄에서 물러났다.

덩치가 커다란 두 남자가 할머니를 들것에 실어 세면장으로 옮기는 중이었다. 리나는 얼른 샤워실로 뒤따라 들어갔다. 할머니는 구멍이 숭숭 뚫린 대나무 침대 위에 상처입은 생선처럼 누워 있었다. 한 남자가 할머니의 머리에 작은 나무토막을 받쳤다. 목욕을 돕는 여자가 허리에 손을 얹은 채 할머니의 몰골을 골똘히 내려다보더니 어딘가로 걸어갔다. 그리고 녹이 슨 황색 가위를 가지고 돌아왔다. "왜요? 그걸로 어딜 자르시게요?" 리나가 물어도 여자는 대답을 안 했다. 비닐장갑을 낀 손에 들린 가위가 할머니가 걸친 흙먼지 묻은 누더기를 정중앙에서부터 위로 아래로 길게길게 잘라냈다. 그러자 오물투성이에 온통 쭈그렁이인 할머니의 몸이 고스란히 세상에 드러났다. 먼지와 오물이 꽉 들어찬 귓속, 철사며 시멘트에 긁힌 빗살무늬 자국투성이인 얼굴, 흙이 달라붙어 죄다 떡이 되어버린 머리카락까지 도무지 어디부터 닦아야 할지 몰랐다. 머리카락은 아무리 씻어내도 풀리지 않아 가위로 싹둑싹둑 잘라버렸다. 머리카락이 없어지자 할머니는 훨씬 더 앳되고 전위적인 얼굴로 변했다. 그러면 뭘 하나, 할머니 몸은 그야말로 오물 천지였다. 갈색으로 착색된 몸 구석구석의 그늘이란 그늘, 주름이란 주름에 덕지덕지 붙은 먼지들은 말할 것도 없고, 겨드랑이며 배꼽이며 구멍이란 구멍은 모두 오물로 들어차 있었다.

아랫도리를 씻길 차례였다. 아무리 좋은 마음으로 하는 일이지만 옆에서 돕는 여자의 표정이 아주 짧은 순간 일그러졌다. 리나가 여자의 손에 샤워기를 건네며 "제가 할게요"라고 말해 여자를 안심시켰다. 리나는 팔소매를 걷었다. 할머니의 늘어진 질구를 손가락 두 개로 벌리고 음순과 질구 사이에 긴 벌레처럼 끼어 있는 흙덩이들과 나뭇잎 부스러기를 꺼냈다. 이번엔 항문에 손가락을 넣었다. 순간 할머니의 몸이 부르르 떨렸다. 다행히 몸에 큰 상처는 없어 보였다.

이제 두 사람 다 힘을 합해 할머니의 몸을 비스듬히 옆으로 뉘었다. 할머니의 등허리에는 땅에서 옮겨붙은 녹색 이끼들이 자리를 잡고는 한창 신나게 자라나는 중이었다. 리나는 얇은 수건으로 할머니의 등을 살살 문질렀다. 척추뼈 주변의 녹색 이끼들은 쉽게 떨어져나가고 분홍색 피부가 드러났다. 등 한가운데 약간 도드라지게 튀어오른 말간 피부를 계속해서 문질렀다. 그 순간 마찰에 의해 피부가 한 껍질 살짝 벗겨졌다. 그리고 볼록 튀어나온 피부가 올록볼록 혼자 꼼지락거리면서 움직이는 게 보였다. 놀랍게도 볼록 튀어나온 곳에서 희고 작은 나방들이 계속해서 태어났다. 나방들은 천막 안을 낮게 날며 앵앵 우는 것 같았다. 한순간 부화장 같은 샤워실 한가득 나방들이 들어찼다. 리나는 나방들을 쳐다보며 옆에 있는 여자에게 말했다. "이 할머니가 대단한 사람이거든요. 그러니까 몸속에 이런 이상한 것들을 키우고 살았겠죠."

사고가 난 직후에는 세상의 중심이 이곳 공단지대인 것만 같았다. 식수와 음식물을 챙겨주는 구호단체 사람들의 발길이 끊이지 않았다. 그들은 해독이 불가능한 문자 스티커가 붙은 음식물 상자들을 가지고 와서 풀어놓았다. 퍽퍽한 살코기가 든 통조림, 신선하다고는 하기 어려운 푹 삭은 야채 종류들, 씹을 것도 없이 옥수수 따위의 흐물흐물한 콩 종류들, 이상한 냄새가 나는 각종 소스들까지. 통조림 뚜껑을 열면 우선 냄새가 지독해서 코부터 막아야 했다. 먹으면 당장에 설사와 구토를 일으키긴 했지만, 먹고 나면 금세 에너지가 넘치는 생전 처음 보는 신기한 음식투성이였다.

모두들 폐허가 된 공단지대를 번쩍 들어올려 영원히 잘 먹고 잘 살 수 있는 하늘나라로 이사라도 시킬 것처럼 호들갑을 떨었다. 말끔한 흰색 가운을 입은 젊은 의료진이 상주하면서 다친 사람들을 일일이 치료하고 보호했다. 깨끗한 샤워시설도 하나 없어, 제대로 된 샤워장이나 만들어달라고 연일 볼멘소리를 하던 공단 사람들에게는 신기한 일들의 연속이었다. 의료진은 다친 사람들이 들려주는 모두 엇비슷한 줄거리의 인생 얘기들을 전혀 싫증나지 않는다는 표정으로 듣고 또 들어야 했다. 할머니는 그들의 보호 아래서 길고긴 잠을 잤다. 살아 있었으면 엄청나게 시끄러웠을 할머니가 구석에 놓인 침대 위에 누워 입을 다물고 있는 게 리나는 참 이상했다. '할머니가 죽으면 세상이 몹시 조용하겠구나.' 리나의 생각대로 할머니는 오래 살지 못했다.

"좀 아프면 어때, 돈이 생길 기회잖아." 어렵게 살아남은 사람들은 이번에야말로 지지리 복도 없는 인생에 제대로 된 기회가 찾아온 거라며, 오히려 사고를 당한 게 훨씬 잘된 일인지도 모른다고 좋아했다.

포클레인을 비롯한 대규모의 중장비들이 동원되어 쓰러진 건물 더미를 뒤엎으면서 사고의 실체가 드러나기 시작했다. 처음엔 전문가들이 동원되어 민첩하게 움직이는 것처럼 보이더니 얼마 안 가 노란색 중장비들이 작동을 안 하고 그 자리에 정지해버렸다. 며칠 파헤치는 것만으로는 해결이 안 되는 어마어마한 피해 상황 앞에서 누구도 어떡해야 할지 몰랐다. 구조대원들은 살려달라는 신호가 오지 않는 한, 자발적으로 무너진 건물 속으로 기어들어가 죽어가는 목숨들을 꺼내지는 않으려고 했다. 살아 있어 제 힘으로 걸어나올 수 있으면 나와라. 그것이 유일한 바람이었고, 그냥 서 있는 중장비들은 안 그래도 심심해 죽겠는 아이들의 아슬아슬하고 신나는 놀이터가 되었다. 포클레인의 앞에 달린 기다란 갈퀴를 밟고 올라선 아이들은 신이 나서 소리를 지르며 잿빛 하늘을 가슴에 안았다.

사람들은 잿더미가 된 공단지대를 쳐다보며 매일매일 울었다. 그러나 시간이 지나자 울고불고하는 일도 뜸해졌다. 다행인지 불행인지 어느새 자기 자신을 보호해야 한다는 생존본능이 분연히 발동했다. 생존본능을 발동시키는 에너지원이 된 것은 구호단체 사람들이 가져온, 원재료를 알 수 없는 국적 불명의 음식물들이었다. 그러나 음식보다 직접적으로 사람들을 자극한 것은 눈앞에 널브러진 죽은 사람들의 시신이었다. 심한 화상을 입은 채 온몸이 뒤틀리고 망가져 죽은 사람들의 시신이 산 사람들로 하여금 살고 싶은 욕망을 불러일으켰다. 사람들은 산 자와 죽은 자 사이에 분명한 금을 긋고, 살아남은 자신들은 어쨌든 살아가야 한다는 것을 세상에 알리고 싶어했다. 그런 의미에서 시의적절한 형식이 필요했고 그래서 생각해낸 것이 제사였다.

단지 한가운데서 공단 시설이 제대로 돌아가고 있음을 알리며 연기를 뿜어내던 플레어 스택은 완전히 연소된 채 흉물스럽게 뼈만 남았다. 주변의 토양도 색깔이 완전히 변해 붉은색이라고는 찾아볼 수 없었다. 곤죽이 된 공단지대에서 그나마 폭파되지 않고 형체를 보존한 채 남아 있는 곳이라고는 플레어 스택 위쪽의 공단 북쪽과 마주한 산등성이뿐이었다.

그나마 몸이 성해 걸을 수 있는 사람이라고는 채 이백 명도 안 된다고 했다. 침대 시트를 찢어 만든 엉성한 만장들이 제일 앞에 서고, 사람들은 줄을 선 채로 구호단체에서 준 술병과 통조림 상자를 들고, 뭘 잘못했는지는 모르지만 뭔가 잘못했다는 얼굴로 고개를 숙인 채 산등성이를 걸어올라갔다. 산등성이의 꼭대기에서는 폐허가 된 공단지대와 먼 도시가 한눈에 내려다보였다. 경제자유구역이었던 공단지대로 들어오는 관문이던 은색의 기차 레일, 독한 쇳내와 비릿한 수증기, 약품 냄새가 넘쳐나던 거대한 공단 시설들, 하늘을 친친 감고 돌던 수많은 전선들, 그런 것들은 흔적도 없었다. 폐허가 된 공단지대는 석양 무렵의 바닷가처럼 붉은 노을에 감싸였다. 서쪽 하늘에서부터 붉은 노을보다 더 붉고 탁한 모래바람이 끊임없이 날아왔다. 사람들은 몰아치는 바람을 옷자락으로 막았다.

사람들은 실종된 이들의 모습이 담긴 작은 사진을 손바닥 위에 올려놓고 눈물을 흘렸다. 또 살아 있을 때 입었던 옷가지에 불을 붙여 산등성이 위에 서서 휘휘 돌렸다. 어떤 사람은 재주도 좋게 조화 한 송이와 향을 구해와 잿빛 산등성이 위에 꽂았다. 향을 피워올리자 향에서조차도 독한 화공약품 냄새가 났다. 분화구처럼 들쑤셔진 잿빛 땅 위에 놓인 작은 사진들, 뚜껑을 딴 통조림과 술 한 잔, 사탕 한 개와 과자 한 개 등 각자 가져올 수 있는 것은 아무거나 가져와 올려놓았다. 그리고 각자 다른 방향으로 시선을 둔 채 곤죽이 된 공단지대를 내려다봤다. 그리고 사람들은 이루 말할 수 없는 슬픔을 입에 물고 그 자리에서 엉덩이를 하늘로 뻗친 채 울기 시작했다. "망했다 망했어, 망했다 망했어, 망했다 망했어, 도대체 우리는 왜 망했을까나." 사람들은 망했다 소리만 반복적으로 해댔다.

한참을 울고 난 후에 어떤 사람은 두 손을 합장한 채 절을 했고, 어떤 사람은 두더지처럼 잿빛 땅을 파며 화를 참지 못하고 울었다. 빈속에 들어간 술 때문에 약간 알딸딸해진 사람들은 발을 구르며 혼자서 뱅글뱅글 돌았다. 사람들은 오감을 동원해 각자 자신이 느끼는 최대치의 슬픔을 표현했다. 그리고 피날레의 순간이 왔다. 사람들은 뒹구는 술병과 남은 음식 들 그리고 사진을 산등성이 아래로 모두 던져버렸다. 리나는 순간, 진심으로 고민했다. '다 죽어가는 할머니를 살려달라고 기도해야 해? 삐를 돌아오게 해달라고 기도하고 싶은데, 둘 다 살려달라고 하면 들어줄까?' 해가 완전히 떨어질 때까지 누구도 자리를 뜨지 않았다. 다들 쭈그리고 앉아 콧날이 붉어지도록 울었고, 해가 져서 완전히 깜깜해지자 모두 다 일어나 일동 묵념하는 것으로 제사의 대미를 장식했다.

실체도 없이 봄이 왔다. 꽃도 연녹색의 나뭇잎도 볼 수 없었지만 저 먼 서쪽 지대의 허공으로부터 연녹색 기운들이 조금씩 몰려왔다. 가끔 잿빛 하늘의 윤곽이 맑아지면서 희뿌옇게 하늘이 보이는 것도 같았다. 그러나 뜨거운 바람만으로는 잿빛으로 가득 찬 하늘을 쉽게 열지 못했다. 갑자기 굴뚝들이 무너지면서 회색 하늘을 뚫고 자잘한 돌덩어리들이 떨어져내렸다. 한참을 쏟아붓던 돌덩어리들의 추락이 멈추면 사람들은 굼뜨게 하루의 일상을 이어나갔다. 사람도 자연도 순환하는 봄을 맞이하기가 쉽지 않았다. 사람들은 화가 나도 호소할 곳이 없어 손가락을 들어 잿빛 하늘에다 대고 삿대질을 했다.

봄이 오면 뭔가 좋아지리라 기대했지만 상황은 더 나빠졌다. 공단을 운영하던 다국적기업들이 희생자들과 개별 협상을 하는 대신 이 나라 정부를 협상 상대로 정하면서 상황은 아주 이상해졌다. 무너진 공단지대를 복구하는 데 돈과 시간을 들이느니 포기해버리자는 쪽으로 결론이 났다. 어떻게 단 하루조차도 온전히 바쳐 고민하지 않고 그런 깔끔한 결론을 내릴 수 있는지 사람들은 몹시 흥분했다. 남아도는 거라곤 땅덩이뿐인데, 무슨 고민을! 이 지역은 말 그대로 폐쇄조치를 내려 스스로 없어져버리도록 만들자고 결의했고, 남은 모든 문제는 시간이 다 알아서 해결해준다는 상식이 그들의 신념을 뒷받침했다.

최후까지 남아 공단지대를 떠돈 사람들은 자신들이 가장 급진적이라고 홍보하고 다니는 여러 나라의 환경운동가들이었다. '재앙을 딛고 일어서십시오, 용기를 잃지 마십시오'라고 씌었던 피켓은 잿빛 공기에 멍들어 흐리터분해져 글자조차 알아볼 수 없게 변해 있었다. 상황이 달라지자 급진적인 환경운동가들도 먼 곳을 쳐다보며 담배만 피웠다. 그들은 상대할 적이 사라져버린 허탈감을 견디지 못했다. 그들은 일류답게, 운동도 신념도 장사가 되지 않으면 안 된다는 현실논리에 충실했다. 더이상 피울 담배가 없어졌을 때 그들은 보다 더 팔딱거리는 색다른 이슈를 찾아 지구 반대편 대륙으로 떠났다. 물론 무책임하게 그냥 떠난 건 아니었다. 종파를 잘 알 수 없는 한 국제종교기구에 모든 뒷일을 넘기고 갔다. 어쨌든 이 나라 동북 지역 번영의 초석이 되리라던 공단지대는 하루아침에 거대한 쓰레기 더미가 되어 고스란히 방치되었다.

기대서서 지탱할 기둥을 잃은 금 간 벽들이 문득 저 혼자서 쿵, 하는 소리를 내며 후드득 무너져내렸다. 그러고 나면 얼굴이 노랗게 된 사람들이 무너진 건물 더미 속에서 바깥으로 걸어나왔다. 건물들이 무너져내리면 내릴수록 공단의 높이는 더 낮아졌고 수평으로 점점 더 넓게 펴지며 잿빛 영토를 점차 확장시켜 갔다. 사람들은 둔한 몸놀림으로 코끝을 힝힝거리며 문밖으로 나왔다가는 다시 반파되거나 전파된 건물들 속을 찾아 겨우 몸의 한쪽만 들이밀었다. 몰골은 다시 흉해졌고 배가 고프다는 것 말고는 아무런 불만도 가질 수 없을 만큼 상황은 나빴다. 리나는 이제 거의 숨소리조차 들리지 않는 할머니의 굳은 얼굴에 극약을 처방하는 심정으로 입을 맞추고 입술에 침을 발랐다.

리나는 판초처럼 늘어진 포대기를 어깨에 뒤집어쓴 채 새까맣게 탄 냄비를 한 손에 들고 무너진 건물 속에서 튀어나왔다. 얼굴은 살찐 애벌레처럼 통통했고 눈빛은 몹시 불안해 보였다. 동공의 위쪽 끝부분이 눈꺼풀 아래에 잠기고, 눈 전체가 위를 향해 있어서 약간은 정신 나간 사람처럼 보였다. 리나는 쌀 한 줌으로 끓인 죽이 든 냄비 속과 잿빛 하늘을 번갈아가며 보았다. 죽이 빨리 식도록 후후, 입김을 불어넣은 후 무너진 건물 속으로 가지고 들어갔다.

할머니는 잠만 잘 뿐, 뭔가를 먹으려고 하지 않았다. 볼따구니를 두드리고 허벅지를 꼬집어도 반응이 없었다. 순간 리나는 겁이 났다. '할머니마저 죽는다면, 할머니의 목소리마저 들을 수 없다면 난 어떡해.' 할머니 입속에 수저를 넣고 아무리 죽을 먹이려 해도 할머니는 꼼짝도 안 했다. 놀란 리나는 할머니에게 말했다. "할머니, 이럴 거면 빨리 죽어." 리나는 겁에 질려 커다란 동공을 껌벅거렸다. 그리고 저도 모르게 할머니의 콧속과 귓속 그리고 배꼽에까지 죽을 떠넣고 있었다.

일주일에 세 번 오던 식수차는 두 번으로 줄었다. 국제종교기구의 단원들은 아침이 되면 각 종단별로 거창한 예식을 치르고 하루를 시작했다. 치렁치렁한 옷을 입은데다 새로운 장소로 이동할 때마다 벽에 대고 절부터 하느라 구호활동에 전념할 시간이 부족했다. 식수차는 얼마 가지 않아 다시 한 번으로 줄었고, 서서히 구호단체의 음식물 원조도 끊겼다. 아이들도 어른들도 이제 당연하다는 듯 쓰레기 더미를 뒤지기 시작했다. 사람들은 모두 무너진 건물 밖으로 나와 안절부절못하고 서성거렸다.

리나는 동공이 풀린 채로 멍청하게 앉아 있는 시간이 많아졌다. 좋은 건지 나쁜 건지 체중조차도 느껴지지 않았다. 살아 있음으로 인해 오는 불쾌한 하중은 전혀 못 느꼈다. 몸을 돌리면 마술처럼 금세 헛것이 보였다. 싱싱한 쇳내가 풀풀 나는 공단지대가 다시 살아났다. 주홍색 용접 불꽃이 곳곳에서 피어올랐고 흰 연기들을 삼킨 파란 하늘은 여전히 꿈틀거렸다. 무너졌던 건물들은 벌떡 일어나 저절로 이음새를 만들어 붙이고는 우뚝 서서 제자리를 잡았다. 사람들은 아무 일 없다는 듯이 서쪽 지대의 클럽으로 몰려가 술을 마셨다. 미쌰는 비늘처럼 반짝이는 스팽글이 달린 옷을 입고 반짝거리는 입술로 연신 남자들에게 키스를 보내며 춤을 추었다. 사람들은 술에 취해 클럽 바닥을 뒹굴었다. 할머니는 꼬맹이와 함께 볕이 좋은 공동숙소 앞마당에서 걸음마를 했다. 리나는 삐와 함께 삐걱대는 침대 위에서 낄낄거리며 장난을 쳤다. 그러나 다시 고개를 돌리면 그런 그림들은 순식간에 허물어져 잿빛 땅덩어리 위로 녹아 사라졌고 현기증이 밀려왔다. 리나의 머릿속에서 재조립되는 공단지대는 늘 저절로 무너져내리기만 했다.

일곱 가지 눈물

리나는 어느 날 공단지대 밖으로 사람들을 실어나르는 버스를 쳐다보고 있었다. 살아남은 사람들이 이미 많이 떠났고 여름이 되면서 더 많은 사람들이 떠나려고 했다. '여길 떠나는 사람들은 어디로 가는 걸까, 어디로 가는데 저렇게도 입을 꼭 다물고 작별인사도 안 하는 걸까.' 리나는 돈통을 들고 자기도 모르게 막 출발하려는 버스에 올라탔다.

버스는 기차 레일을 따라 천천히 달렸다. 버스가 공단지대로부터 천천히 멀어져갔다. '나도 드디어 이 지겨운 곳을 떠나는군.' 리나는 진심으로 기뻤다. 그러나 이상하게도 잿빛 하늘로부터 버스가 점차 멀어져갈수록 두려움이 몰려오기 시작했다. 버스는 공단지대를 벗어나자마자 사람들과 보퉁이를 아무렇게나 땅바닥에 내려놓고는 엉덩이로 검은 연기를 내뿜으며 돌아갔다. 공단에서 가장 가까운 도시도 칠십 킬로미터나 떨어져 있었다. 사람들은 지나가는 트럭을 얻어 타거나 버스를 얻어 타야 했다. 여기서부터는 모두들 제 힘으로 알아서 할 수밖에 없었다.

차들이 칼바람을 내며 지나갔다. 차 안에 있는 사람들은 연신 해바라기 씨를 오물거리거나 담배를 피우며 창밖을 내다봤지만 좀처럼 차를 세워주지 않았다. 그럴 수밖에 없는 것이, 신작로에 늘어서서 걷고 있는 사람들 몰골이 하나같이 거지꼴이었다. 먹지 못해 배가 고픈 사람들 눈에는 먼 논과 밭을 배경으로 두셋씩 무리지어 서 있는 키 큰 나무들도 고무줄처럼 늘어났다 줄어들었다. 도로를 따라 걷는 사람들 사이의 간격이 점차 벌어졌다. 배가 고파 힘이 없는 사람들은 걷기를 포기하고 버려진 개처럼 도로 위에 웅크리고 누웠다.

리나도 처음엔 허공을 기어다니는 벌레처럼 눈앞에서 꼬물거리는 아지랑이만 쳐다보며 쪼그리고 앉아 있었다. 뭘 얼마나 많이 먹는다고, 자기 뱃속에 든 작은 창자 하나 제대로 채우고 살지 못하는 스스로를 몹시 한심하다고 생각했다. 리나는 창자에게 말했다. "창자야, 정말 미안하다." 그러다가 무슨 생각을 했는지 벌떡 일어났다. 이대로는 창자를 채우기는커녕 차도 얻어 탈 수 없을 것 같았다. 묶어올린 머리를 풀고 손가락으로 뒤로 빗어넘긴 뒤 바짓가랑이를 무릎까지 걷어올렸다. 그리고 "너는 예쁘다, 너는 예쁘다, 너는 예뻐서 차를 얻어 탈 수 있다"고 중얼거렸다. 리나는 갑자기 기운이 넘쳐 두 팔을 치켜들고 그 자리에서 껑충껑충 뛰었다. 그때 마침 뒤에서부터 달려오는 파란 색 트럭이 보였다. 리나는 어렵게 트럭 운전사와 눈을 맞췄다. 그러자 트럭이 속도를 줄이고 저 앞에 섰다. 리나는 다른 사람들이 따라올까 싶어 얼른 달려가 트럭에 올라탔다.

트럭 운전사는 시끄러운 음악을 틀고 담배를 피웠다. 담배 냄새도 음악 소리도 오랜만인 리나는 코로 냄새를 흠흠, 입술은 계속 실룩거렸다. "어디서 와요?" 볼륨을 줄이고 운전사가 물었다. "근처에서요." 리나는 연신 입술을 실룩거렸다. "이 근처? 이 근처 어디?" 운전사가 다시 물었다. "그건 알아서 뭐하시게요?" 리나는 퉁명스럽게 대답했다. "공단지대 사고 때문에 이 근처가 지금 다 쑥대밭이 됐는데 도대체 어디서 온다는 거야?" 리나는 운전사의 옆얼굴을 쳐다보며 입술을 실룩거렸다. "내가 바로 그 끝장난 공단에서 나왔거든요. 왜요, 뭐가 잘못됐나요?" 운전사는 별난 동물이라도 태웠다는 듯 아래위로 여러 차례 리나를 훑어봤다. 리나는 그때서야 실룩거림을 멈추고 창밖을 내다봤다.

창문에 머리를 세게 찧은 순간 리나는 눈을 반짝 뜨고 잠에서 깨어났다. 트럭이 달릴 생각은 안 하고 길옆 노면에 그냥 서 있었다. 운전사는 의자에 기대어 곤히 자고 있었다. 리나는 본능적으로 남자의 허리에 벨트처럼 붙어 있는 작은 돈가방을 주시했다. 그리고 여유 있게 입술에 묻은 침을 닦았다. 운전사 가까이 다가갔다. 운전사의 얼굴은 자글자글 주름투성이에 입가에는 음식찌꺼기가 말라붙어 있었다. 그런 상태로 시간이 좀 흘렀다. 리나는 결심했다.

벨트에 매달린 돈가방을 한번에 풀어야 했다. 리나는 대담하게 운전사의 허리를 양손으로 살짝 잡았다. 그리고 허리에 붙어 있는 플라스틱 버클에 손을 대고 눌렀다. 돈가방이 툭 하고 허리에서 떨어져내렸다. 리나는 시트와 허리 사이에 떨어진 벨트를 왼손으로 잡았다. 그리고 몸을 돌린 후 달아날 방향에서 차가 오는지를 확인했다. 그리고 왼손으로 버클에 달린 돈가방을 채는 순간, 벌떡 일어난 운전사에게 머리채를 잡혔다. "원하는 대로 해줄게, 놔줘요!" 바로 이때다, 리나는 팔에 힘을 주어 운전사의 그곳을 잡고 비틀어버리려고 했다. 그러나 운전사가 눈을 까뒤집고 덤벼드는 바람에 그곳의 위치를 정확히 잡기가 어려웠다. 결국 운전사의 완력에 지고 말았다.

운전사는 리나의 머리를 운전석 쪽으로 놓고 조수석 문을 연 뒤 리나의 다리를 밖으로 뻗게 내동댕이쳤다. 조수석으로 옮긴 운전사는 금세 바지를 내렸고, 동시에 리나는 선지처럼 검붉은 색에 작은 열매 같은 모양을 한 운전사의 그곳을 보았다. 운전사가 리나의 흰색 운동복 바지를 확 내리고 리나를 향해 몸을 덮쳤다. 그러나 다음 순간 운전사는 소스라치게 놀라며 리나의 몸에서 떨어졌다. "어휴, 이게 무슨 냄새야." 운전사가 벌떡 일어나며 말했다. 리나 또한 그 순간 자신의 아랫도리에서부터 올라오는 지독한 화공약품 냄새를 맡지 않을 수 없었다.

그러거나 말거나 이런저런 오만 가지 형태의 탈출에 이골이 난 리나, 순간 운전사의 손을 이빨로 꽉 깨물고는 곧장 돈가방을 들고 트럭에서 뛰어내렸다. 내리자마자 입과 손에 묻은 침을 길옆 풀숲의 나뭇잎에 쓱쓱 닦고는 트럭이 서 있는 방향과는 반대로 죽어라 달렸다. 그리고 한참을 달려 다른 트럭을 얻어 탔는데 하필이면 돼지 똥을 운반하는 트럭이어서 냄새가 아주 환상적이었다. 리나는 돼지 똥 냄새가 환각제나 되는 듯 코를 벌름거렸다.

리나는 절뚝거리며 도시로 걸어들어갔다. 비로소 사람 사는 세상에 내렸다는 생각이 들었다. 트럭에서 내릴 때는 몰랐는데 다리가 아파서 걷기가 어려웠다. 절뚝거리며 사람들을 따라 도시 여기저기로 방향도 없이 떠밀려다녔다. 고층 빌딩이 많은 도시 한복판의 기차역 광장이었다. 사람들이 절뚝거리며 지나가는 리나를 이상하다는 듯 쳐다봤다. 때가 탄 흰 운동복 차림의 리나는 이상하게도 사람들 눈에 잘 띄었다. 리나는 사람들이 쳐다볼 때마다 같이 쳐다보며 인상을 썼다. 마스크나 수건으로 입을 막은 사람들이 커다란 가방을 든 채 아이들을 앞세우고 역으로 떠밀려들어갔다. 시간을 알 수 없이 대기가 온통 침침했다.

갑자기 비가 내리며 강풍이 불기 시작했다. 흙비였다. 흙냄새가 훅 끼쳤다. 냄새를 맡고 놀라던 트럭 운전사의 표정이 떠올랐다. 흙비 때문에 그 많던 사람들이 순식간에 모두 어딘가로 피했다. 빗줄기가 땅바닥에 떨어질 때마다 작은 흙 알갱이가 튀어올랐다. 역 근처의 식당들은 드나드는 사람도 없이 병원 수술

실처럼 환하게 불만 켜놓고 있었다. '어딜 가야 먹을 게 있지? 사람들이 많은 곳에 가야 먹을 게 있겠지.' 리나는 식당 앞 처마 밑에 앉아서 흙비를 피하는 중이었다. 리나는 자신에게 돈이 있다는 사실을 잊었다. 눈앞의 식당으로 걸어들어가 음식을 사먹으면 된다는 것도 잊은 채 리나는 격렬하게 떨어지는 흙비만 쳐다봤다. 너무 피곤해서 아무런 의욕도 생기지 않았다.

아침. 리나는 도시 한가운데 공원 안의 노숙자 숙소 같은 곳에서 잠이 깼다. 밤에 내린 흙비가 육백 평방킬로미터가 넘는 도시의 풍경을 몹시도 무겁고 혼란스럽게 만들었다. 리나는 운치 있는 검은 기왓장을 올린 집들과 오래된 나무들이 무성한 도시의 아침에 거대한 황색 그늘이 생기는 것을 바라보았다. 도심 한가운데 난 강으로는 흙탕물이 흘렀고 사고가 난 공단지대에서 날아온 화학가스 때문에 사람은 물론 가축들도 도시를 관통해 떠나는 중이었다. 사람들이 떠난 텅 빈 골목의 한 귀퉁이에서 미친 사람이 불쑥 튀어나와 떠들었다. "담배 하나만 주십시오. 제발 담배 하나만." 리나는 슬리퍼를 끌며 뭔가 먹을 수 있는 것들을 찾아 도시 한가운데를 떠돌았다.

네 명의 남자애들이 식당 앞에서 무릎을 꿇은 채 주인이 뭔가를 주기를 기다리고 있었다. 리나도 습관적으로 그들 뒤에 가서서 머리를 숙였다. 그러나 아무리 시간이 지나도 음식은 나오지 않았다. "너희들한테 줄 음식은 없다." 주인이 매몰차게 말하자 애들 몇이 식당에서 나오는 손님들의 바짓가랑이에 매달렸다. 손님들은 거칠게 화를 냈고, 리나는 그제야 자신에게 돈이 있다는 게 기억났다.

리나는 남자애들을 데리고 식당으로 들어갔다. 식당 이층의 테라스 원탁 테이블에 둘러앉아 식당 주인을 불렀다. "메뉴판을 가져오세요." 주인은 돈이 있는지 보여달라고 했다. 리나는 돈을 보여줬다. 음식은 금방 나오지 않았다. 옆 건물의 외벽에 붙은 네온 광고판에서 휴대폰을 광고하는 모델의 허벅지가 계속해서 움직였다. 모두들 모델만 쳐다보며 음식이 나오길 기다렸다. 종업원들조차 몹시도 불친절했다. 한참 후에야 음식을 가져와서는 맛있게 먹으라는 말도 안 했다. 남자애들은 찍소리도 안 하고 입이 미어져라 먹고 또 먹었다.

배가 불러 모두 의자 위에 널브러져 있자 주인이 왜 빨리 가지 않느냐며 대놓고 욕을 했다. 리나는 팬티 속에서 돈을 꺼내 당당하게 밥값을 냈고, 그 모습을 본 애들이 휘파람을 불었다. 애들이 입을 모아 말했다. "누나는 정말 예뻐요. 최고야."

갈 곳 없는 네 명의 남자애들이 리나의 뒤를 졸졸 따라왔다. 리나는 우선 애들을 데리고 기차역의 수돗가로 가서 세수를 했다. 그리고 다시 거리로 나와 어느 빌딩 앞 처마 밑에 나란히 앉아 엄청나게 몰려오고 있는 황사를 구경했다. 자전거를 타고 지나가는 사람들 뒤를 짙은 황사가 계속 따라갔다. 그때 남자애들 중 한 명이 빌딩 안 화장실에 들어갔다가 나와서는 말했다. "건물이 비어 있어." 리나와 애들은 유유히 빌딩 안으로 들어갔다.

엘리베이터는 가동을 하지 않아서 계단으로 올라가야 했다. 비상계단에서 건물로 들어가는 문들은 모두 열려 있었다. 애들은 오층의 회사 현판이 붙은 반듯반듯하게 정돈된 사무실로 걸어들어갔다. 안내데스크 의자에 앉아 전화받는 시늉을 하거나, 복도 끝에 놓인 의자에 걸터앉아 사장님 흉내를 냈다. 사무실은 모든 것들이 다 제자리에 있는 상태에서 사람들만 빠져나간 모습이었다. 남자애들은 책상 앞에 앉아 저희들끼리 키득거리며 웃었다.

사무실 안쪽에 널찍한 방이 있었다. 등받이가 높은 의자 여러 개와 커다란 원탁 테이블이 방 한가운데 놓여 있었다. 아이들이 의자에 앉아서 장난을 치며 창밖을 내다봤다. 리나는 갑자기 졸음이 밀려오는 걸 참을 수 없어 회의실 바닥에 누웠다. 그러다가 아무래도 잠이 오지 않아 화장실로 들어갔다. 화장실엔 수건도 걸려 있고 비누도 있었다. 물도 미지근했다. 거울 속에 비친 얼굴은 그을음투성이였고 옷은 때가 타 얼룩덜룩했다. 리나는 옷을 벗고 상반신을 거울에 비춰보았다. 화공약품 냄새가 풀풀거리며 화장실 안으로 퍼졌다. 리나는 샤워를 하며 냄새를 없앨 수 있는 방법을 떠올려보려고 했지만 눈물만 똑똑 떨어졌다.

더이상 텅 빈 빌딩이 재미있지 않아 모두들 다시 거리로 나왔다. 애들이 여기저기로 흩어져 시도 때도 없이 사람들의 지갑을 훔쳐대는 통에 정신을 차릴 수가 없었다. 리나는 차라리 잘된 일이라고 생각하며, 남자애들을 적극적으로 도왔다. 돈이 많아지자 모두들 지붕도 없는 트럭 뒤에 앉아 오들오들 떨면서도 킬킬대며 웃었다. 리나는 문득 깨달았다. '어딜 가나 다 똑같군, 심심하고 지저분하고.' 무너진 공단지대가 미치게 그리워져 빨리 돌아가고 싶었다. 남자애들은 갈 데가 없다고 했다. 할 수 없이 남자애들을 데리고 다시 무너진 공단지대로 돌아가기로 했다. 공단지대로 돌아가는 데 이틀이 걸렸다.

실태 조사를 위해 개인적인 비용을 들여 찾아오던 외국의 급진적인 환경단체 사람들의 발걸음도 뜸해졌고 공단지대는 자연스럽게 고립되었다. 그러자 서쪽 지대에 살던 사람들 오십여 명이 경계가 사라진 틈을 타 자신들의 생활영역을 넓혀 자연스럽게 왔다갔다하기 시작했다. 마지막까지 남은 사람들은 모두 구호캠프 주변에 모여 같이 살았다.

사람들과 같이 모여 사는 동안에도 할머니는 내내 잠만 잤다. 그래서 리나는 할머니가 죽은 줄도 몰랐다. 사람들이 리나를 나쁜 년이라고 욕했다. 이 나라에서는 부모를 잘 모셔야 죽어서도 좋은 곳에 갈 수 있는데, 무심한 자식은 지옥에 떨어져도 할 말이 없다고 했다. 어떤 효심 깊은 아들은 평생 바깥 구경을 못 하고 곧 죽게 생긴 어머니가 여행을 하고 싶다고 하자, 간이침대를 매단 자전거를 직접 만들었다고 했다. 그리고 노모를 태우고 이 나라 전역을 여행했다나. "나는 이 나라 사람이 아니에요." 리나가 그렇게 말하자 책임 회피는 더 비겁한 짓이라며 어른들이 호되게 야단을 쳤다. 죽게 된 마당에 뭐 그리 새로운 것들이 보고 싶을까. 그리고 침대에 누워 바라보는 세상이 뭐 그리 아름다울까. 리나는 그런 부모가 없는 게 정말 다행이라고 생각했다. 놀라운 건 효심 대단한 그 아들의 나이가 일흔 살이었다는 것이었다.

유언도 없이 할머니가 죽고, 할머니를 묻을 곳을 찾기 위해 여러 날을 헤맸다. 할머니를 나무 밑에 묻으라고 한 사람은 서쪽 지대에서 온 나이 많은 할머니였다. 자기 남편도 나무 밑에 묻었다고 하면서 틈만 나면 일장연설을 해댔다. "죽은 사람의 몸에서 빠져나온 영양분이 나무를 키운단다. 나무를 못 키우면 개미들이라도 실컷 파먹겠지! 죽은 사람을 걱정하지 마라." 고생만 하다 죽은 할머니의 몸에 무슨 영양분이 있을까, 리나는 의아했다. 그러나 틈만 나면 그 할머니가 시끄럽게 떠들며 리나를 괴롭혔다. "우리가 죽어서 나무 하나라도 살릴 수 있다면 좋은 일이지." 리나는 할머니의 잔소리가 하도 시끄러워 그렇게 결정해버리고 말았다.

도시에서 데려온 녀석들 네 명이 침대의 한 귀퉁이씩을 잡고 할머니의 시신을 날랐다. 그나마 피해가 덜한 서쪽 경계지대에 누런 잡풀이 무성한 공터가 있었다. 그 주변에 서 있는 작은 나무를 찾아 그 나무 아래에 할머니를 묻었다. 시신을 묻기 전 할머니와의 오랜 우정을 생각해 옛날 천막 가수 시절 할머니가 즐겨 불렀던 노래를 불렀다. 그리고 할머니 침대에 같이 누워 할머니에게 팔베개를 해주고 할머니와 같이 하늘을 올려다봤다.

그날 밤 리나는 꽃나무로 변신하는 꿈을 꾸었다. 피부가 툭툭 터지면서 꽃망울이 터지고 나뭇잎이 돋아나는 꿈이었다. 리나는 밤새 잠을 못 자고 할머니가 누워 있는 나무 밑으로 갔다. 할머니가 천막에서 짧게 끊어 치는 목소리로 부르던 할머니 나라의 아주 옛날 노래들이 들려왔다. 짱짱하던 할머니의 뒷모습, 그리고 공연과 공연 사이에 주어졌던 딱 오 분 동안의 휴식시간, 목선을 타고 흘러내리던 끈적거리는 땀과 집요하게 달라붙던 모기들, 천막 너머 달이 꿀꺽 삼켜버린 징그러운 시간, 저린 종아리를 주무르고 있다가 언뜻언뜻 눈을 떴을 때, 밤새 사막을 건너와 천막 입구에 머리를 들이밀던 그 이상하던 사막의 뱀 키메라도.

길고도 지루한 여름이 흘러가고 있었다. 리나는 주로 노인들과 애들의 머리를 잘라주는 일을 했다. 먹는 것도 많지 않은데 머리카락들은 잘도 자랐다. 왜 그런지 서쪽 지대에서 온 사람들의 말은 전혀 알아들을 수 없었다. 그러나 논쟁을 하거나 싸울 일이 전혀 없어 같이 놀고 어울리는 데는 별다른 지장이 없었다. 사람들이 리나에게 가족이 없느냐고 물었다. 그럴 때마다 리나는 할머니가 나무 밑에서 자고 있다고 말했다. 그러면 사람들이 모두 바깥을 내다보며 할머니를 찾았다.

서쪽에서 온 사람들은 땅속 저장고에서 꺼내왔다는 고깃덩어리와 육포, 그리고 독한 술을 내놓고 밤새 마시며 놀았다. 모든 음식은 어른 아이 할 것 없이 똑같이 나눠 먹었고, 뭐 그리 감사할 일이 많다고 음식을 먹을 때마다 하늘에다 대고 감사기도를 했다. 더운 밤에는 이불도 없이 천막 위 침대에서 얼굴만 가린 채 잠들었다. 그토록 극성이던 모기 한 마리조차 없어서 여름밤의 정취라고는 찾아볼 수도 없었다.

장마 때는 천막에 들어가 카드놀이를 하며 웃었고 놀이가 끝나면 다 함께 죽을 끓여 먹었다. 심심할 때는 서쪽 지대에서 가져온 망가진 자전거도 타고 껍데기와 핸들만 겨우 남은 자동차에 올라타 휘파람도 불어댔다. 리나가 데려온 네 명의 남자애들은 오토바이 한 대를 세워놓고 하루 종일 그 주변에서 놀았다.

가끔 클럽 퍼즐로 가는 길, 가스 저장 탱크들이 있던 길, 둑방 위쪽 길이라고 생각되는 곳들을 깨금발로 돌아다녔다. 동남쪽의 공동숙소가 있던 자리에서 아주 익숙한 빛깔의 벽돌을 발견했을 때 리나는 심장이 멎는 줄 알았다. 부서진 것들 사이에 끼여 팔랑거리는, 침대 위 천장에 매달았던 먼지투성이가 된 붉은색 커튼 자락을 발견한 리나는 가슴이 뭉클했다. "남자들을 손님으로 받아 돈을 모으자." 철없던 봉제공장 언니와 리나가 이곳에서 살아남을 방도를 찾기 위해 생각해냈던 게 붉은색 커튼을 치고 남자들을 손님으로 받아 돈을 버는 것이었다. 봉제공장 언니의 목소리가 귓가에 쟁쟁했고 언니를 한번 보고 싶었다. 언니를 만난다면 언니에게 사랑한다고 말하고 서로의 그곳을 아주 오래 따뜻하게 문지르고 싶었다. 리나는 언니가 꼬맹이를 데리고 아랍 남자와 함께 남자의 고향으로 돌아갔을 거라고 믿었다. '흰 칠을 한 집에, 작은 꽃 화분이 오종종하게 놓인 앞뜰에서 이제 막 말을 배우기 시작하는 꼬맹이의 엉덩이를 두드리겠지. 그런데 꼬맹이는 아직도 말을 안 할까. 꼬맹이는 어느 나라 말을 배울까. 언니는 옆집 남자와 바람이 났을지도 몰라. 언니는 그러고도 남아. 바나나가 지천이라더니 실컷 먹기는 하겠군.' 리나는 검은 때가 두껍게 낀 마디 굵은 손가락으로 커튼 자락을 계속해서 만지작거렸다. 그러나 아무런 감흥도 느낄 수 없었다.

제법 서늘한 바람이 불기 시작하더니 신기하게도 하늘에서 잿빛이 조금씩 걷히며 드문드문 파란 하늘이 보였다. 잠깐씩 맑아지는 가을 하늘과 대비되는 잿빛 공단지대를 쳐다보고 있으면 모든 것이 믿을 수 없었다. 매일 주홍색 용접 불꽃을 피워올리던 육중한 공단지대는 곤죽이 된 잿빛 땅덩어리에 불과했다. '여기서 뭘 더 어떻게 해야 하지?' 가끔 하늘에다 대고 물었지만 돌아오는 대답은 없었다.

리나는 긴 머리카락을 양갈래로 땋아내리고 남자애들 네 명을 따라 가끔 도시로 나갔다. 리나까지 모두 다섯 명이 올라탄 오토바이는 한 덩어리가 되어 천천히 도시로 달렸다. 도시는 이주대책에 의해 점점 더 인구가 줄고 공동화구역이 늘어났다. 리나는 애들이 물건을 훔쳐오면 잘했다고 칭찬해주고 맛있는 음식을 얻어오면 함께 나눠 먹었다.

지붕이 달아난 집들의 허공으로 까마귀떼가 날아들었다. 손님이 없는 식당의 빈 홀은 파리들이 점령했다. 길거리에 선 채 모래먼지를 뒤집어쓴 자동차들은 저절로 바퀴가 터져 격렬하게 떨며 주저앉곤 했다. 초침이 사라진 시계들은 둥글게둥글게 굴러

가다가 하천으로 빠져 넓은 바다로 흘러갔다. 그리고 굽이 닳아나고 형체가 우그러진 신발들이 빈 도시를 채워갔다. 상점 앞, 맨홀 위, 횡단보도 턱, 버스정류장 표지판 아래에 버려진 신발들만 밤새 도시를 지켰다.

도시 한가운데 상점에서 텔레비전 뉴스도 자주 봤다. 세기가 바뀌고 난 후 전 세계의 국경이 몸살을 앓고 있다고 했다. 그중에서도 P국으로 들어가는 탈출자들의 행렬이 집중적으로 소개됐다. 버스가 서 있는 곳은 P국 도심의 한 호텔 앞이었다. 버스 창문마다 커튼이 내려져 있고 창밖은 촉촉하게 비가 내렸다. 호텔 정문 앞에는 카메라를 든 기자들과 양복을 입은 공무원들이 잔뜩 서 있었다. 한 여자애가 버스 차창 밖으로 P국의 도시를 내다보다가 눈살을 찌푸렸다. 리나는 자기랑 비슷하게 생긴 여자애를 뚫어져라 쳐다봤다. 그래서 여긴 살 만하다는 거지? 입 속의 껌을 짝짝 씹으며 딱 그런 얼굴로 창밖을 내다보고 있는 여자애는 기자들의 카메라 조명이 터지자 얼른 커튼 뒤로 숨었다. 리나가 몸을 돌렸을 때 남자애들 중 한 녀석이 양복을 입고 지나가는 남자의 뒤를 따라 재빨리 걸어가고 있었다. 리나는 성공을 기원했다.

리나도 한때는 P국에 입국했을 때 받을 예상 질문들을 생각해 본 적이 있었다. 대학생이 되어 공부를 열심히 하고 싶어요, 훌륭한 사람이 되어서 저 같은 탈출자들의 인권을 보호하는 일을 하고 싶어요, 돈을 많이 벌어서 부자가 되겠어요. 여러 가지 예상 질문에 어떻게 하면 멋진 대답을 할까 고민하느라 잠을 못 이루던 때도 있었다. 리나는 길가에서 뒹구는 깡통을 발로 찼다. 하필이면 깡통이 작은 조각사진을 목에 건 몸이 성치 않은 여자의 무릎 앞에서 멈췄다. 여자는 사진 속에서 웃고 있는 남자의 얼굴을 쓰다듬으며 지나가는 사람들에게 애걸했다. "이 사람을 본 적 있나요, 한번 보세요, 본 적 있는지. 제발 한 번만 봐주세요." 리나는 몸을 낮추고 앉아 여자의 목에 걸려 있는 사진을 들여다봤다. 한 남자가 꽃밭 앞에서 웃고 있는 사진이었다. 리나는 여자의 귀 가까이 얼굴을 대고 말했다. "내가 아는 아저씨거든요. 공단지대에서 같이 일했는데 두 다리도 건강하고 정신도 멀쩡해요. 아줌마한테 잘 살고 있다고, 걱정하지 말라고 전해달래요." 알아들었는지 못 알아들었는지 여자는 계속해서 똑같은 말을 지껄이며 땅 위를 무릎으로 기었다. 물론 리나는 그 남자를 몰랐다.

시장 한가운데 신발을 팔고 있는 좌판이 보였다. 신발을 팔고 있는 남자가 한 손에 담배를 들고 알록달록한 구슬이 달린 슬리퍼 위의 먼지를 털어냈다. 리나는 좌판으로 다가가 신발을 내려다봤다. 신발을 보면 가슴이 뛰었다. 신발 한 켤레를 바닥에 내려 한 짝만 신어보고는 다시 올려놓았다. 구슬이 달린 슬리퍼 모양의 촌스러운 신발을 지금 당장 갖고 싶었다. 탈출하는 주제에 신고 나섰다가는 한 시간도 안 되어 작살이 나버릴 조악한 물건이었다. 그러나 리나는 탈출 도중에 일몰을 보기 위해 어딘가에서 쉴 때, 혹은 모든 탈출이 끝나 늙고 또 고요해졌을 때 지금의 저 좌판 위에 있는 촌스러운 신발을 발가락에 꿰고 그곳의 바람과 공기를 느끼고 싶었다. 그래서 발에 맞지 않아도 상관없고 튼튼하지 않아도 상관없었다.

시장 한 귀퉁이에 모여 서서 담배를 피우고 있는 남자들 옆으로 갔다. 옆에 서 있는 남자에게 담배를 달라고 손을 내밀었다. "미친 여자군." 남자들이 말했다. "미친 여자와 잠을 자면 운이 트인다네." 남자들이 서로 담배를 주겠다고 낄낄거리며 웃었다. 한 남자가 귓바퀴에 꽂아둔 담배를 한 개비 꺼내주었고 옆에 있는 남자가 리나의 담배에 불을 붙여주었다. 남자들이 모두 담배 연기가 나올 리나의 입술만 뚫어져라 쳐다봤다. 리나는 심하게 기침을 하고는 남자들에게 말했다. "나는 화학가스에 오염된 몸이랍니다. 내가 낳는 아이들은 대대손손 병신이고 불임이라는데요." 남자들이 리나를 아래위로 훑어봤다. "난 됐어, 친구야 너나 가져라." 남자들이 서로 미루더니 자리를 떴다. 리나는 잘린 통나무에 올라앉아 신발의 먼지를 털고 있는 신발 좌판 주인만 오래도록 쳐다봤다.

후드득거리며 흙비가 내렸다. 흙비가 떨어지는 하늘 위로 뭉텅이진 잿빛 구름이 몰려와 자리를 잡았다. 신발 좌판 주인은 보자기의 네 귀퉁이를 잡고 신발을 돌돌 만 채 부서진 트럭 속으로 들어가 숨었다. 공터 위에 있던 사람들은 어느새 흩어졌고 마차를 끄느라 몸이 무거운 말이 제 꼬리를 물고 싶어 뱅글뱅글 돌았다. 길 잃은 개들, 배고픈 고양이들만 저희들끼리 눈을 맞추며 공터를 배회했다.

리나는 바퀴가 다 빠진 소형 버스 안에 앉아 비를 피했다. 옆에 앉은 사람들의 입냄새와 몸냄새 때문에 버스 안 공기가 후끈했다. 열에 들뜬 채 할머니의 품에 안겨 있는 어린 남자애가 보였다. 남자애는 열에 들떠 울지도 못한 채 입으로 더운 김만 쏟아냈다. 남자애의 할머니는 애를 달래느라 가늘고 높은 목소리로 노래하기를 멈추지 않았다. "네 엄마가 태어나던 여름날에 갑자기 집 앞에 핀 고운 꽃 한 송이, 갑자기 집으로 들어와 마당을 돌아 하늘로 올라가던 늘씬한 말 한 마리, 문밖으로 지나가던 놀이패의 초록색 만장들, 그날 오후 세시의 일이란다. 죽지 마라 죽지 마라. 네 엄마도 너도 죽지 마라."

어느새 흙비가 그쳤다. 신발을 파는 남자가 다시 잽싸게 좌판을 깔았다. 그리고 사람들은 시장 주변으로 몰려들었다. 리나는 처음 보는 물건인 것처럼 호들갑을 떨며 다시 좌판 앞으로 갔다. 그리고 분홍색 구슬이 달린 촌스러운 슬리퍼를 얼굴 가까이 끌어안았다. 리나는 생각했다. '지금까지 난 얼마나 걸었지? 내 허벅지는 그걸 알까?' 갑자기 귓전에서 울리는 피스톨 소리를 들었다. 국경을 향해 걷고 있던 스물두 명의 타닥거리는 발소리 사이로 총소리가 울렸다. "이봐요, 그거 자꾸 만지작거리지만 말고 하나 사지." 리나는 얼굴이 검은 좌판 주인 남자의 말에 마음이 흔들렸다.

돈통에 든 것 말고 당장은 가진 돈이 없었다. 사람들에게 돈을 보이고 싶지 않아 버스 뒤편까지 빠른 걸음으로 걸어갔다. 클럽 퍼즐에서부터 차곡차곡 모아놓은 돈통의 뚜껑을 열기 위해 한 손으로는 깡통의 아래쪽을 잡고 다른 손으로는 뚜껑을 잡았다. 역사적인 순간이었다. 아주 오래전에 열어보고는 늘 그대로 두어서 뚜껑이 잘 열리지 않았다. 리나는 온몸에 힘을 주어 뚜껑을 열었다. 와지끈 하고 뚜껑이 열리면서 깡통의 연결 부위가 끊어져 두 동강이 났다. 리나의 무릎과 발등으로 흰 재가 와르르 쏟아져내렸다. 돈통에 들어 있는 거라곤 흰 재뿐이었다. 지폐가 엄청난 열기를 견디지 못하고 통 속에서 다 타버려 재가 된 것이었다. 리나는 너무나 기가 막혀 가만히 주저앉았다. 몸은 바다 위에 있는데 배도 없고, 노도 없고, 전화기도 없는 리나, 리나는 어린애처럼 울기 시작했다.

한참을 두 다리를 뻗은 채 정신없이 울었다. 리나는 울다가 무릎 위에 떨어진 재를 손가락으로 찍어 먹었다. 아무리 생각해도 믿을 수가 없어서 분이 풀리지 않았다. 리나는 이 순간만큼은 삐가 옆에 있어서 그동안 애지중지해온 깡통이 비어버렸다는 것을, 빈 깡통을 거꾸로 들어 삐에게 보여주고 싶었다. 리나는 깡통을 한 손에 잡고 멀리 던졌다. 멀리 던진다고는 했지만 그리 멀리 가지는 않았다. 저 멀리 공터를 향해 날아가는 깡통을 본 개들이 신나게 따라 뛰었다.

시장 쪽으로 몸을 돌렸을 때 리나는 거기 서 있는 모든 사람이 삐인 것만 같았다. 그래서 헛것이라도 본 사람처럼 눈을 비볐다. 누군가 다가와 몸을 낮추고 말하는 것 같았다. “폭삭 늙어버렸네.” 리나는 자신의 머리를 조용히 감싸안는 삐의 목소리가 들리는 것 같아 넋이 나간 채 거리에 서 있었다. 누런 개가 돈통을 물고 와 리나의 발 앞에 놓고 갔다. 리나는 부러진 돈통 뚜껑을 찾으러 공터를 헤맸다.

리나는 그날 밤 꿈속에서 용접을 하는 삐를 보았다. 거대한 건물들, 쇳내가 나고 흰 연기가 타오르는 공단지대에서 삐는 아주 열심히 일하고 있었다. 삐는 용접 불꽃에 홀려 불 속으로 빨려들어갈 것 같은 얼굴로, 불꽃 가까이에 머리를 들이밀었다. 불꽃이 점차 커지고 용접 소음도 커지면서 용접 작업실 주변은 온통 주홍색 천지였다. 갑자기 삐가 보안경 너머로 리나가 시장에서 산 예쁜 신발 한 짝을 들여다보았다. 그리고 신발에 불을 붙이려고 했다. 신발에 불이 붙었고 리나는 달려가 말리려고 했는데 아무리 달려도 삐한테까지 이르지 못했다. 신발의 불은 꺼지지 않았고 불꽃은 신발을 통해 삐의 몸으로까지 이어졌다. 리나는 가끔 생각했었다. 삐의 소원은 용접을 하다가 불꽃 속으로 들어가 불에 타 죽는 것이었는지도 모르겠다고.

잠에서 깨어났을 때 리나의 손 안에 담겨 있어야 할 것 같던 구슬이 달린 슬리퍼는 보이지 않았다. 리나는 머리가 아프고 온몸이 떨려 잠을 이루지 못했다. 리나는 얼굴을 팔에 묻은 채 소리내지 않고 울었다. 삐의 몸에서 나는 쇳내를 맡으며 편안하게 잠들고 싶었다. 구슬이 달린 예쁜 슬리퍼를 가질 수 없다는 것과 삐를 다시 볼 수 없다는 사실을 받아들여야 한다고 되뇌는 순간, 리나는 조용히 눈을 감았다.

얼음공주

겨울을 대비해야 했다. 서쪽 지대 사람들은 귀퉁이 한쪽이라도 무사한 건물이 남아 있으면 사람이 들어가 살 수 있도록 칸막이 공사를 했다. 나뭇조각을 이어붙이고 보온이 될 만한 나무판때기나 스티로폼 같은 것을 구해다 붙이고 거기에 다시 조각천으로 바람막이를 만들어 붙였다. 바닥에는 부러진 철제침대나 의자 들을 잔뜩 갖다놓고는 어떡하면 멀쩡한 집처럼 꾸밀 수 있을까 고심에 고심을 거듭했다. 그러나 아무리 꾸며도 누더기를 벗어나기 어려웠고 폐허가 된 공단지대는 영원히 공사중이었다.

늦가을은 아주 짧았다. 해가 짧아서 금세 저녁이 왔고 하늘은 지상과 거리를 둔 채 점점 멀리 달아났다. 날씨가 서늘해지면서 리나는 기침을 자주 했고 얼굴에는 기미가 잔뜩 끼고 살도 빠졌다. 음식을 먹으면 소화가 안 됐고 늘 둥근 막대기 같은 것이 목에 꽉 끼어 있는 듯 몸 전체가 갑갑하고 둔했다. 언제 적 일이라고 공단에서 들리던 사이렌 소리가 환청이 되어 매일매일 쟁쟁거렸다. 리나는 몹시 신경질적으로 변해 잘못도 없는 남자애들한테 욕이나 해대고 물건이나 던지면서 시간을 죽였다.

눈이 많이 내렸다. 잿빛 영토 전체가 흰 눈에 갇혀 더할 수 없이 몽환적인 눈의 나라가 되었다. 눈이 많이 내리면 집 안에서 밖으로 나갈 수 있는 출입구들조차도 다 사라져서 밖으로 나가지 못했다. 폐활량이 좋지 않은 사람들에게 긴 겨울은 고통스러운 계절이었다. 사람들이 모두 붙어 서서 집 앞의 눈을 치우고 길을 냈다. 힘이 들어 눈 치우기를 잠깐만 멈춰도 눈은 금세 다시 높다랗게 쌓였다. 세상은 점점 환해졌고 사람들은 점점 미쳐갔다. "나는 공단지대를 영원히 사랑한다, 여기에다 뼈를 묻겠다"고 외치며 눈 속에 빠져 허우적거렸다. 눈 때문에 산소 부족 현상이 심했다. 리나는 결국 평생 지니고 살아야 할 두 가지를 선물받았다. 광과민성이 된 피부와 햇볕을 제대로 쳐다보지 못하는 두 눈. 리나는 사방천지 눈 둘 곳이 없어 매일 눈물만 줄줄 흘리며 쌍욕을 해댔다.

끊임없이 눈이 내렸다. 겨울은 절대로 끝나지 않을 듯 길었다. 눈 속의 고립, 또 고립. 사람들은 긴 겨울 동안에도 폐허가 된 공단지대를 떠나지 못했다. 아침이 되어도 누구 하나 일찍 일어날 생각을 안 했다. 매일 아침이면 태연한 표정으로 눈을 치우는 할아버지만 유일하게 살아 있는, 멀쩡한 사람처럼 보였다. 하지만 어떤 때 보면 그 할아버지조차도 송장처럼 보였다. 눈 때문에 길이 막히고 이제 서쪽 지대 사람들도 식량을 조달할 길이 없었다. 그래서 시간을 보내기 위해 낮 동안 내내 카드놀이를 했다. 판돈도 없고 판돈을 대신할 다른 것도 없어서 모두들 병이 든 자기 목숨을 걸었다. 카드 패를 돌려놓고는 가만히 자신의 패만 내려다봤다. 너무 조용해서 잘못 들어온 쥐들조차 사람들 눈치를 보며 벽을 타고 조용히 기어다녀야 할 정도였다. 사람들은 서로 말은 안 했지만, 장식품으로 갖다놓은 전선 끊긴 전화기가 울려 누군가가 도와주러 온다는 소식이 당도하기만을 기다렸다.

어느 날 기적처럼 공단지대 위로 헬리콥터가 날았다. 눈 내리는 소리조차도 다 들릴 만큼 조용한 공단지대에 헬리콥터 소리는 그야말로 청천벽력이었다. 사람들은 모두 다 밖으로 뛰어나와 드디어 마음껏 통조림을 먹게 됐다고 소리를 지르며 좋아했다. 헬리콥터 두 대가 몇 개의 자루를 떨어뜨리고는 방향을 바꿔 고도를 높이는 사이 사람들은 재빨리 흰 자루로 달려갔다. 군데군데 떨어진 몇 개의 자루 속에는 이도 안 들어갈 만큼 단단한 검은색 전자칩이 빼곡히 들어 있었다. 아무리 뒤져봐도 부드러운 빵이나 고기 통조림 따위는 찾아볼 수도 없었다. 자루를 따라 뛰어갔던 사람들은 무척이나 자존심이 상했다. 그래서 입속에 전자칩을 넣었다가 뱉어내버리며 하늘만 쳐다봤다.

눈이 많이 내리자 애들이 눈사람을 만들어 집 앞에 세웠다.

애들은 검은 전자칩으로 눈사람의 눈, 코, 입을 만들었다. 매일 아침 눈을 뜨면 전자칩을 단 눈사람들이 집 앞을 지켰다. 매일 눈사람 수가 늘어갔다. 애들은 전자칩이 떨어지지 않는 한, 눈이 그치지 않는 한 매일매일 똑같은 눈사람을 만들어 세웠다.

그날 이후 정기적으로 헬리콥터가 날았다. 이틀씩이나 헬리콥터를 따라 다녀봤지만 별 신통한 걸 발견하지 못한 사람들은 헬리콥터가 와도 자루를 열어볼 생각을 안 했다. 열어봐도 도무지 용도를 짐작할 수 없는 재질의 기계 부품들뿐이었다. 공단지대는 마땅히 갖다버릴 곳이 없는 쓰레기를 갖다버리는 쓰레기처리장이 되고 말았다. 사람들은 화가 나서 헬리콥터를 향해 욕을 했다. "이런 식으로 우리를 계속 놀리면 모두 가만두지 않겠다."

리나는 반파된 집에 갇혀 나직나직 노래만 불렀다. 도시에서 데리고 온 네 명의 남자애들은 어느새 훌쩍 커서 이마에 여드름이 잔뜩 난 우울한 표정의 청년들이 되었다. 애들은 저희들끼리 모여 앉아 책을 읽거나 도시에서 주워온 광고지들을 읽었다. 무너진 공단지대에서 아무런 할 일이 없이 지내는 피 끓는 애들은 머리가 돌기 직전이었다. 리나는 가끔 애들에게 유소년 직업훈련센터에서 일할 때 있었던 재미없는 일들을 얘기해주곤 했다. "밤에 일이 끝나면 가방을 메고 부들부들 떨며 집으로 갔어. 똑똑한 여자애들을 데려다가 잡아먹는 남자가 있다는 소문이 있었거든. 어느 날 정말 그 남자가 나타나서 나를 잡아먹으려고 했어. 내가 말했지. 빨리 먹어, 식기 전에." 그러면 애들은 안 듣는 척하다가 머리통을 감싸고 소리를 질렀다. "거짓말 좀 그만해, 누나. 재미없어 미치겠어." 리나는 자기 얘기를 들으라며 남자애들을 밖에 나가지도 못하게 했다. 그래서 남자애들은 오줌도 집 안에다 쌌다. "누나, 그런 얘긴 정말 재미없거든. 머리통이 터질 것 같애, 제발 그만 해. 이 씨팔놈의 무너진 공단." 그래도 리나의 얘기가 그치지 않으면 애들은 저희들끼리 치고받고 싸웠다. 리나는 손에 잡히는 대로 죄다 애들을 향해 집어던졌다. "이건 뻥이야, 정말 미안해." 리나가 아무리 사과하고 달래도 애들은 분이 풀릴 때까지 때리고 싸웠다.

손가락을 빠는 녀석이 있었다. 싸우고 난 날 밤이면 특히 그 녀석이 끙끙거리며 잤다. 자다보면 쪽쪽거리며 손가락 빠는 소리가 났다. 리나는 남자애 옆으로 가 입에 든 엄지손가락을 빼려고 했다. 덩치는 큰데 그 순간만큼은 미성년이고 아기였다. 아무리 못 빨게 해도 본능 때문에 남자애의 손가락은 늘 입술을 향했다. 리나가 옆에 누워 남자애의 입속에 젖꼭지를 물렸다. 남자애는 순간 편안해지는 듯하다가 몹시 화를 내며 잠에서 깨어났다.

눈 내리는 날이 더욱 많아졌다. 헬리콥터는 여전히 날아왔지만 양치기 소년에게 당할 만큼 당한 사람들은 자루를 열어볼 생각은 절대 안 했다. 그러던 어느 날 누군가 바깥에서 소리를 질러댔다. "나와요, 다들 나와요. 먹을 거예요." 사람들은 겨우 출입문을 찾아 밖으로 나갔고 자루 안에는 정말이지 과자며 사탕,

소시지며 치즈가 자루가 터지도록 들어 있었다. 게다가 아주 싱싱해 보였다. 사람들은 자루에 줄을 매달아 그 거대한 눈더미를 돌고돌아 반파된 집 안으로 자루를 끌어들여왔다. 그리고 탁자 위에 음식을 하나씩 올려놓고 품평한 뒤 시식을 거쳐 포만감을 느낄 때까지 먹고 또 먹었다. 리나는 한쪽 침대 위에 올라앉아 애들이 입에 넣어주는 과자를 먹었다. 전혀 단맛을 느낄 수 없었고 자꾸 눈물만 흘렸다. 사람들은 과일 통조림을 제일 좋아했다. 과일이라니, 그것도 과일 형체가 살아 있는 통조림이라니. 맛있는 음식을 먹은 사람들이 헬리콥터에 보내는 환영과 감사의 메시지는 하늘을 감동시키고도 남았다. 그날 밤 감동의 결과로 그토록 지루하던 눈이 그쳤다.

리나는 며칠을 앓아누웠다. 음식을 좀 남겨주면 좋으련만, 사람들은 남겨주겠다는 말만 하고 자루가 바닥을 보일 때까지 다 먹어치웠다. 그리고 시원하게 똥을 누지 못해 애를 썼다. 리나는 눈도 뜨기 싫고 손가락도 까딱하기 싫었다. 사람들이 리나에게 아프냐고 물었다. 리나는 대답도 하기 싫어서 "이 동네에 아프지 않은 사람 있냐?"고 쏘아붙이고는 돌아누웠다.

한밤중에 또렷이 들리는 사이렌 소리를 듣고 잠에서 깨어났다. 땀을 흘려 옷이 젖었고 한기가 느껴졌다. 리나는 옆에 놓여 있는 담요를 어깨에 두르고 밖으로 나갔다. 꽝꽝 언 눈이 미끄러워 대여섯 번은 자빠졌다가 일어나기를 반복했다. 무너진 공단지대는 온통 흰 눈에 덮여 있었다. 전자칩을 단 눈사람들이 저벅저벅 걸어 어딘가로 가고 있었다. 리나는 그들을 따라갔다. 리나는 밤새 귓가에 들리는 사이렌 소리를 따라 공단지대를 떠돌았고 온몸이 파랗게 언 새벽녘이 되어서야 사람들이 자고 있는 반파된 집으로 기어들어갔다.

특별한 일이 생겼다. 한겨울에, 그것도 세계적으로 유명한 예술가들이 이곳에 와서 희생자들을 위한 퍼포먼스를 한다고 했다. 퍼포먼스를 하면 이곳의 피해 상황이 전 세계적으로 홍보될 것이고, 이 나라 정부에서도 더이상 방치만 하지는 않을 것이라고 했다. 퍼포먼스를 하러 온 사람들은 무용수와 연극배우 들이었다. 방송국 카메라 장비를 실은 차들이 먼저 도착했다. 총천연색의 옷을 입은 예술가들은 오후 내내 뒷짐을 진 채 무대를 어디로 정할까 고심했다. 그리고 그 다음날 하루 내내 무너진 공단지대 전체에 촛불을 켜놓는 작업을 했다. 일명 촛불 퍼포먼스인 셈이었다. 그날 오후부터 사람들이 마구 몰려들었다. 촛불을 켜놓자 분위기는 더 근사해졌다. 그런데 이상한 게 있었다. 공단지대 사고의 피해자들이라고 나선 사람들이 모두 초면이었다. 워낙 피해 규모가 크니까 그럴 수도 있겠지, 그러거나 말거나 피해 상황만 제대로 전해주면 된다면서 최대한 모든 걸 협조했다.

리나가 사람들 틈에 서 있을 때 한 남자가 다가왔다. “아니, 이게 누구야. 퍼즐의 귀염둥이 아냐?” 삐와 같은 작업장에서 일하던 남자였다. 옷차림도 깨끗하고 아내와 애들까지 데리고 구경온 것 같았다. “난 다른 지역의 공단으로 갔어, 거긴 훨씬 안전하다는데, 모르지. 그런데 가끔 여기 생각을 해. 소식 듣고 구경하러 왔지." 리나는 아무 말도 못 하고 남자의 눈치만 살폈다. "그 녀석, 살아 있으면 일 잘할 놈인데, 재주가 많았지, 그날도……" 리나는 다가가 남자의 입을 손으로 막아버렸다. "천하의 나쁜 놈 얘기는 꺼내지도 마세요." 리나는 입술을 막았다.

플래카드를 달고 촛불을 켜놓은 공단지대는 아주 근사했다. 방송 카메라가 이곳 상황을 모두 담았고 피해자들과 인터뷰도 했다. 밤새 촛불을 켜놓고 피해자들의 고통을 위로하고 모두 다 죄인이니 용서해달라고 기도했다. 흰 눈 위에서 남자 무용수가 발가벗고 춤을 추었다. 정작 반파된 집 안에 있던 피해자들은 퍼포먼스에서조차도 소외된 채 자기들끼리 조용히 카드나 했다. 퍼포먼스가 끝나고 예술가들은 모두들 두꺼운 방한점퍼를 걸친 채 담배를 물고 이곳을 떠났다. 자신들의 소지품에 감히 누군가 손을 댔으리라는 생각은 아무도 안 했겠지만 리나와 그 일당은 유명하다는 예술가들의 지갑에 든 달러를 죄다 챙겼다.

사람들이 떠나고 나서야 진정한 퍼포먼스가 시작됐다. 모두들 밖으로 나가 아직 남아 있는 초에 불을 붙였다. 모두들 예술가가 되어 거적을 걸친 채 춤을 추었다. 눈에 덮인 공단지대 전체를 모두 함께 걸어가는 형식이었다. 리나는 죽은 전직 가수 할머니한테서 배운 노래를 골백번도 더 부르고, 학교에서 배운 강령과 노래도 부르고 또 부르고 입이 파랗게 얼 때까지 공단지대를 계속해서 돌아다녔다. 시간이 흐르면서 치유되어야 할 사람들의 정신은 점점 더 이상해졌다. 사람들은 이 폐허 위에 뿌리 내리고 살고 싶다고 말했다. 그럴 수 있도록, 지저분한 것들을 치워주고 우리들을 방해 말고 가만히 내버려둬달라고 소리를 질러댔다.

리나는 다리가 아파 바닥에 주저앉았다. 이곳의 땅 색깔과 전혀 어울리지 않는 파란 얼음이 낀 땅이 조금 보였다. 리나는 두 팔로 얼음 위를 닦고 또 닦았다. 한참을 닦자 맑고 파란 얼음판이 드러났다. 얼음 속에 누워 있는 시체들이 보였다. 시체들은 팔을 다정하게 잡은 채 미소짓고 있었다. 스팽글이 달린 옷을 입은 미쌰가 보였다. 미쌰의 붉은 입술과 파란 얼음의 대비가 상큼했다. 리나는 미쌰를 향해 손을 흔들었다. '나는 도대체 어디에서 온 걸까?' 미쌰를 볼 때마다 리나는 그런 생각을 했다. 미쌰는 오래전, 이 나라의 땅덩이가 모두 다 척박한 사막에 불과하던 때 동서양을 오가던 나라의 공주였다. 공주는 얼음 속에 파묻혀 웃고 있었다. 리나는 미쌰와 함께 얼음 속으로 들어가 눕고 싶었다. 그러나 아무리 발을 굴러도 얼음이 깨지지 않았다.

눈이 두 팔을 다 치켜올려도 모자랄 만큼 다락같이 쌓인 날, 기압이 몹시 낮고 바람도 많이 불었다. 사람들은 숨이 막혀 헉헉거리며 방 안에 갇혀 있었다. 그때 지금까지 단 한 번도 울린 적 없는 전화기가 기적처럼 울렸다. 모두들 놀라 전화는 받지 않고 서로의 얼굴만 쳐다봤다. 한참 뜸을 들이다 전화를 받은 나이 많은 할아버지가 말했다. "맛있는 음식과 두꺼운 담요, 이 쓰레기들을 전부 치울 트럭이 수백 대 필요해, 지금 빨리 보내라." 누가 전화를 했는지, 할아버지가 요구한 것들이 전부 당도하는 데 시간이 얼마나 걸리는지 아무도 알 수 없었다. 다만 할아버지가 전화를 끊고 멍한 표정으로 사람들을 쳐다보는 그 순간, 중장비의 커다란 갈퀴가 흰 눈의 바리케이드를 뚫고 공단지대의 마지막 남은 집들을 박살내기 시작했다. 사람들은 손에 든 카드 패를 쳐다보다가 화들짝 놀라 그 자리에서 메뚜기처럼 통통 튀어올랐다. 그리고 이제는 떠날 때가 된 잿빛 공단지대 위에 마지막 키스를 했다. 그 키스를 끝으로 이곳에서 자발적으로 사라지기로, 배경으로도 남지 않기로 결심했다.

첫번째 편지

리나는 반파된 건물 한 귀퉁이를 홀로 지키며 여전히 공단지대에 남아 있었다. 포클레인은 반파된 집들마저도 부수고 사람들이 우왕좌왕하며 떠나는 걸 확인한 후 사라졌다. 사방이 고요한 가운데 엷은 갈색 바람만 둥글게 휘돌았다.

수시로 헬리콥터 소리가 들리고 전자칩이나 부품 들과는 비교도 안 되는 큰 덩어리의 쓰레기들이 투하되었다. 화공약품들은 깡통째로 버려졌고, 인화된 상태가 궁금한 단색 네거필름들, 알록달록한 색깔의 캡슐 더미들, 일련번호가 매겨진 비디오테이프들, 낡은 총알들이 박스째 떨어져내렸다.

밤이 되어도 고양이 한 마리, 개 한 마리 찾아오지 않았다. 리나는 옛날에 삐가 그랬던 것처럼 책상 위에 종이를 펴놓고 무너진 공단지대를 하나씩 그려나갔다. 무채색의, 사람이라고는 하나 없는, 움직임이라고는 하나 없는 잿빛 덩어리의 도시들이 밤마다 하나씩 새롭게 탄생하곤 했다. 퍼포먼스를 하러 왔던 예술가들이 남겨놓고 간 촛불이 리나의 밤을 밝혀주는 유일한 도구였다. 리나는 왜 이런 일이 일어났느냐는 질문 따위는 하지 않았다. 뜨거운 밤바람에 섞여 먼 곳에서부터 날아오는 흰 꽃가루들을 따라 무작정 뛰어다녔다. 그리고 말이 하고 싶어지면 조금씩 혼자서 무너져내리는 중인 땅덩어리에 대고 "그러지 마! 아프지 않니? 이제 그만해!"라고 소리를 질렀다.

며칠이 지나고 헬리콥터가 작은 종이쪽지를 마구 뿌리고 지나갔다. 대규모의 방역 작업 날짜가 찍혀 있었다. 누구를 위해 방역을 한다는 것인지, 리나는 땅 위에 대고 외쳤다. "너희는 혹시 방역이 필요하니? 난 필요 없는데." 리나는 따뜻한 햇볕 아래에 누워 자신의 숨소리를 들었다. 활달한 듯 쌕쌕거리는 숨소리 뒤에 다른 숨소리가 숨어 있었다. 공포와 절망에 찌든 더 깊고 낮은 숨소리였다. 리나는 먹지도 않았고 자지도 않았다. 스물네 시간, 서른여섯 시간, 마흔여덟 시간 줄창 깨어 있었다. 손목과 발목의 뼈는 금방이라도 부서질 듯 가늘어지고 얼굴은 작고 머리는 길고 눈은 퀭했다.

기온이 점점 올라갔다. 반파된 건물의 틈새에서, 폐허의 틈에서 녹색 풀들이 자라났다. 길을 잘못 들어 오염된 땅으로 날아오는 새들도 있었다. 리나는 새들 옆으로 다가가 쪼그려앉아 새들에게 말을 걸어 다른 곳으로 날려 보냈다. 가능하면 다시는 이곳에 오지 말라고 했다. 그러고 나면 다시 주변이 고요해졌다.

똑똑똑. 머리 위로 빗방울이 떨어졌다. 빗물을 받을 수 있는 양동이를 몇 개 내놓고 반파된 집으로 들어갔다. 지금은 떨어지는 빗줄기를 즐기고 감상할 시간! 빗줄기가 후드득거리면서 반파된 집 속으로 마음껏 쳐들어왔다. 리나는 눈을 감고 후드득거리는 빗소리를 들었다. 빗소리가 작고 마른 리나의 몸을 관통하고는 지붕도 없는 집 위로 성큼성큼 달아났다. 천둥만 치지 않는다면 다행이었다. 우루루 쾅! 천둥이었다. 리나는 거적때기를 뒤집어쓰고 눈만 내놓은 채 천둥 소리를 듣지 않으려고 이빨에 힘을 줬다.

비 온 다음날, 리나는 새소리에 놀라 잠에서 깼다. 기적이었다. 무너진 공단지대 위에 신기한 목소리를 가진 새들이 출현하다니. 비 온 다음날은 햇볕도 맑고 아지랑이도 진하게 피어났다. 광과민성인 리나는 눈물을 줄줄 흘렸다. 아지랑이는 무너진 땅 위에서 유연한 몸놀림으로 피어났다. 리나는 아지랑이를 따라 몸을 흔들었다. 그러다가 생각이 복잡해지면 가위를 들고 머리카락을 잘랐고 다른 애들이 그랬던 것처럼 고장나 버려진 포클레인 위에 올라가 놀았다.

비가 오는 건 좋지만 비가 온 뒤에는 심한 악취가 났다. 리나는 자기 몸에서 나는 냄새가 어떤 것인지 비로소 알았다. 몸속에 든 기분 나쁜 것들이 다 빠져나가고 그냥 단백질 덩어리가 되고 싶었다.

거적 같은 옷은 벗고 운동복 바지와 티셔츠만 입었다. 옷조차 부담스러워지면 다 벗고 누워 햇빛을 즐겼다. 따뜻한 햇빛이 내리쬐면 몸 마디마디가 조금씩 늘어나고 부드러워졌다. 그러면 뭘 하나, 리나는 여전히 눈물을 줄줄 흘려야만 했다. 그래서 리나는 보다 오랜 시간 햇빛을 즐기기 위해 선글라스를 찾아 쓰레기 더미를 뒤졌다. 죽은 사람들이 뼈를 흔들며 리나에게 인사했다. 머리카락만 흔드는 사람도 있었고 앙다문 턱만 남은 사람도 있었다. 놀랍게도 선글라스는 포클레인 운전석의 룸미러에 끼워져 있었다. 리나는 선글라스를 끼고 만족스러운 얼굴로 무너진 공단지대를 천천히 돌아봤다. 이제 눈물을 많이 흘려 생기는 수분 부족 현상은 면할 수 있을 것 같았다.

빗물이 따뜻해지면 양동이 안에 들어가 목욕을 했다. 따뜻한 물에 몸을 담그고 선글라스를 낀 채 하늘을 올려다봤다. 시간이 지나면서 피부, 혈관, 피, 그리고 뼛속까지 깃든 상처가 뽀글뽀글 아메바처럼 물무늬를 만들며 수면 위로 솟아올랐다. 입김을 후후 불면 아메바들이 꿈틀거렸다. 물속에 눈을 담그고 침전물들을 내려다보고 있으면 마음이 훨씬 더 차분해졌다.

다음날 새벽, 해가 뜨자마자 헬리콥터가 날았다. 반파된 집에서 밖으로 나온 리나는 하늘에서부터 떨어져내리는 흰 가루를 햇빛인 양 쳐다보고 있었다. 헬리콥터 여러 대가 공단지대의 바깥쪽부터 원을 그리며 소독약을 뿌려댔다. 허리에 손을 얹고 하늘을 올려다보던 리나는 가방 하나만 든 채 선글라스를 끼고 걷기 시작했다. 도시에 가본 지도 오래고 소독이 끝나 깨끗해질 때쯤 다시 돌아올 생각이었다. 리나는 천천히 공단지대를 가로질러 기차 레일이 보이는 남쪽을 향해 걷기 시작했고 헬리콥터는 점점 공단 안쪽을 향해 이동해들어왔다.

사람들이 도시 한가운데 광장에 모여 서 있었다. 텅 비어가는 도시를 미처 떠나지 못한 사람들은 할 일도 없고 만날 사람도 없이 하루 종일 시간을 견뎠다. 여자 남자 할 것 없이 체구도 작고 얼굴도 가무잡잡하고 커다란 눈만 깜박거렸다.

사람들은 두 종류로 나뉘었다. 한쪽은 새롭게 조성되는 다른 도시의 공단지대로 일거리를 찾아 떠나고 싶어했다. 또 한쪽은 이 나라보다도 더욱 춥고, 공단 따위는 들어가 자리를 잡을 수도 없는 북쪽의 유목민의 나라로 아예 이사를 가고 싶어했다. 리나는 어느 쪽으로 갈 것인가를 놓고 말싸움을 벌이는 사람들만 멍하니 쳐다봤다.

리나는 네 명의 남자애들과 함께 지내면서 봄볕이 몰려드는 광장을 지켰다. 두 동강이 나 겨우 붙여놓은 돈통은 아무짝에도 쓸모가 없었다. 선글라스를 쓴 채로 광장 공터에 깃드는 회색 그늘을 내려다보고 고요한 상태에서 순식간에 찾아오는 밤을 기다렸다.

어느 대낮. 계절감도 없이 머리에 귀마개 모자를 눌러쓴 남자가 막 리나의 눈앞으로 지나가고 있었다. 리나는 남자의 옆얼굴을 봤지만 아무런 느낌도 없었다. 그러면서도 그가 죽은 프로듀서 김인지, 아님 선교사 장인지, 이름이야 어쨌든 리나 같은 탈출자들을 팔아넘겨 먹고사는 인간들 중의 하나라는 걸 느낌으로 알았다. "리나구나." 리나는 남자의 목소리를 듣는 순간 깜짝 놀랐다. 아주 오랜만에 들어보는 모국어였다. 리나는 갑자기 그 말이 비늘처럼 혀 위에 붙어 떨어지지 않는 것 같은 이상한 감정을 느꼈다. 급기야는 구역질까지 치밀어오르도록 만들고 있어 무척이나 당황했다. 그 남자가 누구인가가 중요한 것이 아니라 잊고 있던 모국어를 다시 듣게 되었다는 게 놀라웠다. "너 정말 리나구나?" 리나는 겨우 인사만 하고는 가슴이 콩닥거려 눈을 내리깐 채 서 있었다. "날 기억하는구나, 너. 안 그래도 네 소식이 얼마나 궁금했는지 몰라. 그래, 어떻게 살았니?" 리나는 순간 몹시 기분이 나빠졌다. 최소한 팔아먹은 뒤 어떻게 사는지는 알고 있어야 하는 게 아니냐고 되묻고 싶었다.

남자는 리나의 팔을 끌고 앉을 만한 곳이 있는 근처로 데려갔다. 남자애들이 리나를 따라오려고 했지만 따라오지 못하게 했다. 그래도 애들이 계속 따라와서 할 수 없이 그냥 두었다. 남자가 너무나 친한 척을 해서, 천막 가수 시절 만났던 그 사람이 맞나 의심스럽기까지 했다. 리나는 순간, 알은체를 하지 말았어야 했다고 내심 후회했다. 그런 사람들과의 만남은 늘 배신을 당하거나 거짓말이나 듣고 있거나 알 수 없는 곳으로의 추락 같은 결과만 남겼기 때문이었다. 늘 진지하고 뭔가 고민하는 듯한 포즈는 여전했고 얼마나 싸돌아다녔는지 얼굴이 좀 검어졌다는 것이 변화라면 변화였다. 뚱뚱한 가방 속에 손을 넣은 남자가 편지 뭉치를 꺼내서는 하나씩 넘겨가며 확인했다. 남자의 손에서 편지들이 하나씩 넘겨질 때마다 거기 적힌 이야기들이 저 혼자 울면서 터져나올 것만 같았다. "여기 너한테 온 편지야. 언젠간 만날 줄 알고 넣고 다녔지. 내가 애프터서비스 하나는 확실하거든. 돈을 받은 대가는 정확히 치르지."

리나는 환한 햇볕 속에서 남자가 건네주는 편지를 받았다. 선글라스를 벗은 탓에 눈이 시려 순간 편지봉투에 불이 붙는 줄 알았다. "이게 나한테 온 거라고 어떻게 믿어요? 다른 사람한테 온 걸 보여준들 내가 어떻게 알겠어요?" 리나는 심통을 부렸다. "못된 말투, 성격 안 좋은 건 여전하구나. 고생깨나 했을 텐데." 남자가 혀를 차며 리나를 아래위로 훑어봤다.

편지를 다 읽는 데는 일 분도 안 걸렸다. 종이는 누렇게 손때에 절어 덕지덕지 붙어 있었다. 시간이 조금 더 흘렀거나 가방 속에 빗물이라도 들어갔다면 편지는 거의 떡처럼 붙어버리고 말 지경이었다. 리나는 조용히 편지를 읽고는 다시 접어 봉투에 담았다. 그리고 갑자기 두 손을 볼에 붙이고 마구 비벼댔다.

'보고 싶은 떠버리에게.' 편지의 시작은 그랬다. 소심한 아버지가 얼마나 노력했는지는 모르지만 엄마와 남동생을 데리고 무사히 P국으로 들어간 모양이었다. 글씨로 봐서는 누가 쓴 것인지 알기 어려웠다. P국으로 들어가자마자 입소한 탈출자 교육원의 정치 교육, 별것도 아닌 것을 가지고 까다롭고 자존심 상하게 하는 입국 절차, 엄청나게 많을 거라 예상했지만 생각보다 많지 않아 실망한 정착금 액수, 자전거를 타고 아파트 경비실로 출근하는 아버지 소식, 탈출한 미성년들만 모아놓은 학교에 다니며 영어를 공부하는 남동생 소식 등이 담담하게 적혀 있었다. 그리고 리나의 눈을 끄는 이런 구절도 있었다. '여기에 네 방이 있다. 빨리 오길 바란다!' 리나는 '방'이라는 단어를 여러 번 발음해보았다. 그러나 아직 한 번도 혼자 쓰는 방을 가져본 적이 없어서 아무런 감흥도 느끼지 못했다.

리나는 고마움의 표시를 해야 한다는 걸 알고 있으면서도 남자에게 무슨 말을 해야 할지 판단을 내리지 못했다. 그리고 왠지 더이상은 고마움이라든가 미안함이라든가 하는 의미의 단어들이 혀끝에서 떠오르지 않았다. 도리어 이 순간 몹시 화가 나는 것을 참을 수가 없었다. "저기요 선교사 아저씨, 나 이제 돈 없거든요. 일하던 공장에 폭발사고가 나서 다 죽고 나 혼자 남았어요. 그리고 이 편지를 어떻게 해서 아저씨가 갖고 있는지 모르겠지만 난 다른 건 다 믿어도 당신 같은 사람들은 절대로 안 믿거든요." 리나는 눈을 똑바로 뜨고 남자에게 대들었다. "넌 그게 문제야. 그러니까 여태 P국에 못 들어가고 이 고생을 하며 떠돌아다니는 거야."

한동안 침묵이 흘렀다. 리나는 너무 화가 나서 자기 살이라도 뜯어 먹고 싶어졌다. "거긴 들어가서 뭐하는데, 씨팔!" 리나가 반말을 하자 갑자기 남자가 얼굴이 붉으락푸르락해지며 리나의 어깨를 잡았다. 그 순간, 리나는 그런 힘이 어디서 뻗쳐올랐는지 아래위 두툼한 일자 코트를 입은 남자를 벽으로 세게 밀어붙였다.

남자와 헤어진 뒤 리나는 밤이나 낮이나 텅 빈 도시 한복판에서 발뒤축을 질질 끌며 거리를 싸돌아다녔다. 예전에 병원이었던 건물은 텅 빈 채로 방치되어 노숙자 숙소가 되어 있었다. 리나는 병원 계단을 오르락내리락하고, 접수 창구에 머리를 들이밀고 혼잣말을 했다. 엄청 높이 쌓아놓은 음식 접시가 저절로 미끄러져내리고 사람들이 내뿜던 담배연기로 가득 차 있던 식당 건물 또한 비어 있었다. 리나는 수도꼭지가 달린 커다란 양은 설거지통에 들어가 몸을 웅크리고 잤다.

햇볕 아래서도 심한 기침을 했다. 리나는 자기의 온몸이 썩어들어가고 있다고 믿었다. 그래서 눈물을 머금은 채 도시를 돌아다녔다. 손가락을 빠는 남자애가 리나를 걱정해 늘 리나의 뒤꽁무니를 따라다녔다. 리나는 차도를 마구 건너고 사람들이 거리에 세워놓은 자전거를 타고는 한참을 달려가 다리 아래로 자전거를 밀어 떨어뜨렸다. 거의 유일하게 운영되는 패스트푸드점에 들어가 햄버거를 먹고 있는 여자애의 머리를 쟁반에 처박아 종업원들에게 잡혀 밖으로 끌려나왔다. 손가락을 빠는 남자애가 흰 운동복 차림으로 어두운 골목길을 걷고 있는 리나를 쫓아갔다. 그리고 리나가 축 늘어지며 쓰러지려는 순간 리나를 안았다.

리나는 그 편지가 정말 부모님으로부터 온 것임을 알고 있었다. 친구든 어른이든 누구에게도 지기 싫어하고 지독하게도 수

다스러웠던 리나의 어릴 적 별명이 '떠버리'란 것을 아는 사람들은 오직 식구들뿐이었다. 리나는 공부에서나 운동에서나 항상 남자애들의 맞수였다. 인생을 좀더 재미있게, 신나게 살기 위해서는 거짓말이 필요하다는 걸 알았다. 그래서 리나는 어린 시절 내내 거짓말만 했다. 리나는 텔레비전에 나오는 배우나 무대 위에 서는 연기자가 되고 싶었다. 산다는 게 이렇게 끊임없이 밀려오고 또 밀려오는 두통 같은 것인 줄 리나는 몰랐다.

사람들이 광장에서 축구를 했다. 낮이나 밤이나 모이기만 하면 축구를 했다. 황사가 날아오는 것은 기본이고 가끔씩 흙비도 내렸다. 그렇지만 그것들과 함께 몸을 섞어 날아오는 흰 꽃가루의 세례도 받아 간간이 봄밤의 정취를 즐겼다. 반칙을 많이 해 퇴장당한 채 쿵쾅거리는 심장을 다독거리며 앉아 있는 남자애들의 허벅지를 베고 누운 리나는 이 모든 것들이 그런대로 아름답다고 생각했다.

여자들은 한쪽에서 자기들만의 방식으로 양식을 만들었다. 땅속에 넣어 말린 고기를 자루에 넣었다. 또 찐 쌀을 말린 후 비닐봉지에 조금씩 나눠 담고 독한 술도 병에 담았다. 모두들 최소한의 짐만 납작하게 넣어 꾸렸다. 그리고 가지고 있는 옷들은 가능하면 모두 다 겹쳐서 입고 갈 거라고 했다. 여자들은 그러다 축구공이 잘못 날아오면 벌떡 일어나 공을 차며 축구판으로 뛰어들었다.

어디로 가겠다는 의사 표명도 없이 언제나 멍청하게 앉아 있는 리나에게 축구를 하던 남자애들이 말했다. "누나는 이 나라 말도 잘하고 얼굴도 예쁘니까 여기서 살아. 누나 얼굴을 봐. 누나는 이 나라 사람보다 훨씬 더 이 나라 사람 같다니까." 리나는 괜히 화가 나서 신발 한 짝을 던져버렸다. "그러니까 내가 촌스럽게 생겼다는 거지! 나에게도 꿈이 있다. 잠자는 사자를 건드리지 마라." 리나는 하하, 소리를 내며 웃었다.

가족들이 보낸 편지를 읽고 마음속으로는 수십 번도 더 P국으로 들어갔다. 리나는 어떡하든 P국으로 들어가도록 도와주는 브로커들을 만날 생각이었다. 이상하게도 머릿속으로는 P국으로 갈 방법을 찾아야 한다는 걸 알면서도 그렇게 하기 위한 아무런 노력도 하지 않았다.

사람들은 광장에 앉아서 술을 마셨다. 나이든 사람들은 일찍 자러 갔고 비교적 젊은 사람들만 밤늦도록 남았다. 리나도 아주 오랜만에 술을 마셨다. 술김에 네 명의 남자애들의 볼에 뽀뽀도 하고 어깨동무를 하고 노래도 불렀다. "너희들 이제부터 나를 엄마라고 불러." 리나의 말에 남자애들은 유치하다면서 웃었다. 술에 취한 리나는 갈지자로 왔다갔다하며 잘 알지도 못하는 사람들을 붙들고 싸우려고 들었다. 남자애들은 리나를 번쩍 들어 어깨에 둘러메고 집으로 데리고 갔다.

집으로 간 리나는 술이 깨서 오히려 정신이 말짱해졌다. 갖고 있는 돈을 전부 다 꺼내 정리했다. 돈을 묶어 봉투에 담아 풀어지지 않도록 끈으로 꽁꽁 묶었다. 그리고 나머지 짐들도 정리해서 가방 하나에 다 들어가도록 했다. 모든 정리를 끝내고 나자 오히려 마음이 편했다.

다음날 아침 리나는 선교사 장을 찾아 도시를 떠돌았다. 식당에서 밥을 먹고 있는 그를 발견하고 식당으로 들어갔다. 지난번 일 때문인지 리나를 대하는 남자의 안색이 좋지 않았다. 리나는 남자의 앞자리에 앉아 네모반듯하게 싼 돈봉투를 내밀었다. 국수를 먹던 남자가 무척이나 반가워했다. "결심했구나. 그래, 들어가야지, 부모님 있는 데 가서 얌전히 공부하다 취직도 하고 결혼해야지." 리나는 먼저 컥컥 기침을 해대고는 남자에게 말했다. "이건 이 나라 돈이 아니고 달러예요. 이 돈을 P국에 있는 식구들에게 보내주세요. 아저씨가 이 돈을 그대로 다 보낼 리 없다는 건 나도 알아요, 아저씨가 어떤 사람인데, 몇 퍼센트 떼고 보내겠죠. 그 정도는 눈감아드릴게요. 아저씨는 언젠가, 우리가 얼마 전에 만난 것처럼 저와 다시 만나게 될 게 분명해요. 그렇게 생각하시고 우리 식구들로부터 돈을 잘 받았다는 편지를 받아놓으세요. 다시 만났을 때 그 편지를 저한테 주세요. 그러지 않으면 아저씨는 정말 제 손에 죽어요. 어제 봤죠? 이제 내가 아저씨보다 훨씬 힘이 세다는 걸?"

선교사 장이 국수 그릇 안에 들어가 있던 젓가락을 꺼내 식탁 위에 놓았다. 그리고 리나의 두 손을 끌어다 제 손으로 감싼 뒤 기도하기 시작했다. 전 세계의 국경지역을 떠돌며 고생하는 탈출자들의 고단한 영혼을 보살펴주고 이들의 인권을 지켜달라고 했다. 자기들처럼 선량한 목자들이 국경에서 떠도는 어린 영혼들을 보살피기 위해 목숨을 걸고 일하는데, 칭찬은커녕 사기꾼, 악질 브로커로 오인되는 일이 없도록 도와달라는 기도는 족히 십 분이나 계속됐다. 리나도 선교사 장을 따라 생전 처음으로 하늘 위에 계신 어떤 분께 기도라는 걸 했다.

황사가 걷히고 비교적 맑은 하늘을 볼 수 있는 날이 축복처럼 사흘간 이어졌다. 남자들은 광장에서 축구를 하고 여자들은 아기들에게 젖을 물렸다. 리나는 멍청하게 축구하는 사람들을 쳐다보고 있었다. 날씨가 따뜻해지자 사람들은 움츠렸던 기를 펴고 사지를 움직여 몸을 풀었다. 네 명의 남자애들 중 한 녀석은 어디서 구했는지 이야기에 미쳐 줄창 소설책만 읽었고, 또 한 녀석은 여자애들한테 미쳐 늘 여자애들 뒤꽁무니만 따라다녔다. 나머지 두 애들은 축구에 미쳐서 얼굴이 새까맣게 되도록 축구만 했다.

햇볕이 점점 강렬해졌다. 이제 오전만 지나면 햇볕을 쳐다보지도 못할 정도로 눈이 시렸다. 다가올 길고 더운 여름을 보내려면 새 선글라스를 구해야 한다고 생각했다. 리나는 삐가 용접을 할 때면 늘 쓰고 있던 커다란 보안경을 떠올렸다. 주홍색 보안경을 쓰고 있으면 모든 걸 참을 수 있을 것만 같았다.

늘 손가락을 빨며 자는 남자애가 골문을 향해 발길질을 하다가 그 자리에 주저앉았다. 사람들이 고함을 질렀다. 다리에 쥐가 나 움직이지도 못했다. 리나는 옆에 앉아 짐을 싸던 여자들로부터 작은 과도칼을 뺏어들고 남자애한테 뛰어갔다. 남자애는 인상을 쓴 채 몸을 버둥거리고 있었다. 리나는 칼끝을 세워 남자애의 허벅지를 찌르려고 했다. "이러지 마! 아픈 건 싫어!" 남자애가 말했다. "괜찮아. 난 널 아프게 안 해, 곧 시원해질 거야." 리나는 곧장 남자애의 허벅지를 찔렀다. 울퉁불퉁, 돌덩이처럼 단단한 허벅지 살에서 나온 검붉은 피가 다리를 타고 흘러내려 땅 위에 똑똑 떨어졌다. 리나는 다리를 타고 땅바닥으로 떨어지는 피를 아무 말 없이 쳐다보다가 자리에서 일어났다. 그리고 사람들을 등지고 걸었다.

끝없이 북쪽으로 갔다. 북쪽 국경지대 인접 지역까지 이동하기 위해 버스를 탔다. 서른 명이 정원인 버스에 오십 명이 꾹꾹 누르고 겹쳐 올라탔다. 이 나라의 북쪽 지붕 꼭대기에 약간은 정신 나간 코뿔소처럼 생긴 유목민의 나라는 한때 유럽 대륙을 삼키려는 욕심을 가졌다고 했다. 그 오만한 기질과 넓은 땅덩어리를 보는 것만으로도 숨통이 트이기 때문에 후회할 일은 없을 거라고 했다. 또 프라이팬 위에 올려놓으면 기름이 지글거리는 양고기를 실컷 뜯어 먹으며 살 수 있어서 늘 힘도 넘치고 아플 일도 없다고 했다.

리나는 그 모든 걸 떠나서 도무지 탈출에 나선 사람들의 면면이 마음에 들지 않았다. 사람들은 그야말로 시절 좋은 때 꽃구경 나온 관광객들과 다름없었다. 나이가 든 사람도 어린 사람도 모두 다 똑같이 맑은 표정들이었다. 리나가 보기에 그들은 탈출이라고는 한 번도 해본 적이 없는 대책 없는 초보자들이었다. 멀리 벌판 위로 이쪽을 향해 몰려오고 있는 싱싱하고 고불고불한 털을 가진 양떼가 보였다. 가끔씩 비가 흩뿌리기도 했고, 그러고 나면 다시 쨍쨍한 분홍색 해가 났다. 습기가 점점 많아졌고 도로 양옆에 핀 꽃들이며 연녹색의 나무들이 아주 푸르렀다. 사람들은 풍경이야 어떻든 늘 잠만 잤다.

버스는 이틀 동안 달렸다. 차창 밖 풍경이 점점 변했다. 목장이 보였고 목장 너머로 흰 구름이 보였다. 흰 구름 너머로 모래바람이 보였다. 드넓은 벌판 위로 새가 날았고 알록달록한 옷을 입은 꼬맹이들이 버스를 따라 죽어라 뛰었다. 일행 중 한 사람이 버스 통로로 나가 심각한 얼굴로 얘기를 시작했다. 북쪽 나라로 올라가는 국경지대까지는 이틀을 더 달려야 한다고 했다. 여기까지는 제법 진지한 이야기가 이어질 듯한 분위기였다. "무엇보다 제가 여러분께 당부하고 싶은 것은, 제발 버스 안에서 방귀를 뀌지 말라는 것입니다." 사람들이 모두 함께 낄낄거리며 웃었다.

버스가 달리는 도로 위로 안개와 빗줄기와 거센 바람이 몰려왔다. 리나는 뿌옇게 흐려진 창밖을 내다봤다. 버스가 고원지대로 접어들었다. 굴곡이 심해서 버스가 울퉁불퉁 달렸고 금세 비오는 산속이다가 다시 금세 환한 햇볕 아래의 초원으로 바뀌곤 했다. 옆에 앉은 여자가 리나에게 물었다. "도대체 여기 있는 사람들 표정이 다 왜 이래요?" 리나는 무슨 그런 질문이 다 있느냐는 듯, 약간은 어려 보이는 여자애를 빤히 쳐다봤다. "왜 이렇게 다들 무표정하냐구요?" 여자애가 또 물었다. 리나는 한 손으로 턱을 괴며 말했다. "생각해봐라. 우린 의사들도 도망가게 만드는 죽을병에 걸렸거나 곧 걸릴 처지에 있어. 우린 운이 아주 안 좋은 사람들이거든. 너 같으면 표정이 좋겠어?"

한참을 달리다가 버스가 섰다. 제복을 입은 사람들이 총을 멘 채 서 있었다. 남자들이 버스 안으로 올라왔다. 뭐라고 얘길 하긴 하는데 도무지 알아들을 수가 없었다. 국경 부근에 사는 소수민족들인 것 같았다. 그들이 버스 위에 올라타 소란을 피워도 아무도 대꾸를 안 하자 화가 난 남자 중 한 명이 허공에 대고 총을 한 방 쏘았다. 그래도 대꾸가 없자 남자들이 고개를 갸우뚱거리며 버스에 탄 사람들을 찬찬히 둘러봤다. 잠시 후 남자들은 버스에 탄 사람들이 갖고 있는 물건들을 모조리 버스 밖으로 내놓으라는 몸짓을 했다. 놀랍게도 사람들은 버스 밖으로 나가지도 않고 보따리들을 창문으로 모두 내던졌다. "아니, 모두들 미쳤어요? 국경을 넘으려면 얼마나 힘든데." 리나는 사람들을 말리려고 했지만 아무도 리나 말을 안 들었다. 잠시 후 남자들은 먹을 것만 챙겨가고 옷가지며 다른 보따리 들은 도로 위에 그대로 둔 채 총을 쏘며 안개 속으로 사라졌다. 사람들은 별로 상처받은 얼굴이 아니었다.

꼬박 하루를 더 달렸다. 버스는 고원지대의 꼭대기를 향해 완만한 경사를 달려 올라갔다. 중간쯤 올라가다가 운전사가 버스를 세웠다. 사람들은 소변을 보고 담배를 피우며 풍경을 구경했다. 아래로 내려다보이는 넓은 도시는 한 번도 가본 적이 없는 낯선 세상처럼 아득했다. 리나는 땅바닥에 달라붙어 자라고 있는 키 작은 꽃들을 뜯어 냄새를 맡고 특이한 모양의 식물들을 뜯어 입속에 넣고 씹었다.

그날 밤, 사람들은 아늑한 초원 한켠에 불을 피우고 불 주위에 둘러앉았다. 사람들은 한 사람씩 돌아가면서 그동안 자기가 걸어온 길을 상세하게 설명했다. 그들은, 그냥 사는 게 너무 재미없고 더욱이 황사는 이제 이골이 난다고 했다. 그래서 그들은 오늘밤 국경을 넘어 자기들만의 나라를 만들러 떠나겠다고 입을 모아 말했다.

사람들은 밤새 술을 마시고 춤을 추고 커다란 소리로 웃었다. 입은 웃고 있으면서도 눈에서는 눈물을 흘렸다. 무척이나 부자유스러운 몸놀림으로 서로에게 키스를 하고 위로를 했다. 리나는 천막 안에 앉아 담요를 머리 꼭대기까지 뒤집어쓰고 그들이 놀고 있는 걸 쳐다봤다. 파란 하늘이 점차 멀리 달아나려는 듯 높아지면서 하늘 위에서부터 흰 별들이 떨어져내렸다. 리나는 하늘을, 흰 별을, 그리고 사람들을 차례로 올려다보고 또 내려다봤다. 정신이 오락가락 까무러지면서 졸음이 밀려왔다. 그러다 어느 한순간 눈을 떴을 때 사람들이 동그랗게 모여 서서 춤을 추고 있는 땅덩어리 주변으로 굵직하게 금이 가는 것이 보였다. 리나는 정신을 차리고 하늘을 한 번 올려다보고 다시 사람들을 봤다. 금이 간 부분이 쩍 하고 갈라지면서 그 사람들만 어딘가로 둥둥 떠내려가는 것만 같았다.

다음날 오후 리나는 짐칸에 가시철망을 잔뜩 실은 트럭을 얻어 타고 북쪽 국경지대에 내렸다. 국경은 건물도, 사람도, 냄새도 없고 사진 속에나 존재하는 공간처럼 낯설고 솜방망이처럼 부드러운 바람이 불어왔다. 황사도 없고 냉기도 전혀 없는 건조한 초원이 마냥 부드러웠다.

국경 앞에 성냥갑만한 초소가 있고 초소 앞에 작은 책상이 소품처럼 놓여 있었다. 기다란 해 그림자가 나타나 국경의 절반을 차분하게 감쌌다. 갑자기 가슴이 뛰고 호흡이 가빠졌다. 리나는 왼쪽 가슴 위를 한 손으로 지그시 누르며 그 자리에 주저앉았다. 그리고 운동화 끈을 단단히 묶고는 앞으로 걸어나갔다.

초소 앞에 이르렀을 때, 리나는 절반쯤 어두워진 초원에 대고 입을 벌린 채 커다란 숨을 내쉬었다. 총을 든 군인이 천천히 걸어나와 책상에 걸터앉더니 다리를 꼬았다. 그리고 가만히 서 있는 리나를 한참 동안 쳐다봤다. 햇볕에 그을린 군인의 얼굴은 발갛게 익어 이목구비를 식별할 수 없을 만큼 반들반들했다. 리나는 자기도 모르게 고개를 숙여 앞에 있는 군인에게 인사를 했다. 군인이 한 손을 들어, 오라고 손짓했다.

리나는 군인의 얼굴을 보자마자 성급하게 돈부터 꺼내놓았다. 군인은 책상 서랍을 열고 몹시 누렇게 색이 바랜 종이쪽지와 볼펜을 꺼냈다. 그리고 리나의 가짜 신분증 위에 상형문자 같은 글씨를 적어넣었다. 군인이 리나에게 물었다. "어느 나라 사람이죠?" 리나는 다시 열여섯 살의 미성년이 되어 발끝을 땅바닥에 문질러대며 서 있다. "몸은 왜 흔들어요? 몸은 흔들지 말고 어서 말해봐요." 군인이 다시 물었다. 예전처럼 반말을 한다거나 무릎을 꿇게 한다거나 노래를 시키지도 않았다.

'난 이 국경의 동쪽 아래에 있는 작은 나라에서 태어났어요. 내가 태어난 나라와 같은 말을 쓰지만 때깔이 전혀 다르고 풍요로운 곳이라고 알려진 P국으로 가려고 했죠. 국경을 넘어서 이 나라에 들어왔어요. 처음엔 이 나라의 서쪽으로, 다시 동남쪽으로 그리고 다시 출발한 동북쪽으로 갔어요. 도대체 난 얼마나 걸었을까요? 내가 몇살처럼 보여요? 공단이 무너졌어요. 무너졌는데도 사람들은 거기에 집을 짓고 벽을 올리고 줄 끊어진 전화기를 갖다놓았어요. 그곳에서 죽을 때까지 살려고 했죠. 이 국경 너머에 있다는 북쪽 나라로 가보고 싶어요.'

하지만 리나는 입술만 달싹거릴 뿐 생각한 말들을 채 쏟아놓지 못했다. 시간이 갔고 군인이 책상 서랍에서 지도를 꺼내 펼쳐놓았다. 리나는 접힌 부분이 너덜너덜해진 지도 위에 그동안 움직인 길들을 손가락으로 그리기만 했다. 군인이 리나가 그리는 길을 눈으로 따라갔다. 넓은 대륙 위에 둥글고 완만한 원이 하나 그려졌다. "멀리도 돌아왔군." 군인은 그렇게 말하고는 가짜 신분증 위에 도장을 쾅 찍었다. 그리고 리나가 내놓은 돈을 다시 리나 앞에 놓았다. 리나는 순간 울 듯 말 듯 애매한 표정을 지었다.

"배가 고픈가요?" 한참 동안 돈만 만지작거리고 있던 리나에게 군인이 물었다. "목이 마르죠?" 군인이 초소로 들어가 커다란 병과 컵을 가지고 나왔다. 그리고 병에 있는 것을 따라준 뒤 다시 초소로 들어가 작은 나무의자를 가지고 나왔다. 군인이 말했다. "마셔요. 조금 있으면 탈출자들이 몰려들어 한가할 틈이 없어요. 혼자 가는 길은 위험하니까 사람들이 오면 그때 같이 가요. 뭐든 타이밍이 좋아야 해요. 지금이 바로 술 마시기 좋은 타이밍이지. 여긴 지금이 제일 좋아요. 나한테는 좋은 직장이죠, 조용하고 따뜻하고."

술을 마신 후 몸을 앞뒤로 흔들자 나무의자가 살살 흔들렸다. 얼굴에 와 닿는 바람이 서늘했다. 배가 고픈 리나는 단숨에 잔을 비웠다. 손끝 발끝에서부터 피곤이 몰려왔다. 저 먼 초원 위로 길어진 해 그림자가 보였다. 그 너머의 국경은 터지지 않은 둑처럼 긴 띠를 이루어 몰려올 듯한 기세였다. 리나는 눈을 비비고 다시 국경을 보았다. 국경은 그냥 지평선에 지나지 않았다.

리나는 운동화 끈을 풀고 신발을 벗은 채 초원 한가운데로 걸어나갔다. 걸어가면서 옷을 벗었다. 주홍색 보안경을 쓴 나체의 리나를 쳐다보는 건 국경 위를 나는 새들뿐이었다. 리나가 초원 한가운데로 걸어나가자 새가 몸을 낮춰 계속 따라왔다.

풀들이 무성한 초원 위에 누웠다. 마른 풀의 까끌까끌함, 붉고 축축한 흙기운이 등으로 머리칼로 엉덩이로 전해졌다. 다행히 무성한 풀들이 몸을 찌르지는 않았다. 검고 큰 새 한 마리가 리나 옆에 앉아 리나를 보호하겠다는 듯 초원을 두리번거렸다. 리나가 옆에 앉은 새에게 다정하게 물었다. "늘 나는 걱정했어. 이렇게 알몸인 채로 국경에서 죽으면 어쩌나? 이름도 없고 국적도 없는 채로 국경에서 죽으면 이 몸뚱이를 누가 처리하나?" 새는 고개를 까닥거렸지만 그냥 저 혼자 하는 짓일 뿐 리나와는 상관없었다.

너무나 조용해서 동그란 달의 흰 막이 보였다. 하늘이 점점 더 멀어졌고 몸은 점점 더 깊은 땅속으로 빠져들어가는 것 같았다. 리나는 풀숲에 숨어 여전히 눈물을 흘렸지만 머릿속에서는 커다란 덩어리가 빠져나가는 듯 시원한 기분에 사로잡혀 입을 커다랗게 벌리고 웃었다.

밤이 되었다. 피곤에 지친 초췌한 얼굴의 탈출자들이 눈빛을 반짝이며 국경으로 몰려들었다. 국경초소에 음식을 실어나르는 트럭이 도착했다. 교대 근무를 온 군인들이 야간 근무를 위해 옷을 바꿔 입고는 농담들을 건네며 소박하게 웃었다.

이름을 알 수 없는 맹수들이 다이아몬드처럼 눈빛을 반짝이며 국경 주위를 떠돌았다. 군인들은 가끔씩 맹수들을 향해 총을 쏘았다. 총소리는 맹수들의 머리가 아닌 탈출자들의 마음에 박히고 국경은 점점 더 어두워졌다. 모두들 도장을 받느라 어수선했다. 군인의 머리통 너머로 사람들을 훔쳐봤다. 모두들 사연이 많았다. 그러나 아무리 얘기를 들어봐도 리나처럼 이 나라의 전역을 빙 돌아온 지독하게 운 없는 사람은 더이상 없는 것 같았다.

리나는 운동화 끈을 단단히 맸다. 사람들은 긴장하지도 않고 두려워하지도 않았다. 그저 조용히, 일어나 가라고 할 때까지 기다렸다. 군인이 나와 신호를 보냈다. 뒤에 선 초소 불빛이 보이지 않을 때까지 모두들 부지런히 걸어야 했다. "또 허벅지만 굵어지겠군. 내가 가진 건 튼튼한 다리뿐이지." 리나는 중얼거렸고 드디어 저 멀리 어둠을 지나 파도처럼 몰려오고 있는 듯한 드넓은 국경이 보였다. 다시 국경에 서자 오히려 모든 것이 분명해졌다.

리나는 한참을 가다가 뒤를 돌아보았다. 평원 위에 일렬로 서서 국경을 향해 걸어오고 있는 스물두 명의 탈출자들이 보였다. 세 가족과 봉제공장 노동자들 모두 무사히 살아 있었다. 숲에서 죽은 꼬맹이도 살아 있었고 봉제공장 언니도 화학공장에서 죽은 할아버지도 아직 모두 살아 있었다. 게다가 봉제공장 언니의 꼬맹이와 남편인 아랍 남자까지 끼여 있어서 대열은 더 길어졌다. 리나는 그들을 향해 손을 흔들어 보였다.

잠시 후 리나는 다시 뒤를 돌아봤다. 스물두 명의 탈출자들은 더이상 보이지 않았다. 리나는 또다시 저만치 앞 허공에 푸른 둑처럼 펼쳐져 있는 국경을 향해 달리기 시작했다. ■

해설

—

포스트모던 서사시

소영현(문학평론가)

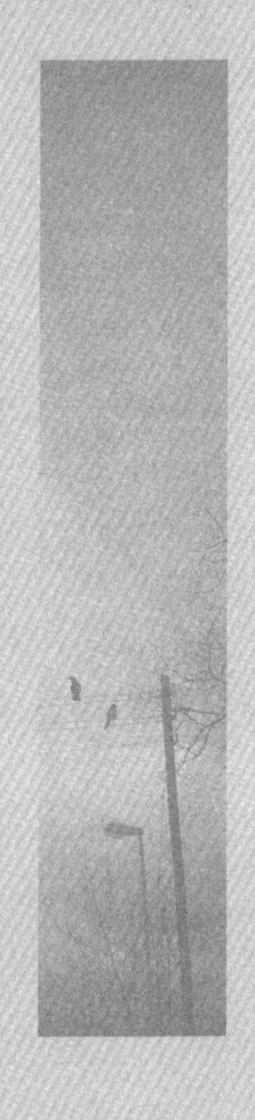

문단 열고 그날은 첫날이었다 마침표 그녀는 먼 곳으로부터 왔다 마침표 오늘 저녁식사 때 쉼표 가족들은 물을 것이다 쉼표 따옴표 열고 첫날이 어땠지 물음표 따옴표 닫을 것 적어도 가능한 한 최소의 말을 하기 위해 쉼표 대답은 이럴 것이다 따옴표 열고 한 가지밖에 없어요 마침표 어떤 사람이 있어요 마침표 멀리서 온 마침표 따옴표 닫고

—차학경, 『딕테DICTEE』

1. '국경'과 '국경' 사이, 네버엔딩 에피소드

눈을 떴을 때 나는 어떤 인신매매업자 앞에 누워 있었어요. 그가 나에게 말했죠. 너는 어쩌다 여기까지 왔니. 나한테 그걸 말해줄 수 있겠니. 그래야 널 풀어줄 텐데. 그는 옛날얘기를 좋아한다고 했어요. 그래서 나는 매일 밤마다 그에게 얘기를 들려줬어요. 국경을 넘은 얘기, 신발이 터진 얘기. 그는 재미있어했어요. 저는 부탁했죠, 그 남자를 만나게 해달라고. 아직 첫날밤도 치르지 못했다구요. 그랬더니 그가 말했어요. 네가 재밌는 얘기를 많이 해주면 만나게 해주지. 그래서 나는 매일매일 거짓말을 했어요. 첫

날밤을 치르기 위해서.(115쪽)

마약과 관광의 도시에서 천막의 여가수가 되었던 '리나'가 고백한다. 매일 '이야기'를 해야만 자유로워질 수 있었고, 매일 '거짓말'을 해야만 자신이 사랑한, 아니 자신을 팔아넘긴 그 사람과 만날 수 있었다고 말이다. 인신매매업자 앞에서 셰에라자드가 된 '리나'는 매일 밤마다 옛날얘기를 계속한다/해야 한다. 어디까지나 '이야기'이고 '거짓말'이므로, 그녀의 탈출 여정은 깔끔한 마무리를 위해 변형되거나 왜곡되기도 한다. 이 옛날얘기들의 구체적 내용이 바로 '국경'을 향해 계속되는 '리나'의 여정이다. 그렇다면 '국경'을 넘기 위해 '리나'의 얘기가 진행되어야 하는가 아니면 '리나'의 모험담이 계속되기 위해 '국경'이 요청되어야 하는가. 『리나』 전체의 서사적 개성은, '변형되고 왜곡되는 이야기 혹은 거짓말'이라는 표현으로 압축될 수 있다.

그래도 리나는 의심하지 않았다. 저만치 앞 허공에 푸른 둑처럼 펼쳐져 있는 국경은 어느 순간 활짝 열릴 거라고 믿었다. 그 푸른 둑이 이쪽을 향해 파도처럼 몰려와 하늘이 열리듯 저절로 열릴 거라고 믿었다. 그리고 보이지 않는 손이 나타나 탈출자들을 고스란히 빨아들인 후 안전한 투망 안에 넣어, 마술처럼 국경 너머로 데리고 갈 거라고 믿었다.(11쪽)

잠시 후 리나는 다시 뒤를 돌아봤다. 스물두 명의 탈출자들은 더이상 보이지 않았다. 리나는 또다시 저만치 앞 허공에 푸른 둑처럼 펼쳐져 있는 국경을 향해 달리기 시작했다.(356~357쪽)

강영숙의 첫 장편소설 『리나』는 "저만치 앞 허공에 푸른 둑처럼 펼쳐져 있는 국경" 앞에서 시작되고 끝난다. '국경' 앞에서 시작된 탈출 여정의 끝을 바로 '그 국경' 앞에서 맞이한다는 점에서 『리나』는 탈출 불가능한 실존적 암울함을 우회적으로 암시하는 매우 참담하고 슬픈 소설이다. 그러나 흥미롭게도 『리나』 자체는 슬픔의 바닥으로 결코 하강하지 않는다. 터져나올 것 같은 삶의 비애를 억지로 가라앉히고 있는 것이 아니다. 멀고도 길었던 '국경'과 '국경' 사이에서 우리가 만나게 되는 것은 숨쉴 틈 없이 펼쳐지는 사건들과 예기치 않은 반전들 그리고 문득 등장했다가 어느새 사라지는 인간 군상이다. 절도와 소매치기, 매춘과 강간 심지어 살인과 시체유기, 인신매매에 이르는 이른바 비윤리적이고 무도덕적인 장면들이 연이어 계속되지만 그럼에도 『리나』는 잔혹하거나 무자비하지 않다.

『리나』를 채우는 무수한 에피소드들은 서로 무연(無緣)하다는 점에서 특징적이다. 『리나』를 공연 시간 내내 수만 가지의 에피소드들이 펼쳐지는 풀타임(full-time) 연극무대로 비유할 수 있다면, 이 무대에서는 하나의 에피소드가 다음 에피소드에 아무런 여운도 남기지 않는다. 『리나』는 작은 우연을 알리는 '바로 그때'와 '어느 순간', 이 전환의 첫 단어들로 시작되는 에피소드들로 이루어져 있으며, 피할 수 없는 재난처럼 벌어지는 사건의 다발이라는 점 빼고는 어떤 단일한 의미로도 환원되지 않는다.

그런데 '어느 순간'과 '바로 그때'들로 연결되는 네버엔딩 에피소드의 다발, 바로 여기에 작가만의 서사 운용방식, 그 첫번째 트릭이 숨겨져 있다. 작가는 서사의 수평적 진행과 수직적 전개를 뒤틀고 서로 이질적인 층위들을 접목한다. 『리나』 전체를 관통하는 서사적 힘은 '국경 탈출'이라는 라이트모티프이지만 『리나』는 '국경 탈출기'라는 말이 반사적으로 연상시키는 뉘앙스, 장면, 정조와는 별다른 관계가 없다. 우리가 충분히 예상할 수 있는 에피소드들, '생존'을 위해 행해지는 매춘, 살인, 강간 등의 에피소드들이 예측 불허의 방식으로 잇대어지고, 지구상의 수많은 '가난한' 나라들의 특별한 풍경과 낯익은 풍습 들이 무차별적으로 뒤섞인다.

『리나』의 소설세계는 도시/농촌, 문명/원시, 중심/주변, 인공/자연의 짝패에서 뒤쪽에 해당하는 리얼한 세목들이 차곡차곡 쌓이면서 구축된다. 동시에 그 세계는 리얼한 세목들의 이질적 이미지들이 겹치는 과정에서 구체화된다. 『리나』의 내적 탈출 경로에 따르면 '리나' 일행은 'P국'으로의 탈출을 위해 인접 제3국의 제3국들을 통과한다. 그러면서도 '리나'의 탈출 경로는 소설 내적으로 완결되지 않는다. 동일한 언어를 사용하면서 이념이 다른 인접국으로 탈출하려는 사람들이 사는 곳, 검은 소가 집 주위를 배회하고 광활한 논과 밭이 펼쳐진 농촌, 거대한 자전거의 행렬로 요약되는 도시, 불면 날아갈 것 같은 쌀밥과 씁쓸한 차를 마시는 동네, 공장지대가 펼쳐져 있는 경제자유구역, 외국인에게 얻어맞고 죽은 창녀와 그 주변인들의 풍경 등 소설세계를 채우는 구체적 세목들에서 독자인 우리는 꽤 많은 소설 바깥의 실제 풍경을 떠올리지 않을 수 없다.

추상적으로 재구성될 수 있는 탈출 경로와 탈출국, 경유국 들에 대한 실제적 서술이 불러온 이미지가 뒤엉키면서, 『리나』에서는 소설적 현실의 윤곽이 점차 모호해지고 흐릿해진다. 『리나』의 소설세계가 구축되는 과정은 '~과 ~'이라는 구분, 즉 그 빗금 '/'의 명석판명함에 대한 독자의 의심이 증폭되는 시간과 맞물린다. 변형과 왜곡의 방식 즉 진부함과 참신함의 '사이'를 관통하는 이런 독특한 방식으로 작가는 낯설고도 낯익은 장면들, 낯선 것도 낯익은 것도 아닌 특이한 영역을 만들어낸다. 이에 따라 『리나』는 인물들이 겪는 사건의 끔찍함에도 불구하고 경쾌한 유랑 혹은 모험담에 가깝게 되고, 국경 탈출기이자 국경 탈출기가 아닌 특별한 서사 혹은 에피소드의 다발이 된다. 『리나』는 '리나-세에라자드'의 끝나지 않는 이야기 혹은 거짓말의 다발이기 때문이다.

2. 포스트모던 서사시, 발산하는 과잉의 서사

강영숙의 눈으로 보자면, 삶이란 진부한 세목들로 이루어진 하찮은 것에 불과하다. 그래도 삶에 흥미로운 부분이 남아 있다면 아마도 그건 예측을 벗어나는 아주 작은 우연들 때문일 것이다. 『리나』가 진부하고도 사소한 에피소드들을 통해 한 편의 소설이 되는 것은 그러니까 당연하다. 바로 그렇기 때문에 네버엔딩 에피소드의 다발인 『리나』에서 탈출기 혹은 모험담의 구체적인 내용, 즉 '어떤 모험이 있었는가'는 별로 중요하지 않기도 하다. 『리나』는 우리가 상식적으로 기대하는 픽션의 세계, 그 '거대한 아마도'의 세계에서는 불필요한 세목들, 서사의 잉여들로 가득 채워진 소설이다.

때때로 강영숙의 소설이 의미 포착이 쉽지 않은 난해함으로 다가오는 것은 불필요한 것으로 보이는 이 세목들 때문이기도 한데, 작가만의 소설 운용방식인, 그 두번째 트릭을 발견할 수 있는 곳은 의외의 이 지점이다. 작가 강영숙은 언젠가 "총체적인 삶과 대면하고 있는 인간을 그리고 싶었고, 뜨겁고 격렬한 서사를 가라앉히는 쿨한 문장을 갖고 싶었"('작가의 말', 『날마다 축제』, 창비, 2004)다고 말한 바 있는데, 여기서 우리는 리얼한 현실을 잡아채는 강영숙 특유의 방식과 만나게 된다. 구체적으로 강영숙은 리얼한 현실에 최대한 밀착하고 틈 없이 다가가는 방식으로 오히려 익숙한 현실을 다른 각도에서 바라보게 한다.

낯익은 세목들을 이어 붙여 실제 현실을 낯선 모습으로 불러들이는 이런 방식은 소설의 플롯에 대한 우리의 감각을 혼돈스럽게 한다. 그리하여 전적으로 새로운 경험이 불가능하고 총체적인 삶과의 대면은 더더욱 불가능한 포스트모던 시대에 기이하게도 우리는 서사 충동이 복원되는 장면과 만나게 된다.

오래되었으며 낡기도 한 서사 충동을 만나는 경험 자체가 귀한 것이기도 하거니와, 이때 주목해야 할 점은 시대와 불화하는 서사 충동이 결국 잡아챈 현실 자체이다. 리얼한 세목들의 아이러니를 통해 확인할 수 있듯이 『리나』가 보여주는 집요한 서사 충동은 오히려 현실의 모든 국면을 불투명하고 모호한 것으로 뒤바꿔버린다. 일관된 탈출 서사를 뽑아내고자 하면 할수록 『리나』가 우리에게 알려주는 것은 어떤 고정된 영원불변한 것도 없다는 매우 단출한 사실 하나이다. 국경의 경우도 예외는 아니다. 소설 『리나』가 국경에서 시작되고 끝난다 해도 『리나』의 국경은 의미화되지 않으면서 미끄러지는 하나의 기호일 뿐이다. 평생 지속될 비루한 생을 단번에 바꿔버릴지도 모르는 것이 국경 혹은 국경 너머의 삶(/삶에 대한 희망)이기도 하지만, 막상 국경은 "그저 퇴로가 없이 사방이 막힌, 비탈지고 조용한 산길의 일부일 뿐"(13쪽)이다. 비록 매매춘의 형식이라도 '삐'와 사랑을 나누면서 환각처럼 펼쳐지는 환희의 순간이 국경이기도 하지만, 소설의 말미에서 확인할 수 있는바 국경은 여전히 저 너머에 펼쳐진 푸른 희망이고, 또 끝없는 우회로를 통해서도 넘을 수 없는 인생의 신기루 같은 환멸이기도 하다.

봉제공장 언니가 엉덩이를 내리고 소변을 보고 있었다. 먹지 못한 두 사람의 엉덩이는 볼품없기로는 서로 뒤지지 않을 정도였지만 창피함 따위는 없었다. 리나가 먼저 여자의 엉덩이를 꼬집었다. 여자도 리나의 엉덩이를 꼬집었고 둘은 킥킥거렸다. 소변을 다 보고 엉덩이를 터느라 위아래로 몸을 흔드는 순간, 리나는 질구에 풀잎이 살짝 스치는 느낌이 들어 어깨를 떨었다. 얼굴 위로 가는 빗줄기가 떨어질 때의 간질거림 같았고 순간적으로 온몸이 떨렸다.(22쪽)

국경에 대한 어떤 규정도 불가능하다는 것, 아니 매번 규정은 바뀔 수밖에 없다는 것, 이것이 국경에 대한 유일하게 가능한 정의라고 한다면, 이런 방식으로 『리나』는 결국, 작가의 의도와는 무관하게, 분석에 적대적이고 의미화에 저항하는 포스트모던 현실을 적확하게 잡아채게 된다. 인용문을 통해 확인할 수 있듯이 『리나』는 인솔자도 없이, 말도 통하지 않는 운전사가 인도하는, 어딘지 알 수 없는 곳을 향해 가는 불안한 탈출길, 그 와중에도 감춰지지 않는 소녀다운 장난기나 이질적인 몸의 감각을 포착한다. 물론 이런 대목들은 도망자들이 처한 급박한 상황과 매끄럽게 상응하지 않는, 어쩌면 탈출 서사에서는 불필요한 세목들이 아닐 수 없다. 그럼에도 분명한 것은 『리나』에서는 불안한 탈출기와 소녀다운 장난기 사이의 중요도가 미리 결정되어 있지 않으며 무엇보다 끝까지 가치 평가에 열린 형태로 남아 있다는 점이다. 이는 의미와 무의미라는 인식론적 테두리를 벗어나서 의미 자체를 흩어버리는 데리다(Jacque Derrida)적인 의미에서의 텍스트 현실의 포착이라 할 만한 사건이다. 여기에는 안과 밖의 우열적 가치를 무화시키는 포스트모던적 해체의 의미까지 내장되어 있다(Dissemination).

'국경'과 '국경' 사이에는 아무것도 없거나 혹은 세계 자체가 있으며, 탈출 서사와 그 곁가지에는 어떤 서열적 우열이 매겨지지 않는다. 『리나』는 서로 이질적인 가치들이 교차되는 지점 혹은 그 연쇄들일 뿐이다. 그러니 일관된 서사를 중심으로 『리나』를 '분석'하려 할 때 종국에 우리는 그 모험담을 되풀이하는 것에 그치게 된다. 종결되는 의미와 뚜렷한 플롯을 거부하는 『리나』는 '다른' 방식의 독서를 요청하는 이른바 '발산하는' 과잉의 서사이기 때문이다. 『리나』를 통해 강영숙이 우리에게 말하는 바, 모든 것은 의미화되지 않으면서 그저 흘러갈 뿐이다. 이 사실 외에 현실에서 남는 것은 아무것도 없다. 소설 내부는 실제 현실과 별다르지 않으며, 그렇기 때문에 그녀의 소설에서는 소설의 내부와 외부가 뒤엉키듯 모든 것이 뒤섞일 수 있다. 포스트모던 시대의 총체적 현실의 실체가 바로 이것이다.

3. 텅 빈 리나, 밀려나고 방황하는

『리나』는 분명 '리나'에 대한, '리나'를 위한 소설이다. 그러나 『리나』는 '리나'라는 특정 캐릭터와는 전혀 관계없는 소설이기도 하다. '국경'이 의미화를 거부하는 기호인 것처럼 '리나' 또한 불투명한 모호함의 정수를 가리키는 기호에 다름아니다. 『리나』가 '리나'의 성장 서사로 요약되고, 국경 앞에 선 '리나'가 디아스포라적 문제 제기의 시발점이 되려면, '리나'의 모험담은 그녀의 '정체성'에 대한 물음으로 집약되어야 한다. '이미 떠난/아직 정주하지 못한' 불확실하고 모호한 시공간이, 근거를 상실한 존재 기반이자 혼돈으로 가득 찬 정체성에 대한 질문으로 '리나' 자신에게 되돌아갈 때, 무수히 많은 곁가지의 에피소드들은 '리나'를 중심으로 일목요연한 네트워크를 형성할 수 있게 된다. 그러나 『리나』의 도입부에서 제시된 '리나'의 프로필, "키가 작고 갸름한 얼굴에, 이마에 노란 여드름이 난 여자애"(9쪽)라거나 "열여섯 살이었고 탄광지역 노동자인 부모 밑에서 큰딸로 태어났다"(9쪽)는 서술은 "회색 빨래가 걸려 있는 탄광촌의 비좁은 집에서 평생 사는 것과 창녀가 되더라도 외국물은 먹어보고 사는 것 중에서 어떤 것이 더 나쁜지 판단하기가 어려"(10쪽)운, 국경 너머를 꿈꾸는 가난하고 비루한 약한 자들(/소녀들)의 삶의 한 사례일 뿐, '리나'라는 인물에 대한 아무런 설명도 아니다.

『리나』에 관한 한, 소설 내부에서는 '리나'의 정체성에 대한 어떤 고민도 발견할 수 없다. 물론 이는 일관되거나 고정되지 않는 '국경'의 불확정성, 그리고 『리나』를 채우는 무수한 에피소드들의 무연함 때문이다. 그러나 보다 근본적인 층위에서 이는 '리나'가 스스로 밀려나고 분리된, 방황하는 존재라는 점과 연관된다. '나'의 자아 정체성을 봉합하는 과정에서 토해낼 수밖에 없었던 것, 맹렬한 구토와 오열의 이름인 아브젝시옹(Abjection)을 통해 크리스테바(Julia Kristeva)가 언급한 바 있듯이, 던져진 자, 배제된 자를 불안하게 하는 공간이란 나뉘고 접힌 재앙으로 가득 찬 장소가 아니라 단일하거나 통합된 혹은 동질성을 지닌 장소이다. 그렇기 때문에 아브젝트에 점령당한 존재는 스스로를 인식하고 욕망하거나 어딘가에 속한다기보다는 밀려나고 분리된 방황하는 존재에 더 가깝다.[1)]

리나, 그녀는 텅 빈 기호이며, 무엇보다 에피소드를 통해서는 결코 성숙하지 않는 인물이다. 끝없는 모험에도 불구하고 그녀는 어떤 경험도 축적하지 않는다. 『리나』에서 앞선 사건의 경험적 추출물이 뒤이은 사건에 대한 해결책으로 활용되는 예는 거의 없다. '리나'는 탈출하고 내쫓기며 팔리고 되-팔리는 과정에서 다국적이고 무국적인 자본의 속성을 문자 그대로 '몸소' 체험하지만, 이 과정에서도 그녀는 이 모든 에피소드를 그저 관통하면서 조금씩 천천히 무뎌져갈 뿐이다. '리나'는 '나는 누구인

1) 줄리아 크리스테바, 『공포의 권력』, 서민원 옮김, 동문선, 2001, 23~30쪽 참조.

가'가 아니라 '나는 어디에 있는가'를 물을 수밖에 없는, 밀려나서 방황하는 존재이기 때문이다. 단적으로 그녀는 부모에게조차 국경을 넘다가 총살을 당하거나 오지로 끌려가도 아깝지 않을 그런 자식이다. 아니, 적어도 '리나' 자신의 감각에 의하면 그러하다.

그렇다면 왜 '리나'인가. 정확하게 말하자면 밀려나서 방황하는 존재는 왜 '소녀'여야 하는가. 『리나』는 왜 비쩍 마르고 왜소한 '소녀'를 중심으로 에피소드가 전개되어야 하는가. '소녀'는 왜 '국경'을 향한 여행/모험을 계속해야 하는가.

> 나는 이쪽에도 저쪽에도 속하고 싶지 않았고 남자도 여자도 아닌 일종의 중간자가 되고 싶었다.[2]

자전소설인 「자이언트의 시대」에서 보다 직접적으로 표현한 바 있거니와 강영숙의 소설은 지금껏 성 정체성을 둘러싼 고정된 관념을 부정하고 그 이분법을 가로지르려는 경향을 보여주었다. 작가 강영숙이 『리나』의 중심인물로 '소녀'를 선택한 근저에는 이 '가로지르기'의 충동이 깔려 있음에 분명하다.[3] 강영숙의 소설세계가 초기부터 보여주었던 자매애나 여성적 동지애에 대

2) 강영숙, 「자이언트의 시대」, 『빨강 속의 검정에 대하여』, 문학동네, 2009, 246쪽.

3) 이런 점에서 '리나'는 들뢰즈적 의미에서의 소녀, 즉 질서들, 행위들, 연령들, 성들 사이에서 미끄러지며, '사이'에 존재하거나 사이를 지나가는 간주곡인 생성의 블

한 관심도 이와 무관하지 않은데, 여기서 우리는 강영숙만의 소설 운용방식, 그 마지막 트릭을 발견하게 된다. 적어도 '리나'를 '탈출/이동'하게 하는 추동력은 세 겹 이상의 층위로 이루어져 있으며, 이 중첩된 추동력에 의해 『리나』는 선/악, 시/비의 양분 구도에 기댈 수 없는 극단의 지점까지 독자를 밀어붙일 수 있게 된다.

표면적으로 『리나』에서 밀려나서 방황하거나 '탈출하고/이동하는' 존재는 '리나'이며 소설의 시공간은 철저하게 '리나' 일행을 중심으로 움직인다. 그러나 '리나' 일행의 행보를 가능하게 하는 심층, 즉 이들을 움직이게 하는 근본적인 지층에는 역설적이게도 돈 혹은 돈으로 상징되는 교환의 논리가 자리하고 있다. "자기 나라를 떠나 제3국을 향해 가는 탈출자들을 대하는 첫번째 공식"(112쪽), 그것은 돈이며, 특히 돈의 논리는 물화 현상을 압축적으로 보여주는 인신매매 같은 장면에서 그 선정성을 극단적으로 드러낸다. 레비스트로스(Lévi-Strauss)가 지적했듯이 근친상간의 금기에 따른 '여성의 교환'은 여성이 상품화되고 '사물화된' 최초의 교역 형태이며 여성을 물건으로 치환했던 최초의 교환 논리이다. 그러니 탈출을 돕는 인솔자나 탈출을 막는 군인/경찰, '프로듀서 김'과 '선교사 장'이 서로 공모할 수밖에 없는 것은 그들의 사적인 이기심이나 무자비함 때문이 아니라

록을 연상시킨다. 질 들뢰즈·펠릭스 가타리, 『천 개의 고원』, 김재인 옮김, 새물결, 2001, 524~526쪽.

그들이 화폐를 통해 모든 것을 계량화하고 교환 가능한 것으로 만드는 자본의 논리에 의해 움직이는 존재들이기 때문이다.

물론 이것이 '리나' 일행의 '탈출/이동'을 둘러싼 가장 바깥의 논리는 아니다. 사실 교환 가능성과 계측 가능성으로서의 자본의 논리란 이미 근대 초기의 소설에서도 심도 깊게 고찰된 바 있다는 점에서 새삼 새로운 발상이 아니다. 그런데 『리나』에서 작가는 이 자본의 논리에 '세상 사는 이치'라는 이름의 인류 보편적인 운명의 논리를 덧붙인다.

> "아무리 멍청한 바보도 살아 있는 동안 세 번은 자기 인생을 걸고 도전이라는 걸 하게 된단다. 그 세 번의 도전이 끝날 무렵이면 수명이 다해 죽는 거지."(12쪽)

그리고 '리나'의 먼 친척 할머니가 했던 말, 이 진부한 인용문은 '돈'으로 모든 것이 교환될 수 있는 세계를 '다른' 층위에서 뒤흔들게 된다. 홑겹의 단선 논리들이 각기 다른 층위에서 『리나』를 떠받치면서, 현실을 지탱하는 힘은 무수히 많은 층위로 분산되고 동시에 통합될 수 없는 무의미로 발산한다. 그러니까 '리나'의 캐릭터는 각각의 층위에 완전히 속하지 않지만 여러 겹의 복합 논리 속에서도 온전히 포착되지 않는다. '리나'는 탈출 여정 동안 어디서도 소속감을 보이지 않았다. 그렇기 때문에 엄밀한 의미에서 『리나』에는 목숨을 건 탈출 같은 것은 없었다고도 말할 수 있다. 헤어졌던 가족과 함께 'P국'으로 갈 수 있는 기회를 스스로 저버렸다는 점에서 그녀의 탈출은 자기 의지의 실현임에 분명하지만, 동시에 그녀는 (남자들의) 배신과 속임수에 의해 '팔리는 존재'로서 여정을 이어가며 심지어 자발적으로 팔리는 존재가 되기도 한다. 이 모든 여정을 관통하는 유일한 근간이 있다면 그것은 자신이 맞이한 어떤 상황에 대해서도 그녀가 모든 것을 있는 그대로 받아들일 자세를 갖추고 있다는 점이다.

이러한 방식으로 『리나』는 '리나'를 구성하는 낱낱의 인자로서의 현재와 이 현재의 불안정함과 그 덧없는 본성을 드러내주게 된다.[4] 그리하여 포스트모던 서사 충동의 한 결과물인 『리나』에서 우리가 발견하는 것은 소녀 주인공 '리나'만이 아니라 '리나'의 모험담이 환기하는 세계 혹은 요약되지 않는 오늘날의 우리의 현실 자체가 된다. 반복해서 강조하는바, '리나' 때문에 『리나』가 존재하는 것이 아니라 수많은 에피소드와 곁가지들 때문에 『리나』는 『리나』일 수 있다. 물론 '리나'의 경우도 마찬가지다. 그렇다면 소녀 '리나'가 '아버지-어머니'의 이름이 상징하는 가부장의 세계를 부정하고 더 앞선 세대인 할머니와 연대하면서 여성-되기의 단계별 논리를 가로지르고, 여성-되기의 전단계도 성의 비밀을 알지 못하는 순진무구한 존재도 아닌 교란

4) 프랑코 모레티, 『세상의 이치』, 성은애 옮김, 문학동네, 2005, 269~270쪽.

하는 자의 이름으로 '국경' 혹은 금지의 논리를 가로지르며 나아간다고 한들 무엇이 문제이겠는가.

4. 몸의 소설, 무너지는 경계선

『리나』는 몸의 소설이다. 보다 엄밀하게 말하자면 몸에 관한 이야기가 아니라 몸을 통한 이야기이다. 『리나』에서 시간의 흐름 혹은 탈출의 여정은 계절의 순환이나 피부가 겪는 날씨 변화 같은 몸의 감각, "엉덩이가 남의 살처럼 둔해"(34쪽)지는 체감의 형태로 감지된다. 길고 먼 탈출 과정보다 오래도록 생생하게 남는 기억은 몸에 새겨진 "소금밭의 통증"(74쪽)이며, 네버엔딩 탈출 여정의 흔적은 '돌덩이처럼 단단해진 허벅지'(84쪽)로 남는다.

> 삐는 그동안 말로는 통하지 않았던, 하고 싶었던 얘기들을 입술로, 손가락으로, 발가락으로 리나의 몸 위에 그려넣었다. 리나는 삐의 출생에서부터 화공약품공장에 가기까지의 얘기들을 몸으로 들었고 이해했다. 그러자 머릿속이 환해지면서 비좁은 방안의 벽들이 다 무너지고 저 먼 하늘로부터 둑처럼 펼쳐진 푸른 국경선이 다가왔다. 푸른 둑이 리나를 향해 파도처럼 몰려오는 순간, 리나의 골반은 한껏 넓어졌고 삐의 입에서 생전 들어본 적 없는 이상한 목소리가 쏟아져나왔다.(143쪽)

공단으로 돌아오는 길에 네 명의 여자애들은 자동차 뒷좌석에 겹쳐 앉아 모두 다 입을 다문 채 어두운 창밖을 내다봤다. 네 명의 여자애들은 서로에게서 나는 몸냄새를 맡았고 몸 깊숙한 곳에서 흐르는 흐느끼는 듯한 자신의 숨소리를 들었다. 비록 오래 산 인생들은 아니지만 한밤중에, 그것도 낯설고 이상한 나라의 도로 위에서, 생전 처음 보는 사람들 틈에 끼여 비좁은 자동차 뒷좌석에 앉아 있다는 사실이 슬픔이 되어 밀려왔다. '나는 팔려간다네, 팔려간다네.' 소리는 들리지 않았지만 다들 속으로 합창을 하고 있었다. 솟구쳐오르는 짧은 인생의 기억들을 감당하기 어려워 어느 누구도 말은 안 했지만 가슴이 터질 듯 답답했다. "제발 좀 내려줘. 답답해서 미치겠어." 순간 미쌰가 제일 먼저 소리를 질렀다.(250~251쪽)

말이 통하지 않는 외국인 소녀의 사연을 '몸'을 통해 들을 수 있으며, 국경 탈출이 불러오는 암담함과 가스 누출사고의 처참함, 팔려다니는 신세의 신산함, 그 고통의 심각성도 극렬한 '허기'와 몸냄새, 흐느끼는 숨소리를 통해 수렴과 발산을 반복하게 된다. "이젠 나도 배가 부른 거지!"(249쪽)라는 말로 '리나'가 스스로를 담금질하는 것, '클럽 퍼즐'을 여자들 천국으로 만든 후 엄청난 돈을 벌면서도 다 채워지지 않았던 '리나'의 결핍감이 '왠지 자꾸 배가 고픈 허기와 빈속이 되면 참을 수 없는 쓰라림의 감각'으로 포착되는 것도 이와 무관하지 않다.

요컨대 『리나』에서는 인물들의 내면, 감정 변화, 타인과의 관계맺음 방식 전부가 몸의 감각을 통해 드러나고 전달된다. 현실을 경험하는 방식뿐만 아니라 인간에 대한 이해의 출발점이 '몸'인 것이다. 사회적인 혹은 인위적인 관계들 이면의 '몸'의 표현들에 주목한다는 점에서, 탈출자를 색출하는 군인들이 탈출자들을 향해 총구를 겨눈다 해도, 그들은 그리 위협적인 존재일 수 없으며 서로 적대적인 관계에 놓일 수도 없다. 그들 역시 "배가 고파 죽겠다는 얼굴"(9쪽)을 숨길 수 없는 존재들이며, 무엇보다 리얼한 삶을 포착하기 위한 작가의 섬세한 시선이 이런 장면들을 날카롭게 포착해내고 있기 때문이다. 그렇지 않고서야 어떻게 '프로듀서 김'과 공모해서 '리나'를 속여 팔아넘긴 '선교사 장'조차 가끔은 '리나'에게 그리움의 대상이 될 수 있겠는가. 그들 역시 "배가 고파 보이긴 마찬가지"(111쪽)가 아니라면 말이다.

사실 『리나』에서 남성들은 이유를 불문하고 여성의 노동을 착취하고 그녀들을 성적으로 학대한다. 인신매매의 주범들은 대체로 젊은 남자들이며, 그렇기 때문인지 『리나』에는 자매애 혹은 여성 동성애/동지애적 취향이 적극적으로 드러나 있기도 하다. '리나'가 계획에도 없던 살인을 하게 된 에피소드(가령 '네모반듯한 남자'와 '클럽 퍼즐'의 주인들을 죽인 일 등)를 통해서도 알 수 있듯이 '정조 유린'의 차원에서 남성이 행하는 여성 훼손은 적어도 『리나』의 세계에서는 철저하게 응징되는 편이다. 여기에

서라면 분명 남성과 여성은 화해할 수 없는 적대적 전선을 형성하게 된다. 그러나 이 적대적 전선이 『리나』에서 끝까지 관철되지는 않는다. 성 정체성을 둘러싼 문제조차 남성/여성이라는 대립 구도로만 환원되지 않는 것이다. 몸의 감각으로 보자면 그 경계선은 언제든지 무너질 수 있는 유동적인 것일 뿐이다.

『리나』에서 몸의 감각을 통해 서로 감지되는 고통은 아이러니하게도 개별 인간들을 연결해주는 유일한 연결고리이기도 하다. 그들이 서로의 고통을 공유할 수는 없어도 고통의 '체감'을 공유할 수 있으며, 공유의 방식이 매우 개별적이고 이질적이며 따라서 일시적인 것에 불과하다고 해도, 강영숙에게 그리고 희망 없는 현실을 사는 그녀의 인물들에게는 몸이야말로 위로와 위안을 얻을 수 있는 유일한 통로이기 때문이다. 가령 '허기'와 체취 같은 몸의 감각은 가해자와 피해자 혹은 착취 '하는' 자와 '당하는' 자라는 적대적 이분법을 순식간에 무화시키고 우리의 상식적 인간 이해의 틀을 근간부터 뒤흔든다. 『리나』에서 몸의 감각을 공유하는 것은 남이나 적과의 구별조차 무화시킬 정도로 강력한 의미를 갖는 것이다.

5. '나쁜 창녀촌'은 아니지만 "분명 창녀촌"에서, "한판 난장"

그럼에도 불구하고 『리나』에 따르면 "네모반듯한 남자의 얼굴을 평생 보고, 평생 알아들을 수 없는 두 음절의 단어만 들으며 살다가, 축일에 아이를 낳고 자기가 낳은 아기를 자기 손으로 죽이는 게 삶"(67~68쪽)이다. 우리들이 살아가는 이 현실은 '시링'처럼 '나쁜 창녀촌'은 아니지만(/아니라고들 생각하지만) "분명 창녀촌"(138쪽)인 어쩔 수 없는 차악(次惡)의 지옥이다. 가족을 뒤로하고 함께 떠난 '삐'와 어떤 행복한 순간을 나눈다고 해도 '리나'가 시간의 흐름에 역행할 수 없다는 것, "어떻게 해도 예전의 흉터 없던 발"(77쪽)로는 다시 돌아갈 수 없다는 것, 이것이 또한 현실이다. 수많은 나라를 우회하면서 '리나'가 얻은 깨달음은 멀리 떠나봐도 출발지나 도착지나 다를 게 별로 없으며 결국 어디도 사람 살 데가 못 된다는 비극적 깨달음이며, 이는 희망 없는 현실 혹은 미래의 시간에 대한 작가의 가감 없이 냉정한 판단의 단면이다.

재난은 계속되며 최초의 희생자는 언제나 가장 약한 자들 예컨대 아이들, 소녀들, 여자들, 노동자들이다. "여러분, 여러분은 이제 자유의 몸이 되었어요. 얼른 도망가세요"(73쪽)라고 외쳐도 화학약품공장 노동자들이 움직이기는커녕 더 깊은 잠에 빠지고 마는 것은 어딜 가도 자신들은 피할 수 없는 재난의 희생자일 수밖에 없음을 그들이 더 잘 알고 있기 때문이다. 그들 모두는 아무리 비열한 장면을 만난다 해도 그저 꾹 참기만 해야 한다. "당신들한테 안전한 데가 어딘데?"(21쪽)라는 질문, 국경 탈출을 위한 인솔자가 '리나' 일행에게 던진 이 한마디는 사실 '리나'만이 아니라 약한 자들 모두에게 던져진 물음이기도 한데, 여기서 우리는 정주할 수도 희망을 거부할 수도 없는 냉정하고도 슬픈 현실과 출구 없는 현실을 사는 존재들을 들여다보고 또 마주하게 된다.

『리나』의 미덕은 차가운 현실에 대한 냉철한 인식을 펼쳐 보이면서도 현실에 대해 무조건 비관하거나 탈현실적으로 손쉽게 낙관하지 않는다는 데 있다. 오히려 작가의 관심은 이분법의 분할선과 이 선이 만들어낸 근본적인 금지들을 가로지르면서 매 순간 "한판 난장"(137쪽)을 벌이고, 눈에 보이지 않을 정도로 미묘하고 협소한 그 희망의 가능성을 힘겹게 엿보는 데 있는 듯하다. 그러니 '리나'에게 종종 'P국'으로 가기 위한 '우회'가 단지 우회가 아니라 오히려 목적인 것처럼 여겨지는 것은 정착하지 않는 유랑 속에서만 '날마다 축제'를 경험할 수 있다는 작가 특유의 희망제시법에 따른 것이라고 해야 한다.

지금껏 몸으로 경험되는 시공간이 강영숙의 소설에서 종종 '축제'로 포착되기도 했거니와 『리나』에서 '리나'와 탈출 여정을 함께했던—정확하게 말하자면 '리나'가 끝까지 함께하고자 했던—전직 가수 할머니의 공연은 다분히 축제 형식을 띤다.

> 흥이 난 사람들이 하나둘 일어나기 시작했다. 누군가는 향을 피워 가수 앞에 갖다놓았고 누군가는 집에서 가져온 두 줄짜리 악기를 불규칙적으로 연주했다. 또 누군가는 자리에서 일어나 팔을 위로 흔들며 객석을 돌았다. 객석의 반응에 따라 여가수의 목소리에 점점 더 힘이 생겼다. 여가수의 목소리는 들판을 떠도는 바람 소리처럼 불규칙했고 목구멍에서는 피라도 쏟아져나올 것 같았다. 소리의 파동이 커지면서 여가수의 얼굴을 뒤덮은 흰 화장이 땀으로 범벅이 되어 얼룩졌다. 천막 공연장 안의 분위기는 저절로 무르익었다. 머리를 짧게 깎은 남자가 앞으로 나와 여가수의 무릎을 끌어안고 울기 시작하자 다른 사람들도 억울한 일이 많다는 듯 덩달아 중얼거렸다. 여가수의 목소리가 한껏 커진 순간, 사람들은 방향도 없이 상체를 흔들거나 옆사람의 소매 끝을 붙들고 늘어졌다.(92~93쪽)

마치 진혼의 한판굿이자 종교적 카타르시스를 경험하게 하는 공연처럼 보이는 위의 장면에서 알 수 있듯이, 전직 가수 할머니와 '리나'의 공연은 (자신들과 타인의) 슬픔과 고통과 회한을 토해내는/토해내게 할 수 있는 일종의 정화 장소로 기능한다. 그래서 천막의 여가수의 자리를 '리나'가 떠맡을 때 그녀는 "중간 템포의 저음 일색"(92쪽)인 영혼을 달래고 새로운 세계를 감지하는 예지적 감각을 이어받게 되며, 할머니와 리나의 공연 혹은 리나가 경험하는 다양한 축제의 구체적 내용은 종종 프러포즈, 출산이나 장례, 진혼처럼 생과 사의 갈림길을 가로지르고 새로운 세계를 열어 보이는 것으로 채워지게 된다.

그렇다면 '리나'를 통해 작가 강영숙이 강조하고자 하는 것은 어쩌면 정착 없이 이어지는 유랑에서의 잠시 동안의 휴식, 즉 '현재'에 충실한 태도와 '순간'을 사는 것의 가치 자체일지도 모른다. 『리나』에서 반복적으로 강조되는 모티프 가운데 하나인 '신발'에 대한 감각을 빌려 말해보면 이렇다. 우리의 삶에서는 '순간'에 지나지 않을 몸의 감각을 감지하는 것이 어두운 미래를 곱씹거나 흘러간 시간을 반추하는 것보다 중요할 수 있다. 가령 탈출을 위해서라면 전혀 무용할 '구슬 달린 슬리퍼 모양의 조악하고 촌스러운 수제품 신발'도 결코 무용하기만 한 것은 아니다. 발에 맞거나 튼튼하다는 식의 실용성의 논리에서 벗어나고 보면, 일몰을 보기 위해 어딘가에서 쉴 때나 늙고 고요해졌을 때 바람과 공기를 느끼고 싶은 순간마다 절대적으로 필요한 것이 그런 신발인지도 모른다. 인간 존재가 결국 벗어날 수 없는 운명으로서의 탈출을 위한 삶을 산다고 해도, 아니 끝나지 않는 탈출 외에 다른 길은 전혀 없다고 해도, 그렇다고 해도 탈출이 결국 경계에 들린 삶의 방식임을 망각하지만 않는다면 언젠가 오게 될지도 모를 그 휴식의 시간을 위해 혹은 그 시간을 꿈꾸는 지금 이 순간의 가치를 위해서라면, 삶에서 그런 신발 몇 개쯤은 반드시 필요한 것이 아니겠는가.

물론 작가가 그 '순간'들만이 우리 모두가 정주해야 할 유일

무이한 공간이라고 말하고자 하는 것은 분명 아니다. 그럼에도 수많은 상식선과 금지 그리고 틀을 가로지르면서 자신의 세계구성법을 체득하고 있는 작가 강영숙은 길고 먼 '리나'의 탈출 여정을 통해 '잠시의 휴식'과도 같은 시간들, 그 순간들을 몸으로 '느끼면서' 사는 삶의 가치를 역설하고자 한다. 변화에 대한 두려움도 정착에 대한 열망도 없이 다시 국경 앞에서 선 '리나'들의 입을 빌려 강영숙은 말한다. 가장 중요한 것은 "지금"이며, "뭐든 타이밍이 좋아야"(354쪽) 한다고 말이다. 이 통찰의 소중함은 복잡하고 불투명한 현실을 복잡하고 깊이 있게 파고들려는 작가의 신중한 행보에서 나온다. 포스트모던 시대에도 세계에 대한 총체적 혹은 서사시적 인식이 가능하다면 아마도 이런 형식을 취하게 되지 않을까.

문학동네 장편소설

리나

초판 인쇄 | 2011년 4월 20일
초판 발행 | 2011년 4월 28일

지은이 강영숙
펴낸이 강병선
책임편집 박지영 | 편집 최유미 조연주 | 디자인 엄혜리 유현아
마케팅 신정민 서유경 정소영 강병주 | 온라인 마케팅 이상혁 한민아 장선아
제작 안정숙 서동관 김애진 | 제작처 한영문화사

펴낸곳 (주)문학동네
출판등록 1993년 10월 22일 제406-2003-000045호
주소 413-756 경기도 파주시 교하읍 문발리 파주출판도시 513-8
전자우편 editor@munhak.com | 대표전화 031)955-8888 | 팩스 031)955-8855
문의전화 031) 955-8890(마케팅) 031) 955-8864(편집)
문학동네카페 http://cafe.naver.com/mhdn

ISBN 978-89-546-1471-9 03810

* 이 도서의 국립중앙도서관 출판시도서목록(CIP)은 e-CIP 홈페이지(http://www.nl.go.kr/ecip)에서
이용하실 수 있습니다.(CIP제어번호: CIP2011001712)

www.munhak.com